VERLOREN MIT EINEM SCHOTTEN

DIE LIGA DER SCHURKEN
BUCH XVII

LAUREN SMITH

Übersetzt von
CORINNA VEXBORG

Copyright 2023 von Lauren Smith

Translation by Corinna Vexborg

ISBN: 978-1-960374-13-4 (E-Book-Ausgabe)

ISBN: 978-1-960374-14-1 (Druckausgabe)

❧ I ❧

September 1821
Ruritania

ANNA ZELENSKY WAR VERLOREN. DUNKLE ÄSTE RAGTEN IN den Himmel und verdeckten die Mondsichel. Wurzeln ragten aus der schwarzen Erde und brachten sie zum Stolpern, als sie versuchte zu rennen. Sie konnte nicht sagen, wovor sie davonlief, aber sie wusste, dass sie sterben würde, wenn sie dem nicht entkam.

»*Hilfe*.« Ihre Stimme war nur noch ein raspelndes Flüstern. »Kann mir bitte jemand helfen?«

Es schien, als würde sie in ihren Träumen immer vor etwas weglaufen. Etwas war im Anmarsch. Was auch immer es war, es war nicht gut.

Die Schatten der Bäume wurden länger, und sie hörte das Atmen im dunklen Wald.

Sie begann wieder zu rennen, auf der Flucht vor dem, was jetzt in der Dunkelheit lauerte.

Sie kam unsanft zum Stillstand, als ihr Blick auf die alte Eiche fiel. Sie kannte den Baum, war in ihrer Kindheit oft daran vorbeigekommen. Es war eine Markierung für ...

»Der verzauberte Brunnen«, hauchte sie erleichtert, als sie wusste, wo sie jetzt war. Sie bog ab und lief jetzt in die Richtung, von der sie wusste, dass die Eiche den ausgetretenen Pfad dort entlang markierte. Ihr Blick schweifte umher und suchte nach dem kreisförmigen Steinhaufen, denn sie wusste, dass sie ihn schon längst hätte sehen müssen, aber er blieb unerreichbar für sie. Ihre Lungen brannten, und ihre Füße waren von dem unebenen Weg aufgeschürft, aber sie zwang sich, den Brunnen zu erreichen. Die meisten Menschen mieden ihn, denn es hieß, er sei von rachsüchtigen Feen erschaffen worden und stecke voller dunkler Magie. Aber sie hatte den Zauberbrunnen nie gefürchtet. Man hatte ihr gesagt, dass Magie in ihrem Blut sei. Der Brunnen würde ihr helfen - das hatte er schon immer getan, zumindest im Land der Träume.

Mitten auf einer Lichtung wurde der graue Steinbrunnen vor ihren verzweifelten Augen sichtbar. Sie rannte auf den Rand zu, ihre Hände griffen nach den kühlen Felsen. Sie spähte über den Rand in das Wasser, das still und spiegelglatt war. Ihr Gesicht spiegelte sich darin wider.

Die umliegenden Wälder bebten unter dem Heulen der Bestien, die nun nahe genug waren, um ihre Angst zu riechen. Sie wusste, dass sie nur wenige Augenblicke hatte, bevor sie angegriffen wurde.

»Hilfe, *bitte* ...«, flüsterte sie dem Wasser zu. Die Oberfläche kräuselte sich, und ihr Spiegelbild verschwand. Ein großer, dunkelhaariger Mann mit ernsten graublauen Augen blickte sie an. Er war wunderschön, sein Gesicht voller harter Kanten, seine Züge strahlten Stärke aus, während er sie durch das Wasser hindurch ansah. Ihr Unterleib bebte in einer fremden Sehnsucht, die sie nicht gekannt hatte, bevor sie diesen Mann zum ersten Mal im Wasser sah.

Langsam griff er durch das Wasser nach ihr. Seine Hand brach das magische Siegel zwischen seiner und ihrer Welt. Milchige Wassertropfen von der Mondsichel, die über ihm schien, tropften auf seine Hand und machten ihr klar, dass er wirklich nach ihr griff, dass sie ihn berühren konnte.

»Nimm meine Hand, Mädchen«, drängte der Mann mit tiefer, voller Stimme und schottischem Akzent. Sie war noch nie in Schottland gewesen, aber sie kannte es aus den Erzählungen ihrer Mutter. Es war ein wildes, fernes Land, das zu dem Mann im Wasser passte.

Das Heulen der Tiere in den Wäldern ließ sie vor Schreck den Atem einziehen. Sie warf einen Blick auf den Wald und dann wieder auf den Mann im Wasser.

»Ich weiß nicht, wie ich gehen soll. Ich weiß nicht, wie.«

»Du musst mir vertrauen«, sagte der Mann. »Ich kann dich nicht beschützen, wenn du nicht bereit bist, meine Hand zu nehmen.«

Anna streckte ihre Hand aus, griff nach seiner und zog kräftig daran.

Mit einem kleinen Schrei wachte sie auf und brauchte einen Moment, um sich zu erinnern, wo sie war. Ihr seidenes Nachthemd war schweißnass, und sie saß in einem plüschigen Himmelbett. Ihr Herz klopfte immer noch heftig in ihrer Brust, aber ihr Gehirn holte auf und erkannte, *dass es nur ein Traum gewesen war. Es war nur ein Traum.* Sie war nicht im Wald; sie hatte geträumt. Anna lag in ihrem großen Himmelbett im Sommerpalast, der königlichen Residenz ihrer Familie. Sie war in Sicherheit. Keine Bestien jagten sie, keine Äste hatten sie eingefangen und ihre Kleidung zerrissen. Sie war nicht wirklich im Wald gewesen, es war nur ein Traum wie alle anderen auch. Sie hatte so viele Nächte von dem Gesicht des Mannes im Brunnen geträumt. Aber der Traum von heute Nacht fühlte sich ... *real an*. Als ob es wirklich passiert wäre.

Sie starrte auf die Glut im Kamin auf der anderen Seite des Zimmers, während ihr Verstand endlich zu akzeptieren schien, dass sie in Sicherheit war.

»Mylady!«, Ihr Dienstmädchen, Pilar, eine dunkelhaarige Spanierin, erschien in der Tür, die ihre Zimmer miteinander verband. Pilar starrte sie besorgt an. Die Kerze, die sie in der Hand hielt, erleuchtete sie in der Dunkelheit.

Anna rieb sich mit den Handflächen das Gesicht und massierte sanft ihre Wangen. »Mir geht es gut, Pilar, wirklich. Es war nur ein schrecklicher Traum. Ich habe in letzter Zeit so viele Träume gehabt.«

Ihr Dienstmädchen kam zu ihrem Bett und stellte die Kerze auf dem Nachttisch ab, dann setzte sie sich neben sie, legte einen Arm um ihre Schultern und drückte sie sanft. Pilar war schon seit zehn Jahren ihr Dienstmädchen. Sie war in den Palast gekommen, als Anna erst zwölf Jahre alt gewesen war, und Pilar war damals ein sechzehnjähriges Mädchen gewesen. Pilar war für sie in vielerlei Hinsicht eher wie eine Schwester als ein Dienstmädchen, und sie vertraute der Frau all ihre Geheimnisse an. Neben ihren Eltern und ihrem Zwillings-bruder Alexei war Pilar eine der wenigen Personen, denen Anna am meisten vertraute.

»Es war dieser Traum, in dem ich im Wald bin und der Mann im verzauberten Brunnen versucht, mich zu retten.«

Pilar schwieg einen Moment. »Ihre Großmutter hatte Zauberei im Blut. Vielleicht tun Sie das auch. Sie hatte die Gabe des Zweiten Gesichts, und die meisten ihrer Visionen erfüllten sich. Glauben Sie, dass das, was Sie gesehen haben, etwas ist, das passieren wird?«

Anna überlegte es sich. War sie wie ihre Großmutter? Man hatte ihr immer gesagt, dass sie es sei. Aber Visionen der

Zukunft? Ein Mann konnte nicht einfach so durch das Wasser greifen und sie retten.

»Ich glaube nicht, dass die monströsen Biester im Wald und der Wunschbrunnen real sind, zumindest nicht so wie in meinem Traum«, gab sie zu. »Vielleicht ist meine Fantasie zu aktiv.«

»Wasser ist eine mächtige Sache, von der man träumen kann, Mylady. Vertrauen Sie dem Mann, den Sie im Wasser sehen können?«, fragte Pilar.

»Ich ... Das tue ich.« War es möglich, jemandem zu vertrauen, den sie noch nie getroffen hatte und der wahrscheinlich nicht einmal real war? Sie hatte ihn so oft und so lange gesehen, dass sie nicht anders antworten konnte. Ihm zu vertrauen war wie ihr selbst zu vertrauen.

»Schlafen Sie weiter, Mylady. Die Morgendämmerung ist nur noch ein paar Stunden entfernt, und Sie müssen sich ausruhen.«

Das Dienstmädchen gab ihr einen Kuss auf die Stirn, und Anna legte sich zurück in ihr Bett und zog die Decken wieder über sich. Sie hatte in wenigen Stunden viele Hofpflichten zu erfüllen - das Leben einer Prinzessin war nie wirklich ihr eigenes.

Sie war gerade erst wieder eingeschlafen, als ein bitterer Geruch ihre Nase kitzelte. Sie bewegte sich unbehaglich, konnte sich aber dem Duft nicht entziehen. Sie öffnete die Augen und spähte in die Dunkelheit, um zu sehen, was den Geruch verursachte. Das ferne Licht einer roten Morgendämmerung beleuchtete den Rand ihres Fensters. Das Licht flackerte und schwankte und tanzte mit den Schatten in seiner Nähe. Das war nicht richtig ... Es gab keine Bäume vor ihrem Fenster, die das Licht in Bewegung setzten, wenn sich ein Windhauch regte.

Sie atmete tiefer ein, und der bittere Duft wurde zu einem beißenden Geruch, den sie mit Schrecken erkannte.

Rauch ...

Das Licht auf der Fensterbank war nicht das frühe Licht der Morgendämmerung, sondern die wütende Glut eines Feuers. Sie warf ihre Decken weg und schob ihre Füße in die Wanderschuhe, die sie am Fußende ihres Bettes aufbewahrte.

»Pilar!«, rief sie und rannte los, um ein Kleid zu finden, in das sie schnell hineinschlüpfen konnte. Ihr Dienstmädchen stürmte ins Zimmer, noch im Nachthemd, und schnupperte die Luft.

»Es brennt!«, keuchte Pilar. »Oh Gott ...«

»Ich weiß. Schnell anziehen! Wir müssen gehen!« Anna zog ein dunkelgrünes Kleid an, das vorne geschnürt war, aber ihre Hände zitterten so stark, dass sie nur hastig die Bänder verknotete.

Sie musste ihre Eltern und ihren Bruder finden, und dann musste sie den Dienern und dem Palastpersonal zur Flucht verhelfen. Als Pilar angezogen war, verließen sie schnell Annas Zimmer und gingen auf den Korridor. Rauch zog durch die gewölbten Decken des Palastes über ihnen.

»Bedecke deine Nase und deinen Mund. Versuch, den Rauch nicht einzuatmen«, ermahnte Anna ihr Dienstmädchen. Sie hoben ihre Schals um ihre Gesichter, während sie sich beim Laufen tief bückten, um dem Rauch, der sich über ihnen sammelte, auszuweichen.

Schreie und Rufe erfüllten den dunstigen Korridor. Das Krachen von Pistolen und das Abfeuern von Gewehren in der Ferne war unheimlich und erschreckend, als sie durch den Rauch in den Fluren widerhallten. Plötzlich tauchte eine Gestalt aus dem Schatten auf und stürzte auf sie zu, wobei Pilar zu Boden stürzte. Als Anna den Schrei ihres Dienstmädchens hörte, eilte sie hinzu und zog Pilar auf die Beine.

Einer der Lakaien des Palastes war in sie hineingelaufen. Er versuchte, sich an ihnen vorbeizudrängen, aber Anna hielt den Arm des Mannes fest. Er zitterte, und sie sah Blut auf seiner Brust.

»Was ist passiert?«, fragte sie. »Geht es Ihnen gut?«

Die Augen des Mannes weiteten sich vor Schreck, als er in ihr Gesicht blickte. »Es ist nicht mein Blut. Es ist das der Köchin. Sie haben die Köchin und die Küchenmädchen ermordet ...« Er schüttelte den Kopf, als wolle er sich von einem Albtraum befreien. »Die Männer sind für Sie gekommen, Prinzessin. Sie sind hinter Ihnen her. Sie müssen fliehen! *Laufen Sie!*« Dann drehte er sich um, als er das Geräusch von schweren Stiefeln hörte, die um eine entfernte Ecke des Korridors polterten. »Ich werde sie aufhalten.«

Er zog das Kurzschwert, das alle Lakaien bei sich trugen, wenn sie sich im Palast aufhielten. Es war nur eine Attrappe und kaum scharf genug, um Brot zu schneiden. Wenn er versuchte, jemanden damit zu bekämpfen, würde er getötet werden.

»Nein, komm mit uns.« Anna wollte nicht zulassen, dass sich der Mann demjenigen stellte, der hinter ihr her war. Wenn sie eine Klinge oder eine Pistole finden würde, könnte sie so gut kämpfen wie jeder Mann, und sie würde es auch tun, um ihr Volk zu retten.

»Jemand muss sie aufhalten. Nicht einmal Sie können sie bekämpfen. Es sind zu viele!«, sagte der Lakai. »Gehen Sie und überleben Sie, Prinzessin.«

Pilar packte sie am Arm und zog sie mit einem Ruck den Flur hinunter und um eine andere Ecke. Einen Moment später hörten sie das Klirren von Stahl und die Schreie von kämpfenden Männern.

Die Gedanken an ihre Eltern und die gefährlichen Männer, die gekommen waren, um ihre Welt niederzubrennen, wurden beiseite geschoben, als sie Pilars ängstliches Wimmern hörte, während sie schnell von Schatten zu Schatten den Gang hinunterliefen. Sie würde herausfinden, was wirklich vor sich ging, sobald sie für Pilars Sicherheit sorgen konnte. Wenn ihre Eltern und Alexei nicht draußen auf sie warteten, würde sie einen Weg zurück ins Schloss finden, um sie zu suchen.

»Wir müssen Alexei finden«, flüsterte sie Pilar zu, als der Rauch und die Flammen sie zwangen, von dem Gang abzubiegen, der zu den Zimmern ihres Bruders führen würde. Ihr wurde flau im Magen, als die Dunkelheit vor ihnen durch die zerstörerische Kraft des Feuers knisterte. Ihr Körper bewegte sich von selbst, ihr Geist schrie nach Sicherheit, und die Hitze der Flammen versengte die Luft um sie herum. Pilar zog sie zurück.

»Die Gärten«, sagte Pilar. »Wir können seine Zimmer von den südlichen Gärten aus erreichen.«

Durch ihren neuen Plan ermutigt, eilte Anna mit ihrer Zofe zu der Tür, die zum südlichen Teil der königlichen Gärten führte.

Als sie in die kühle, klare Luft der Gärten traten, lichtete sich der Rauch. Sie waren allein, zumindest im Moment, aber eine Feuerwand trennte sie von Alexeis Räumen.

Anna starrte in die Flammen. »Wir müssen einen Weg finden, um an ihn heranzukommen.« Sie würde ihren Zwillingsbruder niemals zurücklassen. Sie waren untrennbar, zwei Hälften eines Ganzen …

»Das können wir nicht, Mylady. Alexei hat seinen besten Freund William bei sich, einen der loyalen Palastwächter, der ihm als Leibwächter zugeteilt wurde. William wird über ihn wachen. Meine Pflicht ist es, mich um Sie zu kümmern. Wir müssen gehen. Mylady, bitte!«, flehte Pilar mit tränenüberströmtem Gesicht.

Nur die Angst ihrer Zofe brachte Anna dazu, einen Weg zu finden, um der Gefahr auf dem Schlossgelände zu entkommen.

Sie betete, dass William es schaffen würde, ihn sicher aus dem Palast zu bringen.

Irgendwo im Palast brachen weitere Kämpfe aus, und die Hörner Ruritanias ertönten, als die treuen Palastwachen gegen denjenigen kämpften, der den Kampf gegen die Krone begonnen hatte. Die Flammen sprangen über das Dach des Sommerpalastes, verzehrten das gesamte Holz und schwärzten den Stein. Anna starrte vom Garten aus auf das wachsende Inferno, ihr Körper war wie erstarrt, ihr Geist leer vor Trauer und Angst. Ihre ganze Welt *brannte*.

»Mylady!«, zischte Pilar und zerrte kräftig an Annas Hand. Wieder einmal liefen sie zwischen den Hecken des luxuriösen Palastgeländes entlang. Plötzlich sprang eine Gestalt auf sie zu, und Pilar schrie auf. Anna nahm eine defensive Haltung ein, bereit, sich und ihr Dienstmädchen mit allen Mitteln zu schützen. Sie war im Umgang mit vielen Arten von Waffen ausgebildet worden, auch mit ihren eigenen Händen.

»Anna?«, krächzte eine vertraute Stimme heiser in der Dunkelheit.

»Alexei?« Sie rannte zu der verhüllten Gestalt und warf sich in seine Arme.

»Gott sei Dank seid ihr beide unverletzt.« Ihr Bruder hustete, weil er den Rauch eingeatmet hatte. Aber er hielt sie und umarmte sie so fest, dass sie fast keine Luft mehr bekam.

Sie lachte, fast wahnsinnig vor Panik und Erleichterung, aber ihr Zwilling lachte nicht. Sein Gesicht war hart und seine Augen waren voller Schmerz.

»Alexei ...«, begann sie unsicher.

»Du musst zum Hafen gehen. Geh an Bord der *Ruritanian Star*. Das Schiff wartet auf dich.«

»Ich? Was ist mit dir? Wo sind Mutter und Vater?«

»Sie sind *tot*, Anna«, röchelte er.

»Tot ... Was meinst du damit, *tot*?« Sie spürte, wie sich eine wilde Hysterie in ihr aufbaute, als sie versuchte, zu verarbeiten, was er sagte.

»Onkel Yuri hat sie getötet. Er hätte mich fast umgebracht. Wenn William nicht gewesen wäre, wäre ich jetzt tot.« Das Gesicht ihres Bruders war verschmiert von Rauch und Tränen. »Er hat die halbe Armee gegen uns aufgebracht. Wir wussten nicht einmal, dass die *Teufel* schon innerhalb der Mauern waren, bis es zu spät war.« Er schob sie und Pilar in den Schatten der Gartenmauer am Rande des Palastes. »Jetzt geh. Lauft zu den Docks. Nimm das.« Er drückte ihr einen schweren Geldbeutel in die Hand.

»Kommst du nicht mit uns?«

Ihr Zwillingsbruder lächelte traurig. »Ich muss bleiben und die retten, die uns noch treu sind. Jetzt, wo Vater weg ist, bin ich König und muss bei unserem Volk bleiben. Yuri wird sie in diesem Kampf nicht verschonen. Der *Star* wird euch nach London bringen. Sprich dort mit König George. Er muss Soldaten schicken, um uns zu helfen. Du musst das für mich tun ...«

Sie schüttelte den Kopf, weil sie ihn nicht verlassen wollte. »Nein. Alexei, ich kann nicht ...«

»Du kannst, Schwester. Du warst immer mutiger als ich, deshalb musst du gehen. Du hast das Herz einer Königin, und König George wird dir helfen wollen, wenn er hört, wie du von diesen Gräueltaten sprichst. Wenn es sicher ist, werde ich nach dir schicken. Bis dahin werden William und ich dafür kämpfen, unser Zuhause zurückzuerobern.«

Anna schlang ihre Arme um den Hals ihres Bruders. »Halte dein Versprechen, Alexei. Ich kann nicht in einer Welt ohne dich leben.« Sie küsste ihn auf die Wange und ließ ihn los, auch wenn ihr das Herz brach.

Sie und Pilar rannten in den Wald am Rande des Schlossgeländes. Der Himmel war jetzt rot von höllischen Flammen, ein starker Kontrast zu den dunklen Wäldern zwischen ihr und dem entfernten Hafen. Sie blickte nur einmal zurück, in der Hoffnung, ihren Bruder zu sehen, der sie beobachtete, aber der Torbogen, der zu den Gärten und dem dahinter liegenden Palast führte, war bis auf den Feuerschein leer.

Der Traum, den sie in letzter Zeit so oft geträumt hatte, erwies sich in dieser Nacht als prophetisch, als sie und Pilar durch den dunklen Wald flohen. Das Heulen der Männer, die nach königlichem Blut lechzten, hallte um sie herum, und Anna und Pilar blieben nicht stehen.

Wir müssen das Wasser erreichen, dachte sie wieder und wieder. Das Wasser würde sie retten. Das Wasser würde sie wegtragen. Sie betete, dass ihr Bruder überleben würde. Sie hatte alles andere verloren. Sie konnte ihn nicht auch noch verlieren.

SEPTEMBER *1821*

Schottland

Aiden Kincade schlug die Decke weg, als er sich mühsam aufrichtete. Alte, schmerzhafte Erinnerungen an seinen tyrannischen Vater ließen ihn vor Angst und Wut erzittern. Er setzte sich auf, bedeckte sein Gesicht mit den Händen und stieß einen zittrigen Seufzer aus, bevor er die Hände fallen ließ und den Raum um sich herum ausdruckslos anstarrte.

Wie konnte ein Mann, der schon lange tot war, immer noch solche Angst in seinem Herzen auslösen? Aiden war siebenundzwanzig Jahre alt und längst über die Zeit hinaus, in der Albträume ihn erschrecken sollten. Aber es erschien ihm immer so real, wenn sein Vater in seinen Träumen erschien. Die Narben, die sein Vater Montgomery Kincade ihm zugefügt hatte, sowohl körperlich als auch seelisch, waren für ihn auf eine Weise allgegenwärtig, die seinen Geschwistern entgangen zu sein schien. Brock, Brodie und Rosalind waren ebenso wie er von ihrem gemeinsamen Vater misshandelt worden, aber seine Geschwister hatten alle mit ihrem Leben weitergemacht, während Aiden es nicht schaffte, den Schmerz abzuschütteln, der immer noch anhielt. Dadurch fühlte er sich noch mehr allein.

Seine Mutter hatte ihm einmal gesagt, er sei mit dem wilden Geist ihrer Vorfahren im Blut geboren worden, den alten Kriegerclans. Dieser wilde Geist hatte sowohl die Aufmerksamkeit als auch die Verachtung seines Vaters auf sich gezogen. Montgomery hatte der englischen Regierung vor Jahren heimlich geholfen, eine schottische Rebellion niederzuschlagen. Er verachtete die alten Lebensweisheiten mehr als die meisten anderen. Die Clans, die Lairds, die Kilts. Alles davon. Und so wurde Aiden zur Zielscheibe des Giftes seines Vaters.

Aiden kletterte aus dem Bett und wusch sich das Gesicht im Porzellanwaschbecken. Das schwache Morgenlicht war grau, und er konnte den Regen in der Brise riechen, die durch das halbgeöffnete Fenster seines Schlafzimmers hereinwehte. Er wusch sich das Gesicht, und das kalte Wasser half ihm, die anhaltende Düsternis seiner Träume zu vertreiben.

In der Ecke seines Zimmers hinter einem alten, gepolsterten Sessel regte sich etwas. Aiden schnalzte leise mit der Zunge, als ein Baummarder unter den Stuhlbeinen hervorlugte und sich fast katzenhaft streckte. Sein Fell war von einem satten, glänzenden Braun, das sich mit dem Holz der Bäume vermischte. Aiden hatte das kleine Tierchen gerettet, als es sich mit seiner Vorderpfote in der Schlinge eines Jägers verfangen hatte.

Es hatte ihn einen halben Tag gekostet, den Marder dazu zu bringen, ihm zu vertrauen, bevor er ihn aus der Schlinge befreien konnte, ohne dass das Tier ihn biss. Nachdem er es befreit hatte, hatte er es nach Hause getragen, um seine Wunden zu behandeln. Glücklicherweise war die Pfote von einer Infektion verschont geblieben, und der Marder konnte nach ein paar Wochen in die Wildnis zurückkehren, aber wie viele der Kreaturen, denen Aiden begegnete und denen er half, schien der Marder vollkommen zufrieden zu sein, auf Schloss Kincade zu bleiben.

Neben dem Marder gab es auch einen weiblichen Dachs, Fiona, der gerne im Bett seines Bruders Brock schlief, was Aiden immer amüsierte, denn Brock war das schottische Wort für einen Dachs. Sie hatten auch ein Paar Flussotter im See, die manchmal zum Spielen in die Gartenbrunnen kamen. Es gab sogar einen kleinen Waldkauz.

Er hatte die Eule Honey genannt, weil ihr schwarzes, braunes und golden gesprenkeltes Gefieder Aiden an die Waben von Bienen erinnerte. Honey hatte sich in der Bibliothek des Schlosses ein Nest gebaut, und Aiden hatte in eines der nahe gelegenen Fenster einen Eingang aus Musselin gebaut, durch den die Eule auf einen Vorsprung an der Außenseite des Schlosses klettern und zur Jagd fliegen konnte, wenn sie es brauchte.

Aiden hatte das Glück, dass keiner seiner Brüder und deren Frauen das Kommen und Gehen der Kreaturen zu stören schien. Und noch mehr Glück war die Tatsache, dass die beiden neuen Bewohner von Castle Kincade es süß fanden, wie er sich um die kleinen Biester kümmerte. Seine Schwägerinnen Joanna und Lydia schienen sich an dem einen oder anderen Fuchs zu erfreuen, der sich an seinem Fenster sonnte, an den Tauben, die sich im Flur niederließen, oder an den verschiedenen verletzten Tieren, die er zur Heilung nach Hause brachte. Er war sich nicht sicher, wie er so viel Glück gehabt hatte. Seine Brüder hatten Engländerinnen geheiratet, die mitfühlend und freundlich waren, vor allem, wenn man bedachte, dass seine Brüder die meiste Zeit ihres Lebens den Engländern im Großen und Ganzen nicht gerade zugeneigt gewesen waren.

Aiden amüsierte sich insgeheim darüber, dass seine beiden älteren Brüder in englische Familien eingeheiratet hatten, da sie beide sehr stolz auf ihr schottisches Blut waren.

Sogar ihre jüngere Schwester Rosalind hatte nicht nur einen, sondern *zwei* Engländer geheiratet. Vor Jahren hatte sie zunächst einen älteren Mann mit einem guten Herzen geheiratet, um ihrem Vater zu entkommen, und dann als wohlhabende Witwe in ihrem zweiten Mann, einem mächtigen englischen Baron, ihren wahren Partner gefunden.

Aidens Brüder hatten das Leben der Familien ihrer Frauen ziemlich gründlich durcheinandergewirbelt, während es Aiden gelungen war, dem zu entgehen. Er wollte sich nicht von allen anderen abgrenzen, das war einfach seine Art. Seine Mutter und seine Geschwister hatten das verstanden, aber nicht sein Vater.

Er fühlte sich am sichersten und am wohlsten, wenn er allein oder mit seinen Tieren zusammen war. Das Misstrauen gegenüber anderen Menschen war ein Problem, das er ständig zu überwinden versuchte. Sein Vater hatte ihn am meisten verletzt, und seine Brüder waren nicht immer in der Lage gewesen, ihn zu beschützen, ebenso wenig wie seine verstorbene Mutter. Er hatte oft davon geträumt, nach England oder Wales oder vielleicht noch weiter weg zu gehen, aber er war in Schottland geblieben, weil es seine Heimat war, und er liebte seine Brüder und seine Schwester zu sehr, um sie zu verlassen.

Aiden kleidete sich in eine Wildlederhose und ein Hemd, wobei er sich nicht die Mühe machte, eine Weste darüberzuziehen. Er verließ sein Schlafgemach und ging den Flur hinunter, der Marder folgte ihm so treu wie ein Jagdhund. Er lief die große Treppe hinunter und blickte hinauf zu den restaurierten Gewölben des Schlosses. Vor einigen Monaten war das Schloss bei einem Brand, bei dem Brock und Joanna fast ums Leben gekommen waren, teilweise abgebrannt.

Trotz des hohen Arbeits- und Kostenaufwands, den die

Reparaturen erforderten, war die Restaurierung des Schlosses für alle Beteiligten eine positive Erfahrung. Es fühlte sich jetzt wie ein neues Zuhause an, ein einladenderes, voller sonniger Erinnerungen statt schmerzhafter.

Der Marder schlängelte sich zwischen den glänzenden Holzspindeln der Treppe hindurch, bevor er sich zu einem anderen Nest davonmachte, das er im Schloss versteckt hatte. Geräusche von Gesprächen und Lachen hallten den Flur hinunter von dem, was Brock und Joanna gerade amüsierte. Niemand würde Aiden vermissen, wenn er für einen Nachmittag verschwinden würde. Das hatte noch nie jemand getan.

Er machte sich auf den Weg in die Küche, wo die Köchin ihm an den Tagen, an denen sie vermutete, dass er ausreiten würde, was in der Regel jeder zweite Tag war, eine Tüte mit Wurst, Käse und frischem Brot hinstellte. Er nahm die Papiertüte von der Arbeitsplatte, während die mollige Köchin ihm den Rücken zuwandte, und schlüpfte durch die nächstgelegene Tür in Richtung der Ställe. Er war sehr gut darin, sich ungesehen zu bewegen, wenn er das wollte, was angesichts seiner Größe eine beeindruckende Fähigkeit war.

Die Stallknechte begrüßten Aiden und traten höflich zurück, als er die einzelnen Pferde in ihren Verschlägen besuchte. Die Pferde stießen mit ihren Nasen an seine Hände, um Aufmerksamkeit zu erregen. Er gluckste und strich mit den Fingerspitzen über die Nasenrücken der Pferde und fütterte sie mit Zuckerstückchen. Als er sein eigenes Pferd, Thundir, erreichte, das auf Gälisch nach dem Sturm benannt war, in dem er geboren worden war, legte Aiden ihm ein Geschirr an, aber keinen Sattel auf den Rücken. Einen Sattel benutzte er nur ganz selten. Er legte eine leichte Decke auf den Rücken des Pferdes und stieg mithilfe eines kleinen Schemels in der Nähe auf. Er ritt Thundir aus den Ställen und in Richtung der entfernten Hügel. Dicke, sich auftürmende

Wolken jagten sich am Himmel über ihnen und warfen schnell bewegte Schatten auf das goldgelbe Gras. Die Hügel waren mit rosafarbenem und violettem Heidekraut gefleckt.

Er beugte sich tief über den Hals des Tieres und flüsterte ihm ins Ohr: »Jage die Wolken.« Er hatte das seltsame Gefühl, dass er ausnahmsweise nicht vor etwas weglief, sondern auf etwas zuging. Was auch immer es war, er würde es finden. Sein Herz rief nach ihm, um es zu finden. Er spürte, dass er endlich den Frieden finden würde, nach dem er sich sein ganzes Leben lang gesehnt hatte, wenn er dieses Geheimnis fand.

❧ 2 ❧

E*in Monat später*
Die Nordsee, vor der Küste von North Berwick, Schottland

ANNA UND PILAR SAHEN DEN STURM NICHT KOMMEN, ALS ihr Schiff die Nordsee überquerte. Auch der Kapitän der *Ruritanian Star* und seine Mannschaft nicht. Ein kalter, unangenehmer und heftiger Nordwind kam auf, als sie schon fast das Meer überquert hatten und auf England zusteuerten.

Anna und Pilar hatten den Befehl, in ihrer Kabine zu bleiben, und kauerten zusammen, während das Schiff auf den hohen, weißschäumenden Wellen tanzte. Pilar eilte zu einem Eimer in der Ecke, um sich zu übergeben, und Anna kniete neben ihrer Zofe, hielt ihr das Haar aus dem Gesicht und sprach beruhigende Worte, während sie der anderen Frau den Rücken massierte.

»Genau so ... Atme tief durch, und wir sind bald aus dem Sturm heraus«, sagte Anna, aber die Worte schmeckten wie eine Lüge. Sie hatte das schreckliche Gefühl, dass der Sturm das Ende ihrer Reise bedeuten würde.

Nach mehreren Stunden überredete sie Pilar, sich ins Bett zu legen. Wenige Augenblicke später schlug ein Matrose mit der Faust gegen ihre Kabinentür.

»Meine Damen, wir nehmen Wasser auf. Wir müssen das Schiff verlassen. Sie sollten an Deck kommen!«, rief der Mann.

»Das Schiff verlassen?« Anna zog Pilar verzweifelt auf die Beine. Sie hatten die letzten Tage in ihren Kleidern geschlafen, so dass es keinen Grund gab, sich um das Anziehen zu sorgen.

Sie stolperten die Gangway hinauf und auf das Deck. Der Kapitän war dabei, ein Rettungsboot von der Bordwand zu lösen. Als er Anna und ihr Dienstmädchen sah, wurde es gerade über die Bordwand heruntergelassen, und er winkte sie herbei. Anna führte Pilar trotz ihres Protestes zuerst zum Boot.

»Mylady - oh!« Anna stieß Pilar in den Rücken, und der Erste Offizier des Kapitäns fing sie auf und setzte sie ins Boot. Der Kapitän stieg als nächster ein, und Anna folgte ihm über die Bordwand des Schiffes. Der Kapitän streckte seine Hände aus, um sie aufzufangen, aber in diesem Moment rollte eine mächtige Welle über das Schiff, und seine Hände rutschten ab. Einen kurzen Moment lang hing sie in der Leere, und ihr Magen sank, bevor sie in die Wellen weit unter ihnen stürzte.

Sie holte tief Luft, bevor sich dunkles, graues Wasser über ihrem Kopf schloss. Das eiskalte Wasser schnitt durch ihren Körper wie ein Messer. Das Gewicht ihrer Röcke und Stiefel zog sie in die Tiefe. Erschöpfung überkam sie und drückte auf Annas Glieder, aber etwas in ihrem Inneren wurde zum Leben erweckt, so schwach wie eine kleine Kerze in einem Sturm, aber dennoch eine Flamme.

Sie erinnerte sich an den Mann aus dem verwunschenen Brunnen in ihren Träumen. Er kam auf sie zu, das Pferd unter ihm ein dunkles, geflecktes Grau. Schatten und Licht flackerten auf seinem Gesicht, als er sich beim Reiten tief über das Pferd beugte. Irgendwie wusste sie, dass er so schnell ritt wie der Wind selbst, obwohl sich die Bilder langsam bewegten.

»Vertrau mir ...« Seine Worte hallten in ihrem Kopf nach.

Die kleine Flamme in ihrem Inneren wurde heller, und eine latente Kraft kehrte in sie zurück. Sie strampelte, schlug mit den Armen und kämpfte, um die ferne Meeresoberfläche weit über ihr zu erreichen. Sie war die Tochter von Königen und Königinnen. Sie entstammte einem alten Kriegergeschlecht. Sie würde nicht zulassen, dass das Meer ihr Leben forderte.

Mit einem Schrei brach sie an die Oberfläche und presste Luft in ihre brennenden Lungen. Sie wischte sich das Seewasser aus den Augen, sah aber kein Zeichen des Rettungsbootes, das sie zu finden gehofft hatte. Um sie herum war nichts außer dem Wrack der *Ruritanian Star*. Das Meer hatte das Schiff in Stücke gerissen.

Sie schwamm auf das Treibgut aus Holz und Planken zu, in der Hoffnung, etwas zu finden, an dem sie sich festhalten konnte, um über Wasser zu bleiben. Ein langer, dicker Mast trieb an ihr vorbei, und sie hielt ihn fest und schlang ihre Arme um ihn, als eine Welle gegen sie schlug. Mit angehaltenem Atem sank sie nach unten und tauchte dann mit dem Mast wieder an die Oberfläche. Sie schnappte nach Luft und suchte in der Ferne nach Umrissen von Land oder dem Rettungsboot, in dem sich die anderen Überlebenden befanden.

Von dem Boot war nichts zu sehen, aber sie entdeckte die Umrisse von Land. Es war so weit weg ... zu weit weg. Und sie war so müde ...

Anna umwickelte ihre Arme mit den losen Seilen, die am Mast befestigt waren, um sich über Wasser zu halten, falls sie ohnmächtig werden sollte. Dann trat sie gegen die Wellen, um die ferne Silhouette des Landes irgendwie zu erreichen, bis ihr Körper der Müdigkeit nachgab und sie in die Bewusstlosigkeit glitt.

»Vertrau mir ...« Die tröstenden Worte fielen ihr irgendwo zwischen der wachen Welt und einem ihrer Träume ein. Der Schmerz rückte in weite Ferne, während die Kälte durch sie hindurchkroch, bis sie zu betäubt war, um im Land der Lebenden zu bleiben ...

Ein heftiger Schmerz kehrte zurück und zerschmetterte ihren Kopf und ihre Brust. Dann Druck auf ihre Lippen, mehr Schmerz und Druck. Sie wollte, dass es aufhörte, aber das tat es nicht. Es war rhythmisch, und die Flamme in ihr erwachte wieder zum Leben. Sie hustete, als das Meerwasser so heftig aus ihrem Mund schoss, dass sie würgen musste. Als sie wieder zu Atem kam, stellte sie fest, dass sie in den Armen eines Menschen lag und nicht mehr im Meer. Ein Mann hielt sie zärtlich, seine stürmischen graublauen Augen suchten ihr Gesicht ab, während sie zu ihm aufblickte.

Ihre Lippen öffneten sich vor Schreck. Er war es - der Mann aus ihren Träumen. Nasse Locken aus satt dunkelbraunem Haar hingen tropfend über seine Augen. Sie war verwirrt und wie benommen, weil sie sich nicht erinnern konnte, woher sie ihn kannte; sie wusste nur, dass er sie durch das Wasser zurück in die Welt gezogen haben musste. Aber warum oder wie, das wusste sie nicht. Ihr Schädel schmerzte, als hätte jemand mit einem Schürhaken darauf eingeschlagen, und ihre Gedanken, die vorher so kohärent erschienen waren, überschlugen sich jetzt wie die Wellen des Meeres.

»Du ... du bist das.« Dann wurde der Schmerz in ihrem Kopf so heftig, dass sie erneut in die Dunkelheit glitt. Das letzte, was sie hörte, war seine Stimme.

»Wer bist du, Mädchen?«,

DIE FRAU WAR NOCH IMMER BEWUSSTLOS, ALS AIDEN SIE AN seine Brust drückte. Er stand auf und trug sie aus dem Wasser und zum Sandstrand. Ihr Körper war jetzt kalt und schlaff, und ihr schönes Gesicht war blass wie Alabaster. Noch vor einer Sekunde hatten ihre warmen braunen Augen ihn festgehalten, völlig gebannt, bevor sie in die Bewusstlosigkeit sank und den Bann brach, den sie in ihm ausgelöst hatte. Aiden musste sie zurück ins Dorf bringen, bevor sie an der Kälte des Meeres zugrunde ging.

Er pfiff nach Thundir, und sein Wallach trabte durch die seicht rollenden Wellen auf ihn zu. Er war froh, dass er Thundir dieses Mal gesattelt hatte, denn er würde den festen Sattel brauchen, um ihn und die Frau auf seinem Rücken zu halten. Er setzte sie vorsichtig auf den vorderen Teil des Sattels und stieg dann hinter ihr auf. Dann zog er eines ihrer Beine auf die andere Seite, so dass sie rittlings vor ihm saß.

Dann zog er die Frau mit dem Rücken an seine Brust und nahm die karierte Decke, die er immer bei sich trug, und wickelte sie um sie, um sie an sich zu binden. Die Frau gab einen leisen Laut von sich, fast ein Stöhnen, und schauderte an seiner Brust, als ob sie die Wärme spürte, die ihr die Decke gab.

»So ist es gut, Mädel, halte durch«, murmelte er ihr zu und hoffte, dass sie ihn hören konnte. Der plötzliche und heftige Beschützerinstinkt, den diese Frau auslöste, überraschte ihn, aber er hatte keine Zeit, darüber nachzudenken, warum das so war - er wusste nur, dass er sie retten musste.

Dann grub er seine Fersen in Thundirs Seiten, und das Pferd preschte vorwärts. Sie ritten hart am Strand entlang, bis sie einen Weg erreichten, der den Hang hinauf in Richtung der Stadt North Berwick führte. Er trieb sein Pferd an, sich so schnell wie möglich zu bewegen, ohne sie auf dem felsigen Pfad den Abhang hinauf zu gefährden. Als sie das geschäftige Hafenstädtchen erreichten, hatte ihr nasses Kleid die Vorderseite seiner eigenen Kleidung völlig durchnässt, und er zitterte vor Kälte.

Er ritt direkt zu dem Gasthaus, in dem er die letzten Tage gewohnt hatte, während er auf Brodies Schiff aus Frankreich wartete. Mit einer bewusstlosen Frau in den Armen erntete er seltsame Blicke, aber er kümmerte sich wenig um die Gedanken der anderen, vor allem der Fremden. Wenn jemand glauben sollte, er hätte der Frau etwas angetan, würde er ihn später eines Besseren belehren, wenn sie außer Gefahr war. Als wäre sie sich seiner Gedanken bewusst, begann der Körper der Frau zu zittern, und ihre Lippen, die eben noch blassrosa gewesen waren, färbten sich nun leicht blau. Sie gab wieder einen leisen Laut von sich, ein weibliches Wimmern, als ob sie Schmerzen hätte, und das Geräusch zerriss ihm das Herz.

»Bleib bei mir, Mädchen«, flehte er. *Bleib bei mir.*«

Als er das Gasthaus erreichte, stürzte ein etwa sieben- oder achtjähriger Stallbursche auf ihn zu und ergriff die Zügel, die Aiden ihm zuwarf. Er musste die Frau ins Haus bringen und vor der kalten schottischen Luft schützen, bevor sie umkam.

»Stell mein Pferd in den Stall, hol den besten Arzt, den es hier gibt, und schicke ihn direkt auf mein Zimmer. Ich zahle dir einen Schilling extra. Beeilt dich, das Mädchen ist todkrank.« Er reichte dem Jungen den ersten Schilling. Die Augen des kleinen Jungen wurden so groß wie der Mond, als er die Münze hochhielt.

»Ja, Sir!«, meldete sich der Junge.

Aiden glitt aus dem Sattel und fing die Frau vorsichtig auf, als sie schlaff in seine Arme zurückrutschte. Einen Moment lang starrte Aiden auf das Gesicht der Frau, und seine Welt drehte sich wild um die eigene Achse, als er ihre Gesichtszüge in sich aufnahm. Er kannte ihr Gesicht … Er kannte dieses schöne Geschöpf aus seinen Träumen, und in diesem Moment wusste er, dass er sich selbst für immer verlieren würde, wenn er sie verlor. Es war ein verdammtes Wunder, dass er in den letzten drei Tagen, seit er hier angekommen war, um auf die Rückkehr von Brodie und seiner Braut Lydia aus Frankreich zu warten, jeden Morgen am Ufer entlanggeritten war. Wenn er heute nicht reiten gegangen wäre … Er wagte nicht daran zu denken, was mit ihr dann hätte geschehen können.

Aiden überquerte den Hof und schritt in den Schankraum des Gasthauses.

Molly Tanner entdeckte ihn, wie er die Frau auf dem Arm trug, und warf ihm sofort Fragen an den Kopf.

»Ach, Kleiner, was ist das denn jetzt?« Molly, die Gastwirtin, war ein furchterregendes Geschöpf. Eine drahtige Gestalt in den späten Vierzigern, mit kräftigen Händen und harten Augen, die ein wenig weicher wurden, als sie erkannte, dass es Aiden war.

»Sie wurde an den Strand gespült«, sagte er, bevor er die Treppe zu seinem Zimmer nahm. Er hörte, wie Molly hinter ihm herlief, als ihm fluchend klar wurde, dass er das Mädchen absetzen musste, um seinen Schlüssel zu finden.

»Lass mich mal, Kleiner.« Molly holte seinen Schlüssel aus seiner durchnässten Manteltasche und schloss ihm die Tür auf. Sobald die Tür offen war, trug er das Mädel in sein Zimmer und legte sie sanft auf sein Bett.

Molly schwebte neben ihm am Bett. »Angeschwemmt? Es gab also einen Schiffsuntergang?«, fragte Molly neugierig. »Hast du auch was von der Fracht gesehen oder …«

»Molly«, knurrte er leise, ohne den Blick von der Frau auf seinem Bett zu nehmen, »das war gerade nicht wichtig. Aber es sollten Männer geschickt werden, um nach weiteren Überlebenden zu suchen. Wenn der Arzt eintrifft, schick ihn sofort hoch.« Er berührte den Saum der nassen, eisigen Kleidung der Frau, die zweifellos verhinderte, dass die Kälte aus ihrer Haut weichen konnte. »Und bring mir jedes zusätzliche Nachthemd, das du hier hast, bis ich ihr ein eigenes besorgen kann. Ich werde es auch bezahlen. Sie wird nicht überleben, wenn wir sie nicht aus diesen nassen Kleidern herausholen.«

»Sie ist sehr hübsch«, murmelte Molly.

Aiden seufzte. »Sie ist nichts weiter als ein verwundetes Wesen, das meine Hilfe braucht. Mehr nicht.«

Er wusste, dass Molly seine Vorliebe für Tiere erkannt hatte, als er am Vortag ein Pferd gerettet hatte. Das Pferd war wahnsinnig vor Schmerzen gewesen, nachdem es sich das vordere Vorderbein verstaucht hatte, und der Reiter hatte dem Tier in seiner Wut und Eile eine Kugel in den Kopf jagen wollen. Aiden hatte dem Mann das Pferd abgekauft und das verletzte Bein geschient. Molly hatte gestaunt, wie er sich um das Pferd gekümmert und es beruhigt hatte. Diese Fähigkeit hatte er schon seit seiner Kindheit besessen, aber er vergaß immer wieder, dass seine Art, mit Tieren umzugehen, für großes Aufsehen sorgte, wenn er unter Menschen war, die ihn nicht kannten.

Aber diese Frau war nicht nur eine weitere verwundete Kreatur. Er hatte sie schon einmal gesehen, *viele* Male in seinen Träumen, denen, die er hatte, wo der Schleier zwischen Traum und Wachsein am dünnsten war. In den Träumen war sie verloren - immer verloren in einem tiefen, dunklen Wald, und er versuchte immer, sie zu erreichen. Als Junge hatte er von einem jungen Mädchen geträumt, und jetzt träumte er von einer erwachsenen Frau. Von *dieser* Frau. Er hatte nie mit jemandem über diese Träume gesprochen, nicht einmal mit seinen Geschwistern.

Wie so etwas möglich war, wusste er nicht.

»Du brauchst ein Nachthemd, sagtest du?«

»Aye.« Er bemerkte kaum, wie Molly verschwand. Er konzentrierte sich fast ausschließlich auf die Frau, die er gerettet hatte.

Mit zärtlichen Händen zog er ihr die nassen Lederstiefel aus und streifte ihr die Strümpfe von den Beinen, bevor er sie sanft umdrehte, um die hinteren Schnürsenkel ihres Kleides zu öffnen und es auszuziehen. Die Kleider, die sie trug, waren fein gemacht, die einer hochgeborenen Dame, und doch waren sie nicht übermäßig extravagant.

Er wandte seine Augen ab, so gut er konnte. Es war unmöglich, die Schönheit ihres Körpers zu ignorieren, während er ihn entblößte, aber sein Verstand war darauf konzentriert, sie von dem nassen Stoff zu befreien. Dann zog er die Decke seines Bettes zurück, steckte ihren nackten Körper unter die Laken und legte ein paar Holzscheite ins Feuer, um den Raum zu wärmen. Er nahm die durchnässte Decke weg und holte eine andere, die über die Lehne eines nahegelegenen Stuhls drapiert war. Er war an die Kälte in Schottland gewöhnt, hatte sein ganzes Leben in einem zugigen Schloss verbracht und brauchte nachts oft nicht so viele Decken, um zu schlafen, aber diese Frau brauchte so viel Wärme, wie er ihr geben konnte. Der Blaustich begann zu verblassen, als sich ihre Wangen erwärmten und der furchterregende Weißton ihrer Haut verschwand. Ihr Mund bewegte sich, als ob sie zu sprechen versuchte, und sie rührte sich unruhig im Bett.

»Ruhe jetzt. Du bist in Sicherheit.« Er legte seine Fingerrücken auf ihre Stirn und prüfte sie auf Anzeichen von Fieber. Er blieb an ihrer Seite und runzelte leicht die Stirn, während er immer wieder ihre Gesichtszüge studierte und versuchte zu verstehen, wie die Frau seiner Träume, deren Namen er nicht einmal kannte, jetzt hier bei ihm war.

Molly kam einmal herein, während er auf den Arzt

wartete, legte ein Nachthemd auf das Bett und half ihm, die Kleider der Frau zum Trocknen am Feuer aufzuhängen.

Nach einer Viertelstunde stiller Nachtwache an ihrem Bett kam der Arzt mit dem Stallburschen auf den Fersen. Als der Arzt seinen schwarzen Lederkoffer am Fußende des Bettes abstellte, drückte Aiden dem Jungen einen Schilling in die offene Hand und zerzauste ihm das Haar, bevor er ihn auf den Weg schickte.

Der Arzt war ein jüngerer Mann, vielleicht nur ein paar Jahre älter als Aiden. Er reichte Aiden die Hand.

»Ich bin Arthur MacDonald.«

Er schüttelte die Hand des Mannes. »Aiden Kincade.«

»Jetzt erzählen Sie mir mal, was passiert ist. Ich werde sie mir ansehen, während Sie reden.« Der Arzt griff nach den Laken und wollte sie herunterziehen, aber Aiden hielt seine Hand fest.

»Ich habe ihr die Kleider ausgezogen. Sie ist so nackt wie ein neugeborenes Kind.« Er ließ die Hand des Arztes los. »Ich fand sie mit Wasser in der Brust an den Strand gespült. Ich habe einen Großteil des Wassers aus ihr herausbekommen, aber sie war völlig durchnässt und ihre Lippen liefen blau an.« Er ließ die Hand von Dr. MacDonald los.

»Machen Sie sich keine Sorgen. Ich werde mich bemühen, sie genau zu untersuchen.« Der Arzt hob bei seiner Arbeit nur Teile des Lakens an und wandte seinen Blick ab, wenn er die Frau für seine Untersuchung weiter entblößen musste.

»Sie hat eine hässliche Prellung am Hinterkopf. Ich sehe keine weiteren Verletzungen, außer einigen blauen Flecken von einem Seil oder etwas ähnlichem an ihren Armen. Ich mache mir am meisten Sorgen um ihre Lunge. Sie wird sich leicht eine Lungenentzündung einfangen können. Sie muss warm und trocken gehalten werden und mit erhöhtem Brustkorb schlafen. Füttern Sie sie in den ersten Tagen mit heißer Brühe, und wenn es ihr besser geht, kann sie auch festere

Nahrung zu sich nehmen. Lassen Sie sie nicht zu viel Milch trinken und geben Sie ihr am besten keinen Käse. Sie werden ihren Husten verschlimmern, wenn sie beginnt, ihre Lungen leerzuhusten. Wenn es ihr besser geht, sollten Sie sie dazu bringen, aufzustehen und herumzugehen. Ich habe erlebt, dass es meinen Patienten besser geht, wenn sie sich bewegen, anstatt im Bett zu bleiben. Die Bewegung macht die Lunge frei.« Der Arzt strich sich nachdenklich über seinen kurzen, dunklen Bart. »Aber Sie wissen nicht, wer sie ist?«

»Nein«, sagte Aiden leise. »Ich ritt am Ufer entlang, als ich die Trümmer eines Schiffswracks entdeckte, die angespült wurden. Da entdeckte ich das Mädchen im seichten Wasser.«

»Ein Schiffswrack, was? Gibt es noch andere Überlebende?«

Er schüttelte den Kopf. »Wenn ja, habe ich sie nicht gesehen.«

»Nun, ich überlasse es Ihnen, sich um sie zu kümmern, wenn sie erwacht. Ich bin nur einen Katzensprung entfernt. Mein Haus ist das letzte Haus am Ende dieser Straße. Zögern Sie nicht, mich zu rufen.«

»Danke, Doktor.« Aiden schüttelte erneut die Hand des Mannes. Sobald Dr. MacDonald weg war, setzte sich Aiden auf die Bettkante und starrte die schöne Frau aus seinen Träumen an, die an den Strand gespült worden war. Er konnte nicht umhin, sich zu fragen, ob sie eine Selkie-Prinzessin war. Er lächelte bei diesem Gedanken. Nein, sie war eine Elfenprinzessin. Nur das Feenvolk konnte eine Frau so schön machen.

»Wer bist du, Mädchen?«, fragte er erneut, aber die Frau schlief weiter, ohne ihn und seine Sorge um sie zu bemerken.

Die Farbe ihrer Haut kehrte auch weiterhin zurück, und ihre Atmung wurde tiefer. Ihr Gesicht, das zuvor selbst im Schlaf so angespannt gewirkt hatte, hatte sich entspannt, und ihre schönen Züge wurden weicher. Er fuhr mit einer Fingerspitze über ihre dunklen Augenbrauen und berührte dann ihre Lippen, wobei er sich wünschte, er könnte sie mit seinen eigenen in einem brennenden Kuss erwärmen. In seinen Träumen griff er immer nach ihr, wollte sie halten, küssen, lieben, bis die Welt endete und wieder begann und neue Sterne am Nachthimmel auftauchten. Aber das war Wahnsinn. Eine Frau in seinen Träumen, der er nie begegnet war, konnte nicht real sein, konnte nicht diese Frau sein. Seine Brüder hätten darauf bestanden, dass es sich um einen reinen Zufall handelte, aber Aiden glaubte an Dinge, die seine Brüder nicht taten, wie Schicksal und Bestimmung. Diese Frau ... war beides.

»Wer auch immer du bist, ich werde dich immer beschützen«, schwor er.

Die Frau stieß einen leisen Seufzer aus, und ihre Lippen spitzten sich leicht, als sie Worte murmelte, die er nicht hören konnte.

Annas Kopf pochte. Sie fragte sich vage, ob sie beim Abendessen zu viel Wein getrunken hatte. Sie stöhnte und drehte sich, dann zuckte sie zusammen, als sie ihren Kopf auf dem Kissen drehte. Die Drehung ihres Körpers setzte etwas in ihrer Lunge frei, und sie hustete heftig, als sie auf der Seite lag. Sie schmeckte das salzige Wasser in ihrem Mund und leckte sich über die trockenen Lippen. Als sie sich wieder bewegte, pochte der Schmerz am Hinterkopf erneut.

»Autsch!«, zischte sie, und ihre schmerzende Kehle brannte bei diesem einen Ausruf des Schmerzes. *Halsweh? Warum hatte sie Halsweh?*

»Vorsicht, Mädchen, du tust dir noch weh.« Eine tiefe, satte Stimme ertönte leise von irgendwo in der Nähe. Sie zuckte zusammen und öffnete ihre Augen. Für eine Sekunde verschwamm ihre Sicht, und dann wurde ihr klar, dass sie sich in einem fremden Raum mit einem fremden Mann befand. Aber diese Erkenntnis war noch schlimmer, da sie nicht wusste, in was für einem Zimmer sie *sein sollte*. Der Mann war dunkelhaarig, und seine stürmischen, blaugrauen Augen blickten sie besorgt an.

»Wer ... Wer sind Sie?«, wollte sie wissen. Sie glaubte, eine vage Erinnerung an ihn zu haben und an schreckliches, kaltes, schwarzes Wasser und dann wieder an ihn ... in blassgrau-blauem Wasser wie der Himmel und wie das Sonnenlicht einen Ring aus Licht um seinen Kopf gebildet hatte, als er auf sie herabblickte.

»Ich kann dich nicht verstehen, Mädchen. Kannst du Englisch sprechen?«

»Ja, ja, natürlich«, sagte sie auf Englisch. Hatte sie Dänisch gesprochen? Sie kannte den Unterschied zwischen den beiden Sprachen und wechselte ins Englische, als er sie darum bat.

»Du sprichst also mehr als eine Sprache«, überlegte der Mann. »Hast du auch einen Namen, Mädchen?«

»Anna. Mein Name ist Anna ...« Ihre Stimme verstummte, als ihr nach *Anna* nichts weiter einfiel. Warum konnte sie sich nicht an ihren eigenen Namen erinnern?

»Anna und weiter?«

Eine plötzliche Angst stieg so schnell in ihr auf, dass ihre Brust den ganzen Atem aus ihrer Lunge presste.

»Ich weiß es nicht«, sagte sie keuchend, vergrub ihr Gesicht in ihren Händen und weinte. Sie hatte das Gefühl, die Kontrolle zu verlieren - sie wusste nicht, wer sie war und wo sie war. Es war *erschreckend*.

»Ganz ruhig, Mädchen. Nicht weinen.« Die Hand des Mannes berührte ihre Schulter, und seine warme Handfläche fühlte sich gut an auf ihrer nackten Haut. Nackte Haut? Sie nahm die Hände vom Gesicht und sah, dass ihr Oberkörper nackt war, aber größtenteils von Laken verdeckt.

»Warum bin ich nackt?«, fragte sie im Flüsterton.

Das Bettzeug, das sie bedeckte, war warm, aber kratziger, als sie es gewohnt war, und sie fühlte sich zu warm und die Luft in diesem kleinen Raum zu stickig. Sie glaubte, sich an sanfte Finger zu erinnern, die ihr die kalte, nasse Kleidung von der Haut schoben. War er das gewesen? Hatte dieser Mann sie berührt? Eigentlich hätte sie Angst haben müssen, aber irgendwie brachte der Anblick seines Gesichts, die Freundlichkeit gemischt mit Verlangen, ihr Blut auf eine Weise in Wallung, die sie nicht ganz verstand.

»Deine Kleider waren mit Meerwasser durchtränkt, und du warst am Erfrieren.« Der Mann nahm seine Hand von ihrer Schulter und trat zurück, um ein Nachthemd hochzuhalten. Es war ein einfaches Baumwollhemd, aber es sah sehr bequem aus.

»Ist das für mich?«, fragte sie. Sie hätte Angst vor diesem Mann haben müssen. Er war unglaublich groß, breitschultrig, und die Umrisse seines muskulösen Körpers waren deutlich an der Art und Weise zu erkennen, wie seine Weste seine Taille umschloss und die Hose, die er trug, seine kräftigen Oberschenkel umschmiegte. Aber sie spürte keine Angst, nur Verwirrung.

Das Gesicht des Mannes rötete sich. »Aye. Willst du es jetzt anziehen?«

»Ja.« Sie nahm das Nachthemd entgegen, und er drehte ihr den Rücken zu, während sie aus dem Bett stieg, ein wenig schwankend, da ihre Beine zu schwach waren, um sie zu halten. Sie hatte nur einen Moment Zeit, es über den Kopf zu ziehen und am Körper hinuntergleiten zu lassen, bevor eine Welle des Schwindels sie überkam.

Starke Arme fingen sie auf und ließen sie auf das Bett sinken. Sein tiefer, subtiler Duft erinnerte sie an alte Wälder mit Bäumen, die so alt waren, dass sie mehr Jahrhunderte erlebt hatten als die Menschen auf der Erde. Sie vergrub ihren

Kopf an der Kehle des Mannes und wollte noch mehr davon in sich aufnehmen. Es war ein Geruch, der sich vertraut anfühlte, tröstlich in all der Fremdartigkeit um sie herum.

»Sie sind so warm«, flüsterte sie. Wäre ihr nicht so schwindlig gewesen, hätte ihr nicht alles wehgetan, dann hätte sie vielleicht seine Beweggründe in Frage gestellt, aber in diesem Moment nahm sie den Trost, den sie brauchte, von ihm an.

Ein sattes Glucksen dröhnte aus seiner Brust.

»Der Raum ist immer noch kalt. Ich werde noch mehr Holzscheite ins Feuer legen.« Er steckte sie unter die Decke und wandte sich dann ab, um sich um das knisternde Feuer zu kümmern. Sie hatte einen Moment Zeit, seine schlanke, muskulöse Gestalt zu bewundern. Er war wirklich *schön*. Er trug eine dunkelbraune Hose und eine einfache Weste ohne feine Stickereien, aber er hielt sich mit einer ruhigen Zuversicht, die von einem edlen Geist zeugte. Sie war sich nicht sicher, woher sie das wusste, aber sie fühlte sich auf seltsame Weise mit diesem Fremden im Einklang.

Ein köstliches Feuer brannte in ihrem Bauch, als er vor den Flammen hockte. Er griff nach zwei Holzscheiten und legte sie mit Sorgfalt auf das Feuer, während andere Männer sie achtlos hineingeworfen hätten. Das war ihr an ihm schon aufgefallen. Alles, was der Mann tat, war sorgfältig und kontrolliert. Irgendwie fühlte sie sich dadurch sicher, obwohl sie nicht sagen konnte, warum.

Sie kuschelte sich tiefer in das warme Bettzeug. »Wer sind Sie für mich?«, fragte sie.

»Ich weiß es nicht«, antwortete er, und seine Worte machten sie nur noch verwirrter. Würde er es nicht wissen, ob er sie kannte oder nicht? Sie versuchte es mit einer anderen Frage.

»Haben Sie einen Namen?«

»Aye, Mädchen«, antwortete er, immer noch mit dem

Rücken zu ihr, während er mit einem Schürhaken gegen die Holzscheite stieß.

»Und würden Sie mir den auch sagen?« Sie wartete erwartungsvoll auf die Antwort des Mannes.

Er richtete sich auf, legte den Schürhaken zurück in den Metallständer und sah sie an. Dunkles Haar fiel in seine stürmischen blaugrauen Augen. Sie erinnerten sie an das Meer. Voller Rätsel, die nie gelöst werden würden.

»Aiden Kincade.« Er machte eine höfliche Verbeugung, die sie zu einem Lächeln veranlasste.

»Und wie haben wir uns kennengelernt, Aiden Kincade?« Sie erinnerte sich daran, dass er erwähnt hatte, dass sie in seewasserdurchtränkter Kleidung halb erfroren aufgefunden worden war.

»Ich fand dich auf den Wellen zum Strand treibend. Du wurdest von einem Schiffswrack angespült.«

»Schiffswrack?« Sie murmelte das Wort verblüfft vor sich hin.

»Aye, Mädchen. Welche armen Seelen auch immer mit dir zusammen gesegelt sind, sie müssen umgekommen sein. Ich habe niemanden sonst in den Trümmern gesehen, wo du angespült wurdest.«

Ein Schiffbruch und keine Erinnerungen und ... Sie berührte ihren Hinterkopf und zuckte erneut zusammen.

»Vorsichtig.« Er bewegte sich auf sie zu, hielt aber inne, kurz bevor er sie berührte, als ob er sich daran erinnerte, dass sie Fremde waren und er sie nicht anfassen sollte. Irgendetwas daran erfüllte sie mit Zärtlichkeit, dass er sich genug um sie sorgte, um die Regeln der Gesellschaft, die hier in seinem Land galten, zu brechen.

»Der Arzt sagte, du musst dir den Kopf an etwas gestoßen haben. Du hast auch blaue Flecken. Du kannst dich an nichts erinnern, was passiert ist?«

Sie schloss die Augen und versuchte, sich zu erinnern. Sie

glaubte, sich an das Meer zu erinnern ... und daran, wie sie um Atem gerungen hatte. Aber vielleicht war das nur ihre Fantasie, die versuchte, die Lücken zu füllen. Alles, woran sie sich wirklich erinnerte, war sein Gesicht ... sowohl durch finsteres Wasser als auch durch das helle Meer, als er sie rettete.

»Du scheinst mich auch zu kennen«, sagte Aiden, als er sich auf die Bettkante setzte, dicht neben sie.

Seine Nähe erschreckte sie nicht, sondern tröstete sie. »Was meinen Sie?«

»Wie du mich ansiehst«, sprach er aus.

»Tue ich das?«

»Aye, das tust du. Und du hast gesagt: *Du bist das*«, und er sprach die Worte mit einem englischen Akzent, der stärker war als sein eigener.

Anna verschränkte ihre Finger in der Decke und zerknüllte sie in ihrem Schoß.

»Es ist seltsam, aber ich habe das Gefühl, Sie zu kennen«, sagte sie nach einem Moment. »Nicht dass ich wüsste, woher.« Das Feuer knisterte, und ihre Haut fühlte sich jetzt zu warm an.

Aiden betrachtete ihr Gesicht, und die Intensität seines Blicks auf sie erhitzte sie nur noch mehr. Die Vertrautheit, diese Verbindung zu ihm, die sie nicht erklären konnte, zerrte wieder an ihrem Verstand - als ob sie diesen Mann irgendwoher kennen müsste. Er schluckte und rutschte auf dem Bett näher heran, seine Lippen spalteten sich, während er sie weiter ansah. Seine männliche Schönheit raubte ihr den Atem. Es war, als wären seine Gesichtszüge von Engeln geschnitzt worden.

Jemand klopfte an die Tür. Er ging hin, um zu öffnen. Eine Frau stand dort mit einem besorgten Gesichtsausdruck, als sie um Aiden herum zu Anna blickte. Sie war mittleren Alters und hatte einen grimmigen Gesichtsausdruck, der sich etwas löste, als sie sah, wie Anna sich aufsetzte.

»Ich störe euch beide ja nur ungern, aber du solltest mal nach dem Pferd mit dem kaputten Bein sehen. Dieser Narr McPherson sagte, er wolle es jetzt zurück. Ich kann auf dein Mädchen aufpassen.«

Aidens Augen verdunkelten sich. Er schaute wieder zu Anna. »Beweg dich nicht vom Bett, Mädchen. Ich muss gehen, aber du musst dich noch ausruhen. Ich komme mit dem Essen zurück.« Und einfach so war der große schottische Fremde verschwunden. Das war etwas, das sie in den letzten Minuten erkannt hatte. Sein Akzent war *schottisch*, ebenso wie der der Frau, die an der Tür geklopft hatte.

Hatte sie sich in Schottland verirrt?

❦　3　❧

»ie geht es dem Mädchen?«, fragte Molly Aiden, als er den Flur betrat.

Aiden versuchte immer noch, sich mit der Situation abzufinden, eine schöne, halb ertrunkene Frau gefunden zu haben, die er fast sein ganzes Leben lang in seinen Träumen gesehen hatte, und er hörte Mollys Frage erst, als sie sie wiederholte.

»Müde, aber wach.« Er folgte der Gastwirtin die Treppe hinunter. »Sie sagt, ihr Name sei Anna, aber sie scheint sich nur an ihren Vornamen erinnern zu können. Sie spricht Englisch, aber sie spricht auch ... Dänisch, glaube ich, wenn ich es richtig erkannt habe.«

»Was?«, Molly blinzelte, als sie das untere Ende der Treppe erreichten. Die Schankstube war voll von Kunden, vor allem von Männern, die an den Docks arbeiteten, sowie von Durchfahrenden, die im Gasthaus übernachteten. Ihr Ausruf zog ein paar neugierige Blicke nach sich, und Aiden antwortete mit leiser Stimme.

»Dr. MacDonald fand eine Wunde am Kopf der Frau. Ich vermute, dass sie einen Teil ihres Gedächtnisses verloren hat, was sich vielleicht erst bessern wird, wenn die Verletzung von selbst heilt.« Er hatte so etwas einmal mit einem alten Collie gesehen, den er als kleiner Junge gehabt hatte. Sein Vater hatte dem Hund in einem Moment der Wut mit einem Stock auf den Kopf geschlagen, und drei Wochen lang schien der Hund Aiden überhaupt nicht zu kennen. Er hatte sich mehr als einmal im Schloss verirrt, während er sich vorher immer zurechtgefunden hatte. Aiden musste das Vertrauen des Hundes von neuem gewinnen. Schließlich verheilte die Wunde an seinem Schädel, und der Hund kehrte mit der Zeit zu seinen alten Gewohnheiten und Verhaltensweisen zurück. Vielleicht würde es bei seiner geheimnisvollen Frau genauso sein.

»Das arme Kind«, sagte Molly mit überraschender Süße. »Ich werde nach ihr sehen, während du dich um diesen Bastard McPherson kümmerst.«

Aiden durchquerte den Schankraum und verließ den vorderen Teil des Gasthauses in Richtung der Ställe. Der Stallbursche, der zuvor den Arzt für ihn geholt hatte, schrie einen rundlichen Mann mit Zylinder an, den Aiden erkannte.

»McPherson«, knurrte er den Mann an, einen Augenblick bevor McPherson eine Hand hob, um dem Jungen eine Maulschelle zu verpassen. Aiden ergriff den Arm des Mannes und hielt ihn mühelos vom Gesicht des Kindes fern.

»*Manieren*, McPherson, sonst denken die Leute noch, Sie schlagen lieber kleine Kinder als Männer in Ihrer Größe.«

»Nimm deine Hände von mir, Kincade! Der Welpe verdient eins an die Ohren.« McPherson wischte sich imaginären Staub von den Ärmeln seines Mantels und blickte finster drein.

»Tut er das, ja?« Aiden warf dem Jungen einen gespielten finsteren Blick zu, woraufhin dieser verschämt zu Boden blickte.

»Verschwinde«, bellte Aiden den Jungen an, der die

Andeutung begriff und sich aus dem Staub machte. Aiden richtete seine Aufmerksamkeit wieder auf den Mann. »Also, was habe ich da gehört, dass Sie das Pferd zurückhaben wollen?«

McPhersons Schnurrbart zuckte, und seine dunklen Augen verengten sich, als er Aidens Unmut über seine nächsten Worte vorauszusehen schien.

»Ich will mein Pferd zurück; ich habe es an den Metzger unten an der Straße verkauft. Er zahlt gut für Pferdefleisch.«

Aidens Blut kochte vor plötzlicher Wut, aber er hielt die Flammen zurück.

»*Der Fleischer?* Sie wollen es zum Schlachten verkaufen? Haben Sie den Verstand verloren?«

McPherson knurrte. »Es ist mein Pferd. Ich kann damit machen, was ich will.«

»Sie haben es mir zuerst verkauft, wenn Sie sich erinnern wollen«, knurrte Aiden zurück.

»Und ich habe einen besseren Preis gefunden. Ich will es zurück.« McPherson holte den Beutel mit den Münzen heraus, den Aiden ihm gegeben hatte. Aiden machte keine Anstalten, den Beutel anzunehmen. Er hielt seine Hände an den Seiten, zu Fäusten geballt.

»Wir hatten eine Abmachung, McPherson. Ich werde kein Geld für das Tier zurücknehmen. Das Pferd gehört mir. Es ist mir egal, wie viel der Metzger Ihnen angeboten hat. Das können Sie mit ihm klären.«

McPherson packte Aiden am Arm, als dieser an ihm vorbeigehen wollte, um zu den Ställen zu gehen. »Wie können Sie es wagen ...«

Aiden wirbelte herum und traf mit seiner Faust McPhersons Nase. Der Mann fiel auf den Rücken und schrie vor Schmerz auf, während er sich die blutige Nase hielt.

Kalte Wut kräuselte sich unter seiner Haut, aber er hielt sie im Zaum, wie er es immer getan hatte. Aiden hatte noch nie einen Mann geschlagen, der es nicht verdient hatte, aber dieser Bastard hatte es wirklich verdient.

»Kommen Sie nochmal näher, und ich breche Ihnen nicht nur die Nase«, sagte Aiden. Sein eisiger Ton ließ Angst in den Augen des Mannes aufleuchten. Aiden ging an ihm vorbei und betrat die Ställe. Der Duft von Heu und Pferden besänftigte das wütende Tier, das in Aidens Innerem tobte. Die Misshandlung anderer, insbesondere von Schwachen und Hilflosen, war eines der wenigen Dinge auf dieser Welt, die seinen Zorn erregen konnten. McPherson hatte Glück, mehr Glück als er ahnte, dass er mit einer blutigen Nase davonkam.

»Sie haben ihm den Zahn gezogen!«, krähte der Stalljunge vergnügt, und Aiden warf einen Blick auf den Dachboden, wo der Junge über den Sims zu ihm herunterspähte.

»Aye«, stimmte Aiden feierlich zu.

»Aber Sie hätten ihn töten sollen.« Der Junge kletterte neben ihm die Leiter herunter und übersprang die letzte Sprosse mit der ungestümen Energie, die nur Kinder besitzen.

»Nein, Junge, er ist das Blut nicht wert, das ich vergießen würde, wenn ich es täte.« Aiden fuhr mit der Hand durch das Haar des Jungen und bemerkte, dass dieser bei seiner Berührung zusammenzuckte und sich dann entspannte. Sein Magen wurde flau, denn er kannte die Zeichen: Das Kind wurde verprügelt. Früher war er genau wie dieser Junge gewesen, der bei jeder Berührung, ob gut oder schlecht, zusammenzuckte.

»Wie geht es den Pferden?«, fragte Aiden.

»Thundir geht es gut. Bob geht es viel besser.«

»Bob?« fragte Aiden, während der Junge mit ihm Schritt hielt. Sie gingen hinunter zu Thundirs Verschlag.

»Bob ist der mit dem kaputten Bein. Ich finde, er sieht aus wie ein Bob, also habe ich ihn Bob genannt.«

Aiden lächelte. »Dann heißt er ab sofort Bob. Aber es gibt nur ein Problem.«

Die Augen des kleinen Jungen weiteten sich. »Und welches?«

»Bob ist ein *Mädchen*.«

»Oh ...« Das Lächeln des Jungen verblasste. »Bob ist ein Mädchen?«

»Ja, Junge, ich fürchte schon. Du kennst nicht den Unterschied zwischen einem männlichen und einem weiblichen Pferd?« Aiden betrachtete den kleinen Jungen mit dem sandfarbenen Haar. Er war dünn, wahrscheinlich unterernährt, aber seine Augen strahlten eine große Intelligenz aus.

»Ich denke nicht. Ich bin erst seit einer Woche hier«, gab der Junge zu.

»Dann bringe ich dir gerne alles bei, was ich über Pferde weiß. Deine erste Lektion ist: Stuten wie Bob sind stärker, als man vermutlich denkt. Sie sind vielleicht nicht so groß wie einige der Hengste oder Wallache, aber sie können länger laufen und sind zäher, als man erwarten würde. Unterschätze niemals ein Weibchen, egal welcher Art.« Als er dies sagte, musste er unweigerlich an Anna denken. Sie hatte einen Schiffbruch überlebt und war fast ertrunken, erholte sich aber bereits wieder. Wenn das keine Stärke war, wusste er nicht, was es war.

»Wie die hübsche Dame, die Sie ins Gasthaus gebracht haben? Die, von der man sagt, dass Sie sie im Meer gefunden haben?« Der Junge kletterte auf ein Fass in der Nähe, um Thundir besser beobachten zu können, während der Wallach seinen Hafer fraß. Thundir steckte seinen Kopf aus dem Verschlag und kaute zufrieden.

»Aye, sie ist sehr stark, genau wie Bob«, stimmte Aiden weise zu. »Lass uns nach ihr sehen, ja?« Er hob den Jungen von seinem Fass herunter, und sie gingen in den nächsten Verschlag, wo die Stute untergebracht war.

Aidens Gedanken kreisten um die geheimnisvolle Frau, die in seinem Bett lag. Er fragte sich, ob noch jemand das

Schiffsunglück überlebt hatte. Als er sie gefunden hatte, trieb sie in der Nähe eines gebrochenen Mastes, mit leicht um sie gewickelten Seilen, als wäre sie einmal daran gebunden gewesen. Sie war stark, daran hatte er keinen Zweifel. Er wünschte nur, er wüsste, wer sie war, damit er ihr besser helfen konnte.

Es war klar, dass sie vom Kontinent stammte. Sie hatte in einer Sprache gesprochen, die er als Dänisch zu erkennen glaubte, aber sie hatte auch so gut Englisch gesprochen wie jede Engländerin, als er sie gefragt hatte, ob sie es könne. Sobald er mit der Kontrolle der Pferde fertig war, würde er den Arzt aufsuchen und fragen, was der von dem Gedächtnisverlust der Frau hielt.

Bob stand in der Box auf der gegenüberliegenden Seite von Thundir, und das Pferd beäugte Aiden misstrauisch, als er sich näherte. Sie hob den Kopf ein wenig und zog sich zurück, ihre Augen waren voller Misstrauen.

»Ganz ruhig, Kleine. Der fette Narr ist weg. Er wird dich nirgendwo hinbringen.« Aiden ballte seine Hand zu einer lockeren Faust, als er sie der Stute entgegenstreckte. Bob ließ sich Zeit und kam schließlich zu ihm und nahm den Würfelzucker, den er in seiner halb geschlossenen Handfläche versteckt hatte, als er seine Hand ihrer forschenden Nase zuwandte.

»Darf ich mir dein Bein ansehen?«, fragte er.

Sie schnaubte und trat von der Tür zurück, damit er in den Verschlag gehen konnte.

»Versteht sie Sie?«, fragte der Junge hinter ihm.

»Aye. Tiere kennen vielleicht nicht alle unsere Worte, aber sie hören unseren Tonfall und sehen unsere Körpersprache. Sie können besser als wir erkennen, wenn jemand lügt.«

»Wie machen die das?«

»Dein Körper verrät dich. Du magst noch so nette Worte sagen, aber wenn sie sieht, wie dein Blick zur Reitgerte wandert, weiß sie, dass du daran denkst, sie zu schlagen. Man muss immer ehrlich sein, was die Absichten gegenüber Tieren angeht. Nur so kann man ihr Vertrauen gewinnen.«

Er untersuchte Bobs Vorderbein und wechselte den Verband. Dann bürstete er das Fell des Pferdes sorgfältig aus und kämmte die Mähne aus. Diese Fürsorge gewann Bobs Vertrauen mehr als alles andere, und als er fertig war, schmiegte sie ihre Nüstern an seine Schulter und knabberte an seinem Hemdsärmel.

Aiden verließ den Stall und gab dem Stallburschen die Anweisung, sie zu füttern und ihr frisches Wasser zu bringen, dann verließ er den Stall und machte sich auf den Weg zum Haus des Arztes. Er hatte sich um das eine verletzte Weibchen gekümmert - jetzt musste er sich um das andere kümmern, das oben in seinem Bett lag.

ANNA KONNTE NICHT IM BETT BLEIBEN, EGAL WIE MÜDE SIE war. Nachdem Aiden den Raum verlassen hatte, ging sie zu dem kleinen Fenster. Sie lehnte sich an den Rahmen und blickte auf das kleine Dorf unter ihr. Sie erblickte Aiden, der im Hof des Gasthauses mit einem Mann sprach. Obwohl sie nicht hören konnte, was gesagt wurde, war Aidens Körpersprache angespannt und wütend. Anna drückte ihre Nase an das Glas und versuchte, sich ein besseres Bild von der Begegnung zu machen - oder besser gesagt, von Aiden. Der Mann sagte etwas, und dann versetzte Aiden dem Mann einen Schlag, der ihn zu Boden warf. Anna keuchte auf, aber trotz der Gewaltdarstellung hatte sie keine Angst vor Aiden.

Zunächst war sie über sein Verhalten schockiert. Aiden stand groß, stark und furchtlos über dem anderen Mann, aber er tat nichts weiter, obwohl er es leicht hätte tun können. So sehr Anna sogar für sich selbst ein Rätsel war, so sehr war auch ihr stiller, gut aussehender, starker Retter ein Rätsel.

Der Gedanke ließ ihre Brust ein wenig flattern. Sie erwartete, dass nur wenige andere Männer ihr gegenüber so ehrenhaft gewesen wären wie er. Er hätte sie ausnutzen können, hatte es aber nicht getan. Als er in den Ställen neben dem Gasthaus verschwand, blickte sie zu den kleinen Häusern und weiter zum blaugrauen Meer am Horizont.

Ihr Herz pochte mit einem tiefen Schmerz, für den es keine Erklärung gab, während sie auf das endlose Meer hinausblickte. Seufzend verließ sie den Platz am Fenster und näherte sich dem Chevalspiegel, der auf dem Waschtisch stand. Sie konnte erkennen, dass sie kein blasses Wesen war, sondern blass von ihrer Tortur und nicht von Natur aus blass. Sie konnte den Hauch von Sonne auf ihrer Haut sehen, der schimmern würde, sobald sie sich besser fühlte. Ihr Haar war ein Wirrwarr aus dunklen Wellen, die beim Trocknen rotbraun wurden.

Ihre Handgelenke und Unterarme waren mit blauen Flecken übersät. Sie fuhr mit den Fingerspitzen daran entlang und hatte einen Erinnerungsblitz, wie sie die Seile eines gebrochenen Mastes um ihre Arme band. *Sie* hatte sich diese Markierungen selbst zugefügt ... Sie zuckte bei den Erinnerungsblitzen zusammen, die zwar da waren, aber so trüb, als wäre sie halb in den Fluten versunken, die sie fast umgebracht hatten.

Anna konnte ihre Erleichterung darüber nicht verleugnen, dass sie sich zumindest an so viel erinnern konnte. Es hatte etwas Beängstigendes, mit blauen Flecken und Verletzungen aufzuwachen und keine Erinnerung daran zu haben, wie es dazu gekommen war. Wenigstens war es nicht von einer anderen Person mit ihr gemacht worden.

Jemand klopfte an die Tür und durchbrach ihre abschweifenden Gedanken. Eine Frauenstimme drang durch die Tür. »Miss Anna?«

Sie durchquerte das Zimmer und stützte sich an einem der Bettpfosten ab, um Atem zu holen. »Ja?«

»Mr. Kincade hat mich beauftragt, Ihnen etwas zu essen zu bringen«, sagte die Frau.

Anna öffnete die Tür und ließ die Frau herein. Sie war eine rüstige Gestalt mit scharfen Zügen und grau gesträhntem Haar, das sie zu einem lockeren Knoten auf dem Kopf zusammengebunden hatte. Anna hatte das Gefühl, dass dies eine Frau war, der man nicht in die Quere kommen sollte, aber auch, dass sie freundlich und gerecht im Umgang sein konnte.

Die Frau sah, wie Anna sich halb hinter der offenen Tür versteckte. »Ah, da sind Sie ja. Komm und setz dich, bevor du in Ohnmacht fällst, Kleine.« Sie stellte das Tablett auf dem kleinen Tisch ab und winkte Anna zu sich. »Komm und iss - du bist zu dünn. Mir tun ja *meine* Knochen weh, wenn ich dich ansehe. Mein Name ist Molly, und das ist mein Gasthaus. Wenn du irgendwas brauchst, fragt nach mir, ja?«

»Danke, Molly. Ich bin Anna.« Sie folgte Molly an den Rand des Bettes und setzte sich. »Darf ich Ihnen eine Frage stellen, die vielleicht etwas albern klingt?«

Die Gastwirtin neigte neugierig den Kopf. »Frag, Schätzchen.«

»Wo ... bin ich? Ist das Schottland?«

Daraufhin gluckste Molly. »Das ist es tatsächlich. Du bist gerade in North Berwick an der schottischen Ostküste.«

»Ah ...« Anna seufzte und stellte erleichtert fest, dass sie sich die schottische Küste in ihrem Kopf vorstellen konnte und wo North Berwick lag.

Molly stemmte die Hände in die Hüften und runzelte die Stirn. »Du siehst so schwach aus wie ein Kätzchen«, murmelte sie. »Du solltest hier nicht alleine sein, bis Mr. Kincade zurückkommt.« Sie nahm eine Schüssel mit Suppe und reichte sie Anna zusammen mit einem Löffel. »Und jetzt iss. Ich werde mich zu dir setzen.«

Anna nahm das Essen dankend an. Ihr Magen fühlte sich an wie ein Fass ohne Boden.

»Nun, Anna, wie bist du überhaupt so zugerichtet worden? Auf welchem Schiff bist du gereist?«

Anna aß ein paar Löffel, bevor sie antwortete. »Ich erinnere mich nicht ...«

Mollys Augenbrauen hoben sich. »Du kannst dich nicht erinnern?«

»Nein. Ich erinnere mich nicht, wer ich bin oder wie ich nach Schottland gekommen bin.« Dieses Eingeständnis bedrückte sie mehr, als ihr lieb war. Sich selbst nicht zu kennen, war ein seltsames und beunruhigendes Gefühl. Es kam ihr auch dumm vor, als ob sie sich einfach nur erinnern müsste. Aber sie konnte es nicht, so sehr sie sich auch bemühte.

»Vielleicht sollten wir lieber Dr. MacDonald holen, damit er noch einmal nach dir sieht?«

»Dr. MacDonald?«

»Aye, Kleine. Mr. Aiden hat sofort nach ihm geschickt, als er dich hergebracht hat.«

Sie war Aiden also noch mehr verpflichtet, als ihr bewusst war.

»Du kannst dich wirklich an nichts erinnern?«, fragte Molly. »Überhaupt nichts?«

»Nur, dass ich mich auf dem Meer an einen gebrochenen Mast gebunden habe, um nicht zu ertrinken.« Sie zeigte Molly die von den Seilen verursachten blauen Flecken an ihren Armen. »Aber das ist mir erst vor ein paar Minuten eingefallen.«

Die Gastwirtin tippte sich ans Kinn. »Vielleicht kehrt dein Gedächtnis in Stücken zurück.«

Anna hoffte, dass es so sein würde. »Kennen Sie Mr. Kincade sehr gut?«, fragte sie.

»Nein, nicht besonders gut. Er ist schon seit ein paar

Tagen hier. Er wartet auf die Ankunft eines Schiffes aus Frankreich, und man kann nie genau sagen, wann ein Schiff in den Hafen einlaufen wird. Wenn man ein Gasthaus betreibt, sieht man alle möglichen Leute, musst du wissen. Die Guten und die Üblen. Mr. Kincade ist einer der Guten. Er ist freundlich, respektvoll und macht keinen Ärger.«

»Aber er hat gerade einen Mann draußen geschlagen. Ich habe ihn von hier oben durch das Fenster gesehen.«

Molly zog eine Grimasse. »Der Bastard, den er geschlagen hat, hat viel Schlimmeres verdient als das, was er bekommen hat. Mr. Kincade kaufte das verletzte Pferd des Mannes, gerecht und ehrlich. Dann kommt der Kerl heute Morgen zurück und sagt, er habe es stattdessen an einen Metzger verkauft. Aber Mr. Kincade will nicht, dass ein Tier getötet wird, schon gar nicht eines, dem er helfen kann.«

Anna entspannte sich, und Molly lächelte sie an. »Mach dir keine Sorgen, Mädchen. Wenn ich denken würde, dass er kein guter Mensch ist, würde ich nicht zulassen, dass er dich hier behält. Aber das erinnert mich daran, dass du richtige Kleidung brauchst, sobald du dich wieder besser fühlst. Ich werde eines meiner Kleider hochbringen lassen, damit du es anprobieren kannst. Du hast mehr Kurven als ich, aber ich kann die Nähte auslassen, damit es passt.«

Mollys Freundlichkeit war eine solche Erleichterung, dass Anna spürte, wie viel von der Spannung, die noch in ihr steckte, abfiel. »Danke, Molly. Ich stehe in Ihrer Schuld.«

»Du bist mir nichts schuldig«, betonte Molly. »Wir Frauen müssen uns gegenseitig helfen, wo immer wir können. Jetzt iss auf, und ich komme wieder, um nach dir zu sehen.«

Anna aß ihre Suppe auf und war dann wieder erschöpft. Sie kroch zurück zwischen die Laken von Aidens Bett, um zu schlafen. Sie fühlte sich sicher, weil sie wusste, dass er und Molly in der Nähe waren. Sie hatte das Glück, hier und nicht anderswo an Land gespült zu werden.

Ein zögerndes Lächeln umspielte ihre Lippen, als sie an Aiden dachte und daran, wie sein Blick sie durchbohrte. Er gab ihr das Gefühl, sie sei der einzige Mensch auf der Welt. Sie konnte sich nicht erklären, warum das wichtig war, aber sie fühlte sich sicher und umsorgt ... und das brachte sie dazu, sich genauso um ihn kümmern zu wollen. Er hatte viel gelitten, das konnte sie so deutlich in seinen Augen sehen, und sie wünschte sich, sie könnte ihn so heilen, wie er sie heilte. Irgendetwas an ihnen zusammen fühlte sich richtig an ... Und sie wusste, dass das verrückt klang, da sie sich an nichts aus ihrer Vergangenheit erinnern konnte. Sie konnte nur ihrem Instinkt vertrauen, und der sagte ihr, dass sie bei Aiden bleiben sollte.

AIDEN KLOPFTE MIT DEN FINGERKNÖCHELN GEGEN DIE Vordertür des malerischen Hauses von Dr. MacDonald. Eine ältere Haushälterin antwortete und musterte ihn hinter ihrer Brille von oben bis unten.

»Sie sehen aber nicht krank aus«, sagte die Frau unverblümt. Sie war ein plumpes Geschöpf mit grauem Haar und einer kurzen Nase, auf der ihre Brille bedenklich lose hockte. Aiden konnte erkennen, dass sie eine schroffe Frau war, die am besten auf Höflichkeit und Ehrlichkeit reagierte.

Aiden lächelte sie an. »Ich wusste nicht, dass das eine Voraussetzung ist. Ich bin kein Patient, aber ich habe jemanden, über den ich mit Dr. MacDonald sprechen muss.«

Die Haushälterin winkte ihn herein. »Er ist in seiner Praxis, aber sie ist leer. Sie können einfach durchgehen.«

Aiden kam an einem Schlafzimmer und einer Küche vorbei, bevor er den Raum fand, an dem ein Schild mit der Aufschrift »Praxis« in goldenen Buchstaben angebracht war. Die Tür stand einen Spalt offen. MacDonald saß an einem

Schreibtisch hinter einem Operationstisch mit dem Rücken zur Tür.

Aiden räusperte sich. »Dr. MacDonald?«

Der Arzt drehte sich um. »Ah, Mr. Kincade. Wie geht es unserer jungen Patientin?«

»Sie ist wach, scheint sich aber an nichts zu erinnern, außer dass ihr Vorname Anna ist.« Annas schöne, honigbraune Augen blitzten in seinem Kopf auf, als er ihren Namen erwähnte. Sie hatte so erschrocken ausgesehen, als ihr klar geworden war, dass sie sich an nichts erinnern konnte. Er hätte sie am liebsten auf seinen Schoß gezogen, sie geknuddelt und die Sorgen weggeküsst. Er wollte auch mehr als das tun, aber er konnte sie nicht so ausnutzen.

»Sie erinnert sich nicht an den Schiffbruch?« Die Augenbrauen des Arztes hoben sich, als er die Papiere beiseite legte, in denen er sich Notizen gemacht hatte.

»Weder an den Schiffbruch, noch an irgendetwas anderes. Ich fürchte, sie hat ihr Gedächtnis verloren«, sagte Aiden. »Ich weiß, dass das manchmal passieren kann. Sie hatten erwähnt, dass sie sich den Kopf gestoßen hat. Vielleicht war das der Grund dafür.«

Der Arzt schürzte nachdenklich die Lippen, stand dann auf und griff nach einem großen Buch auf seinem Schreibtisch.

»Wissen Sie zufällig etwas über das Land Ruritanien, Mr. Kincade?«

Unsicher, worauf Dr. MacDonald mit dieser Frage hinauswollte, zuckte Aiden mit den Schultern. »Ist das nicht ein Land auf dem Kontinent?« Er hatte den Namen schon gelegentlich gehört ... hauptsächlich von seiner Schwester Rosalind, deren Reederei mit ruritanischen Häfen Geschäfte machte. Normalerweise wurde ihm langweilig, wenn sie über das Geschäftliche sprach, und jetzt wünschte er, er hätte mehr zugehört.

»Es liegt an der Küste. Preußen umgibt es an drei Seiten, an der vierten Seite befindet sich das Meer.« Der Arzt schlug das Buch, das er in der Hand hielt, auf einer Seite auf, die er markiert hatte, und reichte es Aiden.

Aiden sah, was der Arzt meinte, als er die Karte betrachtete.

»Und was hat Ruritanien mit Anna zu tun?«

»Möglicherweise alles.« Die Augen des Arztes leuchteten vor Aufregung. »Ich hatte vor, Sie und Miss Anna heute Abend zu besuchen. Ich habe heute Nachmittag den Namen des Schiffswracks erfahren, auf dem Anna vermutlich war. Einer der örtlichen Fischer fand ein Stück des Schiffes, das mit den Worten *Ruritanian Star* auf Dänisch und Englisch bemalt war. Ich habe mich erkundigt, und es scheint, dass es sich um ein königliches Handelsschiff aus Ruritanien handelt.«

Aiden runzelte die Stirn, als er sich vorstellte, wie Anna vom Schiff ins eiskalte Wasser geworfen worden sein musste. Wie stark sie war, dass sie überlebte und das Ufer erreichte, während andere, zumindest bis jetzt, es nicht geschafft hatten.

»Spricht man dort eine andere Sprache als Englisch?«, fragte Aiden.

»Ja, sie sprechen hauptsächlich Dänisch, aber auch Französisch und Deutsch. Das Land ist klein, aber sehr wohlhabend. Es ist möglich, dass Anna von diesem Schiff kam.«

»Sie sprach zuerst in einer Sprache zu mir, die ich nicht kannte, aber ich dachte, es könnte Dänisch sein. Wenn sie aus Ruritanien stammt, würde das die Sache erklären. Aber sie spricht Englisch.«

»Das ist nicht so überraschend. England ist einer der Handelspartner Ruritaniens. Viele ihrer Landsleute würden wahrscheinlich Englisch lernen. Ich kann auch ein bisschen Dänisch.« Als Aiden ihm einen überraschten Blick zuwarf, gluckste der Arzt. »Ich habe an der Universität Edinburgh Medizin studiert, aber ich habe eine Leidenschaft für Sprachen.«

Das war eine Erleichterung für Aiden. Obwohl Anna ihn gut zu verstehen schien, fragte er sich, ob die dänische Sprache bei ihr Erinnerungen wachrufen könnte.

»Würden Sie mit mir kommen, um sie zu sehen?«, fragte Aiden.

»Ja, das werde ich. Ich würde sehr gerne noch einmal ihren Kopf untersuchen und auch versuchen, ihre Sprache zu sprechen, um zu sehen, ob ich recht habe.« Der Arzt holte seine Tasche. »Ich folge Ihnen.«

Aiden war froh, dass er ein weiteres Puzzlestück gefunden hatte, aber wenn sie aus einem anderen Land kam, würde es noch schwieriger werden, herauszufinden, wer sie wirklich war.

ALEXEI ZELENSKY, KRONPRINZ VON RURITANIEN UND zweiter seines Namens, kauerte im Unterholz des riesigen uralten Waldgebiets, das als Dunkler Wald bekannt war und nördlich der Ruinen des königlichen Sommerpalastes lag. In seinem Rücken stand William, der zum neuen Hauptmann der nun abtrünnigen königlichen Garde gewählt worden war, die Alexei zur Seite gestanden hatte. William war sein treuester Freund. Sie waren aus dem Sommerpalast geflohen, als dieser brannte. Die verkohlten Überreste seines ehemaligen Hauses waren alles, was von einem der schönsten Juwelen der europäischen Königshäuser übrig geblieben war. Die letzten Augenblicke, die er dort auf dem einst so schönen Gelände verbracht hatte, waren von Schweiß, Blut und Tränen gezeichnet gewesen, als er mit seinen Männern hatte fliehen müssen.

Es waren zwei lange Wochen vergangen, seit der Palast gefallen war und er Anna zum Hafen geschickt hatte, um nach England zu segeln. Zwei Wochen, in denen seine Männer in den Wäldern gelebt hatten und aßen, was sie mit Schlingen fangen oder mit Langbögen schießen konnten.

Alexei wusste, dass die oberste Priorität seines Onkels darin bestehen würde, ihn und seine Rebellen in den Wäldern zu finden. Es durfte keinen Thronfolger mehr geben, und wenn Alexei tot war, konnte der Herrschaftsanspruch seines Onkels nicht mehr angegriffen werden. Der Gedanke an seinen Onkel erfüllte Alexei mit neuer Wut. Er umklammerte das Schwert, das er bereithielt, fester.

»Die Karawane wird bald kommen«, flüsterte William hinter ihm. William war in England geboren worden, aber seine Eltern waren aus beruflichen Gründen hierher gezogen, als er noch ein kleiner Junge gewesen war. Er und Alexei waren Freunde, seit sie alt genug gewesen waren, um unbeaufsichtigt im Schloss herumzulaufen. Alexei hätte keinem anderen Mann das Schicksal seines Landes anvertraut.

Alexei nickte. »Wir greifen auf mein Signal hin an.« William gab den Befehl mit Handzeichen an die anderen loyalen Wachen weiter, die im Wald warteten.

An Wachen und Bediensteten, die dem Massaker im Palast entkommen waren, hatte Alexei insgesamt gut hundertfünfzig Leute. Die Anhänger seines Onkels hatten alle Männer, Frauen und Kinder getötet, die sie finden konnten, und auch Alexeis Eltern. Ruritaniens dreihundertjähriger Frieden war von einem Mann zerstört worden, der der Meinung war, Alexeis Vater sei schwach und Ruritanien müsse seine Nachbarn erobern, um zu überleben. Alexei hatte seinem Onkel nie getraut, aber er hätte nie damit gerechnet, dass der Mann so viele unschuldige Menschen töten würde, um König zu werden.

Wenigstens war Anna in England in Sicherheit. Wenn sie

hier wäre, würde er bei jedem Schritt um ihre Sicherheit fürchten, obwohl sie all die Jahre an seiner Seite in den Künsten des Schwertes und der Pistolen, ja sogar der Pfeile, geübt hatte. Aber ein einziger Glückstreffer des Feindes reichte aus, um jemanden zu töten, und er konnte das Leben seiner Zwillingsschwester nicht riskieren. Sobald er seinen Onkel besiegt und den Frieden im Land wiederhergestellt hätte, würde er sie nach Hause holen.

Vor ihnen marschierte eine Karawane von Soldaten in blutroten Uniformen den Weg durch den Wald entlang. Alexei wusste, dass die Wagen mit Gold und Lebensmitteln beladen sein würden, und er wollte beides erobern. Schon nach kurzer Zeit hatte sein Onkel die Steuern erhöht und im ganzen Land Vieh und Ernten beschlagnahmt. Alexeis Leute waren am Verhungern. Er durfte sie nicht mehr lange leiden lassen.

Einige Wachen, die den Roten Wolf auf ihren Uniformen trugen, kamen auf Pferden vorbei. Zwei Wagen folgten ihnen, und dann noch eine Nachhut. Alexei hob leicht die Hand und deutete dann nach vorne. Auf das Signal hin sprangen sie aus ihren Verstecken und griffen die Karawane an. Die Schreie seiner Männer, die riefen: *»Der Weiße Löwe für immer!«* gaben ihm Auftrieb. Schüsse ertönten, als Männer Pistolen und Gewehre abfeuerten, bevor sie zu Schwertern griffen. Alexei und seine Männer rangen gegen die Soldaten seines Onkels in einem Kampf aus Gewalt und Stahl.

Der erste Wagen raste durch das Chaos. Alexei stieg auf ein freies Pferd und verfolgte den Wagen, kletterte auf den Bock und hielt den Fahrer mit einer Klinge an der Kehle des Mannes auf.

»Du wirst nicht weiterfahren«, warnte Alexei und bedeutete dem Mann, seinen Platz zu verlassen. Der Mann warf sich mit erhobenen Armen auf den Boden.

»Sag meinem Onkel, dass ich ihn holen komme. Seine

Tage als Thronräuber gehen zu Ende. Der Weiße Löwe wird wieder brüllen.« Der Mann nickte verzweifelt und rannte mit vor Schreck geweiteten Augen in den Wald davon. Er würde sich entweder verirren oder den Weg zurück finden. Alexei war es egal.

Alexeis Männer stimmten hinter ihm in einen gemeinsamen Jubel ein, als die letzte Wache überwältigt und die Wagen von der Hauptstraße entfernt wurden.

Als sie sich in ihrem tief im Wald versteckten Lager wiedertrafen, kam William, um ihn zu begrüßen. »Wie lauten deine Befehle, mein König?«

Alexei zuckte bei dem Titel zusammen. *König* ... Er fühlte sich nicht wie ein König. Er fühlte sich wie ein junger Mann, der in eine Rolle gedrängt worden war, die er eigentlich erst in zwanzig oder mehr Jahren hätte übernehmen wollen. Nun trug er die Last einer Krone und die Hoffnungen und Träume eines Volkes, das von seinem Onkel bedroht wurde. Er hätte alles gegeben, um die Zeit zurückzudrehen, seine Eltern zu retten, seinen Onkel aufzuhalten und in sein altes Leben zurückzukehren ... ein Leben in Unschuld. Er wünschte, Anna wäre hier. Sie wusste immer, was in schwierigen Situationen zu tun war.

Er holte tief Luft und beruhigte sich, während er seinen nächsten Schritt plante.

»Legt genügend Lebensmittel für die Männer für die nächsten Monate beiseite und so viel Geld, wie wir brauchen, um bessere Ausrüstung zu beschaffen. Dann verteilt ihr den Rest an die Menschen, beginnend mit den Bedürftigsten.«

»Ich kümmere mich darum«, schwor William und ging. Alexei gesellte sich zu den anderen Männern am Feuer, wo sie Lieder sangen und einander Geschichten aus alten Zeiten erzählten. Er selbst sagte nichts, sondern hob seinen Bierkrug und trank, wenn sie anstießen.

Für seine Männer machte er ein tapferes Gesicht, aber

tief im Inneren war er ein gebrochener Mann, ein Mann, der mit hatte ansehen müssen, wie seine Eltern ermordet wurden, und der seine Schwester ins Exil hatte schicken müssen. Er wusste sehr wohl, dass er Anna vielleicht nie wieder sehen würde.

Er wünschte seinen Männern eine gute Nacht. Tausend Ängste quälten ihn, als er die Klappe seines kleinen Zeltes zurückschob und sich auf den Decken auf dem Waldboden ausstreckte.

Er lag wach, bis die Asche in den Feuerstellen weiß wurde und der Rauch sich in den Morgenhimmel verzogen hatte. Seine letzten Gedanken, bevor der Schlaf ihn einholte, galten seiner Schwester und der Frage, ob sie wohlbehalten in England angekommen war.

﷯ 4 ﷯

Anna saß am Feuer und starrte in die Flammen, während immer wieder kleine Blitze von Angst und Schmerz wie schemenhafte Gespenster durch ihren Geist huschten. Das kleine Feuer im Kamin erschreckte sie nicht, aber sie erinnerte sich an ihre große Angst vor Feuer. Ihr Körper erinnerte sich mehr daran als ihr Verstand. Es war seltsam, dass der Körper Erinnerungen trug, an die sich der Geist nicht erinnern konnte.

Unruhig, weil ihr Gedächtnis sie im Stich ließ, stand sie auf und spritzte sich kaltes Wasser ins Gesicht. Als sie in das Porzellanbecken blickte, kräuselte sich die Oberfläche, und sie sah ... Nein, was sie sah, war unmöglich. Es war, als ob sie durch das Innere eines Wunschbrunnens blickte und das Blätterdach eines dunklen Waldes sah, das sich über den Wipfeln der glatten, wassergetränkten Steine ausbreitete. Sie kannte diesen Ort, nicht wahr? Anna blinzelte, und die seltsame Vision war plötzlich verschwunden.

»Vertrau mir, Mädchen ...«, flüsterte Aidens Stimme in ihrem Kopf. Anna tauchte ihre Finger in das Wasser, und der Knoten der Anspannung in ihr löste sich.

»Sei nicht so albern«, schimpfte sie mit sich selbst.

Sie wusch sich das Gesicht und zog eine Grimasse beim Anblick ihres rostroten Haars, das sich gänzlich verknotet hatte. Sie durchsuchte Aidens Reisekoffer und fand eine Bürste, und mit einiger Mühe gelang es ihr schließlich, die Knoten aus ihrem Haar zu entfernen. Die Bürste war grob, die Borsten erinnerten sie an die Haare eines Wildschweins. Sie fuhr mit dem Daumen darüber und lächelte ein wenig, als sie an den Besitzer der Bürste dachte. Sie legte den Gegenstand zurück in seine Tasche und versuchte, den Drang zu ignorieren, die Kleidung in der Tasche zu untersuchen.

Anna nahm ihr langes, lockiges Haar im Nacken zusammen und knotete ein Lederband darum, das sie in Aidens Tasche gefunden hatte. Danach ließ sie sich am Fenster nieder, um das Treiben in der Stadt zu beobachten. Die ganze Zeit hoffte sie insgeheim, einen Blick auf Aiden zu erhaschen. Als Fremde in diesem Land war er der einzige Mensch, den sie wirklich zu kennen glaubte. Immer wenn er in der Nähe war, fühlte sie sich warm und sicher. Sie zog ihr Haar über die Schulter und spielte mit einer Strähne, während sie die Leute unten beobachtete. Es dämmerte bereits, als sie durch ein Klopfen aufgeschreckt wurde.

»Anna, ich bin's, Aiden. Ich habe Dr. MacDonald mitgebracht, er möchte dich gern untersuchen.«

»Kommen Sie herein.« Anna erhob sich von ihrem Stuhl, um sie zu begrüßen. Aber noch mehr als das suchte sie den Trost von Aidens Gesicht. Er war der einzige Mensch, dem sie in diesem fremden Land vertraute.

»Du siehst besser aus«, bemerkte er. Seine Augen wurden ein wenig weicher, und seine Lippen formten den Anflug eines Lächelns. Dieser Ausdruck ließ ihren Bauch vor Erregung beben.

»Ich fühle mich besser«, gestand sie mit leicht rauer Stimme. Das Meerwasser, das sie geschluckt hatte, hatte sie anfangs etwas heiser gemacht, aber jetzt ging es ihr schon viel besser. »Molly hat mir etwas zu essen gebracht.«

»Das ist gut zu hören.« Der Arzt folgte Aiden in den Raum und schloss die Tür hinter sich. »Miss Anna, ich bin Dr. MacDonald. Ich bin der Arzt, den Mr. Kincade gebeten hat, Sie zu untersuchen. Darf ich sehen, wie es Ihnen jetzt geht?«

Sie nickte und saß geduldig, während der Arzt sie untersuchte. Er war jünger, als sie erwartet hatte. Er war älter als sie - zumindest glaubte sie das, so wie sie im Spiegel aussah -, aber er war kein schroffer, jähzorniger alter Mann. Sie erinnerte sich vage daran, dass ein solcher Arzt sie behandelt hatte, als sie sich einmal den Arm gebrochen hatte.

»Ich habe mir den Arm gebrochen«, platzte sie in plötzlicher Aufregung heraus und lächelte gemeinsam mit Aiden. Sie erinnerte sich an Dinge, und selbst wenn sie klein und unwichtig erschienen, waren es zumindest Erinnerungen.

»Nein, das hast du nicht, Mädchen. Es war nur eine kleine Prellung«, beruhigte Aiden sie, als er sich neben den Arzt stellte.

»Nein, nein, ich meine, ich *erinnere mich*, dass ich mir vor langer Zeit den Arm gebrochen habe. Ich habe darüber nachgedacht, wie nett Dr. MacDonald ist, ganz und gar nicht wie dieser Arzt, der mich einmal behandelt hat, als ich mir den Arm gebrochen hatte. Ich muss damals noch ein Kind gewesen sein. Ich erinnere mich, dass ich mich so klein gefühlt habe.«

»Ihr Gedächtnis kehrt zurück«, sagte Dr. MacDonald. »Das ist gut. Wenn wir Glück haben, werden die Dinge, die sie in den nächsten Wochen tut oder sieht, noch mehr Erinnerungen wecken. Es ist möglich, dass das Trauma des Schiffbruchs dazu geführt hat, dass ihr Geist diese Erinnerungen verdrängt hat. Der Verstand macht das manchmal, wenn ein Ereignis ein ausreichendes Trauma verursacht.«

Dann hob der Arzt Annas Kinn an und untersuchte ihre

Augen, während er einen Finger hin und her bewegte und sie anwies, ihm mit ihrem Blick zu folgen. Dann sprach er stockend auf Dänisch. Es war eine Erleichterung, eine Sprache zu hören, die ihr so vertraut war wie Englisch, vielleicht sogar ein bisschen mehr. Das erklärte auch, warum ihr eigenes Englisch, wenn sie sprach, einen Hauch von Akzent hatte - es war ein dänischer Akzent. Sie beantwortete seine Fragen trotzdem, obwohl sie ziemlich verwirrt darüber war, warum er Dänisch und nicht Englisch sprach.

»Ausgezeichnet. Nun, das steht fest, Miss Anna.« Dr. MacDonald zwinkerte ihr aufmunternd zu, wie es ein älterer Bruder tun würde. »Sie kommen aus Ruritanien, *oder* ihr habt umfangreiche Kenntnisse der dänischen Sprache.«

»Ich bin Ruritanierin?« Aiden hatte erwähnt, dass sie eine andere Sprache mit ihm gesprochen hatte, aber er hatte nicht verstehen können, was sie gesagt hatte. Jetzt hatte sie eine Antwort. Aber was bedeutete das?

»Machen Sie sich keine Sorgen, meine Liebe«, tröstete Dr. MacDonald sie. »Die Erinnerungen werden mit der Zeit zurückkommen. Je ängstlicher Sie sind, desto mehr Energie wird Ihr Geist brauchen, um sie von dort zu holen, wo sie vergraben wurden.«

Anna versuchte, sich zu beruhigen, aber es war nicht einfach.

»Lassen Sie mich jetzt mal nach Ihrem Hinterkopf und Ihren Armen sehen.« Er berührte sanft ihren Kopf und schaute über ihre Arme. Die blauen Flecken hatten sich in den letzten Stunden dunkelviolett verfärbt. »Sobald es Ihnen etwas besser geht, schlage ich vor, dass Sie ein wenig spazieren gehen, mit Mr. Kincade zusammen, natürlich. Nicht allein, falls Ihnen schwindelig wird. Ich will nicht, dass Sie stürzen.«

Spazierengehen hörte sich gut an. Anna war müde, aber noch viel mehr war sie es leid, in diesem kleinen Zimmer eingesperrt zu sein. Sie war noch nicht einmal einen ganzen Tag hier, und schon wollte sie aufstehen und sich bewegen.

»Wie geht es Ihnen insgesamt? Haben Sie sonst noch Schmerzen?«, fragte Dr. MacDonald sie.

»Nein, eigentlich nicht. Es fühlt sich einfach so an, als wäre ich auf dem Meer herumgeschleudert worden, und mein Körper braucht Zeit, um sich davon zu erholen.«

»Das stimmt. Haben Sie gehustet?«

»Nein, ganz und gar nicht.«

»Das ist gut.« Dr. MacDonald warf Aiden einen Blick zu, und sie sah Aidens Erleichterung über das, was ihm der stumme Blick des Arztes gesagt hatte.

»Nun, Miss Anna, ruhen Sie sich weiter aus. Essen Sie, worauf Sie Lust haben, aber vermeiden Sie Käse und Milch, falls Sie doch noch anfangen zu husten.« Der Arzt schloss seine Tasche, nachdem er eine kleine Flasche auf den Waschtisch gestellt hatte. »Nehmen Sie zwei Tropfen davon, sollten Sie Schmerzen haben.« An Aiden gewandt, fügte er hinzu: »Seien Sie streng mit der Dosis. Es ist Morphium und muss mit Vorsicht verabreicht werden.«

»Ich verstehe«, versprach Aiden. Nachdem der Arzt gegangen war, richtete Aiden seinen Blick wieder auf Anna.

Sie war jetzt allein mit ihm. Ihr Verstand sagte ihr, dass dies ein gefährlicher Skandal sein könnte. Aber ihr Herz vertraute diesem stillen, ernsthaften Fremden jenseits aller Vernunft. Er verkörperte für sie Wärme, Stärke und Sicherheit, aber er weckte auch andere Gefühle in ihr, die sie nur schwer entziffern konnte. Gefühle, die ihre Haut erröten ließen und ihr den Atem raubten, wenn er ihr zu nahe kam.

»Hast du Hunger?«, fragte er.

Seltsamerweise hatte sie den. »Ja, ich bin ziemlich ausgehungert.«

»Ich werde uns etwas zu essen holen.« Er schenkte ihr ein beruhigendes Lächeln und ließ sie dann wieder allein.

Anna hatte im Bett warten wollen, bis er zurückkam, aber dann beschloss sie, dass sie sich *normal* und nicht wie ein Invalide fühlen wollte. Sie rückte die beiden Sessel am Kamin so zurecht, dass sie sich gegenüberstanden, und stellte einen kleinen Beistelltisch dazwischen, damit sie ihn für ihre Teller benutzen konnten. Sie fuhr mit den Händen über die Decken des Bettes, nachdem sie die Laken wieder an ihren Platz gelegt hatte, als er zurückkam. Aiden trug ein Tablett mit Fleisch und frisch gebackenem Brot sowie einen Teller mit gekochten Kartoffeln. Es war deftige Kost und einfaches Essen, aber es duftete einfach göttlich.

Aidens Blick schweifte über die kleinen Vorbereitungen, die sie getroffen hatte, um einen Essbereich für sie zu schaffen.

»Ich dachte, es wäre schön, wenn ...« Sein Schweigen ließ sie zögern. Wenn sie nur wüsste, was er dachte. In der kurzen Stille musterte sie ihn, betrachtete seine Größe und seine breite Brust. Sein dunkles Haar fiel ihm in die Augen, und Gott, diese Augen ... Sie leuchteten im Halbdunkel der Dämmerung. Umso bewusster wurde sie sich seiner Nähe, seiner Größe im Vergleich zu ihr und der Fülle der ungesagten Worte in seinem Blick.

»Das ist eine schöne Idee, Mädchen. Es tut mir leid, dass ich nicht selbst darauf gekommen bin.« Er stellte das Essen ab und schenkte jedem von ihnen ein Glas Wein ein, und dann setzten sie sich trotz des winzigen Raumes bequem in ihre Sessel.

»Mr. Kincade ...«, begann sie unsicher.

»Aiden, Mädchen, nenn mich *Aiden*.«

»Oh, aber ich habe das Gefühl, ich sollte nicht.« Sie sehnte sich geradezu danach, ihn Aiden zu nennen, aber anscheinend hatte man ihr beigebracht, wie man jemanden anspricht, den sie nicht kannte.

»Das solltest du. Ich kann dich ja ohnehin nur Anna nennen. Also ist es nur gerecht.«

Sie lachte leise. »Gegen diese Logik kann ich wohl nichts einwenden.« Sie schwieg einen langen Moment, bevor sie den Mut fand, wieder zu sprechen. »Aiden?«

»Ja?« Er brach ein Stück Brot ab und nahm einen Bissen. Sein Blick verließ ihren nicht, und es war seltsam, die Intensität seiner Aufmerksamkeit zu spüren, aber auch aufregend.

»Es tut mir leid. Ich weiß nicht viel über mich selbst, um eine anständige Unterhaltung zu führen. Ich hatte gehofft, dass Sie mir stattdessen vielleicht etwas über sich selbst erzählen könnten?«

Er schluckte und sah sie einen langen Moment lang an, sein Gesichtsausdruck war immer noch unleserlich. »Frag mich alles, was du wissen willst.« Seine Stimme war unglaublich sanft, und doch hatte sie einen Hauch von Rauheit, als würde er nicht oft sprechen, was dieses Gespräch, so beiläufig es auch war, umso wichtiger erscheinen ließ.

»Ich bin ein Fremder für dich, und du hast dich in meine Obhut begeben«, fuhr er fort. »Es ist dein Recht, mich zu kennen.«

Ihn zu kennen ... Wie diese Worte sie mit einem tiefen Schmerz erfüllten, für den es keine Erklärung gab.

»Dafür bin ich dankbar«, fügte sie schnell hinzu. »Ich werde mich revanchieren, sobald ich weiß, wer ich bin.«

»Mach dir bitte darüber keine Gedanken. Ich verlange keinerlei Rückzahlung.«

Sie errötete bei der leisen, elegant formulierten Versicherung, dass er keine skandalösen Forderungen an sie stellen würde.

»Ich bin das dritte Kind des letzten Kincade-Clans, der nach Culloden noch in Schottland geblieben ist.«

»Culloden?« Das Wort kam ihr bekannt vor.

»Es war die letzte große Schlacht, die wir Schotten vor fast achtzig Jahren gegen die Engländer führten. Wir haben verloren. Bitterlich.« Aiden sprach mit einer Quelle der Traurigkeit in seinen Augen, und es zerriss etwas Weiches in ihr. Seine Stimme war so tief und traurig, dass sie in ihrer Brust widerhallte. »In meinem Land wurde alles zerstört. Clans wurden zerschlagen, Gutsherren getötet, Häuser niedergebrannt und der Besitz meines Volkes an die Engländer übergeben.«

»Das ist ja furchtbar«, hauchte Anna, und das Grauen brannte sich ihr in die Seele.

Aidens Augen blickten sie an, voller Feuer und Elend. »Sie nannten es die Clearances - weil mein Volk von seinem Land geräumt wurde.«

Irgendetwas nagte in ihrem Hinterkopf, Feuer und Krieg und Verrat, aber bevor sie es begreifen konnte, war es weg. Zögernd setzte sie ihr Verhör fort. »Und Ihre Familie, hat sie Culloden überlebt?«

Er antwortete mit einem traurigen Lächeln. »Oh ja, unsere Vorfahren waren schlau und gewannen das Vertrauen eines englischen Lords, der ihnen ihre Burg zurückgab. Unsere Mutter war die letzte echte Kincade. Ihr Volk war seit den Anfängen unseres Landes in Schottland ansässig. Mein Vater war nur ein entfernter Cousin, aber er war der einzige männliche Erbe. Um das Land in der Familie meiner Mutter zu behalten, willigte sie ein, ihn zu heiraten, aber er war kein guter Mann.«

Anna schluckte trotz der Traurigkeit, die den Raum erfüllte, und wartete darauf, dass er fortfuhr.

»Sie hatten vier Kinder - meine älteren Brüder Brock und Brodie und meine kleine Schwester Rosalind, die jetzt gar nicht mehr so klein ist. Du siehst ungefähr so alt aus wie sie, vielleicht ein paar Jahre jünger.« Er machte eine leichte Geste in Richtung Anna, und Anna spürte, wie ihr eine absurde Röte in die Wangen kroch. Sie wusste nicht, warum, aber die

Aufmerksamkeit dieses Mannes vermittelte ihr so viel Wärme.

Sie räusperte sich und konzentrierte sich wieder auf seine Worte. »Und Ihre Eltern, sie sind ...«

»Tot. Beide sind schon eine Weile tot.« Aidens Stimme klang hölzern und leise.

»Oh, es tut mir so leid«, antwortete sie mit einer Stimme, die so sanft war wie seine. Ein plötzliches Aufblitzen von Blut und Rauch, Schmerz und Trauer stach ihr so heftig ins Herz, dass sie den Atem anhielt und sich die Brust rieb, um das Gefühl zu vertreiben. Und genauso schnell, wie es aufgetaucht war, verschwand es auch wieder.

»Das ist Vergangenheit«, sagte er. »Es ist vorbei und erledigt.«

»Das sagen wir, nicht wahr?«, überlegte sie. »Aber die Vergangenheit und die Zukunft hallen in der Zeit endlos vorwärts und rückwärts.« Das hatte ihr einmal jemand gesagt, aber sie konnte sich nicht erinnern, wer.

Aiden nippte an seinem Wein. »Das ist wahrer, als ich zugeben möchte. Mein Vater war ein brutaler Mann, und meine Mutter, Gott hab sie selig, war nicht in der Lage, ihre Kinder zu schützen. Sie war eine warmherzige Frau, gütig und sanft, nicht dazu geschaffen, mit einem grausamen, gerissenen Wesen wie meinem Vater verheiratet zu sein. Ein gebrochenes Herz trieb sie in ein frühes Grab. Der Hass meines Vaters ist immer noch da, auch wenn er selbst tot und begraben ist.«

»Es tut mir leid.« Während sie das sagte, hatte Anna plötzlich eine Erinnerung, so klar wie die Sonne, die durch eine Wolkenbank bricht. Sie hatte sich in der weiten und stürmischen See an den gebrochenen Schiffsmast geklammert und jemanden verflucht. Hatte immer wieder einen Namen geschrien und dem Mann das grausamste aller Schicksale an den Hals gewünscht. Ein Name, der von

Unbarmherzigkeit sprach, ein Name, der Verrat der tiefsten Art bedeutete.

Aiden lehnte sich vor. »Was ist los? Du bist ganz blass geworden.«

»Es ist ein Name, der Name von jemandem, der meinen tiefsten Hass auf sich gezogen hat ... Als Sie von Ihrem Vater und seiner Brutalität sprachen, fiel mir ein Name ein, der in mir eine unsagbare Wut auslöste.«

»Welcher Name?«

»Yuri.« Sie wünschte, sie könnte sich daran erinnern, warum dieser Name in ihrer Vorstellung etwas so Gewalttätiges bedeutete. Es war erschreckend, immer wieder an einen Punkt der Leere in ihrem Kopf zu kommen, in der alles, was wichtig war, klar sein sollte, es aber nicht war.

»Yuri ...« Aiden wiederholte den Namen, als ob er hoffte, er würde ihm etwas sagen.

Sie aßen einige Minuten lang schweigend, bevor sie den Mut aufbrachte, eine weitere Frage zu stellen.

»Wie sind Ihre Brüder und Ihre Schwester so?« Sie trank ihren Wein aus und sonnte sich in der wohligen Wärme, die ihren Körper erfüllte.

Aiden lächelte breit. »Meine Brüder stecken ständig in Schwierigkeiten, weißt du. Aber man kann nicht anders, als sie zu lieben. Brock ist verantwortungsbewusst, aber er hat ein starkes Temperament - eines, das er niemals an unschuldigen Menschen oder Tieren auslassen würde. Aber er kann knurrig werden, wie der Dachs, nach dem er benannt ist. Brodie, nun, der könnte sogar eine Schlange verzaubern, und bevor er Lydia heiratete, war er mit viel zu vielen Mädchen zusammen. Und Rosalind, meine Schwester, ist ein Schatz. Ein sehr kluges, cleveres und schönes Mädchen. Alle drei meiner Geschwister haben in englische Familien eingeheiratet.«

»Oh?«

»Brock hat ein Mädchen namens Joanna Lennox geheiratet. Und Joannas älterer Bruder, Ashton, hat unsere Schwester Rosalind geheiratet.«

»Wirklich?« Anna kicherte über das verworrene Netz seiner Familienbeziehungen.

»Brodie heiratete auch eine Engländerin, aber zum Glück war sie keine Lennox. Das wäre für meinen Geschmack zu seltsam gewesen.«

»Und Sie ... Sie sind nicht verheiratet?« Sie hatte keine Anzeichen für eine Ehefrau gesehen, aber das war leicht zu verbergen, und die hiesigen Gepflogenheiten für solche Dinge waren ihr fremd.

»Nein, ich nicht«, antwortete er. »Mir wurde einmal gesagt, dass mein Weg zur Liebe einen großen und schrecklichen Preis haben würde.«

»Hat Ihnen das jemand als Kind gesagt?« Anna war entsetzt über den Gedanken, dass jemand einem kleinen Jungen eine so große Seelenlast aufbürden könnte.

»Aye. Als ich noch ein kleiner Junge war, kam eine Gruppe von Romani, Reisenden, über unser Land, während mein Vater geschäftlich in Edinburgh war. Meine Brüder und ich ließen sie für drei Wochen bei uns wohnen, während mein Vater weg war. Ich habe mich nachts aus dem Schloss geschlichen, angelockt von den Feuern, die in der Dunkelheit hell brannten.

»Frauen in farbenfrohen Röcken und mit goldenen Armreifen an Händen und Knöcheln tanzten um die Feuer. Die Männer spielten Melodien auf Panflöten, und ich tanzte mit den Kindern. Die Glut wurde von der Brise erfasst und in die Luft gehoben und wirbelte wie Glühwürmchen um uns herum. Es war magisch. In der letzten Nacht, die die Reisenden bei uns verbrachten, rief mich eine alte Frau, die herrschende Großmutter ihres Clans, zu sich ans Feuer. Sie nahm meine Handfläche und las mein Schicksal in der Glut des Feuers.«

Anna lehnte sich vor, gebannt von seinen Worten.

»Sie sagte mir, dass ich die größte Liebe haben könnte, die ich je kennengelernt habe, aber dass sie einen schrecklichen Preis haben würde. Sie sagte, ich würde niemals ganz Teil meiner Welt sein. Dass ich von dem Element Wasser abstamme und meine Liebe ein Element der Luft sein würde. Dass ich meine Seele aufgeben müsste, um mit ihr zusammen zu sein. Seit jener Nacht habe ich von einer Person geträumt. Ich wusste, dass die Träume nicht *nur* Träume waren. Zuerst sah ich in diesen Träumen ein Mädchen, aber als ich zu einem Mann wurde, wurde sie zu einer Frau … Ich hätte nie erwartet, ihr wirklich zu begegnen.«

»Sind Sie das denn? Ihr begegnet, meine ich.« Annas Herz war von einem tiefen Schmerz der Einsamkeit erfüllt. Sie hatte törichterweise zu hoffen begonnen, dass Aiden sie eines Tages begehren würde, so wie sie begann, ihn zu begehren, aber es schien, dass diese andere Frau sein Schicksal war.

»Willst du es wirklich wissen?«, fragte er, während seine Augen den Schein des Feuers auffingen.

»Ja, erzählen Sie es mir.« Sie würde so tun, als würde sie sich für ihn freuen, und ihre Enttäuschung verbergen.

»Ich bin dieser Frau heute Morgen begegnet, als ich sie aus dem Meer gerettet habe.«

Einen langen Moment lang wagte sie nicht einmal zu atmen. Er sprach über *sie*.

»Aiden …« Ihre Stimme stockte, denn sie war sich nicht ganz sicher, was sie sagen wollte.

»Das warst du, Anna. Seit mehr als zwanzig Jahren habe ich dich in meinen Träumen gesehen, und jetzt bist du hier. Wie das möglich ist, weiß ich nicht.«

»Ich?«

»Und außerdem scheinst auch du zu wissen, wer ich bin.

Als ich dich in den Wellen gefunden habe, hast du die Augen aufgemacht und gesagt: *Du. Du bist das.*«

Anna erinnerte sich, dass er ihr das gesagt hatte, als sie das erste Mal aufgewacht war, aber sie wusste nicht, warum sie es gesagt hatte.

»Deshalb werde ich dich beschützen, Anna. Ich werde an deiner Seite sein, bis du mich darum bittest, zu gehen.« Die Art und Weise, wie er das sagte, vermittelte ihr das Gefühl, als hätte er einen Anspruch auf sie erhoben. Dieser Gedanke löste in ihr eine Reihe komplizierter Gefühle aus, die sie nicht zu ordnen vermochte.

»Wir sind miteinander verbunden, du und ich. Es scheint, als wären wir das schon immer gewesen. Ich weiß, das mag dich erschrecken, da wir uns gerade erst kennengelernt haben, aber es ist die Wahrheit.«

Bei seinen Worten bekam sie eine Gänsehaut an den Armen, und obwohl sie sich nicht mehr an ihn erinnerte oder wusste, woher sie ihn kennen sollte, *glaubte* sie das, was er sagte. Vielleicht fühlte sie sich deshalb in seiner Nähe so sicher und zu ihm hingezogen. Ihr Körper *erinnerte sich* an ihn, auch wenn ihr Geist es nicht konnte. Die Vision, die sie im Waschbecken gesehen zu haben glaubte, kam ihr wieder in den Sinn, und sie zitterte. Sie hatte seine Stimme gehört, aber vielleicht war das nur eine übersteigerte Fantasie gewesen? Obwohl das eher möglich war, sprachen ihre Knochen dafür, dass das, was er sagte, wahr war.

Bei all diesen plötzlichen Enthüllungen fühlten sich ihre Glieder schwer an. Sie unterdrückte ein Gähnen mit einer Faust.

»Wir haben etwas gegessen, und jetzt solltest du wieder schlafen. Ruh dich aus, Anna, Mädchen. Ich werde auch morgen früh noch hier sein.«

Sie erhob sich aus ihrem Sessel und ging mit schleppenden

Schritten auf das Bett zu. Sie zog die Decke zurück und kroch ins Bett.

»Wo werden Sie schlafen?«

Er gluckste und kam zu ihr herüber. Er zog ihr die Laken bis zum Schlüsselbein hoch und drückte sie an sich, als wäre sie ein Kind.

»Ich werde hier in einem Sessel neben dir sitzen.«

»Oh, das wird doch unbequem sein.«

Er streckte die Hand aus, strich mit den Fingerknöcheln über ihre Wange und schenkte ihr ein schelmisches Lächeln, das ihren Körper mit einem noch nie da gewesenen Verlangen erregte.

»Vielleicht, aber ich bin ein Gentleman, und es ist besser als der Fußboden.«

AIDEN HATTE IHR DIE WAHRHEIT GESAGT. SIE WAR DIE Frau aus seinen Träumen, die Frau, vor der ihn die Roma-Frau gewarnt hatte. Er hatte sie nicht gesucht, doch sie hatte ihren Weg zu ihm gefunden, wie es das Schicksal wollte. Er würde ihr jedoch nicht den Rücken kehren, egal zu welchem Preis. Jetzt, da er sie gesehen hatte, sie in seinen Armen gehalten hatte, fühlte er den Frieden, den er sein ganzes Leben lang gesucht hatte, wenn er in ihrer Nähe war. Und sie wusste nicht einmal, wer sie war.

Das war wohl Schicksal, nicht wahr? Ihm eine schöne Frau zu bringen, die zweifellos mutig und stark war, doch wenn sie ihn ansah, hatte sie die vertrauensvollsten Augen, die er je gesehen hatte, und die süßeste Unschuld in ihrem Gesicht, wenn sie schlief. Er konnte nicht leugnen, dass er sie wollte, konnte nicht leugnen, dass er sie beschützen wollte, ihr alles geben wollte, was er hatte, auf welche Weise auch immer sie es brauchte. Ja, das war eine Frau, für die er sein Leben geben würde ... so wie es das Schicksal gewollt hatte.

Die meiste Zeit seines Lebens hatte diese Romani-Prophezeiung wie ein unsichtbares Leichentuch über ihm gehangen. Er hatte es nie seinen Geschwistern erzählt, nie *irgendjemandem* erzählt. Es war eine Last, die er allein tragen musste. Während die Jahre vergingen und er als erwachsener Mann in der Welt gelebt hatte, schwand seine Angst, die Frau zu finden, die sein Herz erobern würde. Er hatte sich hier und da mit Dienstmädchen vergnügt, Leidenschaft im Dunkeln gefunden und diesen Frauen im Gegenzug Leidenschaft geschenkt, aber nichts hatte sein Herz und seine Seele berührt.

Nichts wie das, was gefühlt hatte, als er Anna zum ersten Mal berührte. Selbst das kalte Wasser, das ihre Körper umspülte, hatte das plötzliche heiße Verlangen oder das uralte Gefühl, diese Frau als die seine zu »kennen«, in dem Moment, als er ihr Gesicht zum ersten Mal deutlich sah, nicht gedämpft. Die Bedrohung durch den Tod lastete immer noch auf ihm, aber jetzt war er bereit, die Last zu tragen, denn er hatte den Grund für seine Existenz gesehen und festgehalten. Diese Frau war alles für ihn. Und welcher Mann würde dafür nicht sterben?

Anna lag schlafend in seinem Bett, so vertrauensvoll und unschuldig wie ein kleines Kind. Seine Brust schmerzte, wenn er sie nur ansah, und trotz dieses Schmerzes lächelte er, als er sich in einen Stuhl setzte, um neben ihr zu schlafen. Dieser Frieden, dieses Gefühl der Richtigkeit, war so stark, dass er zum ersten Mal seit Jahren wusste, dass er schlafen würde, ohne von seinem Vater zu träumen.

»Jetzt hast du mich, Mädchen«, versprach er ihr und schloss die Augen.

Einige Stunden später wachte er auf, weil er ein Weinen hörte. Die Kerze auf dem Tisch neben ihm war weit heruntergebrannt. Das Wachs sammelte sich am Boden des Kerzenhalters. Nur der schwache Schein einer Flamme, unterstützt durch das Mondlicht, zeigte Anna auf dem Bett. Sie hatte sich fest zusammengerollt, ihr Körper war von Schluchzern gequält, ihr Gesicht vor Schmerz verzerrt.

»Anna, Anna, mein Schatz, wach auf.« Er rüttelte an ihrer Schulter, während sie im Schlaf leise weiter weinte.

Es dauerte einen Moment, bis sie den Albtraum abschütteln konnte. »Aiden!« Sie warf sich in seine Arme, und er fiel fast vom Bettrand.

»Ich bin hier, Mädchen. Ich habe dich.« Er rückte in die Mitte des Bettes und zog sie auf seinen Schoß, damit er sie besser halten konnte. »Wovon hast du denn geträumt?«, fragte er, als sich ihr hektischer Atem beruhigte.

»Feuer ... da war Feuer überall. Jemand, den ich liebe, ist gestorben. Ich kann mich nicht erinnern. Ich kann nicht ...« Sie vergrub ihr Gesicht an seiner Kehle. »Oh, es war zu schrecklich.«

Aiden schlang seine Arme fester um sie und wünschte, er könnte ihren Schmerz selbst tragen.

»Nun, jetzt bist du in Sicherheit. Was auch immer vorher passiert ist, jetzt bist du in Sicherheit.« Er küsste ihren Scheitel. Es schien so natürlich zu sein, das zu tun. Doch als sie den Kopf hob, um ihn anzusehen, streiften ihre Lippen unschuldig seine Wange, und er spürte, wie sich sein Körper vor Verlangen versteifte.

»Sind wir wirklich füreinander bestimmt?«, fragte sie.

Er betrachtete ihr Gesicht im Mondlicht. Er erinnerte sich an die Augen der Romani-Frau, als sie gesprochen hatte. *Du wirst für sie sterben ...«* Und er wusste, dass es wahr war. Sie gehörte ihm, diese geheimnisvolle Fremde, und er würde alles für sie tun, sogar sein Leben geben.

»Weißt du, was Selkies sind?«

Sie schüttelte den Kopf.

»Sie sind Menschen des Wassers, die in der Haut einer Robbe leben, aber diese Haut abstreifen können, um eine Zeit lang menschlich zu werden. Als du vor mir angespült wurdest, dachte ich zuerst, du seist eine Selkie-Prinzessin.« Er lächelte sanft und hoffte, dass der Themenwechsel sie ablenken würde.

»Eine Selkie-Prinzessin?« Sie lächelte schläfrig. »Das klingt doch ganz nett.« Sie gähnte erneut und legte ihren Kopf auf seine Schulter. »Hältst du mich noch ein bisschen länger? Ich glaube, wenn du das tust, werde ich keine Albträume mehr haben.«

»Aye. Wenn du willst, halte ich euch die ganze Nacht so.«

»Danke.« Sie drückte ihm einen Kuss auf die Kehle, und nach einem Moment spürte er, wie sich ihr Körper völlig entspannte. Sie schlief weiter und umklammerte ihn wie ein Kind sein Lieblingsspielzeug. Es machte ihm nichts aus.

Irgendwie schaffte er es, in dieser Position bis nach Sonnenaufgang zu dösen, als ihn ein überraschter weiblicher Schrei wachrüttelte.

»*Aiden Kincade!* Was glaubst du, was du da tust?«

Seine Augen flogen auf. Er verkrampfte sich beim Anblick von zwei Personen, die sich in der offenen Tür seines Zimmers aufhielten.

5

Aiden schoss aus dem Schlaf hoch. Er stellte seinen Körper zwischen Anna und die Bedrohung, die ihr Zimmer betreten hatte, aber er entspannte sich, als der Schlaf ihn verließ und er erkannte, wer es war.

»Ruhig, Bruder. Die Wirtin hat gesagt, du bist in diesem Zimmer, also dachten wir, dass wir dich zuerst sehen sollten, bevor wir uns um unser eigenes Zimmer kümmern. Wir wussten nicht, dass du ein Mädchen hier hast.« Brodies Lachen ließ Aiden seine Fäuste senken. Lydia, die Engländerin, die Brodie vor kurzem geheiratet hatte, stand neben ihm, ihre Augen weit aufgerissen und schockiert. Sie war diejenige, die ihn angebrüllt hatte.

»Was machst du da, Aiden?«, fragte Lydia, sichtlich verblüfft. »Und wer ist das da bei dir?«

»Aiden?« Annas besorgte Stimme erregte seine Aufmerksamkeit. Sie hatte die Decke bis zum Kinn hochgezogen, nicht aus Angst, sondern aus Scham und Sorge.

»Es sind nur mein Bruder Brodie und seine Frau Lydia. Gib mir eine Minute, um mit ihnen zu reden, Mädchen.« Er stützte eine Hand gegen das Kopfbrett, beugte sich vor und küsste Annas Stirn, dann scheuchte er seinen Bruder und seine Schwägerin zurück in den Flur, wo er die Tür schloss. Lydia war immer noch völlig verstört, aber Brodie unterdrückte ein Lachen.

»Ich bin froh, dass du dich zur Abwechslung mal amüsierst, kleiner Bruder.« Brodie grinste frech, bis ihm seine zierliche Frau einen spitzen Ellenbogen in den Magen rammte. »Uff!« Er klappte vornüber, als ihm die Luft aus den Lungen entwich. Dann stürzte sich Lydia wieder auf Aiden.

»Wirklich, Aiden, eine Frau der Nacht in *dein* Zimmer zu bringen ... Ich hätte nie gedacht, dass du nach Brodie kommst und mit *irgendeiner* schlafen würdest.« Sie warf ihrem schurkenhaften Mann einen spitzen Blick zu.

»Nimm dich in Acht, Frau - das ist dein Mann, von dem du sprichst«, warnte Brodie, aber seine Augen versprachen nur sinnliche Strafe. »Außerdem stellst du da ein paar möglicherweise haltlose Vermutungen an, nicht wahr? Es kann viel passiert sein, seit wir weg sind. Vielleicht hat mein Bruder eine Braut gefunden!« Brodies Tonfall war so amüsiert, als wäre die Vorstellung, dass Aiden irgendjemanden heiraten würde, ein Witz.

»Meine hübsche Lydia«, begrüßte Aiden großmütig und zog die stachelige Frau in seine Arme, bis ihre Ablehnung nachließ und sie ihn zurück umarmte. »Die Flitterwochen haben dir gut getan. Du siehst glücklich aus.« Er meinte es auch so. Lydia hatte nach dem Tod ihrer Mutter viele Bürden zu tragen gehabt. Die Heirat mit einem Draufgänger wie Brodie, der es liebte, sie zu necken und zu verwöhnen, war gut für ihren Geist und ihr Herz gewesen.

Lydia wurde rot. »Es war wunderbar, nicht wahr?«, fragte sie Brodie. Ihr Mann beugte sich hinunter und küsste sie auf die Wange, seine harten Gesichtszüge wurden weicher.

»Das war es.« Dann räusperte sich Brodie. »Nun sag uns, wer ist die Hure in deinem Bett?«

»Sie ist keine Hure, Bruder«, sagte Aiden in ruhigem Ton. Sie befanden sich in einem offenen Korridor, und er wollte nicht, dass jemand sie belauschte.

»Keine Hure?«, erwiderte Brodie und bekam von Lydia einen weiteren Ellbogenstoß. »*He*, Frau, hör auf damit«, knurrte er.

»Oder was?« Lydia kippte ihr Kinn trotzig nach hinten.

»Oder ich trage dich ins Bett, und wenn ich mit dir fertig bin, bist du halbtot vor Vergnügen und hast keine Kraft mehr, mich mit deinen hübschen Ellenbogen zu stoßen, *das*«, sagte er warnend.

Lydias Augen verdunkelten sich, als sie ihm einen verführerischen Blick zuwarf. »Nun, in diesem Fall ...« Sie zog ihren Ellbogen zurück, um erneut zuzustoßen.

»Habt ihr beide noch nicht genug vom Bett?«, fragte Aiden mit einem gequälten Seufzer.

»Nein«, antworteten sie unisono.

»Nun, haltet euch bitte vor Anna zurück«, befahl er. »Ich will nicht, dass sie uns für Wilde hält.«

»Und *wer* ist Anna?«, fragte Lydia und ließ ihren Blick zu der geschlossenen Tür schweifen.

»Aye, wer ist sie?«, fragte Brodie, verständlicherweise neugierig. Aiden ging weit seltener mit Frauen ins Bett als seine Brüder. Er war natürlich mit Frauen zusammen gewesen und wusste, wie man sie befriedigte, aber er war nicht wie Brodie. Wenn er seinen Körper mit dem einer Frau paarte, war dies auch eine Paarung des Herzens und der Seele.

Dass aus diesen früheren Beziehungen nicht mehr geworden war, war seine eigene Schuld. Sein Herz hielt sich immer zurück und sagte ihm, dass da noch mehr war. Und jetzt war Anna da, und er fühlte sich mit ihr in einer Weise verbunden, wie er es bei niemandem sonst getan hatte.

Er hatte nicht vor, sie ins Bett zu drängen. Er wollte jeden Moment mit ihr auskosten.

Er traute sich nicht, Brodie davon zu erzählen, denn sein Bruder würde ihn dafür verspotten, dass er sich auf den ersten Blick verliebt hatte. Aber er wusste, dass das Schicksal im Spiel war, dass er dazu bestimmt war, Anna zu lieben, und dass er sie schon als Junge geliebt hatte, wenn auch nur in seinen Träumen. Das war etwas, was sein Bruder weit weniger verstehen würde als Liebe auf den ersten Blick.

»Ich habe sie gefunden«, sagte er und überlegte immer noch, wie er die Sache angehen sollte.

Brodie und Lydia warfen sich einen besorgten Blick zu.

»Aiden, mein Lieber«, begann Lydia in ihrem mütterlichsten Ton, »was meinst du damit, dass du sie gefunden hast? Frauen sind nicht wie halb ertrunkene Kätzchen, die man im Regen findet und die man streicheln und knuddeln muss.«

»Nun, jetzt warte aber mal einen Moment, Frau«, schaltete sich Brodie ein. »*Du* magst es zu kuscheln.«

»Das ist *nicht*, was ich meinte.«

»Ich habe sie an der Küste gefunden. Sie wurde von einem Schiffswrack angespült und war *halb ertrunken*«, erklärte Aiden.

»Ein Schiffswrack?« Das weckte das Interesse seines Bruders. »Ich verstehe. Wir befanden uns hinter diesem Sturm. Welches Schiff? Wie viele andere haben überlebt?«

»Sie ist die einzige Überlebende, soweit ich weiß. Offenbar war es die *Ruritanian Star*. Sie hat kein Gedächtnis außer ihrem Vornamen, der Anna lautet.«

Lydia bedeckte ihren Mund mit ihren Händen. »Oh, das ist ja furchtbar ...«

»Sie war schwach wie ein Kätzchen«, fügte er hinzu. »Und nicht zu wissen, wer sie ist, hat sie verängstigt und verletzlich gemacht. Sie hat nur ihren Vornamen und die Kleidung, die sie trug, als sie an die Küste gespült wurde. Sie hatte letzte

Nacht einen Albtraum, und ich schlief ein, während ich sie tröstete. Mehr ist nicht passiert.«

»Oh ...« Lydias ohnehin schon schönes Gesicht wandelte sich vor Mitleid. »Wir müssen ihr helfen.«

Brodie verdrehte die Augen. »Jetzt willst du auch noch dem Kätzchen helfen?«

»Natürlich, und du wirst es auch«, sagte sie fest. »Du und Aiden, ihr mietet euch ein anderes Zimmer, und ich bleibe bei ihr.«

»Was? Jetzt warte mal, Frau.« Brodie legte einen Arm um Lydias Taille und hielt sie, wo sie war. »Ich will mit *dir* schlafen, nicht mit meinem Bruder.«

»Es ist nicht anständig, dass Aiden allein bei ihr bleibt«, betonte Lydia. »Auch wenn wir nicht wissen, wer sie ist, müssen wir sie angemessen behandeln.«

»Seit wann kümmern sich die Kincade-Männer um Anstand?«, fragte Brodie. »Ich habe dich entführt und in die Nacht verschleppt, weißt du das nicht mehr? Da war ich auch nicht anständig.«

Jetzt war Lydia diejenige, die die Augen verdrehte. »Das ist etwas anderes. Diese arme Frau hat niemanden, der sich um sie kümmert. Ihr Kincade-Männer seid weitaus ehrenhafter, als ihr es vorgebt, und ich möchte Aiden einfach dabei helfen, sich um diese Frau zu kümmern.«

Brodie schien bei dem Gedanken, als *ehrenhaft* zu gelten, entsetzt zu sein, und sein Gesicht verzog sich vor Unmut über diese Vorstellung. Er hatte sich seinen Ruf hart erarbeitet, um sich dann plötzlich in einen ehrenwerten Mann zu verwandeln.

Aiden biss sich auf die Lippe, um nicht über das Gesicht seines Bruders zu lachen. »Ihr vergesst beide, wessen Meinung wirklich zählt. *Anna* wird entscheiden, wen sie in ihrem Zimmer haben will«, sagte Aiden. »Du kannst ihr anbieten, bei ihr zu bleiben, aber wenn sie mich will, dann soll sie mich haben. Sie hat schon zu viel durchgemacht, als dass ich sie verängstigt zurücklassen könnte.« Er verstand ebenso wie Lydia, was Anstand bedeutete, aber er wusste auch, dass Anna seine Frau war, sein Schicksal, und er würde nur von ihrer Seite weichen, wenn sie es von ihm verlangte.

Lydia lenkte ein. »Nun gut, aber ich möchte ihr heute angemessene Kleidung kaufen. Nicht weit von hier gibt es eine anständige Schneiderin. Wenn sie so weit ist, bringe ich sie rüber und kaufe ein paar Kleider für sie.«

»Ich werde mit der Wirtin über ein zweites Zimmer sprechen.« Brodie küsste Lydia auf die Schläfe und überließ es Aiden und Lydia mit einem verwirrten Lächeln, die Frage zu klären, wer mit wem schlafen würde.

»Nun, solltest du uns nicht mit ihr bekannt machen?«, fragte Lydia.

»Ich nehme an, das sollte ich. Gebt mir einen Moment.« Er schlüpfte zurück ins Zimmer und schloss die Tür, damit er noch eine Minute mit Anna allein sein konnte.

ANNAS HERZ RASTE IMMER NOCH, ALS AIDEN WIEDER INS Zimmer kam. Sie war von einem Alptraum aufgewacht und hatte dann den Rest der Nacht friedlich geschlafen, weil Aiden bei ihr gewesen war. Sein Körper war warm, hart und stark gewesen, und sie hatte sich sicher gefühlt und ein wenig aufgeregt, ihn so nah bei sich zu haben, aber das unsanfte Erwachen heute Morgen hatte sie verwirrt, und sie wünschte sich, sie könnte zu dem schläfrigen frühen Morgen zurückkehren, als sie noch in seinen Armen lag.

War das wirklich seine Familie an der Tür gewesen? Sie fühlte sich zutiefst gedemütigt. Sie erinnerte sich zwar nicht an ihre Vergangenheit, aber sie wusste, dass es äußerst unangemessen war, mit einem Mann im Bett erwischt zu werden, vor allem mit einem, mit dem sie nicht verheiratet war. Was, wenn seine Familie sie für eine Frau mit schlechtem Ruf hielt? Sie könnten verlangen, dass er sie verlassen sollte, und dann wäre sie in einer noch schlimmeren Situation, als sie ohnehin schon war.

Aiden schlüpfte zurück ins Zimmer und schloss die Tür hinter sich, so dass sie ungestört waren.

»Lydia wartet draußen, sie möchte dich kennenlernen. Ist das in Ordnung?«, fragte er.

Sie schluckte eine Welle der Panik hinunter und versuchte, ruhig zu bleiben. »Ja, aber, oh je, ich muss mir etwas anziehen - ich kann sie unmöglich im Nachthemd treffen.«

»Ich helfe dir, dir etwas anzuziehen.« Aiden fand ein braunes Wollkleid, das Molly gestern ebenfalls mitgebracht und über einen der Stühle drapiert hatte. Er hielt es Anna hin, bevor er sich umdrehte, damit sie Mollys geliehenes Nachthemd ausziehen konnte. Dann schlüpfte Anna in das braune Wollkleid und zog es hoch, bevor sie ihre Arme durch die Ärmel steckte. Dann schnürte Aiden es im Rücken, und sie schlüpfte mit den Füßen in die etwas zu großen Stiefel, die Molly ebenfalls für sie hiergelassen hatte.

Sie zerrte an Aidens Ärmel, als er sich vor ihr aufbaute. »Sehe ich annehmbar aus?«

»Du siehst gut aus, Mädchen. Außerdem will Lydia unbedingt mit dir einkaufen gehen.«

»Einkaufen?«

»Aye, für all die Dinge, die Mädchen wie du brauchen. Kleider, Hauben, Handschuhe ... die spitzenbesetzten Dinge, die du unter deinen Kleidern trägst, die einen Mann frustrieren.« Er zwinkerte ihr zu.

Sie lachte über seine skandalöse Andeutung. Bei einem anderen Mann hätte das vielleicht Besorgnis ausgelöst, aber bei Aiden war seine Neckerei aufregend und seltsam reizvoll. »Frustrieren?«

»Aye, und ein frustrierter Mann hat weniger Zeit, einer Frau das Vergnügen zu bereiten, das sie verdient.« Er wölbte eine Augenbraue. »Genug der Verlockungen, Lassie, ich muss mich von meiner besten Seite zeigen. Lydia würde es nicht gefallen, wenn ich über Spitzenunterwäsche rede.« Er näherte sich der Tür. »Soll ich sie reinlassen?«

»Nun gut.« Anna stand in ihrer selbstsichersten Position, bereit, Aidens Schwägerin zu begrüßen.

Er öffnete die Tür, und eine hübsche blonde Frau, etwa in ihrem Alter, betrat den Raum. Sie trug ein blassblaues Reisekleid, und ihr Haar war mit passenden Bändern modisch frisiert. Ein weißer Schal war locker über ihre Schultern gelegt. Sie sah mühelos anmutig aus.

»Das ist Lydia«, sagte Aiden. »Lydia, das ist Anna.«

Lydia strahlte sie an. »Es ist so schön, Sie kennenzulernen. Es tut mir furchtbar leid, wenn ich Sie eben erschreckt habe. Ich habe vergessen, dass Aiden nicht wie sein Bruder ist.« Daraufhin warf Anna einen besorgten Blick auf Aiden.

»Sie meint es als Kompliment, Mädchen«, sagte Aiden. »Mein Bruder ist ein verruchter Charmeur, vergiss das nie. Sie weiß, dass ich nicht so bin.«

»Das bin ich mir nicht so sicher«, sagte Anna zu sich selbst. Sie fand Aiden sehr charmant, und die Hitze in seinen Augen, wenn er sie ansah, war wirklich sehr verrucht, aber das gefiel ihr.

»Es ist schön, Sie kennenzulernen«, sagte Anna zu Lydia, als die andere Frau auf sie zukam. Lydias Stimme hatte etwas an sich, das bei ihr Erinnerungen wachrief. Nun, vielleicht nicht so sehr ihre Stimme, sondern ihr Akzent. Sie war Engländerin, nicht Schottin, und irgendetwas daran kribbelte in ihrem Kopf, aber sie konnte sich nicht recht erinnern, warum.

»Ich freue mich auch, Sie kennenzulernen. Mein Mann wird bald zurück sein. Er besorgt uns ein zweites Zimmer.« Lydia lächelte beruhigend. »Aiden hat uns ein bisschen von dem Schiffbruch erzählt und dass Sie nicht wirklich etwas zum Anziehen haben. Ich würde Sie gerne zur örtlichen Schneiderin bringen, wenn Sie möchten.«

»Das würde ich gern«, gab Anna zu. »Dieses Wollkleid kratzt ganz furchtbar.«

»Wunderbar. Wir können gleich losgehen, wenn Sie sich dazu imstande fühlen.« Lydia verschränkte ihren Arm mit dem von Anna und wartete nicht auf eine Antwort. »Aiden, wenn wir jetzt einkaufen gehen, solltest du eine Kutsche mieten, die uns morgen nach Castle Kincade bringt. Ich nehme an, dass wir sie mit zurücknehmen werden?«

»Aye«, stimmte Aiden sofort zu. »Ihr Gedächtnis kommt stückweise zurück, aber sie kann nicht allein hier bleiben.«

»Das ist doch in Ordnung für Sie, oder?«, fragte Lydia Anna.

Anna blickte zu Aiden und brauchte seltsamerweise seine Bestätigung, dass er wollte, dass sie dorthin ging, wohin er ging. Er lächelte sie an, der weiche Ausdruck voller sinnlicher Verheißung, und doch lag in seinen Augen ein so zärtliches Mitgefühl, dass sie wusste, dass sie bei ihm sicher sein würde.

»Ich nehme an ... Ich weiß nicht, wohin mein Schiff unterwegs und warum ich dort an Bord war, also habe ich keine Ahnung, wohin ich gehen soll.« Sie wollte sich auch nicht von Aiden trennen, aber das wollte sie Lydia nicht sagen. Was zwischen ihnen beiden existierte, war etwas, das sie selbst noch nicht verstanden, wie sollte es auch ein anderer verstehen?

»Dann ist es abgemacht«, sagte Aiden. »Ich werde mich noch einmal mit Dr. MacDonald treffen und ihm sagen, wohin wir uns begeben werden, falls er etwas von deinem Schiff erfährt.«

Anna strahlte bei der Hoffnung in diesem Gedanken. »Vielleicht werden noch mehr Überlebende gefunden, und jemand wird etwas über mich wissen.«

»Das ist eine ausgezeichnete Idee«, sagte Lydia zu Aiden. »Kommen Sie jetzt mit, Anna. Ich habe einen Geldbeutel voller Münzen, die ich für schöne Kleider ausgeben muss.« Sie zwinkerte Anna zu, und Anna musste lächeln.

Anna überließ Lydia die Führung, und auf der Treppe wurden sie von Aidens schneidigem dunkelhaarigen Bruder empfangen.

»Brodie, das ist Anna. Wir sind auf dem Weg zur Schneiderei.«

Brodie lächelte. »Es ist mir ein Vergnügen, Miss Anna. Ich hoffe, mein Bruder hat Sie gut behandelt.«

»Sehr gut«, versicherte Anna ihm. »Er war ein richtiger Held.«

»Aye, das klingt nach meinem Bruder.« Brodie gluckste, als er an den Damen vorbeiging, und Lydia stieß einen kleinen Schrei aus und machte einen Hüpfer.

»Was ist los?«, fragte Anna, aber noch während sie es sagte, hörte sie Brodie hinter ihnen kichern.

»Mir in den Hintern kneifen - ehrlich, so eine Frechheit«, murmelte Lydia, obwohl sie grinste. »Lassen Sie uns gehen, bevor die beiden beschließen, uns bei der Jagd zu begleiten. Das Letzte, was wir brauchen, sind Männer im Schlepptau, wenn wir so viel zu tun haben.«

»Und?«, fragte Brodie, als er und Aiden den Innenhof des Gasthauses überquerten und sich auf den Weg zu den Ställen machten. »Was ist *wirklich* zwischen dir und Anna passiert?«

»Alles, was ich dir gesagt habe, ist wahr. Sie wurde an den

Strand gespült wie eine halb ertrunkene Selkie, der man die Haut gestohlen hatte. Sie hat ihr Gedächtnis verloren, als sie sich am Kopf verletzt hat.«

»Habt ihr keine anderen Überlebenden gefunden?«

Aiden schüttelte den Kopf.

»Keine anderen Leichen?«, drängte Brodie.

Wieder schüttelte Aiden den Kopf.

»Das hört sich für mich nicht richtig an. Es sei denn, sie waren weit von der Küste entfernt? Ich nehme an, Haie könnten ... alle Leichen bis auf eine entsorgt haben? Siehst du, wie verrückt das klingt?«

»Ich weiß, wie sich das anhört, aber so war es nicht. Sie war die Einzige, die ich an das Ufer gespült sah. Du weißt genauso gut wie ich, dass Schiffstrümmer weit reisen können. Es ist möglich, dass sich weitere Überlebende weiter oben oder unten an der Küste oder noch auf dem Meer befinden. Sie weiß wirklich nicht mehr, was passiert ist, als das Schiff unterging.«

Brodie klopfte sich die Lederhandschuhe auf den Oberschenkel. »Mein Gott, Aiden, das hört sich an wie einer dieser Romane, die Joanna so gerne liest, mit zugigen Schlössern, bösen Herren und anderem Unsinn.«

Aiden behielt seine Gedanken für sich, denn er wusste, dass sein Bruder es nicht verstehen würde, wenn er versuchte, ihm zu sagen, dass er von Anna geträumt hatte, seit er ein Junge gewesen war. Sie betraten die Ställe, wo Aiden nach Thundir und Bob sah. Sein Kopf war bereits mit dem Gedanken beschäftigt, Anna nach Hause zu bringen. Er hatte ihr so viel zu zeigen, so viel mit ihr zu erleben, jetzt, wo er sie gefunden hatte.

»Ich weiß, wie es sich anhört, aber es ist die Wahrheit.« Aiden streichelte Bobs Nase.

Brodie lehnte sich gegen die Wand des Verschlages. »Ich

kann nicht glauben, dass ich ausgerechnet dich das frage, aber was sind deine Absichten gegenüber dieser Frau?«

»Meine Absichten?« Aiden war sich selbst nicht sicher. Er wusste nur, dass er mit ihr zusammen sein wollte, auf welche Weise auch immer das Schicksal es ihm erlauben würde.

»Wirst du das kleine Mädchen nach Hause nehmen und sie heiraten?« Brodies schroffer Ton klang viel zu befehlshaberisch, mehr wie Brock. Normalerweise war Brodie der Bruder, der ihn ermutigte, jede Frau in Sichtweite aufzureißen.

Aiden konnte nicht anders, als seinen Bruder für seinen plötzlichen Sinn für Anstand zu necken, der für ihn ziemlich untypisch war. »Ich kann nicht für die Dame sprechen, aber es war mein Plan, sie in den nächsten Heuhaufen zu stürzen und mich an ihr zu vergehen.«

Brodie warf ihm einen finsteren Blick zu, wodurch er seinem ältesten Bruder Brock so ähnlich sah, dass Aiden in Gelächter ausbrach.

»Was ist so amüsant?« Brodie verschränkte die Arme, was die Ähnlichkeit zwischen ihm und Brock nur noch vertiefte.

»Du hast dich in eine Glucke verwandelt, genau wie Brock. Ach, mein Junge, du solltest diese Frau heiraten, wenn du weißt, was gut für dich ist«, ahmte er mit herrischer, mütterlicher Stimme nach.

»Das nimmst du zurück.« Brodie packte Aiden an der Hemdbrust, und Aiden erwiderte den Griff. Wenige Augenblicke später rauften sich die beiden wie Jungs und kämpften darum, einen Arm um den Hals des anderen zu bekommen. Sie warfen sich gegenseitig gegen die Wände der Ställe, während sie miteinander rangelten.

»He! Lassen Sie meinen Freund in Ruhe!« Der dünne Schrei kam vom Dachboden darüber. Brodie jaulte auf und fiel nach hinten in einen Heuhaufen, als der kleine Stallbursche auf seinen Rücken sprang und auf ihn einschlug.

»Ruhig, Junge, das ist nur mein Bruder«, sagte Aiden kichernd, während er den Jungen von Brodie wegzog.

Brodie wölbte eine Augenbraue, als er sich aufsetzte. »Hast du jetzt eine Armee von kleinen Kindern, die deine Kämpfe für dich austragen?«

»Ich bin kein Kind!«, knurrte der kleine Junge Brodie an.

»Eine Armee? Es war nur *ein* Junge«, argumentierte Aiden.

»Der mit der Kraft von zwölf Jungs auf mich einprügelt«, brummte Brodie.

Aiden ignorierte die Bemerkung und stellte den Jungen auf die Beine. »Wie heißt du?«

Der Junge strahlte Aiden voller Stolz an. »Cameron MacLeod.«

Brodie stand auf und klopfte sich auf die Hose, um sie von Heu und Staub zu befreien. »Mein Gott, und dann ist er auch noch ein verdammter MacLeod.«

»Nun, Cameron, wie geht es Thundir und Bob?«, fragte Aiden.

»Wer, zum Teufel, ist Bob?«, fragte Brodie.

»Unsere Stute«, verkündete Cameron.

»*Unsere Stute?*« Brodie flüsterte Aiden die Worte über den Kopf des Jungen hinweg zu.

»Aye, ich habe sie von einem schlecht gelaunten Trottel geholt, der das arme Tier lahmgeprügelt und mir verkauft hat, um im nächsten Atemzug zu versuchen, es an den Schlachter zu verkaufen. Ich erinnerte ihn daran, dass der Verkauf an mich gültig sei und er sich verziehen könne. Also kümmern Cameron und ich uns um sie.«

»Sag bloß, du hast den Jungen auch adoptiert? Wir haben genug verdammte Waisenkinder, die im Schloss herumlaufen.«

Aiden stemmte die Hände in die Hüften und musterte das Kind nachdenklich. »Du bist doch kein Waisenkind, oder, mein Junge?«

»Nein, aber ich wünschte, ich wäre es. Mein Papa ist kein netter Mann«, brummte der Junge und blickte auf den Boden.

»Und deine Mutter?«

»Sie starb, als ich geboren wurde«, sagte Cameron. »Pa sagte, ich hätte sie getötet.«

Brodie sah Aiden an, in seinem Blick deutliches Bedauern, dass er das Thema angesprochen hatte.

»Schlägt dich dein Vater?«, fragte Aiden mit leiser Stimme. Das Zögern des Jungen, zu antworten, war Antwort genug.

»Cameron, wir werden morgen abreisen …«

»So bald?« Die Augen des Kindes füllten sich mit Tränen, und er wischte sie weg.

»Ja, aber wenn du mit uns kommen willst, kannst du das. Ich könnte ein paar freie Hände gebrauchen, die sich um Bob kümmern, während ich mich um Miss Anna kümmere.«

Cameron wischte sich die Augen und hob sein Kinn. »Ich würde ja gerne, aber mein Vater lässt mich nicht.«

»Wir kümmern uns um ihn«, sagte Brodie ohne Umschweife.

»Wo ist dein Vater?«, fragte Aiden.

»In der Schmiede.« Camerons Gesicht war blass. »Seien Sie vorsichtig. Er ist böse und stark.«

Aiden legte dem Jungen eine Hand auf die Schulter. »Das sind wir auch. Bleib hier und pass auf die Pferde auf.«

Brodie ging neben Aiden, als sie die Ställe verließen.

»Wir werden uns doch nicht mit seinem Vater unterhalten, oder?«, fragte sein Bruder.

»Nein.«

»Gut. Ich bin sowieso nicht in der Stimmung, höflich zu sein«, antwortete Brodie und krempelte seine Ärmel hoch.

»Wir werden dafür sorgen, dass der Vater alles versteht, dann wird Cameron mit uns nach Castle Kincade kommen, und der Junge kann lernen, die Pferde in unseren Ställen zu versorgen.«

Er hatte das Gefühl, dass er jede Hilfe brauchen würde, die er bekommen konnte. Irgendetwas in seinen Knochen sagte ihm, dass die Gefahr, vor der ihn die alte Romani-Frau gewarnt hatte, immer näher kam. Er musste alles in seiner Macht Stehende tun, um Anna zu schützen. Dies war schließlich sein Schicksal, und er würde alles in seiner Macht Stehende tun, um Anna diesen Schutz zu bieten.

6

Trotz ihrer peinlichen ersten Begegnung mit Lydia gewann Anna die schöne Engländerin schnell lieb. Lydia war süß und schlagfertig, und sobald sie sich in Annas Nähe wohl fühlte, wurde sie recht unterhaltsam. Als sie im Schneidergeschäft standen, erzählte sie Anna so lange Geschichten über die Kincade-Brüder, bis beide so sehr lachten, dass sie sich die Tränen aus den Augen wischen mussten.

Es erfüllte Annas Herz mit einer stillen, hell brennenden Freude, Geschichten von Aiden und seinen Brüdern und den Abenteuern und oft amüsanten *Schwierigkeiten* zu hören, in die sie geraten waren. Sie hoffte, dass Aiden ihr diese Geschichten eines Tages selbst erzählen würde, wenn sie mehr übereinander gelernt hatten.

»Sie haben bei einer Schlägerei einen Schankraum zerstört?«, fragte Anna, als Lydia eine weitere Geschichte begann. Sie stand auf einem kleinen Podest, umgeben von Spiegeln, und versuchte, ihr Spiegelbild und ihr ungepflegtes Aussehen zu ignorieren, während die Modistin ihre Maße nahm.

»Es war offenbar eine Frage der Ehre, und lustigerweise

waren dieselben ,englischen Rüpel', die sie verprügelten, genau die Freunde von Brocks zukünftigem Schwager.«

»Das ist doch Ashton Lennox?«, fragte sie Lydia. In den letzten Stunden hatte sie so viele Namen gelernt, dass sie sie kaum noch auseinanderhalten konnte.

»Oh ja, Ashton und seine gesamte sogenannte Liga der Schurken.«

Anna runzelte die Stirn. »Schurken? Heißt das, dass sie sehr böse sind?«

Lydia lächelte. »Ja und nein. Sicherlich sind sie gefährlich, aber sie sind bei weitem nicht so böse, wie ich höre - schließlich wurden den meisten von ihnen mittlerweile Fußfesseln angelegt, mit Ausnahme von Charles. Aber es ist nur eine Frage der Zeit - die Herzogin von Essex, eine von Ashtons Freundinnen, ist fest entschlossen, für Charles eine Braut zu finden.«

»Fußfesseln angelegt?« Anna war mit dem Begriff nicht vertraut, aber da Englisch nicht ihre Muttersprache war, war das keine allzu große Überraschung.

»Oh, das ist ein Begriff, den Männer für die Ehe verwenden - ich habe keine Ahnung, warum sie das sagen, denn die Mitglieder der Liga haben gute Ehen mit ausgezeichneten Frauen geschlossen und scheinen in ihrer Eigenschaft als verheiratete Männer recht glücklich zu sein. Man wäre ja wohl nicht glücklich, wenn sich die eigene Ehe wie ein Satz Ketten und eine Bleikugel anfühlen würde, und doch necken sie sich gegenseitig gnadenlos damit.« Ihre Augen funkelten mit einer Mischung aus Liebe und Belustigung. »Liebe ist eine komische Sache, nicht wahr?«

»Das ist sie ganz sicher«, stimmte Anna zu, als sie an Aiden dachte und daran, wie sehr sie sich mit ihm verbunden fühlte. »Ist Aiden ein Mitglied dieser ... Liga der Schurken?« Sie verstand immer noch nicht ganz, wer diese Männer waren.

»Nein, nicht ganz. Die Mitglieder der Liga sind allesamt

Engländer, und sie sind Ashtons Freunde aus seiner Studienzeit in Cambridge. Sie hatten damals ein bisschen Ärger und haben sich zusammengetan und sind seitdem unzertrennlich.« Lydia beugte sich vor, um ihre nächsten Worte zu flüstern. »Ich habe gehört, dass es einen köstlichen Skandal gab, als der Herzog der Gruppe seiner Frau Emily den Hof gemacht hat, irgendetwas mit einer Entführung, und Ashton und die anderen waren in die ganze Affäre verwickelt.« Sie gluckste. »Emily will mir nicht die ganze Geschichte erzählen, wenn ich sie danach frage. Sie lächelt nur und zwinkert mir kurz zu.«

»Emily ist jetzt eine Herzogin?«, fragte Anna.

»Ja. Da sind der Herzog, Godric, und seine Frau Emily. Dann ist da noch Lucien, der Marquess of Rochester, der die kleine Schwester von Viscount Sheridan geheiratet hat, was natürlich zu einem Duell über Weihnachten führte ...«

Anna starrte Lydia nur an, völlig sprachlos.

»Aber natürlich wurde Cedric, Viscount Sheridan, durch seine eigene Heirat mit Anne Chessley abgelenkt, und dann heiratete seine jüngste Schwester Godrics jüngeren Bruder - Lord, stellen Sie sich vor, wie ihre Familienessen aussehen müssen.« Lydia gluckste. »Glauben Sie, Sie waren schon einmal verliebt?«

»Das glaube ich nicht.« Selbst ohne ihre Erinnerungen war Anna sicher, dass ihr Herz sich anfühlen würde, als gehöre es bereits jemandem, wenn sie jemals verliebt gewesen wäre. Die Sehnsucht und der Neid, die sie empfand, wenn sie Lydia und Brodie zusammen sah, schienen der Beweis dafür zu sein.

Lydia setzte sich auf ein Sofa in der Nähe, ihr sanfter Blick war voller Sorge.

»Sie erinnern sich wirklich an nichts?«

»Nur Kleinigkeiten«, gab Anna zu. »Es kommt in kleinen Erinnerungen hier und da zurück, wie ein Puzzle, nur dass ich die Teile nicht zusammensetzen kann. Sie schloss die Augen, als die Näherin an dem fertigen Kleid zupfte, das für sie angepasst werden sollte, damit sie es beim Verlassen des Ladens tragen konnte. Eine weitere Erinnerung, die genauso klein war wie die anderen, kam zurück.

»Ich hatte eine Menge Kleideranproben. Daran erinnere ich mich. Ich erinnere mich an das letzte Kleid, das für mich gemacht wurde ... aus cremefarbenem und rotem Samt.« Sie berührte ihre Taille. »Eine goldene Schärpe, besetzt mit Perlen und Goldborten und noch mehr Perlen an den Rändern des roten Samtes.« Sie konnte das rot-cremefarbene Kleid mit der langen Schleppe sehen, die sie vielleicht acht Fuß hinter sich her zog. Wo hätte sie ein solches Kleid tragen sollen?

»Cremefarbener und roter Samt mit Perlen?« Lydia tippte sich ans Kinn. »Das klingt schön und ist ziemlich teuer. Sie müssen sehr wohlhabend gewesen sein, wenn Sie so viele Anproben für solche Kleider hatten.«

»Vielleicht war ich das«, stimmte Anna zu.

Sie erinnerte sich auch daran, wie sie Schmuck getragen hatte, extravaganten Schmuck, der schwer auf ihrer Haut lastete, aber sie hatte sich nicht viel daraus gemacht. Lydia gegenüber erwähnte sie das jedoch nicht. Es fühlte sich irgendwie falsch an, über feine Kleider und Juwelen zu sprechen, wenn sie sich in einem winzigen schottischen Dorf befand, wo es offensichtlich war, dass die meisten Menschen hart für ihren Lebensunterhalt kämpfen mussten. Das Letzte, was sie tun wollte, war, sich zu verstellen oder in irgendeiner Weise arrogant zu wirken. Es könnte eine Distanz zwischen ihr und Aiden schaffen, und das war das Letzte, was sie wollte.

»Ich bin sicher, wenn Sie erst einmal Zeit mit uns auf Schloss Kincade verbracht haben, werden Sie mehr von deinen Erinnerungen zurückerlangen. Das Land der Kincades hat etwas Heilendes an sich. Ich habe die meiste Zeit meines Lebens in London gelebt, aber *zu Hause* ist für mich das

Schloss.« Lydias Lächeln wurde weicher, als sie sprach. »Sie werden sich sofort zugehörig fühlen, das verspreche ich Ihnen.«

»Ich würde es gerne sehen.« Anna sehnte sich nach einem Ort, an den sie gehören konnte, so wie Lydia für das Schloss zu empfinden schien.

Lydia sah sich einige Haarschmuckstücke an. Es gab ein hübsches Band, das man sich um die Haare wickeln konnte. Es war aus rotem Band gefertigt und mit glitzernden, mit Juwelen besetzten Sternen verziert. Die Juwelen waren wahrscheinlich aus Pappe, aber sie sahen sehr hübsch aus. Lydia betrachtete das Stück, dann sah sie Anna wieder an. Sie nickte sich selbst zu und fügte das Band dann dem Stapel von Handschuhen und anderen Accessoires hinzu, die sie bereits ausgewählt hatte. »Wenn Sie auch weiterhin Zeit mit Aiden verbringen wollen, dürften Sie eine Tierfreundin sein.«

»Oh? Hat er Haustiere?« Das machte Anna neugierig. Sie hatte von Molly von Aidens Mitgefühl für Tiere gehört, aber das war nur eine kurze Geschichte über das verletzte Pferd in den Ställen gewesen.

»Oh ja«, kicherte Lydia. »Er hat eine Affinität zu praktisch allen Tieren. Infolgedessen ist das Schloss *voll* von Kreaturen. Eulen in der Bibliothek, Otter im See, Igel in den Fluren, Turmfalken in der Küche, ein Baummarder, der in Aidens Schlafzimmer sein Nest gebaut hat, und sogar ein Dachs namens Fiona, der darauf besteht, in Brocks Schlafzimmer zu schlafen. Aiden findet verletzte Kreaturen und bringt sie nach Hause, um sie zu pflegen. Einige von ihnen beschließen, nach ihrer Genesung zu bleiben. Ich glaube, das liegt daran, dass sie gerne mit Aiden zusammen sind. Er ist so ruhig und sanft, und wenn er mit dieser Stimme singt ... Es ist fast hypnotisch.«

Anna wurde warm bei dem Gedanken, dass so viele Kreaturen mit Aiden in seinem Schloss lebten und dass seine musikalische Stimme verletzte Kreaturen in ihren Bann ziehen konnte.

»Es klingt magisch.« Sie konnte nicht umhin, sich zu fragen, ob sie Aiden dazu bringen könnte, für sie zu singen.

»In gewisser Weise schon«, stimmte Lydia zu. »Obwohl es für Gäste, die nicht auf Igel vorbereitet sind, die durch die Flure trippeln, beunruhigend sein kann. Wenn man mit einem zusammenstößt, während man nur Hausschuhe trägt, stellt man schnell fest, dass es ein bisschen brennt. Und wenn Sie in der Bibliothek lesen, sollten Sie daran denken, vor dem Abendessen Ihre Haare im Spiegel zu überprüfen. Einmal saß ich während einer ganzen Mahlzeit, während mein Mann und seine Brüder wie kleine Jungs kicherten, und erst später fand ich einige Flaumfedern auf meinem Kopf. Wäre Joanna, Brocks Frau, nicht in London bei ihrer Familie gewesen, hätte sie es mir gesagt, aber so war ich Brodie und seinen Brüdern ausgeliefert. Natürlich haben sie mir nichts von den Federn erzählt. Sie haben offenbar gewettet, wie lange ich brauchen würde, um es zu bemerken.«

Anna konnte sich ein Lachen nicht verkneifen. »Und wie lange war das?«

»Als Brodie und ich später in der Nacht in unserem Zimmer waren, zupfte er mir eine aus dem Haar und blies sie sanft von seiner Handfläche vor mir in Richtung meines Gesichts, um mich zu necken.«

»Sie lieben ihn, nicht wahr?«, fragte Anna, obwohl sie sich der Antwort sicher war.

Lydia schien einen Moment lang in Gedanken an sich und Brodie versunken zu sein. »Sehr sogar. Nicht gleich zu Beginn, wohlgemerkt. Aber die Liebe kam, als ich sah, wer er wirklich hinter seinem verwegenen Äußeren war.«

Anna hatte bei Aiden einen Hauch von Charme gesehen. Er war so ganz anders als Brodie. In seinen Augen lag eine

Traurigkeit, die in den Augen seines Bruders nicht zu finden war.

»Lydia, darf ich Sie etwas über Aiden fragen? Ich möchte nicht neugierig sein, aber ...«

»Wenn es um Aiden geht, haben Sie das Recht, alles zu erfahren, was Sie wissen wollen.« Lydia kam zu Anna, die auf dem Podium stand, und nahm ihre Hände. »Wie lautet Ihre Frage?«

»Aiden hat mir von seinem Vater erzählt, und das erklärt viel von seiner Traurigkeit, aber dann sehe ich Brodie, und er scheint unbelastet von der Vergangenheit zu sein, zumindest im Vergleich zu Aiden. Warum gibt es einen solchen Unterschied zwischen den beiden Brüdern?« Anna entspannte sich, während die Schneiderin ihre Anstecknadeln und Maße fertigstellte und sich einige Notizen machte. Lydia half ihr vom Podium herunter, und sie ging hinter die spanische Wand, um das fertige Kleid auszuziehen. Dann half Lydia Anna dabei, ein anderes Kleidungsstück anzuziehen, das bereits für sie angepasst worden war, damit sie es außerhalb des Ladens tragen konnte.

»Aiden ist einer der freundlichsten Männer, die ich je getroffen habe. Er ist weder steinhart wie Brock, noch kann er sich mit Vergnügungen ablenken wie Brodie. Rosalind, ihre Schwester, sagte mir einmal, dass sie sie so sieht: Brock als den Verstand, Brodie als den Körper und Aiden als das Herz. Er ist anders als seine Brüder. Sie waren eher die Söhne, die ihr Vater erwartet hatte. Aber Aiden ... Aiden war auf eine Art und Weise, die ihr Vater nicht verstehen konnte, ein eigenständiger Mann. Das Böse versucht immer, etwas zu zerstören, das vollkommen gut und rein ist, nicht wahr? Ich denke, dass ihr Vater deshalb den Eindruck hatte, dass er Aiden viel tiefer verletzen wollte als die anderen. Er wollte Aiden an Körper und Geist brechen. Wenn man von einem Elternteil vernachlässigt wird, ist das schwierig, aber wenn ein

Elternteil darauf aus ist, alles, was man ist, zu zerstören ... Das ist eine Verwüstung, die nur wenige Menschen je erfahren.

Annas Herz setzte bei dem Gedanken aus, dass jemand Aiden etwas antun könnte. Er schien einen unendlichen Vorrat an Mitgefühl zu haben. Wie könnte man jemandem etwas antun wollen, der immer nur Menschen geholfen hat?

Lydia räusperte sich und fuhr fort. »Hass, vor allem von Eltern, kann eine tiefe und dauerhafte Narbe hinterlassen.« Lydia half Anna beim Schnüren des Kleides. »Aber mir ist aufgefallen, dass er lächelt, wann immer er von Ihnen spricht. Ich glaube, Sie vertreiben seine Sorgen.«

»Er lächelt, wenn er über mich spricht?« Anna kam sich dumm vor, weil sie sich vor Freude über diese Sache wie ein Mädchen fühlte.

»Ja, zuerst war ich besorgt, dass er Sie nur als ein weiteres Geschöpf ansieht, um das er sich kümmern muss, aber jetzt glaube ich nicht mehr, dass das der Fall ist. Seine Augen leuchten, wenn er von Ihnen spricht. Das ist eine Seite von ihm, die ich noch nie gesehen habe, und Brodie auch nicht.«

Aiden konnte nur ein kurzes Gespräch mit Lydia und Brodie über sie geführt haben, vorhin auf dem Flur vor Aidens Zimmer - für ein ausführliches Gespräch war da gar keine Zeit gewesen. Aber Anna klammerte sich trotzdem an die Hoffnung, dass Lydias Beobachtungen wahr waren. Aiden hatte gesagt, dass er seit Jahren von ihr geträumt hatte, dass sie die Frau war, die ihm bestimmt war. Andere könnten es als törichte Fantasie oder als allzu durchsichtigen Verführungsversuch abtun. Aber nach allem, was Anna durchgemacht hatte, und nachdem sie sich so schnell so tief mit Aiden verbunden fühlte, konnte sie nicht leugnen, dass das, was er sagte, wahr sein könnte.

Letzte Nacht war sie in einem Albtraum gefangen gewesen. Von endlosem Feuer, das überall um sie herum brannte, und wie sie durch den Wald zu einem Wunschbrunnen lief.

Sie hatte davon geträumt, in den Brunnen zu blicken und Aidens Gesicht zu sehen. Es wäre leicht gewesen, das als einen Traum abzutun, der von der Begegnung mit ihm herrührte, aber sie *wusste*, dass sie schon viele Male davon geträumt hatte, zumindest einen Teil davon. Sie waren miteinander verbunden, aber keiner von ihnen wusste, wie oder warum. Sie wusste nur, dass sie bei ihm bleiben wollte.

»Da wären wir.« Die Modistin packte ein paar Kleider ein, die keine weiteren Änderungen benötigten, und Lydia fügte dem Stapel Handschuhe, Strümpfe und mehrere Unterhemden sowie Pantöffelchen, Stiefel und einen Schal hinzu.

»Das sollte für den Moment ausreichen.« Lydia nickte zustimmend und bezahlte die Schneiderin.

Anna war demütig und dankbar für die Hilfe der Frau, sowohl in emotionaler als auch in finanzieller Hinsicht. »Danke, Lydia, ich werde einen Weg finden, Ihnen das zurückzuzahlen.« Es war ein Trost, eine andere Frau zu haben, mit der sie reden konnte.

»Unsinn. Es ist ein Geschenk. Jetzt lassen Sie uns zum Gasthaus zurückkehren, dann können Sie baden und sich umziehen. Ich möchte Sie fürs Abendessen frisieren.« Lydia drückte ihr schwesterlich die Schultern.

»Danke, mein Haar ist ein furchtbares Durcheinander.«

»Keine Sorge, ich schaffe das schon«, versicherte Lydia ihr. »Außerdem kann ich es kaum erwarten, wie Aiden reagiert, wenn er sieht, wie schön Sie tatsächlich sind.«

Anna konnte es auch nicht. Wenn sie ihn zum Lächeln bringen könnte, wäre das ein wunderbarer Sieg gegen den Kummer, den er in seinem Herzen trug.

YURI STRAVONOV, DER HALBBRUDER DES EHEMALIGEN Königs von Ruritanien, beugte sich über den großen Tisch mit den Landkarten der Umgebung in der Nähe des Sommerpalastes. Er runzelte die Stirn, als er die Karten studierte, die er aus der Palastbibliothek geborgen hatte, bevor er sie niederbrannte. Er hatte sich nicht die Mühe gemacht, etwas anderes aus der Bibliothek zu bergen. Diese Bücher und Aufzeichnungen gehörten zur Vergangenheit Ruritaniens, und Yuri glaubte nur an die Zukunft, die er zu schaffen gedachte. Schon bald würden die Bibliotheken voll sein mit neuen Büchern über die großartigen Veränderungen, die er im Land vorgenommen hatte, und über seinen Reichtum und seine Macht, während er seine Herrschaft über den Rest Europas ausbreitete.

»Wir haben das Lager der Rebellen im Dunkelwald ausfindig gemacht, aber wir können nicht feststellen, wo sie schlafen.« Yuris Hauptmann der Wache, Radovan Fain, zeigte auf mehrere Orte auf der Karte, die mit kleinen schwarzen Steinen markiert waren. »Es gab zwar Anzeichen für Lager, aber nichts Neues.«

Fain war ein großer Mann mit ziegelsteinartigen Schultern, einem kantigen Kiefer und kalten blauen Augen. Sowohl er als auch Yuri waren in ihren Vierzigern, aber Fain hatte die Kraft und Beweglichkeit eines zehn Jahre jüngeren Mannes. Das hatte sich als wertvolle Eigenschaft erwiesen, als er den Angriff auf den Palast anführte und König Alfred tötete.

»Sie müssen jede Nacht umziehen«, murmelte Yuri. Sein Neffe war ein gerissenerer Gegner, als er erwartet hatte. Fain war für die Sicherheit des Königs und der Königin zuständig gewesen und hatte sie im Schlaf in ihren Betten umgebracht.

Alexei war die nächste Bedrohung. Leider hatte einer der jungen Gardisten den Prinzen geweckt, als der Angriff begann. Die beiden Männer hatten sich mit den verbliebenen Wachen, die Yuris Halbbruder noch immer die Treue hielten, zurückgezogen, und nun spielte der kleine Plagegeist im Wald Verstecken und stahl Lebensmittel und Geld, die für Yuris Schatzkammer und Speisekammer bestimmt waren.

»Was ist mit der Prinzessin?«, fragte Yuri. Yuri wusste, dass sein Hauptmann am meisten an Anna interessiert war, und vor dem Staatsstreich hatte Yuri Fain versprochen, dass die Prinzessin verschont und dem Hauptmann als Gegenleistung für seine Loyalität zur Frau gegeben werden würde.

»Wir haben im Hafen Zeugen gefunden, die aussagen, dass sie und ihr Dienstmädchen ein königliches Handelsschiff nach England bestiegen haben«, informierte ihn Fain. »Wenn sie London erreicht, könnte sie an König George appellieren, und der könnte Truppen schicken«, warnte Fain. »Wir sollten jemanden hinter ihr herschicken und sie zurückbringen.«

Yuri glaubte nicht, dass eine Frau, nicht einmal eine Prinzessin, den englischen König davon überzeugen könnte, in den Krieg zu ziehen. George war ein Mann, der seine Vergnügungen und Unterhaltungen genoss. Er war kein Kriegstreiber. Ruritanien war auch nicht unbedingt ein Verbündeter Englands, auch wenn eine englischstämmige Königin auf dem Thron saß.

»Sie ist nur eine Frau, Fain. Mein Gesandter ist bereits in London, um den König und seine Berater davon zu überzeugen, dass dieser Machtwechsel im besten Interesse Ruritaniens und seiner Handelspartner ist. Er wird die Geschichte verbreiten, dass ich an die Macht gekommen bin, nachdem mein geliebter Halbbruder durch die Hand von Rebellen gestorben ist. Niemand hört auf Frauen, wenn es um Politik geht.«

Keiner außer seinem älteren Halbbruder Alfred. Sein älterer Bruder hatte eine Engländerin namens Isadora geheiratet. Isadora hatte es nach ihrer Ernennung zur Königin gewagt, an den Ratssitzungen teilzunehmen und ihre Meinung zu Staatsangelegenheiten zu äußern, und sein Bruder hatte tatsächlich auf ihren Rat gehört. Dies war nur eine von vielen Gelegenheiten, bei denen sein Bruder sich als ungeeignet für die Führung erwiesen hatte. Frauen hatten in der Politik nichts zu suchen. Sie dienten dazu, den Männern Vergnügen zu bereiten und ihnen Erben zu verschaffen, mehr nicht.

»Euer Hoheit, erlaubt mir, eine kleine Gruppe von Männern zu schicken, um sie zurückzuholen«, sagte Fain.

Das wahre Motiv des Kapitäns war natürlich, seine entkommene Beute zurückzuerobern. Yuri ließ sich von seiner Bitte nicht täuschen.

»Nun gut, schick ein paar Männer.« Yuri winkte mit der Hand, um das Thema abzutun. Seine Nichte war ihm egal. Sie hatte keine Macht, sie hatte keine Armeen im Rücken, und da sie kein Mann war, hatte sie keinen Anspruch auf den Thron, es sei denn natürlich, sie gebar ein Kind, aber das war etwas, was er kontrollieren konnte, wenn sie Fain heiratete. Sie war nur eine Frau, die er benutzen würde, um die Loyalität seines Kapitäns zu kontrollieren und ...

»Warte ...« Yuri grinste, als sich in seinem Kopf ein neuer Plan bildete. »Fain, wenn sie sie finden, sollen sie sie zuerst zu mir bringen. Ich werde sie benutzen, um Alexei zur Kapitulation zu bewegen.«

Fain blieb in der Tür von Yuris Arbeitszimmer stehen.

»Sie war mir versprochen«, sagte der Kapitän entschlossen.

»Und so soll es auch sein. Aber wenn wir die Nachricht verbreiten, dass sie hingerichtet wird, wenn Alexei sich nicht ergibt, wird er es tun. Ich kenne meinen lieben Neffen.« Alexei vergötterte seine Schwester und würde alles tun, um ihr Leben zu retten. »Wenn wir den Prinzen haben, werden wir ihn hinrichten, und du kannst das Mädchen haben, wie ich es versprochen habe.«

Damit zufrieden, verließ Fain den Raum, um eine Gruppe von Männern zusammenzustellen, die er nach England schicken wollte. Yuri wandte seine Aufmerksamkeit wieder den Karten zu und starrte auf die riesigen Umrisse des Waldes.

»Wo versteckst du dich, mein Prinzchen?«, murmelte er, sein Blick war kalt, als er den Tod seines Neffen plante.

※

ES WAR FAST ZEIT FÜR DAS ABENDESSEN, ALS LYDIA ANNAS Frisur den letzten Schliff verpasste.

»Na also, jetzt sehen Sie viel besser aus«, sagte Lydia. »Nicht, dass Sie vorher nicht gut ausgesehen hätten ...«

»Ich sah aus, als wäre ich in einem Schiff herumgeschleudert worden«, sagte Anna lachend und legte eine Hand auf Lydias Schulter. »Danke, wirklich.«

Lydia grinste. »Sie sehen umwerfend aus. Aiden wird Sie kaum wiedererkennen.« Lydia zupfte noch ein paar lose Locken in Annas Nacken.

»Lassen Sie uns in den Schankraum gehen und sehen, ob wir die Männer finden können.« Lydia sammelte ihre Schals ein und gab Anna ihren. Sie verließen das Zimmer und gingen die Treppe hinunter, wo sie lautes Gelächter und Gesang hörten.

Lydia, die vorausging, blieb am Fuß der Treppe abrupt stehen. »Ach du meine Güte. Was in aller Welt?«

Anna blieb ein paar Schritte hinter Lydia stehen und beugte sich ein wenig vor, um über ihre Schulter zu schauen und einen besseren Blick auf das Chaos im Schankraum zu haben.

Brodie und Aiden hielten jeweils einen Becher Bier in der Hand, sangen und schunkelten und animierten die Männer um sie herum zum Mitmachen. Anna vermutete, dass es sich um ein gälisches Lied handelte, und nach dem Gelächter zu urteilen, das sie auslösten, musste es ein unzüchtiges sein.

Lydia schüttelte den Kopf und blickte zum Himmel, als

ob sie göttliche Hilfe suchte. »Ich schwöre, man kann einen Schotten nicht eine Minute allein lassen, ohne dass er in Schwierigkeiten gerät. Es sieht aus, als hätten sie sich gestritten.«

»Wer?«

»Da sich keine bewusstlosen Personen im Raum befinden, haben Aiden und Brodie wahrscheinlich miteinander gerauft. Brüder, so wie ich das verstehe, sind so, sie versuchen immer, sich gegenseitig in den Schwitzkasten zu nehmen oder zu Boden zu werfen. Ich bin froh, dass ich als Kind nur mit einer Schwester zu tun hatte, und die war furchtbar schwer aus Schwierigkeiten herauszuhalten. Ich könnte mir nicht vorstellen, Brüder zu haben«, sagte Lydia ganz sachlich.

Anna zuckte zusammen, als sie die blauen Flecken an Aiden und Brodie sah. Brodies Nase war blutig, und Aidens Unterlippe war geschwollen, und an seinem Kinn klebte ein wenig getrocknetes Blut. Mit einem Knurren raffte Lydia ihre Röcke und schritt auf ihren Mann zu.

»Ah, Lassie!« Brodie stellte seinen Bierkrug ab, packte seine Frau an der Taille und wirbelte sie herum, dann rief er einem Mann am Feuer zu, der eine Geige auf seinem Schoß liegen hatte: »Spiel uns ein Lied!« Der Mann nahm sein Musikinstrument in die Hand und spielte einen lebhaften Jig.

»Lass mich runter!«, verlangte Lydia, aber ihr Mann grinste sie nur an. »Wir haben noch nicht zu Abend gegessen, Brodie.«

»Du tanzt gern, Frau. Tanz mit mir! Wir können später ein privates Abendessen in unserem Zimmer einnehmen.« Er setzte sie auf die Füße, und Lydias strenge Miene verschwand.

»Oh, in Ordnung.« Sie begann mit Brodie zu tanzen. »Wenn es dich davon abhält, noch mehr Schläge zu verteilen.«

»Alle Schläge sind bereits verteilt, Mädchen. Jetzt ist die Zeit zum Tanzen!«, stichelte Brodie.

Annas Herz war voller Freude für ihre Freundin, aber sie

fühlte auch einen Schmerz darunter. Sie wollte das gleiche unbeschwerte Glück wie Lydia und Brodie, aber mit Aiden.

Wie gerufen trat Aiden von den Männern, mit denen er gesprochen hatte, weg und blieb vor ihr stehen. Seine Augen wurden groß. »Anna! Du siehst ... Du siehst ...«

»Wie sehe ich aus?«, fragte sie mit klopfendem Herzen.

»Du siehst großartig aus.« Wenn es von ihm kam, war das Kompliment irgendwie viel bedeutungsvoller. Er nickte den anderen hinter ihm zu und reichte ihr die Hand. »Hast du Lust auf einen Tanz?«

»Ich würde gerne, aber ich kenne die Schritte nicht«, gab sie zu.

Aidens Gesicht verzog sich zu einem breiten, erfreuten Grinsen, das Anna bis in die Zehenspitzen erwärmte.

»Tanz zu deinen eigenen Schritten, Mädchen. Ich verspreche, dass ich mit dir mithalten kann.«

Seine Worte, oder vielleicht die Art und Weise, wie er sie sagte, schienen sich tief in ihre Knochen zu bohren, denn irgendwie wusste sie, dass, wenn sie mit ihm tanzte, er ihr Schritt für Schritt folgen würde, als hätten sie schon tausendmal in einem Traum im Traum getanzt. Vielleicht hatten sie das ... und es war nur so, dass sie sich nicht an ihre Träume erinnern konnte.

Aidens charmantes Lächeln ließ sie erröten und schüchtern zurücklächeln, als sie seine Hand nahm. Sie kannte eine Art von Jig. Ihre Muskeln hatten das vertraute Muster beibehalten. Sie tanzte über die Bodendielen und bewegte sich mit Leichtigkeit auf ihren Füßen. Aiden schlang einen Arm um ihre Taille, während seine Füße in dem komplizierten Muster zu den ihren passten. Trotz seiner Größe und Stärke bewegte er sich leicht und elegant. Er passte sich mühelos jedem ihrer Schritte an, als ob er wüsste, wohin sie gehen und wie sie sich bewegen wollte.

Anna lächelte und entspannte sich, als sie merkte, dass er

Recht gehabt hatte, als er behauptete, mit ihr Schritt halten zu können. Bald vergaß sie alle ihre Sorgen und tanzte einfach unbeschwert und wild mit dem hübschen Schotten, der sie wie einen kostbaren Schatz hielt. Je mehr sie tanzten, desto mehr verblassten die Schatten hinter seinen Augen. Die gemeißelten Züge seines hübschen Gesichts wurden von einem inneren Licht der Freude berührt, das ihm die Härte des Kriegers nahm.

Sie tanzten, bis ihr die Füße wehtaten, und selbst dann hob Aiden sie nur in seine Arme und wirbelte sie herum, während sie lachte. Als der Geigenspieler sich endlich ausruhen musste, sah Anna, wie Brodie und Lydia sich die Treppe hinaufschlichen, um die Feierlichkeiten in ihrem eigenen Zimmer fortzusetzen.

Aiden setzte sie an einem der leeren Tische ab und holte zwei frische Krüge Bier von Molly und einen Teller mit Essen. Sie nahm einen der Becher, mochte den Geschmack des Bieres und begann es gierig hinunterzuschlucken. Sie hatte erst gemerkt, wie durstig sie war, nachdem sie aufgehört hatten zu tanzen. Aiden setzte sich neben sie und grinste von Ohr zu Ohr.

»Vergiss nicht, etwas zu essen, Mädchen. Du musst doch hungrig sein.«

Er hatte Recht, sie war sehr hungrig, und erst nachdem sie mehrere Bissen gegessen hatte, begann er selbst zu essen. Selbst bei etwas so Kleinem dachte er zuerst an sie, und der Gedanke daran versetzte ihr einen bittersüßen Stich ins Herz, während sie sich fragte, ob jemals jemand innegehalten und sich so um ihn gekümmert hatte, wie er sich um andere kümmerte.

Er wischte sich mit den Fingerspitzen über die Lippe, und ein wenig Blut löste sich von seiner Haut. Anna erinnerte sich plötzlich daran, dass er und Brodie einen Streit gehabt hatten.

»Lass dich mal anschauen«, sagte sie und gab ihm ein Zeichen, näher zu kommen.

Sie nahm eine Stoffserviette und befeuchtete sie in einer Tasse mit Wasser, dann fasste sie sanft sein Kinn und drehte sein Gesicht zu ihr. Er hielt still, seine Augen fixierten die ihren, während sie das getrocknete Blut wegwischte.

»Was ist passiert?«

Als sie mit der Reinigung der Wunde fertig war, griff er nach oben und hielt ihr Handgelenk fest, bevor sie ihre Hand senken konnte. Seine Knöchel waren dunkelviolett und mit blauen Flecken übersät.

»Ich habe einen Streit mit dem Schmied angefangen.«

»Der Schmied? Warum?«, fragte sie. »Hast du etwa die Angewohnheit, dich mit Handwerkern zu streiten?«

Die Schatten schlichen sich wieder in seine Augen. »Nur mit solchen, die Kinder oder Tiere schlagen.«

»Oh. Nun, gut.« Sie wusste nicht, was sie darauf erwidern sollte. Wenn sie einen Mann getroffen hätte, der ein Kind schlug, hätte sie ihn auch verprügelt.

»Stört es dich nicht, dass ich ein Rohling bin?«, fragte Aiden.

Sie hob fast trotzig ihr Kinn. »Jemanden zu verteidigen, der wehrlos ist, bedeutet nicht, ein Rohling zu sein. Ich finde das ziemlich heldenhaft.«

Aiden hielt immer noch ihr Handgelenk, und er bewegte seine Finger nach oben, bis er stattdessen ihre Hand hielt. Dann drückte er seine Lippen langsam auf ihre Fingerknöchel.

Eine heiße Röte durchfuhr sie, als sie scharf einatmete.

»Ist es Wahnsinn, dich küssen zu wollen, Mädchen?« Seine tiefe, heisere Stimme machte komische, wunderbare Dinge mit ihrem Unterleib.

»Mich küssen?«, echote sie, als ihr Blick auf seine Lippen fiel.

»Aye. Wurdest du schon einmal geküsst?« Aiden presste seinen Mund wieder auf ihre Finger, was das Nachdenken nur noch schwieriger machte.

»Ich ... Einmal, glaube ich ... Aber ich war noch jung.«

»Du bist auch heute noch jung«, stichelte er.

Sie lachte. »Ich meine, ich glaube, ich war vielleicht vierzehn oder fünfzehn? Es war mit einem jungen Stallknecht. Ich erinnere mich an den Geruch von Heu und ...« Sie sah ihm in die Augen. »Hast du schon einmal jemanden geküsst?«

»Ein paar, aber nicht viele.« Seine Augen hielten die ihren fest. »Darf ich dich jetzt küssen, Anna?«

»Ja, aber was ist, wenn ich darin schrecklich bin?« Eine plötzliche Angst vor der eigenen Unzulänglichkeit ließ das aufsteigende Verlangen in ihr verblassen.

Aiden umfasste ihre Wange mit der anderen Hand. »Wenn das der Fall ist, dann wird es meine angenehme Pflicht sein, dich darin zu unterrichten. Ich habe noch nie eine Frau getroffen, die nicht besser küssen konnte als ein Mann. Ich glaube, Frauen sind zum Küssen geboren und die Männer brauchen Nachhilfe.« Nun, wenn er es so ausdrückte, machte sie sich etwas weniger Sorgen. Lektionen von ihm wären *höchst* willkommen. Er zwinkerte ihr zu, und sie spürte, wie ihre Sorgen verschwanden. Er hatte eine wunderbare Art, das mit ihr zu machen.

»In Ordnung ...« Sie beugte sich vor, vielleicht in zu großer Eile, denn im nächsten Moment stießen ihre Stirnen zusammen.

»Autsch!« Sie wich zurück und bedeckte ihre Stirn mit einer Hand. Aiden rieb eine ähnliche Stelle an seinem eigenen Kopf.

»Lass mich zu dir kommen, Mädchen. Das ist die erste Lektion. Du lehnst dich ein wenig vor, und dann lässt du mich den Rest des Weges kommen.«

»Oh, ich verstehe.« Sie kehrten auf ihre Positionen zurück.

Diesmal lehnte sie sich einen Zentimeter vor und schloss die Augen.

Einen Moment lang gab es nichts als ihre eigene hungrige Vorfreude, die Geräusche im Raum verstummten, als ihre Ohren auf das leise Ausatmen von Aidens Atem aufmerksam wurden. Seine Finger flatterten gegen ihren Kiefer, die Berührung war heiß und prickelnd, und dann drückten sich seine Lippen auf ihre, samtige Liebkosungen, die ihr einen Seufzer der Freude entlockten. Aiden bewegte seine Lippen auf den ihren hin und her, und bald lernte sie, sich mit ihm zu bewegen. Es war ein bisschen wie Tanzen, nur dass es neue Schritte waren, die sie lernte, und Aiden war ein meisterhafter Lehrer. Anna war sich nicht sicher, wie lange sie sich küssten - es schien ewig zu dauern, und doch endete es viel zu schnell.

Als sich ihre Lippen voneinander trennten, legte er eine Hand in ihren Nacken, während ihre Stirnen aneinander lagen.

»Gut?«, fragte er sie.

»Sehr gut«, antwortete sie zwischen tiefen Atemzügen. »Ich auch?«

»Wie ein Traum, Mädchen.« Er schenkte ihr ein verträumtes Lächeln, und ihr Herz flatterte daraufhin.

»Es ist spät. Wir sollten ins Bett gehen. Ich werde wieder den Stuhl nehmen, während du das Bett nimmst.« Er stand auf, nahm ihre Hand in die seine und führte sie dann die Treppe hinauf.

Als sie die Tür zu ihrem Zimmer erreichten, hielt sie inne. »Und wenn ich wieder schlechte Träume habe?«, fragte sie, plötzlich besorgt darüber, dass ihre Albträume zurückkehren könnten.

Aidens Augen leuchteten im schummrigen Licht des Korridors. »Dann werde ich gleich da sein, um sie zu verjagen.«

❧ 7 ❧

Aiden hielt sein Versprechen, und in dieser Nacht wurde sein schönes Mädchen nicht von Träumen heimgesucht. Er schlief nur sehr leicht und wurde jedes Mal wach, wenn sie sich auf dem Bett bewegte, nur für den Fall, dass sie ihn brauchte. Am Morgen sah sie besser aus. Ihre hellbraunen Augen leuchteten, und ihr Gesicht war nicht mehr von Schatten verdunkelt. Ihr verführerischer Mund verzog sich zu einem bezaubernden Lächeln, als sie ihn sah. Sie und Lydia trafen ihn und Brodie vor dem Gasthaus, bereit für die Weiterreise. Anna trug ein dunkles, jägergrünes Kutschenkleid, dessen Ärmel mit Eicheln und Eichenblättern bestickt waren. Sie wirkte wie ein lebendig gewordener Waldgeist oder eine Baumnymphe.

Sie kam auf ihn zu, ihre Bewegungen waren elegant und bedächtig wie die einer Königin. Er hatte den wilden Drang, sie freizulassen, als würde er einem Falken die Kapuze abnehmen und den Vogel in den Wind schicken.

»Ist unser Wagen bereit?«, fragte Anna ihn.

»Aye. Und ich habe meine Pferde reisefertig. Und der Junge natürlich.«

»Cameron?« Sie schaute sich um und suchte nach dem kleinen Jungen, von dem er ihr in der letzten Nacht vor dem Einschlafen erzählt hatte. Es war so schön gewesen, neben ihr zu sitzen, während sie im Bett lag, und ihr von dem Kind zu erzählen, das er unter seine Fittiche genommen hatte. Sie hatte ihn mit schläfriger Belustigung beobachtet, und er wusste, dass seine Stimme sie zum Einschlafen gebracht hatte, was er ja auch beabsichtigt hatte. Lydia zog ihn oft damit auf, dass seine Stimme so beruhigend sei.

»Cam, Junge, Zeit zu gehen«, rief Aiden in Richtung der Ställe. Der Junge marschierte ihnen entgegen, einen prall gefüllten Sack über die schmale Schulter gehängt. Cameron hatte in der Nacht zuvor im Stall geschlafen, obwohl sein Vater sowieso nicht in der Lage gewesen wäre, dem Jungen etwas anzutun, nachdem er von Aiden und Brodie verprügelt worden war. Cam blieb stehen, als er Anna sah, und sein Gesicht wurde rot, als er versuchte, sich höflich zu verbeugen. Die Tasche rutschte ihm von der Schulter, und er musste sie wieder hochheben.

Anna nahm die Begrüßung des Jungen gelassen hin und verbeugte sich mit einem tiefen Knicks.

»Master Cameron, nehme ich an?«, fragte sie ihn.

Er nickte stolz. »Mistress Anna«, grüßte er.

Brodie trat neben Aiden und gluckste. »Er mag als MacLeod geboren worden sein, aber ich denke, der Junge ist jetzt ein Kincade.«

Aiden stimmte dem zu. Brodie hatte Recht. Die Kincades hatten ein Faible für Waisenkinder und Kinder in Not.

»Pack deine Tasche oben auf die Gepäckablage, Cameron, und dann geht's los.«

Der Junge kletterte auf die Rückbank der wartenden Kutsche und legte seinen Sack in das Gepäckfach, das Aiden für ihn geöffnet hatte. Aiden sah ein letztes Mal nach Thundir und Bob. Anna folgte ihm um den hinteren Teil des

Wagens herum. Sie schaute zwischen dem großen grauen Wallach und der kleineren braunen Stute hin und her.

»Ist das der Verletzte?« Anna streichelte sanft Bobs Nase und Hals. Dass sie nicht zögerte, zeigte ihm, dass sie mit Pferden vertraut war.

»Aye, es geht ihr schon viel besser. Wir werden langsam reisen. Die Fahrt zu den Kincade-Ländereien dauert nur einen Tag, und wir werden zu Mittag essen, damit Bob Zeit hat, ihr Bein auszuruhen. Sie und Thundir werden der Kutsche folgen.«

»Bob?« Anna kicherte. »Das ist ihr Name?«

»Cameron dachte, sie sei männlich. Der Name ist geblieben.« Aiden grinste.

»Nun, Bob, du bist eine Schönheit.« Anna streichelte die Stute, dann trat sie zurück und sah zu, wie Aiden die Leinen an der Rückseite der Kutsche überprüfte.

Lydia und Brodie waren bereits drinnen. Aiden und Anna nahmen den Platz ihnen gegenüber ein, Cameron war dazwischen eingekeilt. In den nächsten Stunden kaute der kleine Junge ihnen allen geradezu ein Ohr ab, bis er schließlich erschöpft an Annas Schulter einschlief.

»Er ist so ein kleiner Schatz.« Anna strich dem schlafenden Jungen das sandfarbene Haar aus den Augen.

»Wir werden ihn Isla vorstellen, wenn sie und Rafe zu Besuch kommen«, sagte Lydia. »Sie wären gute Spielkameraden.«

»Wer sind sie?«, fragte Anna.

»Weißt du noch, wie ich dir erzählt habe, dass unser ältester Bruder Joanna Lennox geheiratet hat? Und Joannas Bruder Ashton hat unsere Schwester Rosalind geheiratet? Nun, Joannas anderer Bruder, Rafe, hat ein Waisenkind aufgenommen. Ein kleines Mädchen, in einem ähnlichen Alter wie Cameron. Ihr Name ist Isla.«

»Ah. Noch mehr Lennoxes, wie ich sehe.«

»Rafe ist der Wilde«, fügte Brodie lachend hinzu. »Er ist unser Lieblings-Lennox.«

»Das liegt daran, dass er Ärger macht wie du.« Lydia steckte einen Finger in Brodies Brust. »Als ihr mich entführt habt, wusste er, dass ihr die falsche Schwester habt, und hat nichts gesagt. Er hielt das alles für einen lustigen Scherz.«

»Das ist der Grund, warum ich ihn am liebsten mag«, bekräftigte Brodie. Lydia verdrehte die Augen.

Anna lachte, und Aiden genoss das leise, entzückende Geräusch. Er war froh, sie so glücklich zu sehen. Als sie in einem Gasthaus anhielten, um zu essen, war Cameron wach und voller Energie. Aiden und Anna lachten, als er auf der Wiese neben dem Gasthaus herumlief und mit dem Hund des Gastwirts spielte.

Sie aßen im Gasthaus zu Abend und ruhten die Pferde aus, bevor sie nach Schloss Kincade weiterreisten. Aiden lud den jungen Cameron ein, mit dem Kutscher mitzufahren, um den Jungen zu unterhalten, und dann band er Thundir hinten von der Kutsche los und bestieg ihn, um die Beine des Wallachs zu vertreten. Nach ein paar Minuten beschloss er, weiter voraus zu reiten und das Schloss vor den anderen zu erreichen.

Als er um das nächste Waldstück ritt, erreichte er den Fuß des Hügels, der sich zum grauen Steinschloss Kincade hinaufzog. Früher hatte ihm der Anblick Angst gemacht, aber jetzt ... Es hatte sich so viel verändert. Seit dem Tod ihres Vaters und der Heirat von Brock mit Joanna hatte sich das Schloss von einem düsteren Steinturm in ein majestätisches Bauwerk verwandelt. Aiden lächelte ein wenig bei dem Gedanken, Anna alle Ecken und Winkel zu zeigen und sie mit seinen kleinen Biestern bekannt zu machen. Er gab seinem Pferd einen Tritt in die Seite, und Thundir galoppierte schneller den Hügel zu Aidens Haus hinauf.

Ein Stallknecht brachte sein Pferd zu den Ställen des Schlosses, und Aiden ging hinein, um seinen Bruder über die Ankunft der Gäste zu informieren.

»Brock!« Aiden brüllte den Namen seines Bruders.

»Was?«, brüllte Brock vom Flur her. Aiden schaute den Korridor entlang und wartete darauf, dass sein Bruder aus seinem Arbeitszimmer kam.

»Wirklich, Aiden, musst du wie ein verwundeter Bär hier herumschreien?« Seine Schwägerin erschien am oberen Ende der Treppe, einen Stapel Bücher in den Händen, zweifellos auf dem Weg in die Bibliothek.

»Wir haben Besuch«, verkündete Aiden.

»Besucher? Oh, Himmel!« Joanna eilte die Treppe herunter zu ihm. »Wie viele? Wer ist es?« Dann war sie es, die brüllend nach dem Butler rief.

»Brodie und Lydia kommen - sie werden bald hier sein.«

»Oh, ist das alles?« Joanna lachte vor Erleichterung. Sie und Brock wussten, dass Aiden gegangen war, um auf das Schiff von Brodie und Lydia zu warten, aber sie hatten keine Ahnung von Anna und Cameron.

»Aber wir haben zwei Gäste. Ein kleiner Junge namens Cameron, der hier aushelfen wird, und eine Lady.«

Joanna legte ihren Bücherstapel auf das Ende des Geländers und starrte ihn an. »Eine Lady? Was für eine Lady?«

»Nun ... Ich habe sie gefunden. Sie ist die Überlebende eines Schiffbruchs.«

»Du hast eine *schiffbrüchige* Frau gefunden?«, fragte Joanna, als würde sie versuchen, die Bedeutung seiner Worte zu entschlüsseln.

»Aye. Ihr Name ist Anna, und sie kann sich nicht mehr an viel erinnern. Sie wurde verletzt ...«

Joanna presste Daumen und Zeigefinger gegen ihre geschlossenen Augenlider.

»Aiden, du musst aufhören, mich zu ärgern.«

»Das tue ich nicht«, betonte er. Es machte ihm zwar Spaß, sie zu necken, aber wegen so etwas würde er das niemals tun.

Sie keuchte, als ihr eine andere Möglichkeit einfiel. »Es war nicht Brodies Schiff, oder?«

»Nein, ihr Schiff war in Ordnung.«

»Oh, Gott sei Dank.«

»Joanna? Wo seid ihr?« Brocks Stimme kam aus der Nähe.

»Wir sind an der Treppe«, rief sie ihrem Mann zu, als er in der Eingangshalle erschien.

Brock, der Älteste der Familie, hatte das gleiche dunkle Haar und die gleichen stürmischen Augen wie Aiden. Er war etwas größer und etwas breiter, aber Aiden hatte schon einige Ringkämpfe gegen Brock gewonnen.

Brock umarmte ihn heftig. »Ich nehme an, du hast Brodie und Lydia mitgebracht?«

»Sie werden in ein paar Minuten eintreffen«, erklärte Aiden. »Ich bin vorausgeritten, um euch wissen zu lassen, dass wir noch andere Gäste erwarten.«

»Dein Bruder sagt, er habe eine schiffbrüchige Frau gefunden und mit nach Hause genommen«, sagte Joanna zu Brock.

Brocks Lächeln verblasste. »Was hast du jetzt gemacht?«

»Ich habe ein Mädchen gefunden, das an der Küste von North Berwick angeschwemmt wurde.«

Sein Bruder glaubte ihm eher, als Joanna es getan hatte. »Geht es ihr gut?«

»Es sieht so aus, aber sie hat einen Schlag auf den Kopf bekommen. Ihr Gedächtnis ist etwas verworren.«

Brock nickte. »Und du hast sie hierher gebracht, um für sie zu sorgen?«

»Aye. Sie war ganz allein und hatte keine Möglichkeit, für sich selbst zu sorgen. Ich dachte, wir könnten sie vielleicht hier bleiben lassen, während sie sich erholt.«

»Aiden, sie ist eine Frau, kein wildes Tier. Sie muss eine Familie oder Leute haben, die sie nach ihr suchen.«

»Wenn sie die hat, werde ich sie wieder mit ihnen zusammenbringen, sobald sie ihr Gedächtnis wieder hat. Aber es ist wahrscheinlich, dass ihre Familie auf dem Kontinent lebt, weit weg von hier.«

Joanna warf Brock einen deutlich besorgten Blick zu. Es war Aiden nicht entgangen, dass Brodie und Lydia ähnlich auf seine Geschichte reagiert hatten. Warum dachten sie alle, dass er sie als eine verwundete Kreatur ansah, wie eines seiner vielen Tiere? Sie war unendlich viel mehr als das. Aiden war sich nur allzu bewusst, dass Anna eine Frau war. Und was noch wichtiger war: Sie war *seine* Frau. Aber das war etwas, das er niemandem außer Anna erklären konnte.

»Natürlich ist sie hier so lange willkommen, wie sie zu bleiben wünscht«, sagte Brock.

»Ja«, wiederholte Joanna, aber ihre englische Denkweise machte es ihr offensichtlich schwerer zu verstehen, dass Aiden die Verantwortung für Anna übernommen hatte. Er würde für sie sorgen, bis sie es nicht mehr wünschte. Das war die Art der Schotten.

Einen Moment später kündigte der Butler an, dass eine Kutsche die Auffahrt heraufkam.

Aiden grinste. »Sie sind hier.«

Brock legte einen Arm um Joannas Schultern, während sie in kurzem Abstand hinter Aiden herliefen.

»Brock, ich mache mir Sorgen um ihn«, gestand Joanna. »Ich weiß, dass er seine kurzen Romanzen hatte, aber das war's - sie enden immer, weil er für immer in seiner Einsamkeit und Melancholie gefangen scheint. Aber etwas sagt mir, dass dieses Mädchen anders sein könnte. Ich wünsche mir, dass Aiden glücklich wird, aber was ist, wenn er auch diese verliert?«

»Ich weiß, dass du dir Sorgen machst, Joanna, aber vielleicht wird das gut für ihn sein. Vielleicht ist das Mädchen hübsch. Es würde ihm gut tun, das Umwerben zu üben, und vielleicht lässt er dann seine Melancholie hinter sich.«

Der Wagen kam zum Stehen, und ein kleiner Junge sprang vom Fahrersitz in Aidens Arme. Aiden fing den Jungen auf und setzte ihn ab. Dann sprintete der Junge auf Brock und Joanna zu, die oben auf den Stufen zum Eingang des Schlosses standen.

»Seid Ihr der mächtige Gutsherr dieser Burg?«, fragte ihn der Junge mit großen Augen.

»Aye, mein Junge. Mein Name ist Brock Kincade.«

»Ich bin Cameron MacLeod.« Der Junge streckte eine Hand aus, die Brock kichernd schüttelte und Aiden anschaute. Sie hatten in der Vergangenheit schon mit vielen MacLeods zu tun gehabt, aber im Gegensatz zu Brodie fand Brock die Aufnahme eines MacLeods offensichtlich eher amüsant als einen Grund zum Schimpfen.

»Willkommen, Cameron. Das ist meine Frau, Joanna. Die Herrin dieses Schlosses.«

»Sie sind sehr hübsch«, sagte Cameron. Joanna wurde rot und lachte leise.

»Genau das, was wir in diesem Haus brauchen, einen weiteren Charmeur.«

Der Junge eilte zurück zur Kutsche und half dem Kutscher beim Ausladen der Koffer und Reisetaschen. Brodie half Lydia aus dem Wagen, und Aiden nahm seinen Platz an der offenen Tür ein, nachdem sie aus dem Weg gegangen waren.

Eine weibliche Hand streckte sich um die Kutschentür herum, und Aiden ergriff sie sanft. Die geheimnisvolle Frau, die Aiden aus dem Meer gerettet hatte, stieg aus dem Fahrzeug aus. Als sie auf die Erde trat und sich zu Aiden umdrehte, sah Brock etwas, das ihm die Kehle zuschnürte. Die Frau sah Aiden an, als ob sie verzaubert wäre. Und er sah sie mit demselben beseelten Blick an.

Eine alte Angst, die Brock längst begraben glaubte, grub ihre eisigen Krallen in seine Brust.

Brock war ein junger Mann gewesen, kaum im Teenageralter, als ein Romani-Stamm vor Jahren seine Heimat besuchte. Er hatte sie während der Abwesenheit seines Vaters willkommen geheißen, und die Matriarchin der Bande hatte ihn bei ihrem Abschied gewarnt, dass seine größte Angst wahr werden würde. Er würde sehen, wie sein jüngster Bruder verloren ginge, und es würde mit einer schönen Fremden aus einem anderen Land beginnen, die das Herz seines Bruders erobern würde.

War das die Frau, deren bloße Anwesenheit den Untergang seines Bruders ankündigte?

»Brock, was ist los?«, flüsterte Joanna. Seine Frau lehnte sich an seinen Arm, ihre Augen waren vor Sorge groß.

»Nichts - es ist nichts.«

Joanna wandte ihre Aufmerksamkeit wieder Aiden und der Fremden zu. »Sie ist sehr schön. Sieh dir an, wie sie sich bewegt«, sagte Joanna. »Sie sehen aus, als würden sie einander mögen, nicht wahr? Vielleicht war es dumm von mir, mir Sorgen um ihn zu machen. Vielleicht hat er endlich die Frau seines Herzens gefunden, die ihm helfen wird, sein Glück zu finden, so wie du und Brodie das eure gefunden habt.«

Brock sagte nichts. Das war genau das, was er fürchtete.

»Sie werden versuchen, ihn zu retten, aber es wird Ihnen nicht gelingen. Das ist der einzige Weg, ihm seine Freiheit zu schenken.«

Er schüttelte den Kopf, um sich von der Erinnerung an die alte Frau zu befreien, die ihm ihre Warnung zugeflüstert hatte. Brock setzte ein Lächeln auf und führte seine Frau zu Aidens Gast.

❧

ANNA HIELT SICH AN AIDENS ARM FEST, ALS WÄRE ER DER Mast, an den sie sich geklammert hatte, bevor er sie gefunden hatte. So schön die Landschaft hier auch war, sie war sich nur allzu bewusst, dass sie eine Fremde in einem fremden Land war.

Das massive Schloss vor ihr war ein furchteinflößendes graues Steingebäude auf der Spitze eines smaragdgrünen Hügels mit Blick auf einen malerischen See. Vom Fenster der Kutsche aus hatte sie die Schönheit der Landschaft bewundert, aber hier zu stehen, mit Aidens Zuhause um sie herum, machte sie nervös und aufgeregt zugleich. Die Luft war sauber, und ein schwerer Blumenduft aus den nahen Gärten lag in der Luft. Auf den fernen Feldern blühte lila Heidekraut. Alles hier war farbenprächtig und wunderschön anzusehen.

»Mach dir keine Sorgen«, sagte Aiden. »Mein Bruder knurrt vielleicht ein bisschen, aber er hat ein weiches Herz.«

Sie sah zu dem imposanten Schlossherrn und seiner englischen Frau auf. Die Ähnlichkeit zwischen Aiden und Brock war unübersehbar, genau wie bei Brodie. Die Brüder waren einander alle so ähnlich und doch auch so verschieden. Brodie hatte einen Hauch von Schalk im Gesicht, während Brock viel ernster war und Aidens Gesicht ein tiefes Mitgefühl ausstrahlte.

»Anna, das sind mein Bruder Brock und seine Frau Joanna.«

Brock nickte höflich. »Willkommen, Anna.« In seinen Augen lag ein Hauch von Schatten, aber er begrüßte sie dennoch mit einem warmen Lächeln.

»Kommen Sie rein, Anna.« Joanna löste Aiden sanft von

ihr und führte Anna weg, während Lydia eifrig hinter ihnen herlief. »Wir sollten zu dritt Tee trinken«, schlug Joanna vor.

Anna drehte sich noch einmal um und sah, wie Brock leise mit Aiden sprach, sein Gesichtsausdruck war ernst.

»Ich hoffe, meine Anwesenheit ist keine Last für Sie«, sagte sie zu Joanna.

»Belastung? Nein, natürlich nicht.« Joannas ehrliche Antwort löste etwas von der Spannung, die sich in Anna aufgebaut hatte. Vielleicht hatten die Brüder andere Dinge zu besprechen, die nichts mit ihr zu tun hatten.

Joanna führte sie in einen sonnigen Salon und winkte ihr, sich auf einen der einladenden Stühle zu setzen.

»Vorsichtig!«, rief Lydia aus. Anna erstarrte, ihr Hintern schwebte leicht über dem nächstgelegenen Stuhl. »Man muss immer hinter den Kissen nachsehen«, erklärte sie. Anna schob die Kissen an der Rückenlehne des Stuhls hin und her. Ein Igel hatte sich dort zusammengerollt und schlief tief und fest, halb verdeckt durch das Kissen. Anna hätte das Tier zerquetschen können, wenn sie sich hingesetzt hätte.

»Sehen Sie?« Lydia lachte immer noch. »Aidens *kleine Biester* sind überall«, sagte sie und täuschte einen schottischen Akzent vor.

»Sie hat Recht. Ich vergesse das immer und erschrecke alle möglichen Kreaturen«, sagte Joanna. »Erst heute Morgen habe ich einem Zimmermädchen geholfen, frische Wäsche für eines der Schlafzimmer zu holen, und wir haben ein Kaninchennest in den Laken gefunden. Überall im Zimmer liefen Babyhasen herum. Wir haben lange gebraucht, um sie alle zusammen mit ihrer Mutter einzufangen und in die Gärten zu bringen.«

Anna konnte nicht anders, als über das Bild zu kichern, das Joanna mit ihren Worten zeichnete.

»Vergiss nicht, wie du diese schottische Wildkatze gefunden hast, die in der Küche Mäuse jagte«, sagte Lydia und drehte sich zu Anna um, um es ihr zu erklären. »Aiden fand sie mit einer Pfote voller Disteln und behandelte sie. Dann beschloss das Tier, dass es gerne hier im Schloss lebte, aber es zischte jeden an. Er war so ein mürrisches Wesen und so schlecht gelaunt. Die Köchin hat ihn ständig mit einer Suppenkelle gejagt, um ihn zum Gehen zu bewegen.«

Joanna nickte, immer noch kichernd. »Sie war ein guter Mäusefänger - sogar Mrs. Tate musste das zugeben.«

Anna richtete ihre Aufmerksamkeit auf das kleine stachelige Wesen auf dem Stuhl. Ohne zu zögern, nahm sie den Igel in die Hand, setzte sich dann hin und legte ihn auf ihren Schoß statt auf den Boden. Sie wollte nicht, dass er zertrampelt würde, wenn er weiterschlafen wollte.

»Kein Wunder, dass Aiden Sie mag«, sagte Joanna mit einem anerkennenden Lächeln. »Sie scheinen sich mit Tieren genauso wohl zu fühlen wie er.«

Anna strich mit einer Fingerspitze über die Nase des Igels. Es schnüffelte und rieb sich die kleine Schnauze mit einer Pfote, schlief aber weiter.

»Ich mag sie«, stimmte sie zu.

»Anna, ich habe gehört, dass Sie Schiffbruch erlitten haben. Ist das wahr?« Joanna beugte sich vor und zog an einer Glockenschnur an der Wand, um Tee bringen zu lassen.

»Ja. Aiden hat mich gerettet. Mein Gedächtnis ist noch ein bisschen ...«

»Aiden hat erwähnt, dass Sie sich nicht an viel erinnern können.«

»Sie erinnert sich nur noch bruchstückhaft«, warf Lydia ein. »Der Arzt glaubt, dass es irgendwann alles wieder zu ihr zurückkommen wird.«

»Nun, das ist gut«, sagte Joanna. »Es muss sehr beängstigend sein, nicht mehr zu wissen, wer man ist.«

»Ja«, gab Anna zu. »Aber bei Aiden habe ich mich sicher gefühlt, und dafür habe ich ihm viel zu verdanken.«

Joanna und Lydia warfen sich daraufhin einen Blick zu. Anna fühlte sich ein wenig in der Unterzahl. Diese beiden Frauen waren miteinander vertraut und teilten eine gemeinsame Geschichte durch ihre Ehemänner. Sie war nur eine Fremde. Es sollte sie nicht überraschen, dass sie neugierig darüber waren, was sie für ihren Schwager empfinden mochte.

»Du scheinst ihn zu mögen, nicht wahr?«, sagte Joanna.

»Ich gestehe, ich mag ihn sehr.«

Die Wohnzimmertür wurde geöffnet. Ein Dienstmädchen brachte ein Teetablett herein und stellte es neben Joannas Stuhl ab. Joanna schenkte drei Tassen ein und reichte eine an Anna und eine an Lydia.

»Es scheint, als hätte ich eine recht interessante Geschichte verpasst. Würden Sie mir alles erzählen?«, fragte Joanna.

In der nächsten halben Stunde erzählte Anna Joanna alles, woran sie sich erinnerte. Während der Reise hierher waren auch einige neue Erinnerungen wieder aufgetaucht, so dass sie noch mehr erzählen konnte.

»Ich erinnere mich, wie ich mit meinen Eltern mit einer Kutsche durch das ganze Land fuhr und Leute besuchte. Ich wünschte, ich könnte mich an mehr über meine Eltern erinnern. Mein Vater hatte dunkles Haar, und meine Mutter sah von der Farbe her aus wie ich. Und da war ein kleiner Junge ... Er ...« Plötzlich füllte sich ihr Geist mit Freude über den neuen winzigen Bissen an Erinnerung. »Er war mein *Zwillingsbruder*.« Sie strengte sich an, erinnerte sich aber an nichts weiter.

Lydia tätschelte ihr Knie. »Machen Sie sich keine Sorgen, Anna. Es wird zurückkommen.«

»Ich hoffe es.« Sie dachte an die lächelnden Gesichter ihrer Eltern und das verschmitzte Grinsen ihres Bruders. Die Erinnerungen waren so glücklich, auch wenn sie nicht viel mehr als kurze Bilder im Gedächtnis behalten konnte.

Ich habe eine Familie ...

Irgendwo da draußen hatte sie Menschen, die sie liebten. Anna würde einen Weg zurück zu ihnen finden. Das musste sie, denn in ihrem Hinterkopf wuchs ein Gefühl des Schreckens, für das es keine Erklärung gab.

❧ 8 ❧

»**S**ollen wir ein Stück laufen?«, fragte Brock Aiden.
Am Tonfall seines Bruders erkannte Aiden, dass der mehr tun wollte, als nur mit ihm spazierenzugehen.

Brodie schloss sich ihnen an, als sie das Schloss verließen und ins Sonnenlicht traten. Die drei Brüder bewegten sich in Richtung des Sees. Obwohl Aiden wusste, dass wahrscheinlich eine Belehrung oder eine Verwarnung bevorstand, nahm er sich die Zeit, um das Zusammensein mit seinen Brüdern zu genießen. Nach dem Tod ihres Vaters hatten sie sich in diesem Land niedergelassen, und vieles hatte sich zum Besseren gewendet. Keiner von ihnen sprach, bis sie das Wasser erreichten.

»Sprich dich schon aus, Bruder.« Aiden konnte das Gewicht der Gedanken seines Bruders fast auf seinen Schultern spüren.

Brock blickte auf das Wasser des Sees hinaus. »Diese Frau ... Was ist sie für dich? Noch eine verwundete Kreatur, die du heilen musst? Oder ist sie etwas mehr?«

Aiden krempelte die Ärmel seines Hemdes hoch und

hockte sich an den Rand des Wassers, um einen glatten, flachen Stein aufzuheben. Nachdem er in aller Ruhe die Wasseroberfläche betrachtet hatte, warf er den Stein kunstvoll darüber. Er prallte mehrmals leicht wie Luft auf dem Wasser auf, bevor er unter die Oberfläche sank und verschwand.

Weder Brock noch Brodie drängten ihn zu einer Antwort. Sie waren schon zu lange zusammen, als dass sie sich gegenseitig unter Druck gesetzt hätten, Antworten zu geben, bevor sie bereit waren. Er wusste, dass er, sobald er das Wort ergriff, ihnen sagen würde, dass Anna ihm gehörte, und er rechnete damit, dass sie sich dagegen wehren würden mit dem Argument, es sei zu früh, das über eine Frau zu wissen, die er gerade erst kennen gelernt hatte.

»Anna ist mein Schicksal. Ich kann euch nicht erklären, woher ich das weiß, aber es ist wahr.«

Brock legte ihm eine Hand auf die Schulter. »Ich weiß, dass du schon immer auf eine Weise begabt warst, wie Brodie und ich es nicht sind.«

»Du meinst, du denkst, ich bin anders«, antwortete Aiden und versuchte, den Stachel dieser Worte zu ignorieren.

»Du warst noch zu jung, um dich an die Erzählungen unserer Mutter über unsere Großmutter zu erinnern«, sagte Brock. »Daran erinnert sich vielleicht nicht einmal Brodie.«

Aiden wartete darauf, dass Brock fortfuhr. Es kam nicht oft vor, dass Brock von den alten Zeiten sprach, als ihre Mutter und Großmutter noch gelebt hatten. Aiden wünschte sich oft, er hätte wissen können, wie es war, einen Sinn für seine Familie zu haben, für die Generationen, die eng zusammenlebten und ihr Leben miteinander teilten. Sein Vater war ein Meister darin gewesen, sie von der Familie seiner Mutter und den Pächtern, die auf dem Land lebten, zu isolieren.

Brocks Lächeln war wehmütig, und sein Blick wurde distanziert. »Unsere Großmutter gehörte zu den alten

Weisen. Sie trug Silber, um die rachsüchtigen und eifersüchtigen Augen der alten Götter abzuwehren. Es heißt, dass Tiere aller Art zu ihr kamen, wenn sie rief, und dass sie nie ganz Teil dieser Welt war. Sie war begabt. Anders. Und *anders* war gut. Sie heilte das Vieh unseres Clans, konnte spüren, wann sich das Wetter ändern würde, und weckte in jedem, der ihr begegnete, Mitgefühl und Verständnis. Sie war ein Leuchtfeuer in der Dunkelheit für all jene, die sich verirrt hatten.« Brock drückte Aidens Schulter. »Ich fürchte, du könntest das Bedürfnis einer verlorenen Frau nach Licht in der Dunkelheit mit Liebe verwechseln. Das ist alles.«

Hätte Aiden nicht die Prophezeiung des Romani-Reisenden gehört oder diese Träume über Anna gehabt, wäre er vielleicht versucht gewesen, Brock zuzustimmen. Es war leicht, Fürsorge und Mitgefühl mit Zuneigung zu verwechseln, aber er empfand so viel mehr für Anna.

»Ich verstehe dich, Brock, ich verstehe dich wirklich. Aber manchmal *ist* das Licht in der Dunkelheit die Liebe.« Als er dies sagte, schimmerte ein alter Schmerz in Brocks Augen. Es war ein Blick voller Verlust und Herzschmerz, aber Aiden konnte nicht verstehen, warum.

»Nun gut, dann. Versprich mir nur, dass du dem Mädchen den Hof machen wirst, wenn dir etwas an ihr liegt. Zeig ihr das Land und unsere Leute. Zeig ihr dein wahres Ich. Sie verdient es, dich so zu lieben wie wir.«

Aiden lächelte. Er würde das tun. Er würde Anna alles zeigen, was er liebte, und die Barrieren fallen lassen, die er immer aufrechterhalten hatte, um sich zu schützen.

»Und wenn du sie heiratest, werden wir die Zeremonie in der alten Kirche abhalten. Mutter hätte das gewollt. Ich habe meine Chance verpasst, und Brodie auch.«

»Aye, Bruder.« Aiden schmunzelte über Brocks Mütterlichkeit.

Brock stieß Aiden leicht an die Schulter. »Na dann, ab mit

dir. Geh und rette deine Frau vor unseren Frauen, bevor sie ihr noch ein Ohr abkauen.«

»Ich glaube, ich werde mit ihr ausreiten«, rief er seinen Brüdern über die Schulter zu, bevor er den Hügel zum Schloss hinauflief.

❀

»WAS IST DENN LOS?« BRODIE DRÄNGTE BROCK, ALS AIDEN außer Hörweite war. Am Gesichtsausdruck seines Bruders konnte er ablesen, dass diesen immer noch etwas bedrückte.

»Du würdest mir ohnehin nicht glauben«, murmelte Brock. »Ich bin mir nicht einmal sicher, ob *ich* es glaube. Dennoch macht es mir Sorgen.«

»Sag es mir, Bruder«, sagte Brodie.

»Erinnerst du dich, als die Romani uns eine Zeit lang besuchten, als du noch ein kleiner Junge warst?«

Brodie grinste. »Ich habe noch nie so viele hübsche Romani-Mädchen geküsst und ...«

»Brodie«, knurrte Brock.

Brodie seufzte. »Aye, ich erinnere mich an sie. Warum?«

»Die alte Frau, die ihren Clan anführte, hat mich wegen Aiden gewarnt.«

»Wegen Aiden?« Brodie wölbte seine dunklen Brauen.

Brock verschränkte die Arme, als er das Schloss auf dem Hügel betrachtete. »Sie sagte, dass er für uns verloren sein wird, wenn er eine Frau aus einem fernen Land trifft, die sein Herz stehlen wird.«

»Was?«,

»Damals habe ich mir nicht viel dabei gedacht. Ich meine, es klang dumm, weißt du. Aber jetzt ...?«

Brodie starrte auf das Schloss, und sein Herz war nun auch von einem widerhallenden Grauen erfüllt.

»Deshalb hast du ihn nach ihr und nach der Liebe gefragt.«

»Aye. Wenn er sie nicht liebt, ist er vielleicht sicher.« Brock fuhr sich mit der Hand durch die Haare, sein Gesicht war müde. »Wir haben ihn nie genug beschützt, und jetzt können wir ihn nicht davon abhalten, sich zu verlieben.«

»Er kann nicht sterben, wenn wir ihn beschützen«, sagte Brodie.

Brock schwieg einen Moment, als würde er darüber nachdenken, dann schüttelte er den Kopf. »Nein, wir müssen ihn seinen Weg wählen lassen. Das hat die alte Frau auch deutlich gemacht. Das Schicksal eines jeden Menschen ist sein eigenes. Auch wenn wir uns noch so sehr einmischen wollen, wir dürfen es nicht.«

Die Brüder starrten auf das Schloss, während jeder von ihnen darüber nachdachte, was es für sie bedeuten könnte, Aiden zu verlieren.

DER IGEL SASS IMMER NOCH AUF ANNAS SCHOSS, ALS SIE ihren Tee ausgetrunken hatte. Nach Joannas und Lydias Frage-runde hatte sich Müdigkeit in Annas Gliedern breit gemacht, und ihr Kopf schmerzte. Dann erschien Aiden in der Tür und ließ sie all diese Dinge vergessen, indem er sie einfach anlächelte.

»Wie ich sehe, hast du Prissy gefunden.« Sein Gesicht strahlte vor Freude, als er sich zu ihr, Lydia und Joanna ins Wohnzimmer setzte.

»Prissy?«

»Der Igel.« Er kam zu ihr herüber und nahm ihr mit zarten Händen den schlafenden Igel vom Schoß. Die Kreatur wachte auf und gab kleine zirpende Geräusche von sich, als sie ihn erkannte.

Anna stand auf und lehnte sich an Aiden, der den Igel in einer seiner Hände hielt. »Was glaubst du, was sie will?«

»Sie hofft, dass ich Leckereien dabei habe«, sagte er und griff in die Tasche seiner Weste. Er hielt einige Samen für Prissy hoch. Prissy untersuchte das Angebot genau, bevor sie ein paar Samen in den Mund nahm und zu kauen begann.

»Sie ist ein zimperliches kleines Ding«, sagte Aiden kichernd und setzte sie auf dem Boden ab. Sie huschte in eine Ecke und rollte sich wieder zu einem Ball zusammen.

Aiden wandte sich an die anderen. »Meine Damen, ich entführe Anna jetzt für einen gemeinsamen Ausritt. Wir kommen später wieder.«

»Zum Abendessen?«, fragte Joanna.

»Aye, wir werden zum Abendessen zurück sein.« Sein verwirrter Gesichtsausdruck wandelte sich in Zärtlichkeit, als er Anna seinen Arm reichte. Sie lächelte ihn an und verschränkte ihren Arm mit seinem.

»Sei vorsichtig, Aiden«, rief Lydia ihnen nach, als sie das Wohnzimmer verließen.

»Wollen wir wirklich ausreiten, oder fandest du, ich sollte vor deinen Schwägerinnen gerettet werden?« Sie hoffte es sehr. Sie erinnerte sich jetzt daran, dass sie immer gern geritten war. Das schien mit ihrer Liebe zu Pferden Hand in Hand zu gehen.

»Ich möchte dir gern meine Heimat und unser Land zeigen. Ich muss auch einige der Pächter und deren Viehbestand besuchen. Ich hoffe, es macht dir nichts aus, mich zu begleiten.«

»Nein, überhaupt nicht. Das klingt wunderbar.«

Als sie das Schloss verließen, stand ein Stallknecht mit Thundir und einer gesattelten Stute bereit. Sie näherten sich den Pferden, und dann half Aiden ihr auf das andere Pferd. Es gab keinen Damensattel, also schwang sie ihr Bein auf die andere Seite und stellte ihre gestiefelten Füße in die Steigbügel.

Ihre Röcke hoben sich und entblößten ihre mit Strümpfen bedeckten Beine bis zu den Knien. Aiden bemerkte das und blinzelte ein paar Mal beim Anblick ihrer Beine, bevor er sich räusperte. Sein Gesicht rötete sich, und Anna spürte, wie sich ihre Haut erhitzte, als er ihre skandalös entblößten Beine bemerkte, und sie war sich nur allzu bewusst, wie sehr sie es mochte, dass er es bemerkte.

»Dieses Pferd heißt Nevis. Sie ist nach einem unserer Berge hier in Schottland benannt.« Aiden gab der Stute einen kräftigen Klaps auf den Hals. »Ich habe nicht an einen Damensattel gedacht, da Nevis ruhig ist, aber wenn du einen haben willst ...«

»Nein, es macht mir nichts aus«, versicherte sie ihm. »Es ist tatsächlich einfacher, so zu sitzen. Im Damensattel verdrehe ich mir leicht den Rücken.«

Er lächelte sie an, als ob er erleichtert wäre. Dann bestieg er Thundir, und Anna nahm die Zügel von Nevis in die Hand.

»Weißt du noch, wie man reitet?«, fragte er.

»Ich denke schon. Es ist wie beim Tanzen - mein Körper erinnert sich.«

»Gut. Deine Muskeln haben auch Erinnerungen, genau wie dein Verstand.« Plötzlich schenkte er ihr ein spielerisches Grinsen. »Versuch, mitzuhalten, Mädchen!« Dann rief er seinem Pferd etwas zu, und Thundir galoppierte los.

Lachend machte Anna es ihm nach, und die Fuchsstute jagte hinter ihnen her. Sie galoppierten den Hügel hinunter zum See, dann einen weiteren Hügel hinauf und durch die Heidefelder. Über ihnen türmten sich die Wolken in endlosen Formen von strahlendem Weiß vor dem tiefblauen Himmel.

Der Wind peitschte durch ihr Haar, während sie ritt, und etwas Enges und Dunkles in ihrer Brust begann zu schwinden. Sie konnte tief durchatmen und den Duft von Heidekraut und Wildblumen in sich aufnehmen. Ein plötzlicher Erinnerungsblitz schoss wie eine Sternschnuppe über den Nachthimmel ihres Geistes. Sie war schon einmal so wild geritten, mit einem jungen Mann an ihrer Seite, dessen Lachen durch die Hügel schallte. Sein Gesicht sah aus wie ihr eigenes, war aber männlich.

»Alexei ...« Der Name formte sich auf ihren Lippen, und mit ihm kam eine Flut von Zärtlichkeit und Liebe.

Das war ihr Bruder. *Ihr Zwilling.* Tränen füllten ihre Augen, und der Wind blies sie ihr von den Wangen, als sie ihr Pferd anspornte, zu Aidens Pferd aufzuschließen. Sie galoppierten Seite an Seite zu einer kleinen Waldschlucht. Aiden verlangsamte den Schritt von Thundir, und sie tat dasselbe mit ihrer Stute. Sie führten ihre Pferde im Schritt in den Wald hinein. Hohe, dickstämmige Bäume mit grünen Blättern wölbten sich über die Waldwege und ließen die Sonne den Boden in schillerndes Licht tauchen. Es war ein wunderschönes Tal.

Wenn sie die Augen schloss, konnte sie fast hören, wie sich die Bäume miteinander unterhielten. Der Wind und die Blätter, das Knacken und Rascheln von Wurzeln und Ästen bildeten eine natürliche Sinfonie. Sie und Aiden ritten wortlos durch den Wald. An einem Ort wie diesem waren Worte nicht nötig. Es war ein alter Wald, wie der, von dem sie geträumt hatte, aber es war nicht *ihr* Wald. Es war Aidens Wald.

Sein hübsches Gesicht leuchtete in dem sanften, goldenen Licht, das vom Blätterbaldachin herabfiel. Die Schatten, die ihn verfolgten, waren hier an diesem heiligen Ort verschwunden. In seinen Augen lag nur Frieden, während er die Bäume studierte. Er verlangsamte sein Pferd bis zum Stillstand. Ohne ein Geräusch zu machen, stieg er ab und half ihr, vom Pferd zu gleiten. Sie sahen sich einen Moment lang an, er ganz nah bei ihr, und dann streckte er langsam seine Arme aus, um ihr zu signalisieren, dass er bereit war, sie aufzufangen, wenn sie absteigen würde. Annas Atem stockte angesichts der Intensität seiner stürmischen Augen. Aiden fing sie auf und ließ sie langsam an seinem Körper hinuntergleiten, bis ihre Zehen den Boden berührten. Die Art und Weise, wie er ihr Gewicht mit solcher Leichtigkeit trug, zeugte von seiner ungeheuren Kraft.

Als er sie festhielt, ihre Körper aneinandergepresst, dachte sie einen Moment lang, dass er sie küssen würde, und sie wünschte sich verzweifelt, er würde es tun. Doch stattdessen legte er einen Finger an die Lippen, und sie nickte, weil sie verstand, was er wollte: Dass sie beide schwiegen.

Sie ließen die Pferde allein grasen. Aiden schlang seine Finger um ihre, als sie auf einen entfernten Lichtfleck zusteuerten, wo sich das Blätterdach über ihnen öffnete. Als sie dort ankamen, traten sie an den Rand einer sonnigen Gras- und Wildblumenwiese. Er blickte geduldig, still und unbeweglich in den Wald vor ihnen. Anna beobachtete ihn, während er die Bäume beobachtete. Er wartete auf etwas, aber auf wen oder was?

Einen Moment später hatte sie ihre Antwort. Ein mächtiger Hirsch trat ins Licht, seine beeindruckende Geweihkrone ragte hoch über ihm auf. Sie hielt den Atem an, als der Hirsch sich mit anmutigen Schritten bewegte, bis er ganz im Sonnenlicht stand, wie ein König, der seine Untertanen begrüßt. Er neigte den Kopf und begann, die Spitzen der Wildblumen zu fressen, die um seine Hufe herum blühten.

Aiden hielt immer noch ihre Hand und zog sie an sich, um ihr ins Ohr zu flüstern. »Er ist der König dieses Tals.«

Aidens warmer Atem an ihrem Hals ließ ihren Körper vor plötzlicher Sehnsucht erzittern. Am liebsten hätte sie sich umgedreht, ihre Arme um seinen Hals geschlungen und ihn geküsst.

»Da, siehst du seine Krone?«, fragte er.

Sie konzentrierte sich wieder auf den Hirsch, obwohl ihr Körper noch immer die Wärme von Aiden neben sich spürte.

»Er ist wunderschön. Das Schönste, was ich je gesehen habe«, flüsterte sie zurück, ihr Blick huschte zu ihm und wieder zurück zu dem Hirsch.

Aidens Lippen streiften ihr Ohr. »Aye. Er ist schön, aber du bist noch viel schöner.« Dann erhob er sich und stellte sich dem Hirsch.

Der Hirsch hob den Kopf und drehte sich langsam um, um sie anzusehen. Aiden machte einen Schritt auf den Fürsten des Waldes zu und führte Anna mit sich. Der ruhige Blick des Hirsches wanderte zwischen Aiden und Anna hin und her, bevor er bei ihr innehielt.

»Warum läuft er nicht weg?«, flüsterte sie.

»Weil er weiß, dass er von uns nichts zu befürchten hat«, antwortete Aiden mit ebenso sanfter Stimme wie sie.

Der Hirsch verneigte sich vor ihnen, und mit feierlicher, fast ätherischer Anmut schritt er davon und verschwand in den Wäldern. Einen Moment lang lag der Zauber des Herrschers dieses Tals wie ein goldener Schleier über Anna und Aiden, und dann verblasste er schließlich, wie alle Magie.

»Wer auch immer du bist, Mädchen, du musst ein königliches Herz haben. Der Monarch sieht dich als seinesgleichen an.«

Anna wollte den Gedanken abtun und argumentieren, dass sich Hirsche in Wäldern einfach nicht vor Menschen verbeugen würden. Aber dies war Aidens Schlucht, und es lag eine Art Magie in der Luft, die ihr das Gefühl gab, in einem wunderbaren Traum zu sein, in dem alles möglich war, und nicht einfach in einem Wald wie jedem anderen. An diesem Ort war es möglich, dass ein königlicher Hirsch sein Haupt neigte.

»Ich kann sie spüren, die Magie«, sagte sie ihm. »Ich träume doch nicht, oder?«

Aiden zog sie in seine Arme und strich ihr über die Wangen, als sich ihre Blicke trafen.

»Ich spüre es auch. Es ist jetzt stärker als vorher, und das ist deinetwegen.« Das Verlangen in seinen Augen war nicht nur körperlich. Sie konnte die Hitze in seinem Blick sehen, aber auch etwas Weicheres, unendlich Tieferes, wie die Tiefen des Ozeans, aus dem er sie gerettet hatte.

Er senkte seinen Kopf zu ihrem, und ihre Lippen trafen sich in einem Funken von glorreichem Feuer. Sie war gefangen in der brennenden Süße von Aidens Mund. Er schlang einen Arm um ihre Taille, und sie umklammerte seine Schultern, spürte seine Wärme und Stärke unter dem weißen Leinenstoff. Eine Flamme loderte in ihr auf und wärmte sie, als sie ihre Lippen unter seiner Zunge öffnete. Es war ein verruchtes, wollüstiges und doch vollkommenes Gefühl, ihre Zunge mit seiner zu vereinen.

Sie hatte nie gewusst, dass Küssen zu gleichen Teilen Feuer und Zärtlichkeit sein konnte. Ein köstlicher Schmerz in ihrem Unterleib ließ sie ihre Schenkel zusammenpressen. Aidens starke Hand drückte sich in die Vertiefung ihres Rückens und zog sie fest an sich. Er war so groß, aber es machte ihr nichts aus, sich auf die Zehenspitzen zu stellen, um ihn zu küssen. Seine Hand wanderte nach unten und umfasste ihren Hintern, den er fest umklammerte. Ein Stöhnen entkam ihr bei dem plötzlichen Pochen zwischen ihren Schenkeln.

»Aiden«, hauchte sie eindringlich gegen ihn.

»Aye?«, murmelte er zurück, bevor er ihr einen weiteren Kuss gab, bei dem sich ihre Zehen krümmten.

»Ich brauche ... Ich ...« Sie war sich nicht sicher, was sie brauchte; sie hoffte nur, dass er sie verstehen würde.

Seine Hand bewegte sich auf ihrem Hintern, während er begann, ihre Röcke an einer Hüfte hochzuziehen.

»Was machst du da?«, Sie wich nicht zurück, zu sehr

erregte sie der neue Funke der Leidenschaft, der unter ihrer Haut aufglühte. Dann war sein Mund auf ihrem, und sie keuchte überrascht auf, als seine warmen Finger durch ihre Unterwäsche fuhren und ihre nackte Haut berührten. Sie grub ihre Nägel in seine Schultern, als er die empfindlichen Falten ihres Geschlechts erreichte und zu streicheln begann. Sie war sich ziemlich sicher, dass sie dort unten noch nie von jemand anderem als sich selbst berührt worden war.

»Ganz ruhig.« Aiden schnippte mit seiner Zunge an ihrem Ohr. Er ließ einen Finger in sie gleiten, und sie spürte, wie sie auf seine Berührung mit einem Schwall von Feuchtigkeit reagierte. Sie versuchte, ihre Schenkel vor Verlegenheit zu schließen.

»Öffne dich für mich, Anna. Vertrau mir, dass ich dir geben werde, was du suchst.« Er knabberte an ihrem Ohrläppchen und zupfte daran, so dass ein Kribbeln von den Spitzen ihrer Brüste bis hinunter zu der Stelle, wo er sie berührte, zu spüren war. Sie wölbte sich in ihm, ließ zu, dass sein Finger tiefer eindrang, und keuchte gegen seine Lippen, als er den Finger zurückzog und wieder hineinschob. Er tat das wieder und wieder, änderte den Winkel und entlockte ihr einen spitzen, halb erschrockenen Schrei. Dann führte er einen weiteren Finger ein und dehnte sie noch ein wenig mehr, während der erste Finger immer schneller wurde. Die ganze Zeit über erkundete sein Mund sanft ihren Hals, ihre Ohren oder ihre Lippen. Sie verlor sich in diesem sinnlichen, aber ach so schönen Angriff auf ihre Sinne.

Irgendetwas in ihr raste auf einen hohen Gipfel zu. Sie verlangte immer verzweifelter nach mehr, sie keuchte und flehte ihn an, schneller zu werden, ihr zu geben, was sie brauchte. Und dann passierte es. Etwas Unglaublich blendete sie, und sie verlor jeden Gedanken.

Für ein paar kurze Sekunden hatte sie das Gefühl, die Sonne selbst in ihrem Körper zu haben. Sie rief Aidens

Namen, und als sie die Augen öffnete, sah sie, dass er sie voller Verwunderung und Ehrfurcht anstarrte. Er zog seine Hand zwischen ihren Beinen zurück, küsste sie sanft auf die Lippen und wischte sich mit einem Taschentuch die Hand ab, dann griff er ihr unter den Rock und wischte ihr zwischen den Beinen. Sie klammerte sich an seine Arme, ihre Beine zitterten so stark, dass sie glaubte, nicht ohne Hilfe stehen zu können.

»Das war dein erstes Mal?«, fragte er. In seiner Stimme lag ein Hauch von Kratzen, als wäre er genauso betroffen von dem, was geschehen war wie sie.

»J-ja ... Was war das?«

»Das weißt du nicht? Bist du wirklich noch so unschuldig wie ein kleines Kind?« Er setzte sich auf das Wildblumenbeet und zog sie dicht an sich heran, so dass sie zwischen seinen Beinen saß und sich im Sonnenlicht an ihn lehnte.

»Ist es das, was Frauen fühlen, wenn sie mit Männern schlafen?«

»Aye, aber es fühlt sich nicht immer so an. Es ist besser, wenn man mit dem Herzen dabei ist, weißt du.«

»Wie die Liebe ...«

»Wie die Liebe.«

»Aber du hast nicht ...«

»Nein, aber ich war nicht dran. Eines Tages werden wir es gemeinsam teilen. Heute solltest du es erleben, und ich versichere dir, es war mir ein wahres Vergnügen, dich dabei zu beobachten.« Er strich mit seinen Händen über ihre Arme, um sie zu beruhigen.

»Oh ...« Darüber war sie ein wenig enttäuscht. Sie wollte, dass auch er diesen glorreichen Rausch spürte. Er umfasste ihr Kinn und neigte ihr Gesicht zu seinem, damit er sie erneut küssen konnte. Sie kicherte und entspannte sich auf eine Weise, von der sie nicht gewusst hatte, dass sie dazu in der Lage war. Er hielt sie fest, während die Wolken über ihr vorbeizogen.

»Aiden ... Ich habe mich an etwas erinnert, als ich heute mit dir ausgeritten bin.«

»Woran hast du dich erinnert?«

»Ich erinnerte mich daran, wie mein Zwillingsbruder Alexei und ich früher auch so geritten sind, wild und frei.«

»Das ist wunderbar, Liebes.« Aiden umarmte sie von hinten. »Je mehr du dich erinnerst, desto eher können wir deine Familie finden.«

Plötzlich kam ihr ein schrecklicher Gedanke, und sie hielt sich den Mund zu. »Aiden, was, wenn meine Familie mit mir auf dem Schiff gewesen ist? Was, wenn sie alle ums Leben gekommen sind?«

Sie vergrub ihre Wange an seiner Schulter und kämpfte gegen eine Welle der Panik an, die sie zu ertränken drohte. Hoffnung zu haben, nur um zu sehen, wie sie zerbricht, wie das Schiff, auf dem sie war ... Es war unerträglich, daran zu denken.

»Ganz ruhig, Anna. Da kann man sich nicht sicher sein. Noch nicht. Du musst Hoffnung haben. Und selbst wenn du am Ende das Schlimmste erfahren solltest, du bist nicht allein. *Du hast mich.* Und du bist eine starke, tapfere Frau.«

Ihr Atem beruhigte sich langsam. Er hatte Recht. Sie war stark und mutig, und sie war nicht allein. Sie sah zu ihm auf. »Es war ein Glück, dass *du* mich am Strand gefunden hast.«

Aiden lächelte sie an, während sich die Wolken über ihnen auflösten und das Sonnenlicht die Lichtung erhellte.

»Vielleicht war es kein Glück«, sagte Aiden. »Vielleicht war es Schicksal.«

ARTHUR MacDONALD SASS IN SEINER PRAXIS UND LAS DIE neuesten medizinischen Abhandlungen aus London, als ihn der Schrei seiner Haushälterin auf ein Problem aufmerksam machte. Er stieß fast seinen Stuhl um, als er zur Haustür eilte.

»Herr Doktor! Sie haben mehr Menschen aus dem Schiffswrack gefunden.« Die alte Haushälterin wurde fast umgeworfen, als ein junger Mann in das Haus eindrang.

»Sie müssen kommen, Doktor. Sie sind kaum noch am Leben.«

»Lassen Sie mich meine Tasche holen.« Arthur kehrte in seine Praxis zurück und stopfte hektisch alles, was er zu brauchen glaubte, in seine schwarze Tasche, bevor er zur Tür zurückkehrte. »Zeigen Sie mir den Weg.« Er folgte dem Mann, als sie in Richtung des entfernten Ufers liefen.

Als sie die Klippen erreichten, sah Arthur ein Rettungsboot, das von mehreren Fischern weit unten am Ufer auf den Sand gezogen wurde. Das Innere des winzigen Schiffes war voller menschlicher Körper. Das dürfte die Mehrheit der Schiffsbesatzung gewesen sein.

Zum Glück kannte Arthur den schmalen Pfad, der im Zickzack zum Strand hinunterführte, gut genug, um schnell voranzukommen. Er und der junge Mann stürmten auf den dicken, schweren Sand hinunter, dann machten sie sich auf den Weg zum Rettungsboot. Die Fischer warteten schon auf ihn, als er das kleine Boot erreichte.

»Wir sahen sie vor kurzem herantreiben, Doktor.« Ein älterer Mann mit zerzaustem grauem Bart deutete auf einen Teil des Meeres, der hinter einem Felsvorsprung nicht gut einsehbar war. »Wir schwammen hinaus und fingen sie ab, bevor das Boot an den Felsen zerbrach.«

»Gut gemacht«, lobte Arthur. »Lassen Sie mich mal sehen.« Er bewegte sich von Körper zu Körper. Fast alle von ihnen waren Seeleute. Ihre blauen knöchellangen Hosen, roten Schals und weißen Hemden waren die Uniformen von

Handelsschiffsmatrosen, die er schon so oft gesehen hatte. Leider hatte bis auf wenige Ausnahmen keiner von ihnen überlebt.

Eine einzelne Frau an der Spitze des Bootes atmete noch schwach, ebenso wie zwei weitere Männer. Ihre Kleidung war einfach, aber gut geschnitten und aus teuren Stoffen gefertigt. Sie war hochgeboren, oder nahe dran, wenn er hätte raten sollen. Er holte einen Holzzylinder, ein so genanntes Stethoskop, aus seiner Tasche. Es war eine revolutionäre neue Erfindung, und er fand, dass es damit besser funktionierte, einen Herzschlag zu hören, als sein Ohr auf die Brust eines Patienten zu drücken. Dies erwies sich bei weiblichen Patienten als äußerst nützlich, damit sie sich nicht bedrängt fühlten, wenn er sein Gesicht direkt auf ihre Brüste legte. Er drückte das Ende des Zylinders an den Busen der Frau und sein Ohr an das andere Ende. Ein schwaches, pochendes Geräusch drang an sein Ohr.

»Sie müssen ohne Nahrung und Wasser auf dem Meer gewesen sein«, sagten die älteren Fischer. »Sehen Sie sich ihre Lippen an.«

Arthur hatte die ausgetrockneten, rissigen Lippen der Seeleute bemerkt. Aber die Frau schien weniger dehydriert zu sein als die Männer.

»Sie müssen der Frau das wenige Wasser überlassen haben, das sie hatten«, vermutete ein anderer Matrose und zeigte auf einen leeren Wassereimer zu Füßen der Frau.

Arthur legte seine Hand auf ihr Kinn und hob ihren Kopf an, um ihre Atmung zu überprüfen. Ihre Augenlider flatterten.

»Hilfe«, flüsterte die Frau auf Dänisch. »Helfen Sie uns ...«

»Wir werden Ihnen helfen«, antwortete Arthur in ihrer Sprache. Es könnte sich um weitere Überlebende der *Ruritanian Star* handeln. Es war fast eine Woche her, dass Miss Anna an die Küste gespült worden war.

»Muss ... meine Herrin finden«, murmelte die Frau.

»Hat jemand Wasser?«, fragte Arthur die Fischer. Der Älteste der Gruppe brachte ihm einen Flachmann mit Wasser.

Er nahm das Wasser und drückte die runde Öffnung des Fläschchens gegen die geöffneten Lippen der Frau. »Trinken Sie«, forderte er sie auf, während er ihr das Wasser in die Kehle träufelte. Sie trank, hustete schwach und zitterte.

»Miss Anna ... muss Miss Anna finden«, versuchte sie es erneut. »Meine Herrin ... im Wasser verloren ...«

»Anna ist Ihre Herrin?«, fragte er die Frau. Er fürchtete sich vor den Konsequenzen davon, sie zum Sprechen zu drängen, aber er fürchtete auch, dass sie nicht überleben könnte, und er musste alle Informationen aus ihr herausholen, die er bekommen konnte, solange sie noch sprechen konnte.

»Muss nach London ... Ihr Bruder wird sie holen ...« Die Frau hob eine Hand und umklammerte Arthurs Handgelenk, während ihre müden Augen ihn anflehten. »Eine Frage von Leben und Tod ...« Die Frau schloss ihre Augen und wurde ohnmächtig.

»Helft mir, diese beiden Männer und die Frau zu mir nach Hause zu tragen«, wies er einige der Fischer an. »Wenn der Rest von euch die, die nicht überlebt haben, auf den Friedhof der Kirche bringt und sie dort begraben lässt, werde ich euch für eure Mühe entschädigen.«

Als sie sein Haus erreichten, fühlte sich die Haut der Frau kalt an, und sie zitterte. Den beiden Männern ging es ein wenig besser. Er wies seine Haushälterin an, die Frau in sein Bett und die beiden Männer in die Betten in seiner Praxis zu legen. Der Fischer kümmerte sich um die beiden Männer, während Arthur und seine Haushälterin sich um die Frau kümmerten. Die Decken in seinem Schlafzimmer waren dicker als die in seiner Praxis und würden dazu beitragen, dass ihre Temperatur anstieg. Sie zogen ihr die nassen Kleider aus, bevor sie sie unter die Laken steckten. Sie würden sie langsam aufwärmen müssen - wenn es zu schnell ginge, könnte sie sterben. Arthur erhitzte einige Steine im Kamin und steckte sie dann unter die Laken zu Füßen der Frau.

»Ist sie eine von diesen ausländischen Damen, wie die, die der hübsche junge Mann gefunden hat?«, fragte seine Haushälterin im Flüsterton.

»Aye.« Arthur ließ sich erschöpft auf den nächsten Stuhl sinken. »Und ich glaube, diese Frau kennt Mr. Kincades Findelmädchen.«

Seine Haushälterin wuselte durch den Raum, schimpfte leise und murmelte etwas von fremden Frauen, die an den Strand gespült wurden. Sie steckte die Laken sanft um die Frau herum fest und berührte ihre Stirn, dann richtete sie ihren Blick auf Arthur.

»Soll ich Ihnen einen Tee bringen, während Sie darauf warten, dass sie aufwacht, Doktor?«, bot die Haushälterin an.

»Ja, danke, und bringen Sie mir etwas Papier. Ich muss ein dringendes Schreiben aufsetzen. Wenn das, was diese Frau gesagt hat, wahr ist, dann muss ich Mr. Kincade informieren, er soll Anna nach London bringen, um ihren Bruder zu finden. Es klang ziemlich dringend.«

Er würde so schnell wie möglich eine Nachricht nach Schloss Kincade übermitteln lassen. Dann würde er sein Bestes tun, um sich um die Frau zu kümmern, die jetzt in seinem Bett lag.

❧ 9 ❧

Eine ganze Woche war vergangen, seit Aiden Anna aus dem Meer gerettet hatte, und in diesen sieben Tagen war Anna viel selbstbewusster geworden und, wie er vermutete, mehr wie sie selbst, auch wenn ihr immer noch viele Erinnerungen fehlten. Aiden war begeistert, dass Anna amüsant, intelligent und abenteuerlustig war. Und ihre Liebe zu Tieren war fast so stark wie seine eigene.

Jedes Mal, wenn er sie zu einem Ausritt einlud, befürchtete er, dass sie nein sagen würde, aber sie schien die Zeit, die sie gemeinsam auf dem Land verbrachten, zu genießen. Er war schon immer der Meinung gewesen, dass die Natur heilsam für Körper und Seele ist, und Anna schien ihm zuzustimmen. Es half, dass sie oft im Gras landeten, sich unter der Spätherbstsonne küssten und die Zeit völlig aus den Augen verloren. Anna zu küssen, musste eines der größten Vergnügen des Lebens sein. Er liebte es, wenn sie ihn mit ihren verträumten, sanften Augen ansah, und er fühlte sich wie ein gesegneter Mann. Alles, was sie tat, faszinierte ihn - die Art und Weise, wie sie sprach, die Gedanken, die ihr wie Quecksilber durch den Kopf gingen. Mit ihr zusammen zu sein, füllte die Leere in ihm aus, die er immer versucht hatte, zu ignorieren. Mit ihr ... fühlte er sich ganz. Er spürte kein Gewicht auf seinen Schultern und keine Last auf seiner Seele.

Sie ritten überall zusammen hin und blieben nach dem Abendessen noch lange auf, um sich in der Bibliothek zu unterhalten, während er sich um seinen Waldkauz, Honey, kümmerte. Am Abend zuvor hatte er Anna das Nest gezeigt, in dem Honey ihre Eier ausbrütete. Sie kletterten über eine Leiter auf das obere Ende des Eckregals, in dem die Eule ihr Zuhause hatte. Honey hatte sie mit halbgeschlossenen Augen beobachtet und war völlig unbeeindruckt gewesen, als Aiden ihre gefiederte Brust streichelte und sogar Anna erlaubte, dasselbe zu tun. Seine kleinen Biester schienen sie genauso zu lieben wie ihn, was Anna unendlich erfreute und ihn weit mehr freute, als er je sagen konnte. Es war, als wäre sie schon immer dazu bestimmt gewesen, hier bei ihm zu sein.

Er genoss jeden Moment, in dem er ihr dabei zusah, wie sie aus ihrem Schneckenhaus herauskam und die Frau wurde, die sie vor dem Schiffbruch gewesen war. Es schien ihr Spaß zu machen, ihm Dänisch beizubringen, und er war überrascht, dass er es so schnell verstand. Es half, dass sie ihn jedes Mal, wenn er ein Wort erfolgreich beherrschte, mit Küssen belohnte.

Sie kamen sich jeden Tag näher, aber er hatte sich nicht getraut, sie noch einmal so innig zu berühren wie auf der Wiese. Mehr als alles andere, wollte er sie ins Bett bringen, aber er wollte etwas, das für sie beide so wichtig war, nicht überstürzen. Er küsste sie trotzdem eifrig an allen möglichen Stellen, die sie danach mit einem sinnlichen Vergnügen kichern ließen, das sich für ihn als die beste Art der Folter erwies. Der verzweifelte Blick, den er einst in ihren Augen gesehen hatte, war ihrer natürlichen Freude gewichen.

Jetzt stand er in einer Nische und beobachtete sie, wie sie sich mit seinen Schwägerinnen zusammensetzte. Sie waren alle in Tageskleider gekleidet, die der neuesten Londoner Mode entsprachen, was er nur wusste, weil Joanna und Lydia ständig über Kleidung sprachen, wenn sie nicht gerade über Politik oder soziale Fragen diskutierten. Anna hob sich in ihrem cremefarbenen und blauen Satinkleid von den anderen beiden Frauen ab. Ihr dunkelrotes Haar war in einer lockeren griechischen Frisur hochgesteckt, und ein blaues, mit sternförmigen Juwelen besetztes Band war wie ein Stirnband um ihr Haar gewickelt. Sie sah königlich aus. Zweifellos war das Lydias Absicht gewesen, als sie die Kleidung und andere Dinge in North Berwick gekauft hatte.

Anna sagte etwas, und die beiden anderen Frauen lachten. Aidens Herz schwoll vor Freude an, denn er wusste, dass er einen Blick in eine mögliche Zukunft warf. Wenn er Anna eines Tages heiraten würde, könnte er das jeden Tag sehen. Sie könnte Freundschaften mit Lydia und Joanna schließen. Sie könnte hier leben und seinem Haus Licht und Hoffnung geben. Und im Gegenzug würde er ihr alles geben, was sie sich nur wünschen konnte. Er würde so sein, wie sie ihn brauchte, er würde alles tun, um sie glücklich zu machen. Er ließ nicht zu, dass er an irgendwas anderes als die glänzende Zukunft dachte, die sie zusammen haben könnten.

Er beschloss, dass, was auch immer die alte Romani-Frau gesehen hatte, er nicht zulassen würde, dass es Sturmwolken über seinen und Annas Horizont zog. Wenn jener Tag käme, würde er alles tun, um sie zu beschützen, aber bis dahin wollte er mit ihr ein glückliches Leben führen, wie lange sie auch immer haben würden.

Die drei Frauen stoben auseinander, als er aus der Nische trat und auf sie zuging.

»Guten Tag, Aiden«, sagten Lydia und Joanna und kicherten hinter ihren Händen wie Schulmädchen. Anna errötete, aber sie lächelte ihn an, und das gab ihm das Gefühl, dass er alles auf der Welt erreichen könnte, solange er dieses Lächeln in seinen Erinnerungen trug.

»Ich dachte, du willst vielleicht mit mir das Marstallgebäude besuchen?«, fragte er sie. »Ich habe ein paar Vögel, die ich auf die Jagd mitnehmen will.«

»Ja, natürlich. Das würde ich gerne tun.« Sie zwinkerte Lydia und Joanna zu, bevor sie auf ihn zukam. Wie schon so oft in letzter Zeit nahm er sie in seine Arme und küsste sie, ohne sich um die Zuschauer zu kümmern. Anna lächelte gegen seine Lippen, und sie lachten beide, als sich ihre Münder voneinander lösten.

»Das solltest du wirklich nicht vor ihnen tun«, flüsterte Anna, als ob sie empört wäre. »Sie warten darauf, dass du dich benimmst.«

»Willst *du*, dass ich mich benehme?«, fragte er.

»Nein«, antwortete sie ohne zu zögern. »Ich frage mich nur ... Ist das bei anderen Menschen auch so? Wir sind uns direkt in die Arme gelaufen und haben seitdem nicht mehr zurückgeblickt.« Sie knabberte an ihrer Unterlippe. »Liegt es daran, dass wir beide glauben, dies sei Schicksal? Und wenn es nicht so ist? Was ist, wenn wir uns irren und das alles nur ... Ich weiß es nicht ... nur ein gemeinsamer Traum ist?«

Ihre Worte verursachten ein Loch des Grauens in seiner Brust. »Hast du plötzlich Zweifel an mir? Wenn dem so ist, ist das in Ordnung, Mädchen. Wir haben das alles etwas überstürzt«, gab er zu. Aber es hatte sich für ihn so richtig angefühlt, als er sie an jenem Tag am Strand in die Arme genommen hatte. Warum sollte er ignorieren, was seine Instinkte ihm sagten, dass es das Richtige sein würde?

»Nein, aber das ist es, was ich meine, Aiden. Sollte ich das nicht alles hinterfragen? Ich frage mich immer wieder, ob etwas in mir schief gelaufen ist, als ich mir den Kopf gestoßen habe. Ich ...« Sie hielt inne und runzelte dann die Stirn. »Ist das töricht von mir?«

Aiden neigte ihr Kinn zurück, um in ihre hellbraunen Augen zu sehen. »Vertraust du mir?« fragte er.

Sie schlang ihre Finger um sein Handgelenk und hielt sich an ihm fest. »Ich vertraue dir auf eine Art und Weise, wie ich glaube, dass ich noch nie jemandem vertraut habe. Ich sollte das nicht mit Sicherheit wissen, aber ich habe das Gefühl, dass es wahr ist.«

Er strich mit dem Daumen über ihre Unterlippe, während er sie anschaute. »Solltest du jemals deine Meinung ändern, werde ich das verstehen«, versprach er. »Ich will dich nicht zu etwas zwingen, was du nicht willst.«

»Danke.«

Sie stellte sich auf die Zehenspitzen und küsste ihn so zärtlich, dass er Heimweh bekam und gleichzeitig das Gefühl hatte, gerade nach Hause gekommen zu sein. Es war ... bittersüß.

»Bring mich zu deinen Falken«, sagte sie, als sie auseinander kamen.

»Mit Vergnügen.« Er führte sie nach draußen in die Scheunen hinter den Ställen. Das hohe Bauwerk bot den Raubvögeln Platz zum Nisten, den sie selbst verlassen und wieder dorthin zurückkehren konnten. Sie konnten zwar jederzeit allein auf die Jagd gehen, aber er nahm sie gerne ab und zu mit. Er hatte ein verpaartes Fischadlerpaar, einen Steinadler und seinen Liebling, einen kleinen Zwergfalken.

Er öffnete die Tür zu der dunklen Scheune und lauschte dem Zwitschern der Vögel, die seine Anwesenheit bemerkten. Das Flattern von Flügeln und das Stäuben von Flaumfedern wehte von oben herab, als sich die Vögel niederließen.

Aiden schnalzte mit der Zunge und streifte sich einen langen Lederhandschuh über den rechten Arm. Er hob sein Handgelenk, und ein kleiner Zwergfalke kam auf ihn zu. Viele Menschen verwechselten den Zwergfalken mit dem Turmfalken, aber der Zwergfalke war kleiner und hatte kurze, spitze und breite Flügel, die ihm eine unglaubliche Wendigkeit im Flug verliehen. Sie waren außerdem graublau mit einer weiß-braun gesprenkelten Brust und einem braunen Schwanz, während Turmfalken eher braun und goldfarben waren. Wie andere Raubvögel gediehen sie in den ausgedehnten Wäldern, Bergen und Küstengebieten seines Landes.

Als Aiden aus der Scheune trat, sah der Zwergfalke Anna und stieß ein aufgeregtes Zwitschern aus, das sich anhörte, als würde der Vogel stottern.

»Oh, er ist so schön«, sagte Anna.

»Hier, zieh das an.« Aiden bot ihr einen eigenen Handschuh an, den sie über ihren Arm schob. Dann drängte er den Falken, auf Zehenspitzen von seinem Handgelenk zu dem ihren zu gehen.

Das Gefieder des Falken war aufgeplustert und ein wenig zerzaust. Dann schüttelte sich der kleine Raubvogel plötzlich am ganzen Körper, und seine Federn glitten sanft nach unten, glatt und geschmeidig an Rücken und Brust.

Annas Augen weiteten sich, und ihr Gesicht glühte vor Faszination. »Um Himmels willen! Wozu hat er das getan?«

»Das nennt man plustern. Es befreit das Gefieder von Schmutz, Ablagerungen und überschüssigem Wasser. Sie tun das oft auch einfach dann, wenn sie zufrieden sind«, erklärte Aiden. Mit seinem behandschuhten Finger streichelte er die Brust des Vogels.

»Er mag mich also?«, fragte sie.

»Sieht so aus.« Aiden gluckste. »Bringen wir ihn runter zum See.«

Sie gingen den Hügel hinunter zum Wasser, und Aiden hob seinen Arm mit dem Handschuh.

»Tut, was ich tue, dann kannst du ihn fliegen lassen.« Dann reckte er seine Faust in die Luft.

»So?« Sie wartete, bis der Falke zu ihrer geschlossenen

Faust auf dem Handschuh kletterte, und dann schwang sie ihn in die Lüfte.

Der Zwergfalke schwebte über der Landschaft. Er war nicht der grazilste Flieger, aber seine Geschwindigkeit und Wendigkeit waren unübertroffen. Aiden drehte sich um und beobachtete Anna, als der Vogel hoch über sie hinwegflog. Etwas blieb schnürte ihm die Kehle zu, als die Sonne ihr Gesicht erleuchtete. In diesem Moment wusste er, dass er sie gefunden hatte - die Frau, die für immer sein Herz erobert hatte.

Sie beobachteten, wie der Falke ein paar Spatzen in der Ferne verfolgte, bevor er einen kleinen erwischte und einige Meter über dem Wasser in einem Baum landete, um ihn zu fressen.

»Armer kleiner Vogel«, sagte Anna.

»Aye, aber so ist das Leben nun mal. Ich liebe alle Tiere, aber sie zu lieben bedeutet, dass man in der Natur die Hierarchie von Raubtier und Beute respektiert. Ich helfe, wo ich kann, wenn ich das Gefühl habe, dass das Gleichgewicht gestört ist.«

»Ich nehme an, du hast Recht.« Ihre Stimme wurde plötzlich hart und wütend. »Aber nicht alle Raubtiere halten das Gleichgewicht der Natur aufrecht.«

»Die Natur schafft es mit der Zeit von selbst, das Gleichgewicht zu halten. Aber wenn Menschen dazukommen, können sie das Ganze ohne nachzudenken durcheinander bringen.«

Anna lächelte. »Genau das meine ich. Manche Menschen töten absichtlich ...«

Ihr Kopf explodierte plötzlich vor Schmerz. Sie schrie auf

und sank auf die Knie. Aiden fing sie in seinen Armen auf, bevor sie stürzen konnte.

»Anna?« Er drückte sie fest an seine Brust. »Was ist denn los?«

»Mein Kopf ... Es tut weh.« Sie konnte kaum denken. Alles, was sie in ihrem Kopf sah, waren flüchtige, schmerzhafte Bilder von einem brennenden Dorf, schreienden Kindern und dem Tod ... so viel unnötiger Tod. Sie hielt sich an Aiden fest und atmete durch den Schmerz hindurch, bis die albtraumhafte Vision verblasste.

»Ich habe Dinge gesehen«, flüsterte sie, als sie sich in seinen Armen herumdrehte. »Ich habe schreckliche Dinge gesehen.«

»Kannst du mir sagen, was das für Dinge waren?« Er drückte seine Lippen tröstend auf ihre Stirn.

»Ein Dorf brannte ... Die Menschen wurden abgeschlachtet, als ob sie nicht wichtig wären.« Sie erschauderte, als die Vision durch ihren Geist strömte, und Blut und Trauer färbten jedes Bild.

»War das, bevor ihr das Schiff bestiegen habt? Ist das schon lange her?«

Als der Schmerz nachließ, erlangte Anna eine gewisse Klarheit, so dass sie tatsächlich erkennen konnte, dass es sich nicht um eine Erinnerung handelte.

»Nein, ich glaube nicht, dass es überhaupt schon passiert ist.«

Aidens Augen waren dunkel, als er sie anstarrte. »Du meinst, es wird in der Zukunft passieren? Wie kannst du da so sicher sein?«

»Das bin ich einfach. Es wird etwas Schreckliches passieren«, betonte sie. Es war ein anderes Gefühl als das ihrer wiederkehrenden Erinnerungen. Ein klares Gefühl für die Dinge, die nicht gewesen waren, sondern sein würden. »Du glaubst mir doch, oder?«

»Ja, Mädchen, das tue ich.« Aiden strich ihr eine Haarsträhne aus dem Gesicht und klemmte sie hinter ihr Ohr. »Kannst du stehen?«

»J-ja. Der Schmerz ist fast weg.« Mit seiner Hilfe kam sie auf die Füße. Dann gab er einen scharfen Pfiff von sich und hob den Arm. Der Falke flog zurück zur Erde und landete auf Aidens Faust. Er zwitscherte, und sein fröhlicher Ton verriet, dass er mit sich selbst zufrieden war, weil er seine Mahlzeit gefangen hatte.

»Lass uns zurückgehen. Du solltest einen Tee trinken und dich ausruhen.«

Anna wollte nicht zugeben, dass sie müde war, aber jetzt, wo die Bilder verblasst waren, fühlte sie sich leer. Hohler und müder als es in ihrem Alter sein sollte.

»Es tut mir leid, wenn ich unseren Ausflug ruiniert habe.« Sie wandte sich von ihm ab und ging schneller den Hügel hinauf, um ihre Verlegenheit zu verbergen.

Er griff nach ihrem Arm und drehte sie sanft in seine Richtung. »Dass einem ein anderer Mensch wichtig ist, bedeutet nicht, dass die Tage immer sonnig und die Luft voller Lachen sind. Es bedeutet auch, gemeinsam den Stürmen zu trotzen, der Winterkälte und der drückenden Hitze. Man übersteht diese Dinge gemeinsam, im Guten wie im Schlechten.« Seine graublauen Augen waren so tief, dass Anna in ihre Tiefen hätte blicken und sich für immer darin verlieren können ... oder vielleicht sich selbst finden.

Sie war dabei, sich in ihn zu verlieben, und das schon seit dem Tag, an dem er sie aus dem Wasser gezogen hatte. Es war eine Liebe, die so heftig werden würde, dass sie die Macht haben würde, die Welt zu zerreißen oder wieder zusammenzufügen. Es war eine Schicksalsliebe, wie er es einmal formuliert hatte, und jetzt glaubte sie mehr denn je daran.

Und je stärker ihre Gefühle wurden, desto mehr wuchs der Knoten des Schreckens in ihr, und ihre Ängste nährten ihn stündlich, während sie sich Sorgen über das machte, was noch kommen würde.

❧

YURI UND FAIN UMSTELLTEN MIT EINEM KONTINGENT VON hundert Mann kurz vor Sonnenaufgang das kleine Dorf Vasler. Sie warteten im Schatten des Waldes, während sie beobachteten, wie die Feuer schwach brannten und die Dorfwachen, die nicht mehr als ein paar Bauern mit erbärmlichen Mistgabeln waren, auf ihren Posten in den Schlaf trieben.

»Eure Befehle, mein König?«, flüsterte Fain. Die Pferde bewegten sich unruhig unter ihnen.

»Nehmt die Männer gefangen. Trommelt die Frauen und Kinder zusammen und sperrt sie in die Kirche. Ich möchte, dass sie sehen, was ihre Treue zu dem rebellischen Prinzen sie gekostet hat.«

Vasler war eines von vielen Dörfern, von denen Yuri wusste, dass sie Lebensmittel und Münzen aus den Wagen erhalten hatten, die sein Neffe und dessen Männer auf dem Weg zu Yuris Lager geplündert hatten. Er konnte es sich nicht leisten, seine kleine Armee von Wachen bei Laune zu halten, wenn er kein Geld hatte, um sie zu bezahlen, oder kein Essen, um sie zu ernähren. Seine Fähigkeit, die Kontrolle über das Land zu behalten, hing am seidenen Faden, und so sehr er es auch leugnen wollte, er konnte es nicht, zumindest nicht vor sich selbst. Seine Männer durften nicht wissen, wie nahe er daran war, die Kontrolle über alles zu verlieren. Diese verdammte Göre von einem Prinzen würde ihn vernichten.

Er wagt es, mich zu bestehlen, also werde ich ihm den Preis für seine Rebellion zeigen.

Fain und die bewaffneten Soldaten stürmten das Dorf, warfen Fackeln auf die Dächer der Häuser und zertraten alle, die sich ihnen in den Weg stellten. Schreie zerrissen die Luft, als ihr erbärmlicher Widerstand gebrochen wurde. Als es vorbei war, trat Yuri vor die gefangenen Männer des Dorfes, die alle auf den Knien lagen, die Hände auf dem Rücken gefesselt. Die Frauen und Kinder wurden in die kleine Kirche gedrängt, und Yuris Männer schlossen die Tür mit einem schweren Balken, sodass sie sich von innen nicht mehr aufdrücken ließ.

»Ihr habt Essen und Münzen von denen angenommen, die sich mir und meinem Anspruch auf dieses Land widersetzen. Jetzt zahlt ihr den Preis für diesen Verrat.« Er wandte sich an Fain, der ihm eine brennende Fackel reichte. Er ging auf die Kirche zu. Hinter ihm begannen die Männer von Vasler zu schreien, zu flehen und um Gnade zu bitten. Doch Yuri hörte nur den glorreichen Klang der gewaltsamen Unterwerfung, als er die Fackel auf das Kirchendach warf.

Er ließ die Männer des Dorfes in den Schreien ihrer Frauen und Kinder ertrinken. Und dann, als die Glut in der eingestürzten Kapelle schwelte und kein Leben mehr in den geschwärzten Mauern war, gab Fain das Signal, und seine Männer hoben ihre Schwerter und hackten die überlebenden Männer nieder. Wenn Alexei kam, um nach dem Dort zu sehen, würde er jeden einzelnen Mann, jede Frau und jedes Kind tot vorfinden. Und er würde wissen, wer es getan hatte.

Yuri bestieg sein Pferd, begutachtete das Chaos, das er angerichtet hatte, und war zufrieden. Dieses Land gehörte ihm, denn er allein hatte den Willen, es sich zu nehmen. Er würde alles nehmen, was Ruritanien zu bieten hatte, und dann, wenn er sich an den Reichtümern dieses Landes gesättigt hatte, würde er seinen Blick nach Preußen richten. Das war der Lauf der Dinge. Der Weg derjenigen, die die Macht hatten, sich zu nehmen, was sie haben wollten.

❧ 10 ❧

Anna biss sich auf die Lippe, um nicht zu lachen. Sie saß Aiden am Esszimmertisch gegenüber, als sie frühstückten. Prissy, Aidens Igel, schlängelte sich langsam am Tisch entlang zu Brock und seinem Teller mit halb aufgegessenen Räucherheringen, Beeren und Nüssen. Brock hatte die Morgenpost vor sich ausgebreitet und bemerkte die sich nähernde Kreatur überhaupt nicht.

Brock saß am Kopfende des Tisches, während Joanna, Lydia und Brodie auf Stühlen an den Seiten des langen Tisches Platz genommen hatten. Während Anna versuchte, ihr Lachen zu unterdrücken, warfen sie und Aiden sich immer wieder Blicke zu, dann wieder zu dem Igel.

Anna hatte keine Ahnung, wie der Igel auf den Tisch gekommen war, aber sie hatte sich nicht die Mühe gemacht, Prissy aufzuhalten, weil sie zu sehr damit beschäftigt war, nicht zu kichern. Wenn es etwas gab, das sie über die von Aiden geheilten Tiere gelernt hatte, dann war es, dass sie generell keine Angst vor Menschen hatten, auch nicht vor den anderen Mitgliedern von Aidens Familie.

Prissy hielt an Brodies Teller inne, schnupperte an den

Krümeln, die er hinterlassen hatte, und ging dann weiter in der Reihe, wobei sie unterwegs jeden Teller prüfte. Doch je näher sie Brocks Teller kam, desto erwartungsvoller bebte ihre kleine Schnauze.

Brodie, der nun den Igel bemerkt hatte, beugte sich vor und grinste das Tier an. Lydia und Joanna waren beide in ein Gespräch über die neuesten politischen Entwicklungen in Frankreich vertieft und hatten den Igel nicht bemerkt. Prissy betrachtete die leeren Teller und ging dann weiter, unbemerkt von den beiden Frauen, die in ein Gespräch vertieft waren.

Mit einem Rascheln der Zeitung griff Brock nach seinem Teller, um sich ein Stück Apfel zu nehmen, aber er bemerkte nicht, dass der Igel inzwischen auf derselben Hälfte seines Tellers hockte und an einem Stück knabberte. Seine große Hand landete schwer auf der stacheligen Kreatur.

»Verdammte Scheiße!« Brock sprang von seinem Stuhl auf und umklammerte seine Hand.

Die Zeitung fiel herunter und bedeckte den Igel vollstän-dig. Brock klappte eine Ecke der Zeitung hoch und sah, dass Prissy noch immer aß. Sie hielt inne, als sie merkte, dass Brock sie anschaute. Sie schnüffelte laut und nieste dann auf die Heringe.

»Aiden«, knurrte Brock, »entferne dieses Biest sofort!«

Aiden war bereits auf dem Weg, um Prissy vor dem Hoch-landlord zu retten.

»Ich habe dir gesagt, dass deine Tiere auf dem Tisch nichts zu suchen haben«, warnte Brock ihn.

Aiden grinste, als ob er genau wüsste, dass dies nicht das letzte Mal sein würde, dass eine Kreatur auf dem Esstisch landete. »Ich weiß nicht, wie sie da hochgekommen ist. Sie hat so winzige Stummelbeine.« Aiden zwinkerte Anna zu, und sie biss sich auf die Lippe, um nicht zu lachen.

Brock, immer noch wütend, hob seine gerötete Hand und rieb sich vorsichtig die Handfläche. Joanna kam ihrem Mann zu Hilfe, nahm sanft seine verletzte Hand und drückte ihm einen Kuss auf die Handfläche.

»Fühlst du dich besser?«, fragte sie mit süßer Stimme.

Brocks Augen wurden weicher und heißer. »Aye, das ist viel besser. Vielleicht solltest du dich lieber in unseren Gemächern um mich kümmern.« Brock, der sich nicht länger um seine Hand sorgte, hob Joanna in seine Arme und trug sie davon. Ihr Lachen hallte noch immer durch den Flur, als Aiden Brocks Frühstücksteller nahm und ihn neben Prissy auf den Boden stellte, damit der Igel in Ruhe essen konnte.

Anna erhob sich von ihrem Stuhl und wünschte den anderen einen guten Tag, bevor sie und Aiden den Frühstücksraum verließen und in Kichern ausbrachen.

»Und, bist du bereit für ein weiteres Abenteuer?«, fragte er sie.

»Mit dir? *Immer*,« sagte sie ehrlich.

»Gut. Ich habe dir heute einen besonderen Ort zu zeigen. Zieh dir dein wärmstes Reitkleid an.«

Anna ging nach oben, um sich mit Hilfe eines der Hausmädchen umzuziehen, und kam in einem jagdgrünen Reitkleid, Reitstiefeln und einem kleinen grünen Hut auf dem Kopf wieder herunter.

Aidens Augen weiteten sich bei ihrem Anblick, und sie errötete bei dem Verlangen, das sie in seinen Augen sah.

»Du siehst ganz bezaubernd aus«, sagte er, als er sie am Fuß der Treppe in die Arme nahm.

»Genau wie du.« Sie fuhr mit ihren Händen über seine mit schwarzen und goldenen Fäden bestickte Weste. Seine Augen leuchteten auf, und ihr ganzer Körper kochte von der Hitze, die er immer in ihr auslöste. Es war fast gefährlich, in seiner Nähe zu sein. Es war, als wären sie zu jeder Zeit nur einen Kuss davon entfernt, die Welt um sie herum in Brand zu setzen.

Anna liebte es zu wissen, dass er sie genauso begehrte wie

sie ihn. Seit er sie an jenem Tag auf der Wiese berührt hatte, wünschte sie sich nichts sehnlicher, als dieses Vergnügen noch einmal zu erleben, nur dieses Mal wollte sie es mit ihm teilen.

Die Pferde waren draußen, und sie freute sich, Bob gesattelt zu sehen, der diesmal neben Thundir wartete, und nicht eines der anderen Pferde aus den Burgställen. Sie hatte den Heilungsprozess der Stute in den letzten Tagen beobachtet, und es war ein gutes Zeichen für ihren Zustand, wenn Aiden meinte, sie sei bereit, einen Reiter aufzunehmen. Über Thundirs Rücken war ein gefaltetes Plaid drapiert, das groß genug aussah, um als Decke für sie beide zu dienen.

»Machen wir ein Picknick?«, fragte sie hoffnungsvoll.

Aiden gluckste. »Aye.« Sie gingen gemeinsam zu den Pferden hinunter.

»Ist Bob jetzt ganz geheilt?« Anna ging näher, um das schöne Pferd zu streicheln. Bob strich mit der Nase anmutig über Annas Schulter.

»Das ist sie, und sie ist begierig darauf, über Land zu laufen, soweit ich das beurteilen kann.« Aiden half Anna in den Sattel, bevor er Thundir bestieg. »Cameron hat seinen Unterricht in den Ställen ernst genommen und ist Bobs persönlicher Pfleger geworden«, sagte Aiden, und Anna hörte den Stolz in seiner Stimme über Cameron.

»Cameron geht es also gut?« Sie hatte den Jungen im Haus herumlaufen sehen, aber die Kincade-Brüder hatten seinen jugendlichen Unfug gelassen hingenommen.

»Ziemlich gut. Der Junge brauchte einfach einen sicheren Ort, an dem er ohne Angst vor dem Gurt lernen und wachsen konnte«, sagte Aiden, und sein Blick wurde traurig.

Anna bedauerte, dass sie das Thema angesprochen hatte. »Oh, Aiden, ich wollte damit nicht ...«

Er schüttelte den Kopf, ein reumütiges Funkeln in den Augen. »Ich bin froh, dass Cameron weit weniger leiden muss als ich damals.«

Sie ritten weit nach Westen, über Ländereien, die sie bei ihren häufigen Ausritten mit ihm noch nicht gesehen hatte. Regenwolken zogen auf und Donner grollte in der Ferne über den nebelumhüllten Berge, aber ringsumher tauchte die helle Frühherbstsonne die Felder in ein schweres goldenes Licht. Sie stießen auf einen kleinen Bach und gaben den Pferden zu trinken, bevor sie ihm flussaufwärts in eine Reihe von Ausläufern folgten.

»Wir lassen die Pferde hier.« Er nahm das gefaltete Plaid von der Rückseite seines Sattels und warf es über seine Schulter. Dann nickte er zu einer nahe gelegenen Baumgruppe, wo sie die Zügel der Pferde an ein paar tief hängende Äste banden. Den Pferden blieb genügend Spielraum in den Zügeln, um am Gras zu rupfen.

»Folge mir, und pass auf, wohin du trittst«, sagte Aiden.

Anna legte ihre Hand in seine und folgte ihm durch einen schmalen Felsvorsprung, wo sie vorsichtig den Bach überquerten, der aus einer Felsspalte vor ihnen strömte. Anna stemmte sich gegen die hohen grauen Steine, die durch jahrhundertelangen Regen geglättet worden waren. Ein leises Brummen ertönte in ihrem Kopf, als sie sich durch die schmale Felsspalte zwängten, und sie keuchte.

Vor ihr befanden sich ein halbes Dutzend Wasserbecken. Sie waren alle unterschiedlich groß und hatten eine spiegelnde Oberfläche, die sich in bunten Regenbogenfarben kräuselte. Die größeren Lachen mündeten in ein größeres Becken am Fuße einer Gruppe von Wasserfällen, die sich unterhalb eines kleinen Hügels bildeten, der sich auf der anderen Seite des Waldes verjüngte. Die Felsen unter dem Wasser waren nicht braun oder grau wie die meisten der Felsen, sondern leuchtend blau oder satt smaragdgrün. Das schien direkt aus einem Traum zu kommen. Sie standen Seite an Seite und bewunderten die Aussicht.

»Was ist das für ein Ort?«

»Das, Mädchen, sind die Feenteiche. Ich habe diesen Ort noch nie jemandem gezeigt.« Er kniete sich ans Wasser, und sie setzte sich zu ihm auf die runde Oberfläche eines großen Steins am größten Becken unterhalb der Wasserfälle.

»Nicht einmal deinen Brüdern?«

»Nein, nicht einmal ihnen.« Er blickte auf das Wasser hinaus. »Als mein Vater mich das erste Mal schlug, lief ich tagelang zu Fuß und dachte, ich würde nie wieder nach Hause gehen. Ich blutete und hatte Schmerzen, und irgendwie stolperte ich nach fünf Tagen auf meinen kleinen Füßen über diesen Ort. Ich war so verzweifelt durstig, also habe ich aus dem Pool dort drüben getrunken.«

Er wies auf eine Stelle am Wasser, wo sie saßen. Anna lehnte sich an seine Schulter, schlang ihre Arme um ihn und hielt sich an ihm fest, während er sprach.

»Das Wasser fühlte sich gut an auf meiner geschundenen Haut. Ich schwamm und badete hier einige Stunden und schlief am Ufer ein. Als ich aufwachte, waren meine Wunden verschwunden. Das Blut, das offene Fleisch, alles war geheilt. Die meisten Menschen glauben nicht an Magie, sie sagen, dass die alten Bräuche der Schotten nur Unsinn sind und vergessen werden sollten. Aber *irgendetwas* hier in diesen Gewässern hatte Mitleid mit einem verletzten Kind.«

Seine blaugrauen Augen leuchteten, und Anna sog beim Anblick seines Gesichts den Atem ein. Die harten Linien wurden weicher, und seine Augen waren von einer glühenden Wärme erfüllt, als er von der Magie der Feenteiche sprach. Er war für sie jetzt schöner als je zuvor. Schön, weil er ihr seine Seele ganz und gar offenbart hatte.

»Die meisten Leute würden sagen, dass es eine schöne Geschichte ist, aber sie würden mir nicht wirklich glauben, aber ich glaube, du tust es.« Er legte seine Handfläche über ihre Finger auf seinen Arm.

Anna nickte und rückte näher, ihre Augen suchten seine.

Sie war sich nicht sicher, warum, aber sie strich mit ihren Fingern über seine Wange, ihr Herz krampfte sich zusammen, während Tränen in ihren Augenwinkeln brannten.

»Ich wünschte ... Ich wünschte, ich wüsste, wer ich bin. Ich möchte, dass du mich so kennen lernen könntest, wie du dich mir gezeigt hast. Ich möchte dir alles von mir geben, so wie du es für mich getan hast.« Es waren vielleicht nicht die eloquentesten Worte, aber sie kamen direkt aus ihrem Herzen.

Aiden hielt ihre Hand an seiner Wange fest, ihre kalten Finger an seine warme Haut gedrückt.

»Ich weiß, wer du bist, von deiner Lieblingsfarbe, die grün ist, bis zu der Art und Weise, wie du dich ganz ruhig verhältst, wenn du dir unsicher bist. Du bist klug und mutig und hast keine Angst, Dinge zu erforschen. Du hast ein Herz, das jedes Lebewesen auf dieser Erde lieben könnte und trotzdem noch Platz für mehr hätte. Was auch immer du eines Tages über dich wissen magst, das werden nur zusätzliche Dinge sein, für die ich dich kennen und lieben werde.«

»Du liebst mich?« Sie wusste immer noch nicht, wie es möglich war, dass sie sich so verbunden und im Einklang miteinander fühlten, dass *Liebe* das einzige Wort zu sein schien, das ihren Gefühlen gerecht wurde.

»Aye, Liebes.« Aidens sanfte Worte waren so voller Gefühl, dass sie den Atem anhielt. »Ich liebe dich mehr als den Atem in meinem eigenen Körper. Ich liebe dich, als wären wir vor tausend Jahren unter demselben Sternenhimmel geboren worden und hätten uns in einem anderen Leben geliebt. Du und ich ... wir sind gleich. Zwei Teile der Erde, die einst getrennt wurden, werden wieder zusammengeführt.« Er schluckte, und seine Stimme wurde rauer, als er sich bemühte zu sprechen. »Du weißt nicht, wie verloren ich gewesen bin, Anna. Dich an jenem Tag an der Küste zu finden ... Es war, als ob ich ein zweites Mal über die Feenteiche gestolpert und geheilt worden wäre. Jetzt möchte ich dich heilen.« Er nickte in Richtung der Teiche.

Sie folgte seinem Blick auf das Wasser, auf dessen nebliger Oberfläche sich Regenbögen kräuselten. Das Brummen wurde diesmal tiefer, so tief, dass ihre Knochen mitzuschwingen schienen.

Sie standen auf und bewegten sich gemeinsam auf das Wasser zu, als ob es schon immer so hätte sein sollen. Am Ufer hielt sie inne und entfernte die Nadeln aus ihrem Haar, um ihren Hut auf den Boden zu legen.

Ihr Herz schlug wie wild, während sie sprach. »Würdest du mir beim Ausziehen helfen?« Sie hob ihre Röcke an, um ihre Stiefel zu zeigen.

Er betrachtete sie von oben bis unten, als ob er ihre Kleidung abschätzte und was es bedeuten würde, sie auszuziehen. Dann verzogen sich seine sinnlichen Lippen zu einem teuflischen Grinsen, das ihr den Atem raubte.

»Aye, ich werde dir helfen, Mädchen.« Aiden kniete zu ihren Füßen, und sie stützte ihre Hände auf seine Schultern, während er ihre Reitstiefel aufschnürte und sie von ihren Füßen schob. Dann griff er unter ihre Röcke und begann, ihre Strümpfe herunterzuziehen, was sie zum Lachen brachte, als er ihre Haut ein wenig kitzelte. Unfähig, ihre Reaktion zu unterdrücken, kicherte sie.

»Das letzte Mal, als ich dich ausgezogen habe, warst du blass und kalt wie der Tod«, murmelte er. »Ich ziehe dich lieber hier aus, so wie jetzt.« Sein Blick wanderte langsam an ihren nackten Beinen hinauf, bis zu der Stelle, an der sie ihre Röcke bis zu den Knien hochhielt, und dann blieb sein Blick auf ihrem Gesicht hängen. Ihr Atem beschleunigte sich angesichts des ursprünglichen Verlangens, das in ihr aufkeimte. Sie wollte seine Hände überall auf ihrem Körper spüren; sie wollte sein Gewicht auf sich spüren, während er sie ins Gras drückte. Sie vibrierte vor einem Verlangen, das ihr Körper viel besser verstand als ihr Verstand.

Er stand auf, und sie küssten sich sanft und langanhaltend, bevor er sie umdrehte, um ihr das Reitkleid hinten aufzuschnüren. Jetzt stand sie nur noch in Unterrock und Hemd da und wartete darauf, dass er ihr Korsett löste, bevor sie dieses zusammen mit dem Unterrock zu Boden fallen ließ. Die kühle Brise ließ sie frösteln, während Aiden sich bis auf sein Hemd auszog, das ihm bis zu den Oberschenkeln reichte und den männlichsten Teil von ihm vor ihren Blicken verbarg. Sie errötete trotzdem, und als er sie dabei erwischte, wie sie ihn ansah, kicherte er.

»Du wirst später noch genug Zeit haben, mich zu erforschen, Mädchen«, neckte er. Dann watete er vor ihr ins Wasser und ging hüfttief. Aiden drehte sich um und gab ihr ein Zeichen, sich ihm anzuschließen. Das Brummen war jetzt stärker und wurde zu einem Trommelschlag, als sie ihre Zehen ins Wasser tauchte. Es war kühl, aber nicht so kalt, wie sie erwartet hatte. Das Wasser war so ruhig wie ein Spiegel, trotz der Wasserfälle in der Nähe. Vielleicht war das eine andere Art von Magie. Es war ganz anders als der Ozean, in dem sie fast ertrunken wäre. Anna ging tiefer in den Teich hinein, bis sie Aiden erreichte und er sie in seine Arme nahm.

Sie umarmten sich in dem magischen Pool, und ihre Gesichter wandten sich einander zu. Das Wasser war kühl auf ihrer heißen Haut, und Aidens harter Schaft drückte sich eng an ihren Bauch und ließ sie vor Erwartung erzittern. Es gab keinen Wind, kein Geräusch außer dem Klopfen ihrer beiden Herzen, als sie gemeinsam ausatmeten.

»Kannst du schwimmen?«, fragte er.

Sie nickte. Beim Anblick des Beckens wurde eine Erinnerung wach, nämlich die, wie sie mit ihrem Bruder Alexei in einem Teich schwamm. Sie lachten und planschten und tauchten unter die Oberfläche und immer wieder zurück nach oben.

»Die Mitte des größten Beckens ist nicht sehr tief, aber es bedeckt meinen Kopf«, sagte Aiden. »Halte dich an mir fest.«

Sie schlang ihre Arme um seinen Nacken und drückte sich an seine Brust, als er sie in die Mitte des Beckens zog. Er hielt an, als er bis zum Hals im Wasser stand, und sie schlang ihre Beine um seine Hüften, um ihr Gesicht auf gleicher Höhe mit seinem zu halten. Das Gefühl, wie sein und ihr Körper so eng miteinander umschlungen waren, gab ihr das Gefühl, unbesiegbar zu sein.

»Bereit?«, fragte er.

»J-ja.«

»Halt den Atem an. Ich werde nicht zu tief hineingehen.«

Sie stürzten sich unter die Oberfläche des verzauberten Wassers. Das Trommeln, das sie in ihrem Kopf gespürt hatte, wuchs zu einem Hämmern in ihrem Schädel an, während tausend Bilder durch ihren Kopf jagten.

Sie wurde durch einen dunklen Wald geschleift und dann auf die Knie gedrückt. Das Silber einer Klinge blitzte auf, als sie über ihren Kopf gehoben wurde. Ihre Hände krümmten sich in der schwarzen Erde, als sie ein Gebrüll von Urwut hörte. Aiden kämpfte gegen jemanden, der in Dunkelheit gehüllt war. Aber er verlor ... Er würde zusehen müssen, wie sie starb ...

»Anna!« Er brüllte ihren Namen, und die Erde bebte unter seiner Macht. Das Schwert erhob sich über ihr ... Die Vision veränderte sich.

Aiden stand blutend vor ihr, dann stolperte er rückwärts und fiel in eine riesige dunkle Grube ... aus der er nie mehr zurückkehren würde.

Eine Stimme sprach durch das Wasser, das um sie herum sprudelte: »Du wirst sein Leben nehmen ...«

Anna öffnete den Mund, um zu schreien, und plötzlich

rang sie nach Luft, um an die Oberfläche zu kommen. Sie befreite sich schluchzend und hustend aus dem Wasser.

»Anna!« Aiden zog sie an sich, auch als sie sich bereits umdrehte, um ihn wegzustoßen. »Was ist los, Liebes?«

Immer noch schluchzend, gab sie auf und grub ihre Finger in seine Schultern, während sie sich an ihm festhielt.

»*Ich* werde deinen Tod verursachen. Ich habe es gesehen. Oh, Aiden ...«, stöhnte sie gegen seine Brust. Doch anstatt sie loszulassen, hielt er sie nur noch fester.

»Es ist alles in Ordnung, mein Herz«, flüsterte er, als er sie aus dem Wasser trug. »Ich weiß, was es heißt, dich zu lieben.«

Sie hob den Kopf und starrte ihn an, als er sie zu dem großen Stein trug, auf dem sie zuvor gesessen hatten. »Wirklich?« Ihr Unterhemd klebte nass und kalt an ihrer Haut, und sie sehnte sich fast danach, wieder ins Wasser zu gehen, obwohl sie Angst davor hatte, was sie sehen könnte.

»Aye, das tue ich.« Er setzte sich auf den Stein, nahm sie auf seinen Schoß und küsste sie. »Und es ist mir egal. Was auch immer kommen mag, es ist mir egal, solange ich die Gelegenheit bekomme, dich zu lieben, solange das Schicksal es mir erlaubt.«

Sie sah die Wahrheit in seinen Augen. Er verstand, was sie gesehen hatte, er hatte es sogar erwartet. Wie hatte er das wissen können?

»Aber wenn du meinetwegen stirbst, wenn ich dich verliere ... Was bleibt für mich in der Welt ohne dich?«, fragte sie mit leiser Stimme.

Aiden senkte sein Gesicht zu ihrem, bis sich ihre Stirnen berührten. »Es gibt alles, mein hübsches Mädchen, *alles*. Das Leben wird weitergehen, auch wenn ich nicht mehr bei dir bin. Du musst leben, egal was passiert. Versprich mir, dass du es tust.«

Anna wollte den Kopf schütteln und ihre Fäuste gegen seine nackte Brust schlagen, tat es aber nicht. Ihre Gedanken waren noch immer in der Vision gefangen, wie Aiden in die Dunkelheit stürzte, weil er versucht hatte, ihr das Leben zu retten. Sie war diejenige, die sterben sollte ... und vielleicht würde sie, wenn die Zeit gekommen war, einen Weg finden, ihn zu retten, selbst wenn sie dabei umkäme. Entschlossen, dieses Ziel zu erreichen, gelang es ihr, ihm die gewünschte Antwort zu geben.

»Ich ... verspreche es.«

»Gut.« Er berührte ihre Nase mit seiner, und das Frösteln auf ihrer nassen Haut verschwand, als das Verlangen ihre Angst ersetzte.

Von Hunger gepackt, grub sie ihre Hände in sein Haar und küsste ihn. Das war alles, was sie brauchten, um zu vergessen, wo sie waren. Alles, was sie in diesem Moment für ihn fühlte, für sich selbst, für die Zukunft, von der sie zu träumen wagte, in der nichts Schlimmes passieren konnte, strömte von ihren Lippen auf seine. Feuer und Süße brannten zwischen ihnen, und sie fragte sich, ob das Wasser der Feenteiche ihre Küsse irgendwie verzaubert hatte.

Aidens Arme legten sich um sie, als er aufstand und sie auf das weiche grüne Gras trug, weg von den Feenteichen. Bei jedem Schritt spürte sie, wie der harte Teil von ihm gegen ihren Bauch drückte, und das erzeugte einen Schmerz tief in ihr, den nur er stillen konnte. Sie wölbte sich gegen ihn und versuchte, sich an seinem Körper zu reiben, und er stöhnte gegen ihre Lippen.

»Du wirst der süßeste Tod für mich sein, Anna«, knurrte er gegen ihre Lippen und drückte sie fester an sich, als er schließlich stehen blieb. Sie streichelte Küsse auf seinen Kiefer und seinen Hals, sie fühlte sich rücksichtslos und wild. Er packte ihren Hintern mit einer Hand und drückte sie gegen seinen Unterleib, und diesmal war sie es, die stöhnte, als sich das Pochen zwischen ihren Schenkeln verzehnfachte.

»Bitte ...«, flehte sie ihn an.

Er setzte sie auf die Füße und holte dann das gefaltete Plaid hervor, das er neben seine Stiefel und Hosen gelegt hatte. Er rollte es auf dem Gras aus und kniete sich hin, um sein nasses Hemd auszuziehen. Ihr Mund wurde trocken beim Anblick seiner Brust, der Art und Weise, wie sich die Muskelstränge in seinem Bauch bewegten, bevor sie in einem scharfen *V* direkt über den Hüftknochen abtauchten, als ob sie ihren Blick auf die dunkle Haarlinie und dann auf seine ...

Ihre Augen weiteten sich bei ihrem ersten richtigen Blick auf einen aufgerichteten männlichen Schwanz. Er war riesig ... zu groß. Das konnte doch unmöglich in sie hineinpassen... Sie war fasziniert und ängstlich zugleich, wollte die Hand ausstrecken und ihn berühren und zögerte doch.

»Wird ...« Sie schluckte schwer. »Wird das passen?«, flüsterte sie zittrig.

Aiden lächelte sanft, aber sie sah einen Hauch von Schalk in seinen blaugrauen Augen.

»Aye, Kleines, das wird es. Aber ich werde zunächst langsam vorgehen. Du musst gedehnt werden, um einen Mann das erste Mal aufnehmen zu können.«

Sie hätte keinem anderen als ihm geglaubt. Er würde sie nicht anlügen.

Aiden kniete sich auf die Decke und drückte sie sanft neben sich, und dann küsste er sie wieder, und sie legte sich zurück und zog ihn mit sich hinunter. Sein großer, harter Körper brannte auf ihrer kühlen Haut, und wann immer seine Hände sie berührten, brannte sie auf die beste Weise. Er schob ihr feuchtes Hemd mit seiner Hand an der Außenseite ihres Oberschenkels nach oben, und als sie spürte, wie kühle Luft ihren Schoß küsste, wimmerte sie vor Erregung.

»Öffne deine Beine«, sagte er in heiserem Tonfall. Er schob seine Schultern zwischen ihre Knie und küsste die Innenseiten ihrer Schenkel, arbeitete sich zu ihrem pochenden Hügel und der Perle der Lust vor, die nach seiner Berührung rief.

Anna fragte sich, ob auch dies ein Traum war, ein Traum, den die Feenteiche ihr zeigten, um den Kummer wiedergutzumachen, den die vorherige Vision verursacht hatte. Wenn sie immer noch unter Wasser wäre, immer noch ertrinken würde, wäre sie zufrieden, in diesem Himmel mit ihm zu sterben.

Sein Mund berührte ihr Innerstes, und sie schrie auf bei dem unerwarteten Vergnügen, das seine Zunge und seine Lippen an der empfindlichsten Stelle ihres Körpers auslösten.

»Aiden ...« Sie stöhnte seinen Namen, als die Lust in ihr explodierte. Ihr war immer noch schwindelig, als er an der empfindlichen Perle saugte, und dann schrie sie seinen Namen, der von den nahen Felsen widerhallte.

Als der Dunst ihres Höhepunkts etwas abflaute, richtete sich Aiden auf, sein Körper senkte sich ganz auf den ihren, als er schnell in sie eindrang. Sie hatte nur einen Augenblick Zeit, den Schmerz zwischen ihren Schenkeln zu spüren, bevor er durch das Gefühl der Vereinigung ihrer Körper ersetzt wurde. Sie klammerte sich an ihn, ihre Gesichter waren nur wenige Zentimeter voneinander entfernt, als er sich auf ihr bewegte, zunächst langsam, mit einem sanften Schaukeln gegen sie.

Sein nasses Haar fiel ihm in die stürmischen Augen, als er auf sie herabblickte. Sie war verloren in ihm, *verloren mit ihm.* Er stützte seine Arme auf beiden Seiten ihres Kopfes ab, während er sich gegen sie bewegte und mit zunehmender Kraft in sie eindrang. Anna hob ihre Hüften, um ihm entgegenzukommen, und die Sanftheit schwand aus ihrer verzweifelten Paarung. Jedes Mal, wenn er sich zurückzog, schmerzte sie vor Leere, und jedes Mal, wenn er wieder eindrang, war sie atemlos und wild vor Lust. In diesem Moment waren sie zwei Kreaturen der Wildnis, nicht anders als die Dachse in den Hecken oder die Rehe in den Schluchten. Sie gehörten zum Land, *zueinander*, und die Verbindung war heilig.

Anna spürte, wie ihr Körper auf den unsichtbaren Abgrund zuraste, und sie wusste, wenn sie ihn erreicht hatte, würde sie nie wieder dieselbe sein. Sie würde nie wieder die sein, die sie einmal gewesen war. Die Anna von vor dem Schiffbruch gab es nicht mehr.

»Sei mit mir«, flüsterte sie gegen Aidens Lippen, und er bewegte sich fester, schneller, und die beiden stürzten gemeinsam über die Kante, verloren sich in der folgenden Lust.

Erst einige Zeit später spürte Anna, wie sie in ihren Körper zurückkehrte. Aiden hatte das Plaid wie eine Decke um sie gewickelt und lag auf dem Rücken, ihr Körper an seinen geschmiegt. Strähnen ihres nun trockenen Haares wehten in der Brise an seiner Brust entlang, und sie beobachtete, wie seine schönen Hände mit den Locken spielten und sie um seine Finger wickelten.

»Anna«, flüsterte er leise. »Willst du mich heiraten?«

Sie hob ihren Kopf. »Was?«,

»Heirate mich. Sei das Blut von meinem Blut, das Herz von meinem Herzen. Lass mich das auch für dich sein.«

Ein Teil von ihr wusste, dass sie ernsthaft darüber nachdenken und sich Zeit lassen sollte, bevor sie antwortete. Sie sollte vernünftig sein, aber alles, was sie denken konnte, war ...

»Ja.«

Er setzte sich auf, und sie setzte sich mit ihm auf. Er griff nach einem seiner Stiefel und holte eine kleine flache Klinge heraus, die im Leder versteckt war. Er stach sich in den Daumen, bis ein winziger Blutstropfen heraustrat. Dann griff er nach ihrer Hand und schmierte ihr das Blut auf die Handfläche. Dann gab er ihr die Klinge. Mit zitternder Hand stach sie sich in den Daumen und verschmierte ihr Blut auf seiner

Handfläche. Dann legten sie ihre blutverschmierten Handflächen aneinander.

»Ich bin jetzt von deinem Blut, von deinem Herzen, *Anna mein*«, flüsterte er, wobei sein Blick nicht von ihrem ließ.

»Ich bin von deinem Blut, von deinem Herzen, *Aiden mein*.« Anna ließ ihre Stimme von den Felsen bis zu den fernen Hügeln klingen. Was auch immer sie einst gewesen war, sie schämte sich nicht, Aidens Frau zu sein, und sie schämte sich auch nicht, ihn als ihren Mann zu beanspruchen. Was auch immer als nächstes kam, dieser Moment gehörte ihr, *für immer*.

AIDEN LIEBTE SEINE FRAU IM LAUFE DES TAGES NOCH mehrere Male an den Feenteichen, und sie fütterten einander abwechselnd mit Früchten, Käse und Brot sowie etwas Wein. Das einfache Picknick, das er sich vorgestellt hatte, als sie das Schloss vorhin verlassen hatten, war zu einem Hochzeitsmahl geworden, bei dem er nicht nur das Essen, sondern auch die Zärtlichkeit von Annas Körper genossen hatte.

Er konnte nicht genug von ihr bekommen. Zwischen den Momenten des Liebesspiels sprachen sie unter dem schottischen Oktoberhimmel über ihre Hoffnungen und Träume, Ängste und Sorgen, über Tiefsinniges und Albernes. Sie lag jetzt in seinen Armen, das Plaid wie eine Decke um sie gewickelt.

»Ich habe das Gefühl, dass alles nahe an der Oberfläche ist«, sagte Anna. »Mein Herz sehnt sich danach, sich an Dinge zu erinnern. Ich kann es fast in meinem Kopf sehen, aber es ist immer noch wie hinter einem dünnen Schleier verborgen. Als du mich gerettet hast, war es wie eine undurchdringliche Mauer in meinem Kopf.« Ihr Blick wanderte zu den Feenbecken. »Vielleicht hat es ja doch funktioniert, und ich werde mich bald an alles erinnern.«

Er strich ihr das Haar aus dem Gesicht und steckte es hinter ihr Ohr. »Du wirst dich erinnern, Anna. Hab keine Angst davor.«

Die Sonne tauchte unter den Horizont, und schließlich zogen sie sich an und machten sich auf den Weg zurück zum Schloss. Beide Pferde standen noch genau dort, wo sie sie einige Stunden zuvor zurückgelassen hatten.

»Zeit zu gehen, Thundir«, sagte er zu seinem Pferd, das den Kopf warf. Bob folgte dem Beispiel und wieherte Anna zur Begrüßung zu.

»Ich hoffe, dass sich niemand Sorgen um uns macht. Wir waren den ganzen Tag weg«, überlegte Anna. Sie hatte sich an die ziemlich freie Art gewöhnt, wie Aiden lebte. Joanna und Lydia hatten ihr Bestes getan, um Anna und Aiden ein gewisses Maß an Anstand im Umgang miteinander beizubringen, aber sie hatten bald aufgegeben, als die beiden Wohlmeinenden gesehen hatten, dass Anna und Aiden nicht lange voneinander getrennt sein wollten.

Er küsste sie, bevor er sie in den Sattel hob. »Sie wissen, dass du bei mir sicher bist, Frau.«

»Meine *Tugend* war alles andere als sicher, aber ich beschwere mich nicht.« Sie lachte, und der Klang erfüllte sein Herz mit entzückter Freude.

»Wir müssen eine richtige Zeremonie in der alten Kirche für meine Brüder abhalten.« Er bestieg sein Pferd.

»Die alte Kirche?«

»Die Kapelle auf den Kincade-Ländereien.« Aiden lenkte sein Pferd zurück zum Schloss, und sie folgte ihm. »Meine Mutter wollte, wenn sie lange genug gelebt hätte, ihre Kinder dort verheiratet sehen, und ich bin das einzige verbliebene Geschwisterkind, das bis heute nicht verheiratet war. Aber es würde mir nichts ausmachen, mein Gelübde in der Kirche zu wiederholen.«

»Ich hätte auch nichts dagegen«, antwortete sie, als sie zurückritten. Es wäre schön, seine Mutter auf diese Weise zu ehren.

Es war schon nach Einbruch der Dunkelheit, als sie das Haupttor des Schlosses erreichten. Ein Stallknecht rannte aus den Ställen, um sie zu begrüßen, und rief in Richtung Haus, dass sie angekommen waren.

»Gott sei Dank sind Sie zurück, Meister Aiden! Ihre Brüder haben in den letzten Stunden nach Ihnen gesucht und gerade erst aufgegeben.«

»Was ist passiert?«, fragte Aiden, als er abstieg.

»Es ist eine Nachricht angekommen von Dr. MacDonald aus North Berwick.«

Aiden fing Anna auf und ließ sie zu Boden sinken, bevor sie beide zum Haus eilten.

Joanna entdeckte sie, als sie eintraten, und rief Brock zu, er solle kommen. Bald wurden Aiden und Anna in die Bibliothek gezerrt. Brodie, Joanna und Lydia versammelten sich ebenfalls im Raum, als Brock Aiden einen Zettel zusteckte.

»Das ist für dich gekommen.«

Der Brief war bereits geöffnet worden. Alle hatten gehofft, Neuigkeiten von dem Arzt zu erfahren. Aiden las den Brief und sah dann Anna an.

»Was steht da?«, fragte sie mit zittriger Stimme.

»Einige Fischer haben ein Rettungsboot mit Seeleuten von deinem Schiff gefunden. Unter ihnen waren eine Frau, die noch am Leben war, und zwei Männer. Die Frau sagte, dass sie dich kennt und dass du ihre Herrin bist. Sie sagte dem Arzt, dass du nach London musst und dass dein Bruder dich dort erwarten wird. Sie sagte, es ginge um Leben und Tod.«

»Mein Bruder wartet in London auf mich? Alexei …«, flüsterte Anna mit hoffnungsvollen Augen. Aiden wusste, was ihr

Bruder für sie bedeutete. Die Erinnerungen an ihn waren für sie am stärksten gewesen, und sie hatte ihm an diesem Nachmittag so viele Geschichten über Alexei erzählt, dass er das Gefühl hatte, den Mann zu kennen.

»Wir sind davon ausgegangen, dass ihr nach eurer Rückkehr sofort nach London aufbrechen wollt«, sagte Brock. »Wir haben bereits alle Vorbereitungen für die Abreise am Morgen getroffen.«

Aiden begegnete Annas Blick. »Willst du gleich morgen abreisen?«

Sie nickte. »Das will ich.«

»Dann brechen wir im Morgengrauen auf«, sagte Aiden zu seinem Bruder.

»Wo wart ihr heute?«, fragte Brodie, nachdem sich die Aufregung ein wenig gelegt hatte. »Brock und ich haben überall nach euch gesucht. Wir haben befürchtet, dass wir euch überhaupt nicht finden, dass euch vielleicht etwas zugestoßen ist.«

»Ich habe Anna an meinen Lieblingsort mitgenommen, einen geheimen Ort«, sagte er einfach.

»Wir sind einfach froh, dass ihr beide wieder zu Hause seid.« Joanna lächelte sie an, aber ihre Züge verdunkelten sich vor Sorge. »Aber ihr habt das Abendessen verpasst. Ich werde die Köchin bitten, euch etwas zu essen auf eure Zimmer zu schicken.«

»Danke, Joanna.«

Anna tauschte einen Blick mit Aiden aus. Sie wusste, dass er darüber nachdachte, ihnen zu erzählen, was sie heute Nachmittag getan hatten, aber er wollte es nicht, noch nicht. Es war nicht der richtige Zeitpunkt. Sie mussten zuerst nach London reisen und ihren Bruder finden. Dann konnten sie zu gegebener Zeit die Nachricht von ihrer Heirat verkünden.

»Ihr beide solltet euch umziehen und aufwärmen«, fügte

Lydia hinzu. »Dann esst ihr zu Abend und geht schlafen. Wir haben morgen einen langen Tag vor uns.«

»Wir?«, fragte Aiden seine Schwägerin.

»Dachtet ihr, wir würden euch allein nach London schicken?« Brodie schnaubte. »Wir werden nicht zurückbleiben, während ihr loslauft und herausfindet, wer Anna ist. Wir wollen genauso viel wissen wie ihr.«

Aiden lächelte warmherzig. »Wie ihr wollt. Ihr könnt euch uns anschließen.«

Brock verdrehte die Augen. »Als ob du eine Wahl gehabt hättest, Kleiner.«

»Lass mich dich nach oben bringen, Anna«, sagte Aiden und reichte ihr die Hand. Die anderen sahen ihnen nach, als sie gingen, und spürten offensichtlich, dass es etwas Neues zwischen ihnen gab, aber das war ihm egal. Er musste mit Anna allein sprechen.

»Warte auf mich in deinem Zimmer. Ich werde dort mit dir zu Abend essen«, sagte er zu ihr.

»Wirst du bei mir bleiben?«, fragte sie mit leiser Stimme, um nicht belauscht zu werden.

»Aye, Frau. Du wirst mich nicht los, egal, was wir in London finden.« Er hatte ihr versprochen, mit ihr durch Sonnenlicht und Stürme zu gehen, und er hatte das Gefühl, dass sie kurz davor waren, letzteres zu erleben.

Ihre Hand legte sich fester um seinen Arm. Er wusste, dass sie Angst hatte, aber er würde sie beschützen.

»Hab keine Angst, Mädchen. Wir sind jetzt zusammen.«

Als sie ihr Schlafgemach erreichten, küsste sie ihn und umarmte ihn fest. »Ja, das sind wir, Ehemann.«

Alexei und William standen in der Mitte des Dorfes Vasler. Die verkohlten Überreste von Häusern und die erschlagenen Körper von Dorfbewohnern füllten die Mitte des Platzes. Es bestand kein Zweifel, dass Yuri und die Männer, die er für seinen Putsch um sich geschart hatte, dies getan hatten. Alexeis Männer gingen von Gebäude zu Gebäude und suchten nach Überlebenden. Der beißende Geruch des Rauchs erinnerte ihn nur allzu sehr daran, wie er seine Eltern tot in ihrem Bett gefunden hatte, nachdem ihr Zimmer in Flammen aufgegangen war.

Alexei presste seine Handfläche auf die Brust und bekam plötzlich keine Luft mehr. William legte ihm eine Hand auf die Schulter und hielt ihn fest, als er zu schwanken drohte.

»Hat der Wahnsinn meines Onkels denn kein Ende?«, fragte Alexei seinen Freund. Er wusste, dass sein Onkel schon immer auf dem Thron sitzen wollte, aber als Sohn der Königin und ihres zweiten Mannes keinen Anspruch darauf hatte. Yuri war der Halbbruder von Alexeis Vater. Sie hatten dieselbe Mutter, die Königinwitwe, aber das königliche Blut floss in Alexeis Vater, so dass nur Alexei und Anna

Anspruch auf den Thron hatten. Die einzige Erleichterung, die Alexei seit Beginn dieses Alptraums hatte, war die Gewissheit, dass seine Schwester in Sicherheit war. Er spürte es in seinen Knochen, dass sie nicht in Gefahr war. Es war etwas, das sie seit ihrer Geburt immer geteilt hatten. Diese Verbindung zwischen ihnen, dieses Wissen, die Gefühle des anderen zu kennen, auch wenn Tausende von Kilometern sie voneinander trennten. Zum Glück war Anna nicht hier, um die Ergebnisse von Yuris Zerstörung zu sehen.

Yuri hatte Alexeis Vater immer wieder gedrängt, Ruritanien in die Zukunft zu führen, zu industrialisieren und Streitkräfte aufzubauen. Er hatte sogar davon gesprochen, preußische Söldner anzuheuern, bis eine richtige ruritanische Armee aufgestellt werden konnte. Alexeis Vater hatte stets gute politische Beziehungen zu den Nachbarstaaten unterhalten, und es war nie nötig gewesen, die Bürger des Landes gegen eine Bedrohung von außen zu bewaffnen. Niemand hätte voraussehen können, dass die Bedrohung von innen kommen würde.

Alexei würde nie verstehen, wie ein Mann auf die Idee kommen konnte, unschuldigen Menschen so schreckliche Dinge anzutun - es konnte sich nur um einen Wahnsinn des Geistes und eine Schwärze des Herzens handeln.

»Es sieht nicht so aus«, sagte William, und dann wurde seine Stimme vor Sorge ganz leise. »Alexei, ich sehe keine Frauen oder Kinder unter den Toten.«

»Keine?« Alexei starrte auf die Ruinen um sie herum. »Glaubst du, sie wurden gefangen genommen?«

Williams Augen waren wie tiefe Schatten. »Wir hätten Fußspuren gesehen, wo sie sie weggeführt hätten. Wir haben nur die Stiefel von Soldaten und die Hufeisenabdrücke von Pferden gesehen.«

»Dann müssen sie hier sein. Sie ...« Alexei sprach nicht zu

Ende. Wenn sie hier wären, konnten sie nicht mehr am Leben sein, sonst hätte man sie schon längst gefunden.

»Sucht überall. Findet sie«, befahl Alexei mit einer Verzweiflung und einem Fatalismus, der ihm das Herz aus der Brust riss.

Es wurden keine Überlebenden gefunden.

»Alexei, das musst du dir ansehen«, rief ihm einer seiner Männer zu. Alexei ging in die Richtung des Mannes und hielt vor den Ruinen einer kleinen Kirche an, auf die der andere zeigte.

Einst war die Kirche ein Ort gewesen, an dem sich Dorfbewohner in Ruhe versammeln konnten; jetzt lag hier nur noch ein Haufen geschwärzter Balken. Der Gestank des Todes umwehte diesen Haufen, und Alexei gefror das Blut in den Adern, als er erkannte, dass nicht alle verkohlten Gegenstände vor ihm Holzbalken waren ... viele davon waren *Leichen*.

Er sank auf die Knie und stieß einen markerschütternden Schrei der Wut aus. Er würde seinem Onkel das schwarze Herz aus der Brust schneiden, und wenn es das Letzte wäre, was er je tun würde.

ANNA WACHTE RUCKARTIG AUF UND SCHRIE, ALS DER Herzschmerz ihren Körper durchzog.

»Anna!« Aidens Arme legten sich um sie und hielten sie fest. Sein Duft nach Wald und Gras umhüllte sie, und sie beruhigte sich ein wenig, aber es fiel ihr immer noch schwer, zu atmen.

»Was ist es?«, fragte Aiden.

Sie blinzelte überrascht, als sie sich mit Aiden, Brock und Joanna in einer großen Reisekutsche wiederfand. Lydia und Brodie folgten ihnen in einem zweiten Wagen. Während sie schlief, hatte sie vergessen, dass sie auf dem Weg nach London war und nicht vor einer niedergebrannten Kirche stand, in der die Überreste von Frauen und Kindern lagen. Einen Moment lang war die Erkenntnis, dass das, was sie gesehen hatte, eingetreten war, zu viel für sie, aber dann wusste sie, dass sie es Aiden erklären musste, denn er würde es verstehen.

»Das Dorf, das ich in meinen Träumen sah ... es ist wirklich passiert. Alle sind tot. Oh Gott ...« Sie schmiegte sich an Aidens Brust und schloss die Augen, aber dadurch wurden die Bilder, die sie gesehen hatte, nur noch deutlicher in ihrem Kopf.

Mehr denn je war sie froh, dass sie Aiden an den Feenteichen ihr Eheversprechen gegeben hatte. Er war ihr Ehemann - sie würden zusammen sein, was auch immer die Zukunft bringen würde. Die Gewissheit, dass sie nicht allein war, dass ihr großer, schneidiger schottischer Ehemann da sein würde, beruhigte sie auf eine Art und Weise, die sie sich von einer Ehe nie hätte vorstellen können. Ihre Mutter hatte immer von Liebe und Ehe als einer Partnerschaft gesprochen, aber bis zu diesem Moment hatte Anna nicht ganz verstanden, was sie damit gemeint hatte.

Aiden sagte einen langen Moment lang nichts. Er hielt sie einfach fest. Als er endlich das Wort ergriff, war es ihr gelungen, wieder zur Ruhe zu kommen. Joanna und Brock beobachteten sie besorgt, aber sie war froh, dass sie Aiden ungestört mit ihr sprechen ließen.

»Kannst du dir vorstellen, *warum* du immer dieses Dorf siehst? Vielleicht ist es der Ort, an dem du gelebt hast, oder ein Ort, den du gut kennst?«

»Ich glaube nicht, dass ich dort gelebt habe. Der Ort ist ungewohnt, aber das Gefühl, den Tod, die Zerstörung zu sehen ... Es fühlte sich an, als wäre ich dabei gewesen, als es passierte. Aber ich bin doch hier bei dir.« Sie konnte das brennende Holz und die Leichen riechen und den Wind spüren, der ihr den Rauch ins Gesicht blies. Sie konnte das Salz der Tränen auf ihren Wangen schmecken, aber es waren nicht *ihre*.

Jedes Mal, wenn die Visionen sie überkamen, hatte sie das Gefühl, sich zu verlieren. Sie waren so stark, dass sie ihr die wenigen Erinnerungen raubten, die sie hatte und von denen sie wusste, dass sie ihre eigenen waren. Was wäre, wenn das immer wieder passieren würde? Was, wenn sie niemals von diesen schrecklichen Visionen befreit werden würde?

Die wahre Sorge, gegen die ihr Verstand wie gegen die Außenmauer einer mächtigen Festung anrannte, war: *Was, wenn alles wirklich passiert, was ich in diesen Visionen sehe?* Wie die Vision in den Feenteichen. Das Bild, das sie von sich selbst gesehen hatte, wie sie unter dem Schwert eines Henkers kniete. Aidens Sturz in die Dunkelheit war die Vision, die sie am meisten verfolgte und die sie in den Wahnsinn treiben würde, wenn sie nicht einen Weg fände, sie zu verhindern. Zu wissen, dass ihr Tod und der Tod des Mannes, der ihr Lebensgefährte, ihr *Seelenverwandter* war, eintreten könnte ... Sie musste einen Weg finden, um die Visionen aufzuhalten.

Aiden küsste sie auf die Wange und strich mit einer Hand über ihren Rücken. »Versuch, dich auszuruhen.« Die Berührung des Mannes war geradezu hypnotisierend. Sie sehnte sich nach mehr Nächten in seinen Armen, in denen sie ihn erkunden und sich in der Leidenschaft verlieren konnte, mit der er ihren Körper und ihre Seele in Besitz nahm. Wenn er sie mit seinen Küssen beanspruchte, verlor sie alle ihre Sorgen.

»Ich glaube nicht, dass ich schlafen kann. Was ist, wenn ich dann noch etwas sehe?« Sie wickelte ihre Finger in sein Halstuch und spielte mit den zarten Seidenfalten. Es war ihr egal, dass Brock und Joanna sie in Aidens Armen sehen konnten und dass sie ihre Zuneigung ganz offen zeigten. Es fühlte sich richtig an, ihn zu berühren, sich bei ihm wohlzufühlen. Sie sehnte sich nach seiner Nähe, eine Sehnsucht, die vor über einem Jahrzehnt entstanden zu sein schien, als die Träume von ihrer Flucht im Wald begannen. Eines Tages würden sie Brock, Joanna und den anderen sagen, dass sie und Aiden verheiratet waren, aber nicht jetzt. Die Zeit war noch nicht reif.

»Dann werde ich hier sein, um dich zu wecken und dich daran zu erinnern, dass es nur ein Traum war, Liebes«, versprach Aiden, während er mit dem Daumen über ihren Kiefer strich, eine sanfte Berührung, die nicht verführen, sondern nur beruhigen sollte. Bei jedem anderen wäre ein solches Versprechen, Albträume fernzuhalten, hohl gewesen, aber bei ihm vertraute sie darauf, dass er tun würde, was er sagte.

SIE BRAUCHTEN VIER TAGE, UM LONDON ZU ERREICHEN. SIE hielten kurz an, um die Pferde auszuruhen und zu schlafen, bevor sie weiter in Richtung Stadt fuhren. Es war eine Erleichterung, sich die Beine zu vertreten und mit Aiden auf einem Feld in der Nähe des Gasthauses spazieren zu gehen.

Sie sprachen über alles, was sie in Schottland getan hatten, und über all die Dinge, die Aiden ihr in London unbedingt zeigen wollte. Außerdem wollte er ihr ein Pferd von einem Mann namens Cedric Sheridan kaufen. Offenbar hatte der Mann einen guten Geschmack bei Pferden, und er und seine Frau züchteten einige der schönsten Pferde, die Aiden je gesehen hatte. Es fühlte sich gut an, über normale Dinge zu sprechen, Dinge, über die eine Ehefrau und ein Ehemann sprechen würden, auch wenn sie ihre Ehe geheim hielten. Sie ertappte sich dabei, wie sie über Aidens sanfte Sticheleien lachte, und sie tauschten hinter dem Gasthaus ein paar heiße Küsse aus, bevor sie zur Kutsche zurückkehren mussten. Es half ihr, ihre Sorgen zu vergessen.

Anna schlief für den Rest der Reise unruhig, aber als sie London erreichten, wurde sie wacher und aufmerksamer. Brock und Joanna besprachen in aller Ruhe, was zu tun sei, wenn sie Rosalinds Haus erreichten, und wie sie die Suche nach Alexei beginnen würden. Annas Wunsch, wieder mit ihrem Bruder vereint zu sein, war überwältigend. Er war das Einzige, an das sie sich deutlich erinnern konnte, und sie klammerte sich mit einer Verzweiflung an diese Erinnerungen, die fast beängstigend war.

Mein Bruder könnte jetzt hier in derselben Stadt sein, in der ich gerade bin. Dieser Gedanke ging ihr immer wieder durch den Kopf und erfüllte sie mit Hoffnung.

Die beiden Kutschen hielten vor einem eleganten Stadthaus in der Half Moon Street, in dem Aidens Schwester Rosalind und ihr Mann wohnten, wenn sie nicht auf ihrem Landsitz waren.

Anna warf einen Blick aus dem Kutschenfenster auf das schöne Haus, und ihr Magen zog sich vor Nervosität zusammen. »Glaubst du, Rosalinds Mann kann mir helfen, meinen Bruder zu finden?«

»Wenn jemand das kann, dann er. Der Mann weiß alles über jeden. Wenn er nicht auf unserer Seite wäre, hätte ich eine Heidenangst.« Aiden zwinkerte ihr zu, und sie versuchte, zurückzulächeln, aber der Ausdruck fühlte sich gezwungen an.

Aiden öffnete die Kutschentür, bevor ein Lakai es tun konnte, und half Anna aus dem Fahrzeug. Sie glättete die Falten ihres mattblauen Reisekleides und wickelte sich einen rosaroten Schal fest um die Schultern, während sie darauf warteten, dass Brock und Brodie ihren Frauen aus den beiden Kutschen halfen.

»Mach dir keine Sorgen, Mädchen.« Aidens Atem wirbelte ihre losen Haarsträhnen auf. »Rosalind wird dich lieben, und Ash auch.«

Darüber machte sie sich keine Sorgen. Nun, vielleicht ein wenig. Sie wollte, dass Aidens ganze Familie sie mochte, jetzt, wo sie verheiratet waren. Aber sie hatte ein schreckliches Gefühl in sich, das sie nicht ganz loswerden konnte. Sie wusste nicht, was dieses ungute Gefühl bedeutete, und es hielt sie auf Messers Schneide.

Lydia kam auf sie zu und legte ihr einen Arm um die Schultern. »Anna, geht es dir gut? Du bist so furchtbar blass.« Sie umarmte Anna sanft, als sie gemeinsam die Treppe hinaufgingen.

»Ich habe schlecht geträumt, als ich in der Kutsche schlief«, gestand Anna, sagte aber nichts weiter, als der Butler der Lennoxes sie ins Stadthaus führte. Die Gruppe versammelte sich drinnen und sprach leise miteinander.

Anna nahm die opulente Umgebung des Hauses in sich auf, als Aiden eine Hand auf ihre Taille legte und sie leicht drückte. Kühle weiße Marmortreppen und schöne Statuen füllten die Nischen, die sie sehen konnte, und Gemälde in vergoldeten Rahmen schmückten die Wände, die die Treppe zu den oberen Stockwerken säumten.

»Seine Lordschaft und ihre Ladyschaft erwarten Sie im Salon.« Der Butler gab ihnen ein Zeichen, ihm zu folgen, während er alle in ein Zimmer im Obergeschoss begleitete.

Anna ließ sich zusammen mit Aiden in den hinteren Teil der Gruppe zurückfallen, und sie waren die letzten, die den Salon betraten. Eine umwerfende Brünette, die wie eine weibliche Version von Aiden aussah, umarmte Joanna und Lydia herzlich. Das musste Rosalind sein. Hinter ihr stand ein herrisch wirkender, aber gut aussehender blonder Mann mit strahlend blauen Augen an ihrer Schulter und nickte den Kincade-Brüdern kühl, aber höflich zu, als sie sich zum

Händeschütteln näherten. Als sich die Augen des Mannes mit denen von Anna trafen, sah sie ein Aufblitzen von Überraschung und dann Entsetzen auf seinem Gesicht.

»Sie sollten doch tot sein«, keuchte der Mann sie an. Die plötzliche Stille im Raum war ohrenbetäubend, und Annas Ohren begannen zu klingeln.

Ihre Welt begann sich zu drehen, und ihre Lungen schienen nach innen zu kollabieren, während sie um Luft rang. Sie erinnerte sich an die Augen dieses Mannes, das stechende Blau, aber sie hatte ihn woanders gesehen ... irgendwo ... Die Bilder verschwammen, und sie sah das Gesicht des großen blonden Mannes in einem großen palastartigen Salon mit den Gesichtern ihrer Eltern und ihres Bruders. Selbst die Stimme des Mannes weckte Erinnerungen an jemanden, der über Handel und Politik sprach ... Der Schmerz in ihrem Kopf pochte.

»*Tot?*« Sie sagte das einzige Wort leise, bevor ihre Beine unter ihr nachgaben und die Schwärze sie verschluckte.

AIDEN FING ANNA AUF, EINEN AUGENBLICK, BEVOR SIE ZU Boden gegangen wäre.

»Großer Gott!« Ashton eilte auf ihn und Anna zu. »Warum zum Teufel ist sie hier ...?«

»Ashton?« Rosalind kniete neben ihrem Mann und Aiden. »Was soll das heißen, sie sollte tot sein?«

Ashton fuhr sich mit den Händen durch sein blassblondes Haar und starrte Anna mit großen Augen an, als könne er nicht glauben, dass sie da war.

»Aiden, wie hast du sie gefunden? Sie wurde getötet. Sie ...«, murmelte Ashton.

»Ash! Du machst mir Angst.« Rosalind schüttelte seinen Arm. »*Wer* ist sie?«

Ashton atmete zittrig aus und streckte eine Hand nach Anna aus, als wolle er ihre Wange berühren, um zu sehen, ob sie echt war.

Aidens Griff um Anna wurde schützend fester. Er hatte Ashton Lennox selten so verärgert gesehen, geschweige denn so ratlos wie jetzt.

»Diese Frau ist Anna Maria Zelensky, Prinzessin von Ruritanien. Ihre gesamte Familie wurde vor etwa einem Monat bei einem politischen Staatsstreich des jüngeren Halbbruders des verstorbenen Königs ermordet.«

»Eine Prinzessin ...«, flüsterte Aiden. Er starrte auf Anna hinunter. Er hatte eine *Prinzessin* geheiratet?

»Aber woher weißt *du*, wer sie ist?«, wollte Rosalind wissen.

Ashs Augen verengten sich. Er schien zu überlegen, während er sich darauf vorbereitete, seiner Frau zu antworten.

»Ich bin ihr begegnet, als ich vor zwei Jahren nach Ruritanien reiste. Ich war dort, um ein Handelsabkommen für die Ausfuhr von Weizen und Holz auf meinen Schiffen abzuschließen. Ich hatte die Ehre, einmal mit ihr auf einem Ball zu tanzen, bevor ich wieder abreiste. Ich habe erst letzte Woche von einem meiner Kapitäne erfahren, was passiert ist. Die Besatzung meines Schiffes konnte sich gerade noch aus dem Hafen retten, als sie erfuhren, dass der Palast brannte. Die anderen Schiffe im Hafen wurden in Brand gesetzt und die Besatzungen inhaftiert oder getötet, um sie zum Schweigen zu bringen. Die Menschen flüchteten aus dem Land, und alle eilten zu den Häfen, um zu entkommen, aber auch die nicht-ruritanischen Schiffe wurden zerstört. Meiner eigenen Mannschaft ist es gelungen, mehrere Flüchtlinge zu retten. Sie erzählten alle dieselbe Geschichte: Die königliche Familie war ermordet worden. Sie waren gute, freundliche Menschen. Sie haben nicht verdient, was mit ihnen passiert ist.«

»Warum haben wir nicht in den Zeitungen davon gelesen?

Warum hast du es niemandem erzählt, Ash?«, fragte Rosalind ihren Mann, sichtlich verblüfft, dass er diese Information für sich behalten hatte.

»Weil ich darauf gewartet habe, dass sich die Nachricht verbreitet. Ich hielt es nicht für klug, selbst die Alarmglocke zu läuten und möglicherweise die Handelswege mit den baltischen Staaten zu stören, bis ich den Wahrheitsgehalt der Geschichten geklärt hatte.«

Aiden starrte seinen Schwager an. »Du und deine verdammte Politik ...«

Ashton sah zu Aiden auf. »Wie ... Wie ist sie hierher gekommen? Wie hast du sie gefunden?«

Im Zimmer war es still, als Aiden aufstand, Anna fest in seinen Armen.

»Wir müssen uns erst um Anna kümmern, dann kann ich euch alles darüber erzählen, wie sie zu mir gekommen ist.«

»Natürlich. Folge mir hier entlang.« Rosalind stand auf und verließ den Salon. »Wir bringen sie in eines der Gästezimmer.«

Alle folgten ihm, als er Anna zum Ende des Korridors trug. Rosalind öffnete eine Tür zu einem Raum, der mit hellen, waldgrünen Seidendamasttapeten dekoriert war. An der gegenüberliegenden Wand stand ein Himmelbett. Aiden setzte Anna auf dem Bett ab und legte ihr dann vorsichtig ein Kissen unter den Kopf. Sie war immer noch bewusstlos, und er würde nicht von ihrer Seite weichen, bis er sicher war, dass es ihr gut ging. Ashton stand direkt neben ihm und betrachtete die schlafende Frau im Bett mit Sorge.

»Jetzt erzähl mir alles«, sagte Ashton mit leiser Stimme, um Anna nicht zu wecken.

»Ich war in North Berwick und bereitete die Ankunft von Lydia und Brodie aus Frankreich vor. Ich habe Anna nach dem Untergang ihres Schiffes an Land gespült gefunden.«

»Und der Name des Schiffes?«, fragte Ashton.

Aiden antwortete, was zu weiteren Fragen führte, und bald hatte Aiden das Gefühl, befragt - oder verhört - zu werden. Aber er konnte sehen, dass Ashton mit jeder Antwort ein weiteres Teil des Puzzles in seinem Kopf hinzufügte. Wozu das gut sein sollte, wusste allerdings niemand so genau. Als er fertig war, hatte Aiden Ashton alles erzählt, was sich zugetragen hatte, mit Ausnahme der Zeit, die er und Anna an den Feenteichen verbracht hatten.

»Und sie weiß wirklich nicht mehr, wer sie ist?«, murmelte Ashton. Er strich sich über das Kinn, sein Blick war nachdenklich. »Ist das nicht eine List, um nicht entdeckt zu werden?«

Aiden schüttelte den Kopf. »Er kommt nach und nach zurück, und sie erzählt uns, was sie kann, wenn ihr wieder etwas einfällt. Wir sind hier, um ihren Bruder Alexei zu finden. An ihn erinnert sie sich mehr als an die meisten anderen Dinge. Aber sie hatte keine Ahnung, wer sie wirklich ist ...«

»Offiziell ist Alexei mit dem Rest der Familie umgekommen, aber wenn Anna lebt, dann vielleicht auch Alexei. Das würde einige der Gerüchte erklären, die ich von meinen Schiffen gehört habe, die andere Passagiere von Häfen auf beiden Seiten Ruritaniens befördert haben, Gerüchte über einen Widerstand.« Ashton seufzte, ein Ausdruck tiefer Müdigkeit. »Wir können nur hoffen, dass Alexei am Leben ist, und wenn auch nur für Anna. Sie wird in Gefahr sein, bis die Frage der Herrschaft Ruritaniens geklärt ist.«

Aiden wusste nichts über die ruritanische Politik. Alles, was ihn interessierte, war Anna. *Seine* Anna. Er strich ihr eine Haarsträhne aus dem Gesicht und konnte die Welle der Zärtlichkeit, die ihn überkam, nicht verbergen. Als er sie zum ersten Mal gesehen hatte, hatte er geglaubt, sie sei eine Märchenprinzessin ... und er hatte Recht gehabt.

Ashton bemerkte die zärtliche Berührung und legte eine Hand auf Aidens Schulter. »Wer ist sie für dich, Aiden?«

Aiden wusste, was der Mann wollte, und konnte sein Geheimnis nicht länger verbergen.

»Sie ist meine Frau.«

»SIE IST DEINE WAS?« EINE SCHRILLE STIMME RISS ANNA AUS der Dunkelheit ihrer Bewusstlosigkeit.

»Meine Frau. Wir haben vor unserer Abreise aus Schottland geheiratet.«

»Du *kannst* nicht mit ihr verheiratet sein; ich würde mich an die Hochzeit erinnern«, sagte Joanna scharf.

»Wir haben an den Feenteichen geheiratet.« Aidens Stimme war klar und doch sanft, als Anna ihn in der Nähe sprechen hörte. Sie hatte das Gefühl, dass er dicht neben ihr saß, und die Hand, die eine ihrer Hände hielt und sie sanft streichelte, fühlte sich warm und groß an und war wahrscheinlich seine.

»Die Feenteiche?«, fragte Lydia.

»Ihr habt einen Blutschwur geleistet?« Brocks Tonfall war feierlich.

»Aye. Und ihr wisst genauso gut wie ich, dass das eine verbindliche Ehe ist.« Aidens Tonfall war jetzt hart und defensiv, als ob er erwartete, dass alle widersprechen würden.

»Das mag sein«, begann Ashton, »aber sie ist seit ihrer Geburt mit einem der Neffen von König Friedrich Wilhelm dem Dritten von Preußen verlobt. Sie haben natürlich noch nicht geheiratet, aber es wird erwartet, dass sie ihn heiratet, sobald sie einundzwanzig ist. Es ist eine sehr wichtige politische Verbindung, die Ruritanien einen starken Verbündeten verschafft, wenn es nötig sein sollte.«

»Oh je«, murmelte Rosalind.

Anna fand endlich die Kraft, ihre Augen zu öffnen. Ihr Kopf pochte, und sie konnte ein schmerzhaftes Stöhnen nicht unterdrücken, als sie versuchte, sich aufzusetzen. Aiden half ihr. Sie schaute zwischen ihm und Ashton hin und her, und in ihrem Kopf blitzte eine Erinnerung auf.

»Ich *erinnere mich* an Sie«, sagte sie zu Ashton. »Im Sommerpalast ... Sie sind gekommen, um meine Eltern zu besuchen. Wir haben getanzt ...« Erinnerungen an einen großen Palast mit einem königlichen Hofstaat wirbelten in ihrem Kopf in leuchtenden Farben herum. Sie erinnerte sich ... *Oh God.* Die Erinnerungen waren zu viel. Ein ganzes Leben, *ihr* Leben, wurde jäh zurück ins Licht gezogen. Und mit all den schönen Erinnerungen kam das blutige Ende von allem, was ihr lieb und teuer war.

»Aiden«, keuchte sie. »Er hat sie getötet ... Mein Onkel hat meine Eltern getötet. Alexei ist dort zurückgeblieben. Er hat mich gezwungen, das Land zu verlassen. Ich wollte das nicht. Ich wollte nicht ...« Eine Flut von Gefühlen überkam sie, und sie weinte, tiefe Schluchzer, die sie so sehr zerfraßen, dass sie kaum atmen konnte. Durch den Sturm ihrer Tränen hindurch hielt Aiden sie fest und hielt sie zusammen, als sie hätte auseinanderbrechen können.

Sie merkte nicht, wie die Zeit verging, bis sie sich selbst ausgeweint hatte. Irgendwann wurde sie zu müde, um etwas anderes zu tun, als in Aidens Armen zu liegen und zittrig zu atmen. Sie fühlte sich leer, gefühllos und so sehr *kalt*. Ihre Eltern waren tot. Die *Ruritanian Star* war auf See verloren gegangen, und ihre einzige Freundin, Pilar, war ...

Sie zuckte zusammen. »Aiden, Dr. MacDonalds Brief besagte, dass er eine Frau aus einem Rettungsboot gerettet hat?«

»Aye, sie sagte ihm, dass sie dich kennt und dass du ihre Herrin bist.«

Anna hätte fast erneut losgeweint, diesmal vor Erleichterung. »Das ist Pilar, meine Zofe. Gott sei Dank ist sie am Leben.« Ihre liebste Freundin war *am Leben*.

Anna drückte sich vorsichtig hoch, so dass sie nicht mehr an Aiden lehnte, aber er hielt einen Arm um ihre Schultern.

»Erinnerst du dich wieder an alles?«, fragte er.

Sie nickte zittrig. »*Alles*.« Sie schluckte schwer. Es war seltsam, dass der Anblick von Ashton alles wieder zurückbrachte, aber vielleicht lag es daran, dass er aus ihrer Vergangenheit stammte, und das war alles, was sie gebraucht hatte, eine Erinnerung daran, wer sie war. Und das bedeutete nun, dass sie die Konsequenzen dafür tragen musste, dass sie Prinzessin Anna Maria Zelensky von Ruritanien war und nicht Anna, das Findelkind.

»Lord Lennox hat recht - ich war verlobt, ich sollte jemanden heiraten.« Sie griff nach Aidens anderer Hand und schloss sie in ihre eigene. »Aber das Gelübde, das ich dir an den Feenteichen gegeben habe, ist *für mich bindend*.«

Seine Augen waren voller Kummer. »Das muss nicht sein. Du warst in jenem Moment ein anderer Mensch. Jetzt, wo du wieder weißt, wer du bist, werde ich dich nicht an etwas binden, das wir getan haben, als du nicht du selbst warst.«

Sie ließ seine Hand los, umfasste seine Wange und drehte sein Gesicht in ihre Richtung, als er versuchte, den Blick von ihr abzuwenden.

»Ich war *immer* ich selbst bei dir. Das hat sich nicht geändert. Dass ich meine Erinnerungen zurück habe, macht mich nur noch sicherer in meinem Herzen.« Sie schluckte heftig bei den Worten, die ihr Herz ergriffen. »Dieses Herz gehört dir, Aiden Kincade, Master der Feenteiche und Hüter der kleinen Biester. Mein altes Leben brannte mit meinem Zuhause nieder. Das Leben, das ich gehabt hätte, ist vorbei. Ich wähle jetzt einen neuen Weg. Ich wähle *dich*. Ich weiß, es ist egoistisch von mir, dich zu wollen, jetzt, wo ich weiß, welche Gefahr mich in Ruritanien erwartet«, sagte sie. »Aber wenn du mich immer noch willst, gehöre ich dir. Ich werde dieses Gelübde hier und jetzt mit dir wiederholen, wenn du es wünschst.«

Aidens stürmischer Blick klärte sich, und er drückte seine Stirn an ihre. »Dann gehörst du mir, Mädchen, und ich bin bei dir, was auch immer als Nächstes kommt.«

Sie drückte ihre Lippen auf seine, mit einem bittersüßen Schmerz in der Brust, weil sie wusste, was sie als Nächstes zu sagen hatte.

»Ich muss euren König davon überzeugen, Soldaten zu schicken, um meinem Bruder zu helfen. Er kämpft gegen meinen Onkel mit nur ein paar loyalen Wachen. Unser Land ist ein friedliches Land. Wir haben keine großen Armeen, auf die wir zurückgreifen könnten, um meinen Onkel aufzuhalten. Alexei hat mich nach England geschickt, um einen Weg zur Rettung unseres Volkes zu finden. Ich kann ihn nicht im Stich lassen.«

»Und das wirst du auch nicht«, versprach Aiden. »Wenn ein Schotte etwas kann, dann ist es kämpfen, und wenn ein Engländer wie Lennox etwas kann, dann ist es, eine Armee aufzustellen.«

»Glaubst du?«, fragte sie, zu ängstlich, um zu hoffen, dass es so leicht zu erreichen wäre.

»Ich weiß es. Lennox und seine Liga der Schurken werden uns helfen.«

Sie liebte die Art und Weise, wie er *uns* sagte, stolperte aber über den Ausdruck *Liga der Schurken*.

»Liga der Schurken?« Sie legte den Kopf schief und blickte zu ihm auf. »Was ist das?«

Aiden kicherte, und seine Augen leuchteten schelmisch. »Es ist nicht ein *was*, sondern ein *wer*.«

Weil Anna ihre Erinnerungen wiederfand, herrschte am nächsten Morgen reges Treiben im Lennox-Stadthaus in der Half Moon Street. Kurz nach dem Frühstück trafen die ersten Kutschen ein, aus denen gut gekleidete Männer und Frauen stiegen und vom Butler der Lennox' begrüßt wurden.

Anna war überwältigt von den schneidigen Herren, die ihre Hüte lüfteten und in weiten Mänteln herumwirbelten, während ihre schönen Frauen aus seidenen Kapuzenumhängen schlüpften. Es ähnelte auf unheimliche Weise dem Leben, das sie bei Hofe erlebt hatte, was sie eigentlich sofort hätte beruhigen müssen. Aber die Anna, die sie vor dem Schiffbruch gewesen war, war nicht die Anna, die sie danach geworden war, als sie Zeit mit Aiden verbracht hatte. Sie gesellte sich nicht sofort zu diesen Männern und Frauen, die sich so gut zu verstehen schienen.

Alle unterhielten sich, und jeder kannte die anderen so gut, dass es wie das Zusammentreffen einer ausgelassenen Familie in den Weihnachtsferien war. Anna hielt sich im hinteren Teil des Raumes in der Nähe von Aiden auf. Ihre

Hand lag in seiner, und es war ihr egal, dass der Anblick der körperlichen Intimität ein Urteil nach sich ziehen könnte. Was sie betraf, so waren sie verheiratet.

»Sie beißen nicht, Kleines«, kicherte Aiden und drückte ihre Hüfte, bevor er hinausging, um den Männern die Hände zu schütteln, die ihn wie einen Bruder begrüßten. Dann kam er zu ihr zurück und nahm ihre Hand in die seine.

»Ich habe keine Angst, nicht wirklich«, flüsterte sie. »Aber ich fühle mich immer noch nicht *wie ich selbst*, wie die Frau, die ich einmal war. Die alte Anna hätte die Diskussionen und die Einführungen übernommen und ... Aber das passt nicht mehr zu mir. Ich weiß nicht einmal, ob das einen Sinn ergibt«, gab sie zu.

Aiden lächelte sanft, hob ihre Hand an seine Lippen und küsste ihre Fingerknöchel. »Ich weiß, was du meinst.«

Rosalind bemerkte, dass Anna sich in der Nische versteckte, und kam zu ihr und Aiden herüber.

»Lassen wir die Männer ihre Arbeit machen, während wir Frauen im Wohnzimmer Tee trinken. Ich bin sicher, dass Sie über das Schicksal Ihres Landes diskutieren wollen, und es ist besser, dies mit uns Frauen zu tun - schließlich sind wir diejenigen, die das Sagen haben. Wir lassen die Männer gerne glauben, dass sie die Kontrolle haben, aber in Wirklichkeit tun wir das.« Sie zwinkerte Aiden zu, der nur gluckste. Rosalind legte Annas Arm schwesterlich in ihre Ellenbeuge und rief den Frauen in der Eingangshalle zu, ihr zu folgen.

Anna wurde von Rosalind in ein Wohnzimmer geführt, wo sie eine Vorstellungsrunde abhielt. Sie wurde einer Herzogin, einer Marchioness, einer Viscountess und einer jungen Dame vorgestellt, die alle mit Männern aus Lord Lennox' engem Freundeskreis verheiratet waren, den Aiden die Liga der Schurken genannt hatte.

Rosalind schenkte Anna ein beruhigendes Lächeln, während sie ihr Tee einschenkte und den anderen Frauen

Annas Geschichte erzählte, von ihrer Flucht aus Ruritanien bis zu ihrer Rettung durch Aiden an der schottischen Küste. Anna war froh, dass jemand anderes die Geschichte erzählte. Ihre Kopfschmerzen vom Vorabend hielten an. Es war nur noch ein dumpfer Schmerz, aber er störte sie immer noch, wenn sie zu sehr an die Vergangenheit dachte. Es war eine Erleichterung, dass die Erinnerungen jetzt kamen, aber frustrierend, wie sehr das wiederum ihren Kopf belastete.

»Haben Sie Aiden wirklich neben einem verwunschenen Feenteich geheiratet?«, fragte eine der beiden jüngeren Frauen im Raum. Das war Audrey St. Laurent, und Anna hatte erfahren, dass sie den jüngeren Bruder des Herzogs von Essex geheiratet hatte, was sie zur Schwägerin der jungen Herzogin, Emily St. Laurent, machte, die neben ihr saß. Der Stammbaum war, wie Aiden sie gewarnt hatte, in der Tat sehr verworren, aber sie würde eines Tages alle richtig zuordnen können.

»Das habe ich«, gab Anna zu. »Waren Sie schon einmal bei den Feenteichen?«

Audrey seufzte. »Nein, leider nicht. Als ich ein Mädchen war, dachte ich immer, wir hätten einen Feenteich in der Nähe unseres Landsitzes, aber erst vor kurzem erfuhr ich, dass es nur mein Bruder war, der nach dem Tod unserer Eltern nett zu mir war. Er schenkte mir immer Teekuchen für die Feen, die wir auf Fliegenpilzen am Fischteich ablegten. Dann ging er immer heimlich dorthin zurück und riss ein Stück ab, damit ich dachte, sie hätten es angeknabbert.« Sie lächelte, als sie sich an diese Kindheitstage erinnerte.

»Das ist wundervoll romantisch«, seufzte die Herzogin, Emily. »Männer können in dieser Hinsicht ziemlich gut sein, wenn sie jemanden lieben. Godric ist sehr romantisch«, fügte sie kichernd hinzu.

Annas Gesicht erhitzte sich übermäßig, weil sie etwas so Intimes vor Frauen besprach, die zwar freundlich, ihr aber dennoch größtenteils fremd waren. Dadurch vermisste sie Pilar umso mehr, aber Pilar war in North Berwick und erholte sich. Es würde eine Weile dauern, bis sie ihre Freundin wiedersehen konnte.

»Ihr Mann hat Sie entführt«, kicherte Rosalind über ihre Teetasse hinweg. »Das klingt erschreckend, nicht romantisch.«

Daraufhin grinste Emily schelmisch. »Nun, zu seinem Glück war er nicht sehr gut darin.«

Der Raum brach in schallendes weibliches Gelächter aus, und Anna spürte, wie ihre Anspannung abfiel. Sie hatte noch nie enge Freundinnen in ihrem Alter gehabt. Abgesehen von Pilar musste sie einen relativen Abstand zwischen sich und den anderen Damen des königlichen Hofes wahren. Von ihr wurde erwartet, dass sie sich über die politischen Intrigen stellte, und jede Freundschaft mit den Höflingen wäre als Parteinahme gewertet worden.

Rosalind räusperte sich. »Nun, dann. Meine Damen, wir sollten zur Sache kommen.«

Die Viscountess, eine ruhige, hübsche Brünette namens Anne, stimmte zu. »Die Männer halten gerade ihren Kriegsrat. Wir sollten uns auf unseren eigenen konzentrieren.«

»Die Männer *lieben* diese Kriegsräte einfach«, sagte Audrey lachend. »Sie hatten dieses Jahr bereits *drei*.«

Anna blinzelte daraufhin.

Horatia, die Marchioness, warf Audrey einen vorwurfsvollen Blick zu. »Sie will uns nur ärgern.« Sie waren die beiden jüngeren Schwestern von Cedric, Annes Ehemann.

»Ich scherze nicht. Es waren wirklich drei«, betonte Audrey, bevor sie einen großen Schluck ihres Tees nahm.

»Wie Anne gesagt hat«, sagte Emily und gewann die Aufmerksamkeit der Gruppe zurück, »die Männer konzentrieren sich darauf, Soldaten zu finden. Wir müssen uns auf die Mode konzentrieren.«

»Mode?«, erwiderte Anna. »Aber was sollte das für eine Rolle spielen?« Anna kümmerte sich nicht um Häubchen oder den neuesten Kleidungsstil. Natürlich wusste sie, wie alle Frauen, dass gute Kleidung oder eine bestimmte Kleidung Auswirkungen auf die Art und Weise haben könnte, wie jemand von anderen behandelt wurde, aber sie sah nicht, wie ein schönes Kleid ihr helfen könnte, eine Armee aufzubauen.

»Mode ist sehr wichtig«, sagte Emily, »denn morgen Abend findet im Haus von Lady Eugenia ein Ball statt, und der König wird anwesend sein. Sie werden ebenfalls dort sein, und Sie werden das schönste Kleid tragen, das man je gesehen hat.« Emily schenkte ihr ein verschmitztes Lächeln. »Eines, das der Prinzessin von Ruritanien angemessen ist.«

»Anna, ich werde innerhalb einer Stunde eine Modistin hier haben, und die anderen Damen werden für Sie auf Juwelensuche gehen.« Rosalind lächelte sie aufmunternd an.

»Juwelensuche?«

»Natürlich - Sie brauchen ja etwas zum Anziehen für den Ball«, sagte Horatia. »Sie sind wahrscheinlich die schönste Frau, die London je gesehen hat, aber eine Krone aus Diamanten würde die Anziehungskraft noch verstärken.«

Audrey unterdrückte ein Lachen. »Der König, Gott segne ihn, kann durch hübsche Dinge, die glitzern, ziemlich abgelenkt werden.«

»Audrey«, warnte Horatia erneut. »Seine Majestät ...«

»*Liebt* glitzernde Dinge«, betonte Audrey und zwinkerte Anna zu.

»Gott steh uns bei«, murmelte Anne. »Ich hoffe, die Männer benehmen sich besser als wir.«

Das hatte sich Anna auch schon gefragt. Aiden war von Natur aus ruhig und hielt sich in der Nähe seiner Brüder oft im Schatten auf, aber an diesem Morgen, als die Kutschen angekommen waren und mehrere Männer den Eingangsbereich betreten hatten, um vorgestellt zu werden, war Aiden vorgetreten, hatte sich bedankt und ihnen die Hand geschüttelt, als er sie in den Billardraum einlud. Anna hatte an ihm eine Souveränität gesehen, die sie nicht erwartet hatte, und dabei war ihr klar geworden, dass es noch viel über ihn zu lernen gab.

»Mit dem König auf unserer Seite wird es viel einfacher sein, Unterstützung für Ihre Sache zu finden.« Rosalind legte eine Hand auf Annas Schulter. Seit sie sich kennengelernt hatten, war Rosalind warmherzig und schwesterlich gewesen, so wie Joanna und Lydia es gewesen waren, vielleicht sogar noch mehr. Anna fragte sich, ob es daran lag, dass Rosalind aus erster Hand wusste, was mit Aiden als Junge geschehen war, und sich verzweifelt wünschte, dass ihr Bruder Glück und Frieden finden würde.

»Ich hoffe es«, sagte Anna. Wenn der König ihre Sache unterstützen würde, wäre es viel einfacher für sie, ihrem Bruder und ihrem Land zu helfen. Dann konnte sie sich auf ihr Leben mit Aiden und ihre Zukunft konzentrieren, wie auch immer die aussehen mochte.

Doch die Sorgen um ihren Auftrag lasteten schwer auf ihren Schultern. Sie konnte weder ihren Bruder noch ihr Volk im Stich lassen. Das Wissen, dass sie so weit weg war, hinterließ einen leeren Fleck in ihr, der dunkle Gedanken flüsterte, die an ihrem Vertrauen rüttelten. Was, wenn Alexei tot war? Sie würde es wissen, nicht wahr? Sie würde es spüren - ganz sicher würde sie das. Sie und Alexei hatten schon immer eine tiefe Verbindung geteilt, und sie musste darauf vertrauen, dass es ihm gut ging.

»Machen Sie sich keine Sorgen, Anna«, sagte Emily mit einer Zuversicht, die sie gerne teilen würde. »Wir werden alles tun, was wir können, um Ihnen zu helfen.«

Die meisten Frauen hätten nicht die Macht, ein solches Versprechen zu geben oder zu halten, aber irgendetwas an diesen Frauen warnte Anna, dass sie nicht einfach nur

Ehefrauen der Gesellschaft mit mächtigen Ehemännern waren. Jede von ihnen war intelligent und kannte sich mit gesellschaftlichen und politischen Themen aus. Anna spürte jedoch, dass noch viel mehr hinter ihnen steckte. Sie begann gerade erst, die Stärke dieser Frauen zu entdecken, während sie sich beim Tee unterhielten.

Audrey grinste verschmitzt. »Ich denke, es ist an der Zeit, dass Lady Society verkündet, dass eine Prinzessin in der Stadt ist, und dass niemand, der etwas auf sich hält, ihren Auftritt auf Lady Eugenias Ball verpassen möchte.«

»Wer ist Lady Society?«, fragte Anna.

Audrey schenkte sich eine weitere Tasse Tee ein. »Anna, meine Liebe, ich werde Sie über all unsere jüngsten Abenteuer aufklären, während wir auf die Schneiderin warten.«

WENN ES EINE GRUPPE VON MÄNNERN GAB, VOR DER Aiden andere warnen würde, dann war es die Liga der Schurken - mächtige englische Lords mit mehr Ressourcen und Verbindungen untereinander als vielleicht irgendjemand außerhalb der königlichen Familie. Sie hatten Spionagemeister, ausländische Fürsten, Attentäter und vieles mehr besiegt. Aiden und seine Brüder waren sogar einmal in einer Taverne mit ihnen aneinandergeraten, was dazu geführt hatte, dass hinterher das Mobiliar in Trümmern lag und sie alle für immer aus dieser Taverne verbannt waren, aber sie hatten sich seinen Respekt verdient. Wenn jemand Anna jetzt helfen konnte, dann waren sie es.

Der Herzog von Essex, Godric St. Laurent wartete nicht lange, bis er die Aufmerksamkeit aller auf sich zog. »Aiden, erzähl uns von dieser Armee, die du brauchst.«

Aiden räusperte sich und sah die Männer im Billardzimmer an. Seine Brüder standen neben ihm, und die

Mitglieder der Liga waren um eine Europakarte herum versammelt, die auf der mi grünem Stoff überzogenen Oberfläche von Ashtons Billardtisch ausgebreitet war.

»Anna kommt aus Ruritanien, dem kleinen Land hier am Meer. Preußen ist sein nächster Nachbar.« Aiden schwenkte seine Hand über dem Umriss von Preußen. »Annas Onkel, Yuri, ist der jüngere Halbbruder ihres Vaters. König Alfred und Yuri hatten dieselbe Mutter, aber Yuris Vater war ein russischer Bojar, der weder Ruritanien noch sein Volk wirklich liebte und seinem Sohn die gleichen Gefühle einflößte. Yuri hat die Hälfte der Palastwachen heimlich gegen den König und die Königin aufgebracht, und die beiden Monarchen wurden vor etwa einem Monat in ihrem Bett ermordet.«

»Im Schlaf ermordet?« Der Marquess of Rochester, Lucien Russell, zeigte sich empört über diese Enthüllung.

Charles Humphrey, der Earl of Lonsdale, stützte sich auf einen Billardqueue, während er die Karte mit Interesse betrachtete. »Was für ein verdammter Feigling dieser Yuri ist.«

»Man geht davon aus, dass Annas Zwillingsbruder Alexei noch am Leben ist. Er hat sie nach England geschickt, in der Hoffnung, die Hilfe unseres Königs zu bekommen.«

»Wie viele hat der Prinz auf seiner Seite?«

»Wir wissen es nicht mit Sicherheit. Die königliche Garde war fünfhundert Mann stark. Wenn Yuri die Hälfte von ihnen hat, bleiben Alexei zweihundertfünfzig Männer, aber wir wissen nicht, wie viele überlebt haben. Und wenn die Gerüchte von Ashtons Schiffskapitänen wahr sind, könnten wir es auch mit Söldnern zu tun haben. Die jüngeren Wächter könnten sich auf die Seite von Alexei gestellt haben, darunter William, der sein Leibwächter war. Anna hält es für möglich, dass sie sich in diesem Gebiet hier verstecken, das *Dunkler Wald* genannt wird. Es befindet sich nördlich des Sommerpalastes.«

»Hat Yuri sein Hauptquartier im Sommerpalast?«, fragte Godric.

Aiden schüttelte den Kopf. »Anna sagte, der Palast habe gebrannt, als sie floh. Wahrscheinlich gibt es nur noch Ruinen. Sie glaubt, dass er sich im Winterpalast im Süden aufhalten könnte. Es ist ein älteres, stärker befestigtes Bauwerk, eher eine Burg als ein Palast, was bedeutet, dass es schwieriger sein wird, es zu belagern.«

»Ich nehme an, dass sie keinen Zugang zu Artillerie haben?«, fragte Ashton Aiden, aber es war mehr eine Feststellung als eine Frage. »Yuri hat wahrscheinlich inzwischen die Kontrolle über alles übernommen.«

»Davon müssen wir ausgehen«, sagte Aiden. »Ich denke, wir brauchen Leute, die Mann gegen Mann kämpfen können, Männer, die schnell zu Fuß und schnell im Kopf sind. Keine gewöhnlichen Soldaten. Wir brauchen Krieger.«

Ashton strich sich über das Kinn, während er die Karte studierte. »Angenommen, wir finden Alexei. Wir könnten ihn benutzen, um Yuris Streitkräfte ins Freie zu locken. Ich kann mir vorstellen, dass dieser vor allem den rechtmäßigen König töten will. Natürlich ... Wenn wir mehr Zeit für die Planung hätten, könnten wir unsere eigenen Söldnertruppen aufstellen, aber das würde Monate dauern, die wir nicht haben. Ich denke, es ist das Beste, wenn wir Yuri eine Falle stellen.«

»Das könnte unsere beste Option sein, vorausgesetzt, Alexei ist einverstanden«, fügte Aiden hinzu. Er wollte das Leben von Annas Bruder nicht riskieren, aber nach dem, was Anna über ihn gesagt hatte, würde Alexei sich wahrscheinlich freiwillig melden, bevor sie überhaupt fragen konnten.

»Dann werden wir morgen Abend auf dem Ball mit dem König sprechen«, sagte Ashton. »Sobald wir wissen, dass wir seine Unterstützung haben, werden wir mit der Rekrutierung für unseren Kampf fortfahren.«

Aiden dankte jedem von ihnen. Brock legte ihm eine Hand auf die Schulter.

»Du gehst doch auch, oder?«, sagte Brock.

»Du weißt, dass ich das tun werde«, sagte Aiden.

Brodie legte seine Hand auf Aidens andere Schulter. »Das ist nicht dein Kampf.«

»Es ist Annas Kampf«, sagte Aiden. »Damit ist e auch meiner.«

Brock grunzte. »Kein vernünftiger Mensch will in den Krieg ziehen.«

Aiden nickte. »Nein, aber es sind verrückte Zeiten. Am meisten fürchte ich um Anna. Sie hat alles verloren. Ihr Zuhause, ihre Familie ...«

»Aber sie hat dich«, sagte Brock. »Und wir wissen, wie stark du bist, Bruder. Stärker als jeder von uns.«

Aber würde das ausreichen? Die Romani-Prophezeiung sang in seinem Hinterkopf, zusammen mit Annas Vision von den Feenteichen.

»Versprich mir, dass du Anna nach Schottland zurückbringst und sie in Sicherheit bringst, wenn ich es nicht überlebe und wir ihre Heimat nicht zurückerobern können.«

»Wir versprechen es«, versicherte Brodie ihm. »Aber ihr werdet nicht versagen.«

Aiden wünschte, er könnte ihnen glauben. »Ich sollte nachsehen, ob es Anna gut geht.«

Er verließ seine Brüder und suchte seine Frau. Sie stand auf einem Stuhl, während eine Schneiderin in einem der Wohnräume ihre Maße nahm. Er verweilte in der Tür und beobachtete. Zunächst bemerkte sie ihn nicht. Sie lächelte, dann grinste sie breit, als eine der Damen im Raum etwas sagte. Sie lachte so selten, aber wenn sie es tat, ließ der Klang sein Herz in der Brust flattern, als wolle es die Flucht ergreifen. Wenn er sterben sollte, würde er wenigstens eine der größten Freuden kennen gelernt haben, die ein Mensch kennen kann - sie zu lieben.

Annas Blick schweifte ab, als sie bemerkte, dass er am Türpfosten lehnte und sie beobachtete, und ihr Lächeln war heller als jede Sommersonne. Für einen kurzen Moment verschwanden alle seine Ängste und Sorgen. Sie sagte etwas zu der Schneiderin, die nickte und ihr Maßband einpackte, dann stieg Anna vom Stuhl und eilte zu ihm herüber. Er ging in den Korridor, außer Sichtweite der Damen im Zimmer, wo Anna ihn umarmte. Sie hatten sich in der Öffentlichkeit schon skandalös genug verhalten, also versuchte er, sich zu benehmen.

»Ist alles in Ordnung?«, fragte er, als er seine Arme um sie schlang.

»Ja. Zumindest jetzt, wo du hier bist.« Sie warf einen Blick zurück durch die Tür in den Raum, den sie gerade verlassen hatte.

»Musst du da wieder reingehen?«

»Nein, wir sind fertig.« Sie neigte ihr Gesicht zu seinem hinauf. »Bring mich in unser Zimmer«, flüsterte sie.

Er sah eine verzweifelte Intensität in ihren Augen und verstand, was sie wollte. Er ließ ihre Hüften los, nahm aber ihre Hände in die seinen, und sie gingen in ihr Schlafzimmer.

Sie schloss die Tür hinter ihnen und verriegelte sie. Keiner von ihnen wollte die Worte sagen, die unausgesprochen in der Luft zwischen ihnen hingen. Jeder Tag könnte ihr letzter gemeinsamer Tag sein.

Er legte seine Handflächen auf beiden Seiten ihres Kopfes gegen die Tür. Anna schaute ihn mit einem sinnlichen Blick an, der ihn dazu brachte, sie küssen zu wollen, aber er wagte es nicht, diesen Moment zu überstürzen.

Aiden beugte sich vor und berührte ihre Nase, dann strich er mit seinen Lippen über ihre. Erst als sie leise gegen seinen Mund keuchte, küsste er sie schließlich. Sie schlang ihre

Arme um seinen Hals und zog ihn dicht an sich heran, während sie leise, erregte Atemzüge austauschten.

»Aiden ...«

Er schloss die Augen und genoss es, wie sie seinen Namen flüsterte, als wäre es das Einzige, was zählte.

»Anna«, antwortete er und hoffte, dass sie es auch so hören würde.

Ihre hellbraunen Augen leuchteten hell in der späten Nachmittagssonne. Sie griff nach seinem Halstuch und begann, die Seidenfalten an seinem Hals zu lösen. Sie ließ sich Zeit, schob das Tuch von seinem Hals und warf es auf den Boden. Ihre Hände begannen, die Knöpfe seiner Weste zu öffnen, aber als ihre Finger zitterten, fing er sie auf, hob ihre Hände zu seinen Lippen und küsste jeden ihrer Finger mit all der Zärtlichkeit in ihm, die sich mit seinem Hunger nach ihr vermischte.

»Es geht alles zu schnell«, flüsterte sie mit brüchiger Stimme.

»Wir können langsamer machen, Kleines. Wir ...«

Sie schüttelte den Kopf. »Nicht du und ich, sondern alles andere. Wir haben uns gerade erst gefunden, und jetzt stehen wir vor einem Krieg ...« Sie zögerte und versuchte es dann erneut. »Ich wünschte, ich könnte die Zeit einfrieren und mich einfach an dich klammern«, gestand sie.

Aidens Herzschlag beschleunigte sich, als er dieses Mal ihre Handflächen küsste.

»Es gibt nie genug Zeit, um mit denen zusammen zu sein, die wir lieben. Er drückte seine Stirn an ihre. »Wir müssen jeden Tag so nehmen, wie er kommt, und für eine Weile können wir die Zeit verlangsamen.« Er würde einen Weg finden, ihr zu geben, was sie brauchte, auch wenn sie nur einen kurzen Moment wie diesen hatten.

»Dann verschwende diesen Tag nicht, Ehemann«, flüsterte sie.

Annas leuchtende Augen hielten seinen Blick fest. Sie löste ihre Hand aus seiner und riss mit mehr Selbstvertrauen die Knöpfe seiner Weste auf. Er streifte das Kleidungsstück ab und öffnete seine Hose. Dann zog er sein Hemd aus, drückte sie wieder an die Tür und küsste sie unbarmherzig. Ihre Hände wanderten über seine Brust und gaben ihm das Gefühl, lebendiger zu sein als je zuvor in seinem Leben. Er überwand ihre Ängste durch die schiere sinnliche Ablenkung seines Mundes, und sie stöhnte auf, als er ihre Röcke hochhob und seine Finger unter die Unterröcke fuhren, um ihre Mitte zu finden.

»Halt dich an mir fest, Mädchen«, sagte er, als er sie in seine Arme hob. Sie schlang ihre Beine um seine Taille und ihre Arme um seinen Hals. Er drückte sie gegen die Tür und benutzte einen Arm als Stütze für ihren Körper, während er seinen Schaft befreite und in ihre feuchte Hitze führte.

Sie warf ihren Kopf zurück und keuchte, als er in sie eindrang, und sie verloren sich beide in der Verbindung, die über das bloße Fleisch hinausging.

»Alles gut?«, fragte er und hielt still, damit sie sich daran gewöhnen konnte, wie er sie ausfüllte. Dann bewegte er sich in ihr, zunächst sanft, um zu sehen, ob es ihr wehtat oder ob er sich schneller und härter bewegen konnte.

Sie brachte ein Nicken zustande. »Es fühlt sich wunderbar an - hör nicht auf.«

Er hatte noch nie eine Frau auf diese Weise genommen, aber irgendetwas an Anna weckte eine Wildheit in ihm, das Tier, das er immer unter der Oberfläche spürte. Doch anstatt sich von seiner Intensität einschüchtern zu lassen, schien sie darin aufzugehen und küsste ihn noch intensiver, grub ihre Nägel in seinen Rücken und seine Schultern und krallte sich an ihm fest, genauso hungrig nach der Vereinigung ihrer Körper wie er.

Seine süße Anna klammerte sich an ihn, als er immer

wieder in sie eindrang, ihre Körper verschmolzen durch das Verlangen und eine Liebe, die im Land ihrer Träume geboren worden war. Diese Frau war die Eine für ihn. Es gab nur eine einzige Frau, die jemals sein Herz erobern würde.

Annas Lippen waren süß wie Honig, als sie sich an der geschlossenen Tür liebten. Es war teils eine wilde Paarung, teils ein träges Genießen des anderen, während sie sich in die darauf folgende Explosion der Lust stürzten. Er war sich nicht sicher, wie er nach dem Höhepunkt, der ihn durchströmte, noch die Kraft hatte zu stehen, aber irgendwie schaffte er es, sie zum Bett zu tragen, und mit einem erschöpften Glucksen brach er neben ihr zusammen und zog die Decken über sie beide.

Sie drückte ihre Lippen auf seine Brust, bevor sie einschlief. Aiden lag wach, sein Geist und sein Herz brannten diesen Moment in sein Gedächtnis ein. Wenn sie die Zeit schon nicht einfrieren konnten, so würde er doch wenigstens das Privileg nicht vergessen, seine Frau geliebt zu haben.

❧ 13 ❧

Die Lennox-Kutsche kam vor Lady Eugenias großem Haus in der Park Lane zum Stehen. Die schwachen Klänge von Musik drangen bis zur Kutsche herunter, in der Anna saß. Sie trug das neue Kleid, das Rosalinds Schneiderin für sie angefertigt hatte. Ein Diadem aus Diamanten und Perlen ruhte in den Locken ihres dunkelroten Haares. Sie trug ellenbogenlange weiße Seidenhandschuhe und einen roten Samtumhang. Alles an ihr schrie ihre königliche Herkunft praktisch heraus.

Es kam ihr vor, als wäre sie wieder in Ruritanien und bereitete sich auf einen Auftritt mit ihrer Familie vor. Die Erinnerungen an die glanzvollen Bälle am königlichen Hof waren nun von Trauer geprägt. Diese Tage waren vorbei, und die Erinnerungen würden verwehen wie der Rauch, der über den brennenden Ruinen ihres Hauses aufgestiegen war. Selbst wenn Alexei König werden sollte, würde Annas Leben nicht mehr dasselbe sein.

»Sind Sie bereit?« Rosalinds Stimme riss sie aus ihren Gedanken.

Aidens Schwester saß neben ihr, und Ashton saß ihnen

gegenüber. Beide sahen sie besorgt an, und sie verstand, warum. Seitdem ihre Erinnerungen zurückgekehrt waren, erlebte sie immer wieder Momente, in denen ihre Eltern noch gelebt hatten und sie und Alexei glücklich gewesen waren. Die Tage, die nun vor ihr lagen, waren voller Schatten, und es fiel ihr schwer, sich von den warmen Gedanken an die Vergangenheit zu verabschieden, wenn sie wusste, dass sie nie wiederkehren würden.

»Mir geht es gut.« Das war eine Lüge. Es war unmöglich, ihnen zu sagen, was sie fühlte. Es war, als ob sie nicht mehr nur Anna wäre. Sie war eine Prinzessin, mit all der Verantwortung und Last, die ein solcher Titel mit sich brachte, und doch war sie auch die Frau, die Aiden aus den Wellen gerettet und an den verwunschenen Feenteichen geheiratet hatte. Sie fühlte sich hin- und hergerissen, gehörte weder zu ihrem alten noch zu ihrem neuen Leben.

Am meisten wünschte sie sich, dass Aiden bei ihr gewesen wäre, aber er und einige von Ashtons Freunden waren schon vor ihnen zum Ball aufgebrochen. Sie wollten sicherstellen, dass es sicher für sie war, dort aufzutauchen. Es war zwar unwahrscheinlich, dass sie sich in Gefahr befand, aber sie wusste ihre Sorge zu schätzen. Was sie jedoch verunsicherte, war der Gedanke an Aiden.

Sie hatten sich gestern Abend mit einer neuen Intensität geliebt, die sie auf wunderbare Weise verblüfft und überwältigt hatte. Noch nie hatte sie sich ihm so verbunden gefühlt wie in jenem Moment. Das Einzige, was gefehlt hatte, war, dass sie in seinem Bett in Schloss Kincade lagen und wussten, dass seine kleinen Biester in der Nähe waren. Sie vermisste Aidens Tiere sehr. In nur kurzer Zeit hatte sie sie auch als ihre kleinen Kreaturen betrachtet, und sie hätte den Rest ihres Lebens mit Aiden in diesem Schloss verbracht, überglücklich. Doch kurz vor dem Morgengrauen hatte sich Aiden auf subtile Weise verändert und sich von ihr zurückgezogen.

Sie hatte sich an ihn gekuschelt, aber sie hatte auch gespürt, dass seine Gedanken weit weg gewesen waren.

Sie wollte sich keine Sorgen machen, aber angesichts all dessen, was zwischen ihnen lag, war es unmöglich, es nicht zu tun. Sie hatte das schreckliche Gefühl, dass sie und Aiden einen felsigen Abhang hinunterstürzten und keine Möglich-keit hatten, sich vor dem Sturz in den Abgrund zu schützen.

»Ashton wird zuerst aussteigen, und ich werde Ihnen mit Ihrer Schleppe helfen«, erklärte Rosalind, als ein Diener aus Lady Eugenias Haus die Tür der Kutsche öffnete.

Ashton verließ anmutig die Kutsche und reichte Anna die Hand. Sie legte ihre behandschuhte Hand in seine und raffte mit der anderen Hand ihre Röcke, während sie auf den Boden trat. Rosalind folgte, die Hände an der langen Schleppe von Annas Kleid.

Das Kleid war aus roter Seide, mit einem cremefarbenen Mieder und cremefarbenen Unterröcken, die mit Stern-schnuppen bestickt und mit Perlen besetzt waren. Entlang der langen Schleppe waren goldene Sternbilder und hunderte von Perlen aufgestickt. Sie sah ganz wie die Prinzessin aus, die sie war.

Der Lakai, der die Kutschentür aufhielt, gab einen leisen, erschrockenen Laut von sich, und seine Lippen schürzten sich, als Anna ihm dankte. Er stolperte sogar über seine Stie-fel, als er versuchte, ein Bein für eine höfische Verbeugung auszustrecken. Fackeln und Kerzenlicht beleuchteten das Haus von außen, während Dutzende anderer Kutschen darauf warteten, ihre Fahrgäste abzusetzen. Ein kühler Luftzug umgab Anna, als sie tief einatmete.

»Nur Mut«, flüsterte Ashton ihr zu, als sie das Haus betra-ten. »Vergessen Sie niemals, wer Sie sind, Anna.«

Sie nickte vor sich hin und wusste, dass er Recht hatte. Sie war keine verlorene Elfe, die halb ertrunken am Ufer gefunden worden war. Sie war eine Prinzessin, eine Frau, die geboren worden war, um ein Land zu regieren, um ihr Volk zu führen, und jetzt brauchte ihr Volk sie mehr denn je. Macht durchflutete sie, und sie wusste, dass sie einen Weg finden würde, König George zu überzeugen, ihr die militärische Unterstützung zu geben, die ihr Volk brauchte.

»Erinnern Sie sich daran, wer Sie sind ...« Ashtons Stimme hallte in ihrem Kopf wider, als sie sich auf die Menschenmenge vorbereitete.

Dutzende von Gesichtern drehten sich um, als sie sich näherte, und Anna rief die alte Version von sich selbst, die stolze Prinzessin, in den Vordergrund. Was würde Aiden denken, wenn er sie so sah? Geschmückt mit Juwelen und in einem Hofkleid, das einer Königin würdig wäre? Würde er wie all die anderen Männer sein und vor Ehrfurcht erbeben, oder würde er sie auf seine geheime Art anlächeln, die ihr verriet, dass er *sie* sah und nicht den königlichen Titel, mit dem sie geboren worden war?

Rosalind ließ die Schleppe auf den sauberen Marmorfußboden fallen, als sie drinnen waren, und hakte sich bei Ashton unter, als sie vor Anna hergingen und sie in den Ballsaal führten. Musik drang aus dem Korridor, als sie eine Treppe erreichte, auf der ein Zeremonienmeister die Namen der Eintretenden aufrief. Straußenfedern neigten und verbeugten sich, als Frauen sich vorbeugten, um einander etwas zuzuflüstern, während sie vorbeiging. Die Herren in voller Hofkleidung mit Kniebundhosen und maßgeschneiderten Mänteln verbeugten sich respektvoll, als sie sich auf den Weg zur Treppe machte. Sie suchte jedes Gesicht ab, in der Hoffnung, ihren Mann zu sehen, aber niemand war Aiden.

Der Zeremonienmeister, ein hochgewachsener Mann mit Brille, nahm die Karte von Ashton und Rosalind entgegen und kündigte sie an. Als Anna an der Reihe war, hatte sie keine Karte abzugeben, aber die Augen des Mannes verengten sich, als er erkannte, wer sie war. Er hatte zuvor von Lady Eugenia erfahren, dass sie kommen würde.

»Ihre Königliche Hoheit, Anna Maria Zelensky, Prinzessin von Ruritanien!« Seine Stimme dröhnte durch den Ballsaal.

Sie nickte zum Dank, dann hob sie ihre Röcke und stieg die Treppe hinunter zu den Tänzern, die sich im Kerzenschein bewegten. Die Musik verstummte, als die Tänzerinnen und Tänzer zum Stehen kamen und auseinandertraten, so dass sie durch die Mitte des Raumes gehen konnte, wo ihre Gastgeberin, Lady Eugenia, und ihre Freunde den Ball bewachten. Ashton und Rosalind führten Anna direkt zu ihrer Gastgeberin.

»Lady Eugenia, darf ich Ihnen Prinzessin Anna Maria Zelensky vorstellen?«

Lady Eugenia war zierlich, hatte einen eleganten Kleidungsstil und war etwa so alt wie Annas Mutter. Sie tippte sich mit ihrem Fächer ans Kinn, bevor sie Anna anlächelte, so als hätte sie Anna den Sieg zugestanden, weil sie ihr mit ihrem Auftritt den Abend gestohlen hatte. Lady Eugenia knickste, und die Damen, die sie begleiteten, taten dasselbe. »Willkommen, Eure Hoheit.«

»Ich danke Ihnen, Lady Eugenia«, sagte Anna. »Ich bin hocherfreut, Ihrem Ball beizuwohnen.« Es war seltsam, wie leicht es war, in die Muster ihres alten Lebens zurückzufallen.

»Ich hatte das Privileg, Ihre Mutter zu kennen. Sie gab ihr Debüt ein Jahr vor meinem eigenen. Sie war einfach wunderschön, innerlich und äußerlich«, sagte Lady Eugenia mit echter Wärme und einem Hauch von Traurigkeit in ihren Worten.

»Danke, Lady Eugenia. Jede Erinnerung, die jemand mit mir über meine Mutter teilen kann, ist ein Geschenk.«

Lady Eugenia brach mit den gesellschaftlichen Regeln und reichte Anna die Hand wie eine liebe Tante. »Eines Tages werden wir beide zusammen Tee trinken, und ich werde Ihnen alles über sie erzählen, woran ich mich erinnere.«

Anna schluckte schwer und lächelte, als sie von Traurigkeit und Freude zugleich überwältigt wurde.

»Das würde mir gefallen, herzlichen Dank.«

Rosalind trat hinter Anna und steckte diskret die Schleppe am Rücken ihres Kleides hoch, damit sie sich frei im Raum bewegen konnte.

Lady Eugenias Lächeln hellte sich auf. »Erst heute Morgen habe ich erfahren, dass Lord Erich von Preußen eingetroffen ist. Er hat gehört, dass Sie hier sind, und möchte Sie gern sehen. Ich war natürlich hocherfreut, ihm eine Einladung auszusprechen, in der Hoffnung, dass Sie beide sich wiedersehen würden.«

»Erich ist hier?« Anna versuchte, ihre Reaktion zu kontrollieren. Er war der Mann, mit dessen Vater ihre Eltern bei ihrer Geburt eine Heiratsvereinbarung eingegangen waren.

»Oh ja, er war in London bei Freunden und hatte keine Ahnung, dass Sie hier sind. Er war sehr besorgt angesichts der Berichte über die Tragödie, die Ihrer Familie widerfahren ist.«

Anna hatte erst an diesem Morgen erfahren, dass England endlich von der Lage in ihrem Land erfahren hatte, aber in den Zeitungen war zu lesen, dass ihre Eltern angeblich von Rebellen getötet worden waren und ihr Onkel sein Bestes getan hatte, um die Ordnung wiederherzustellen. Irgendwie hatte Yuri es geschafft, die Geschichte zu verbreiten, dass er ein tapferer Held war, der den Thron übernommen hatte, nachdem der König, sein älterer Bruder, zusammen mit dem Rest der königlichen Familie umgekommen war.

Es gab sogar Gerüchte, dass Anna selbst eine Hochstaplerin sein könnte, wenn sie in London auftauchte, weil Yuri behauptete, sie sei bei dem Anschlag gestorben. Zum Glück war Ashtons Reichweite effektiver als die von Yuri. Sein Einfluss und Audreys Kolumne über die Lady Society, in der sie die Wahrheit über die Geschehnisse in Ruritanien erzählte, sorgten dafür, dass in London die Gerüchteküche brodelte und spekuliert wurde, Anna würde sich heute Abend vor der Londoner Elitegesellschaft offenbaren und den König bitten, sich auf ihre Seite gegen ihren Onkel zu stellen.

»Ah, da ist er ja. Erich!«, rief Lady Eugenia einem Mann in der Menge zu.

Anna war geradezu erschrocken, als sie Erichs vertrautes Gesicht sah. Sie hatte ihn vor einem Jahr gesehen, als er sie wie jedes Jahr seit ihrer Geburt besucht hatte. Ihre Eltern hatten gehofft, dass sich daraus eine Freundschaft entwickeln würde, die in einer Heirat im Alter von einundzwanzig Jahren gipfeln würde. Er war ein gut aussehender Mann von fünfundzwanzig Jahren. Er lächelte, ein Grübchen zeichnete sich in seinem Mundwinkel ab.

Er begrüßte sie formlos, obwohl er sich höflich vor ihr verbeugte, und sie bemerkte sofort seine Erleichterung über ihr Wohlbefinden. »Anna, Gott sei Dank geht es Ihnen gut. Überall in London kursieren Gerüchte über die jüngsten Ereignisse in Ruritanien.«

»Kommen Sie, lieber Erich«, sagte Lady Eugenia. »Kommen Sie, tanzen Sie mit ihr. Lenken Sie sie mit einem Walzer von ihren Sorgen ab.«

Anna versuchte, nicht daran zu denken, wie ihr Volk litt, während sie hier in diesem mit Juwelen behangenen Ballsaal tanzte. Aber Emily St. Laurent und die anderen Damen hatten Recht - ihr Auftritt heute Abend würde London auf ihre Seite ziehen und ihrem Volk helfen.

Erichs Wangen röteten sich leicht, als er Anna seine Hand reichte. »Möchten Sie tanzen?«

Anna wünschte, sie könnte ablehnen. Der einzige Mensch, mit dem sie tanzen wollte, war Aiden. Ihr Blick schweifte durch den Raum, suchte ihn, fand aber nur die neugierigen Blicke der Fremden, die sie anstarrten. Aber sie kannte ihre Rolle heute Abend. Sei schön und charmant, gewinne so viele Freunde wie möglich, und sobald der König dich sieht, wirst du dein leidenschaftliches Plädoyer für dein Land und dein Volk halten.

Sie legte ihre Handfläche in die von Erich, als sich die Tänzer zum Walzer aufstellten. Als die Musik begann, ergriff Erich ihre Hand und ihre Taille, während er sie durch den Tanz führte.

»Ich habe gehört, was passiert ist«, sagte Erich und wechselte vom Englischen ins Dänische, um ihnen eine gewisse Privatsphäre zu geben, damit sie sich unterhalten konnten. »Ich hatte keine Nachricht von Ihrem und Alexeis Überleben und befürchtete das Schlimmste«, gestand er. »Wenigstens ist Ihr Onkel noch am Leben.«

Anna runzelte die Stirn, als ihr klar wurde, dass er die falschen Geschichten gehört hatte, die ihr Onkel verbreitete. »Man hat Sie *belogen*. Mein Onkel hat meine Eltern *ermordet*. Er hat über alles gelogen«, sagte sie. »Alexei half mir in der Nacht, als der Palast niederbrannte, zu fliehen, und er blieb zurück, um für unser Volk zu kämpfen.«

Erichs Augen weiteten sich, und seine Lippen öffneten sich schockiert. Sie verstand seine Verwirrung.

»Mein Gott, es ist ein Wunder, dass Sie überlebt haben.«

Anna war beeindruckt. Er zweifelte nicht an ihren Worten, fragte nicht, ob sie sich irren könnte oder ob der Kummer ihr Urteilsvermögen getrübt hatte. »Sie glauben mir wirklich? Nach all den Berichten, die Sie bisher gehört haben?«

»Natürlich. Ich habe immer gewusst, dass Sie nicht nur Ihre Meinung sagen, sondern auch die Wahrheit. Ich habe schon seit einiger Zeit den Verdacht, dass man Ihrem Onkel nicht trauen kann. Yuri wird von Ehrgeiz getrieben, aber ich habe keinen Grund, an Ihnen zu zweifeln. Keine Angst -

sobald wir verheiratet sind, werde ich für Ihre Sicherheit sorgen.«

Anna hielt ihren Mund. Niemand durfte wissen, dass sie bereits verheiratet war. Noch nicht.

»Sie sind erwachsen geworden«, sagte Erich mit einem sanften Lächeln. Obwohl sie einander im letzten Jahr gesehen hatten, hatte sie sich in den letzten zwei Monaten stark verändert. Das Mädchen, das sie einmal gewesen war, gab es nicht mehr. Jetzt war sie eine Prinzessin, deren Land sich im Krieg mit sich selbst befand.

»Das sind Sie auch.« Anna lächelte, aber ihr Herz war nicht bei der Sache. Sie respektierte ihn, wollte aber nicht mit seinen Gefühlen spielen, wenn sie wusste, dass sie seine Zuneigung nie erwidern konnte. Sie wollte nur mit dem König sprechen und dann nach Ruritanien zurückkehren, um ihrem Bruder zu helfen.

»Ich weiß, es ist albern, hier zu tanzen, während Sie sich Sorgen um Ihr Zuhause machen dürften.« Erich wirbelte sie durch den Raum. »Ich wünschte, ich könnte etwas mehr tun, um zu helfen.«

»Vielleicht könnten Sie das. Alexei kämpft gegen unseren Onkel mit nur einer kleinen Truppe treuer Wächter. Wenn Sie jetzt an Ihren Onkel, den König, schreiben würden, kann er meinem Bruder vielleicht schnell militärische Hilfe schicken.«

»Und wenn Alexei getötet worden ist? Sie können nicht sicher sein, dass er noch lebt.«

»Ich bin sicher, dass er lebt. Ich würde es wissen, wenn ihm etwas zugestoßen wäre. Bitte, Erich, Sie müssen mir vertrauen. Alexei braucht meine Hilfe. König George ...«

Wie gerufen schritt plötzlich der König von England die Treppe herunter. Sie hatte keinen Zweifel daran, dass er es war, von seiner exquisiten Kleidung bis hin zu der Art und

Weise, wie der Raum in Schweigen verfiel, als er mit Leichtigkeit durch die Menschenmenge ging. Alle verbeugten sich und knicksten, als er sich seinen Weg durch den Ballsaal bahnte. Ihm folgte eine Gruppe von Männern, von denen Anna annahm, dass es sich um Berater und Leibwächter handelte. Die mutigeren Adligen, die Verbindungen zur Krone hatten, traten sofort zu ihm und sprachen ausführlich mit ihm.

Schließlich, nach gut einer halben Stunde, trat Lady Eugenia an den König heran, flüsterte ihm etwas zu und zeigte in Annas Richtung. Erich war an ihrer Seite geblieben und leistete ihr Gesellschaft, während der Tanz um sie herum weiterging. Als der König sich ihr näherte, trat Erich höflich zur Seite.

»Eure Majestät.« Anna machte einen tiefen Knicks und verharrte dort, bis der König ihr Kinn anhob und sie zu ihm aufblickte. Normalerweise hätte sie nicht so viel Ehrerbietung gezeigt, aber er war ein König und sie eine Prinzessin. Dies war sein Reich, nicht ihres. Mit seinem Stolz zu spielen, könnte ihr helfen.

»Erheben Sie sich, meine Liebe«, sagte er leise.

Sie erhob sich und faltete die Hände vor sich. Sie betrachtete den König, einen Mann, der von leuchtenden und funkelnden Dingen besessen war, wie Audrey es ausgedrückt hatte. Er war ein Mann, der Essen und Mode liebte, aber trotz seiner Eitelkeit sah sie Güte in seinen Augen.

»Sie sehen *exquisit* aus, meine Liebe«, sagte George. »Genau wie Ihre Mutter. Ich habe sie einmal getroffen, als sie eine junge Frau war, kurz bevor sie Ihren Vater heiratete. Sie war reizend, aber Sie ... Sie sind ein Diamant des ersten Wassers.«

Anna nahm das Kompliment mit Höflichkeit entgegen, aber tief in ihrem Inneren wünschte sie sich, dass die Männer über ihr schönes Aussehen hinaussehen würden. Erich schien das zu tun, aber Aiden war der einzige Mann, der wirklich tief in ihre Seele blicken konnte. Seine stürmischen Augen blitzten in ihrem Kopf auf, und sie wünschte sich verzweifelt, er wäre jetzt an ihrer Seite.

»Ich hatte gehofft, eine Privataudienz bei Eurer Hoheit zu bekommen«, sagte sie.

George schien nicht überrascht zu sein, da er wahrscheinlich von seinen Beratern die neuesten Nachrichten aus Europa gehört hatte. »Das habe ich mir schon gedacht, Prinzessin Anna.« Er winkte Lady Eugenia mit der Hand, die herbeieilte. »Wir benötigen einen privaten Raum. Wir haben eine Staatsangelegenheit zu besprechen.«

»Natürlich.« Lady Eugenia schien von der Aussicht begeistert zu sein, zwei Königliche zu einem privaten Treffen in ihr Haus zu führen, um Staatsangelegenheiten zu besprechen.

Eine kleine Gruppe von Männern folgte dem König.

»Eure Majestät, es gibt einige englische Adlige, die ich mir als Berater an meiner Seite wünsche, wenn es Ihnen nichts ausmacht?« Sie nickte Godric zu, da er der ranghöchste anwesende Aristokrat war, und dann Ashton neben ihm.

»Ah ja, Essex und Lennox, sie können sich uns sicher anschließen.« Er winkte ihnen mit einer höflichen, königlichen Handbewegung zu.

Ashton und Godric schlossen sich den Männern des Königs an, als sie auf sie zukamen. Zu ihrer Erleichterung sah sie, wie Aiden aus der Menge heraustrat und sich der Eskorte anschloss, als sie und der König Lady Eugenia aus dem Ballsaal folgten. Ihre Blicke trafen sich, und sein leichtes Nicken beruhigte sie kurz, und sein brennender Blick erfüllte sie mit Kraft.

Annas Herz schlug ihr gegen die Rippen, während sie ihr Flehen immer wieder in Gedanken durchspielte, bis sie den Salon betraten. Jetzt war es an der Zeit, ihr Zuhause zu retten.

❦

AIDEN SEHNTE SICH DANACH, SEINE FRAU IN SEINE ARME ZU schließen. Er und einige von Ashtons Freunden waren zusammen mit seinen Brüdern früh eingetroffen, um mit Lady Eugenia über die Sicherheit der Prinzessin zu sprechen und sich gründlich mit der Anlage des Hauses vertraut zu machen.

Aber diese Vorbereitungen hatten ihn von Anna ferngehalten, und er war vor Sorge um sie halb wahnsinnig geworden, bis sie auf dem Ball angekommen war und ihren großen Auftritt hatte. Und was für ein Auftritt das gewesen war! Sie sah *großartig* aus. Für Normalsterbliche wie ihn schien sie unantastbar zu sein. Die königliche Haltung, die er schon immer an ihr gesehen hatte, wurde durch ihr Auftreten heute Abend noch verstärkt.

Ihr Kleid war absolut bezaubernd, passend für eine Königin. Es brachte ihre Figur zur Geltung, erinnerte die Umstehenden aber auch daran, wer sie war - die Tochter eines Königs, eine Prinzessin aus eigenem Recht. Sie hatte die Aufmerksamkeit aller Anwesenden auf sich gezogen, als sie die Treppe zum Ballsaal heruntergestiegen war. Aiden hatte sich in den Schatten versteckt und wie ein beschützender Wolf auf jede Bedrohung für seine Frau gelauert. Sie hatte ihn nicht bemerkt, als sie sich im Ballsaal umsah, aber er konnte an ihrem Blick erkennen, dass sie ihn suchte.

Als Erich auftauchte und Anna zum Tanz in die Arme nahm, war es leicht, sich Annas geplante Zukunft vorzustellen. Dies war der Mann, den ihre Eltern für sie ausgesucht hatten, ein Mann von königlichem Geblüt, der Neffe des preußischen Königs. Er war groß und blondgelockt, wie geschaffen für eine Prinzessin. Als sie zu tanzen begannen, drang ein Flüstern aus den Schatten zu Aiden zurück.

So ein schönes Paar ... Eine würdige Partie ... Stell dir die schönen Kinder vor ...

Aiden schloss die Augen, als ein Schmerz tief in seine Seele eindrang. Er wusste, dass Anna sein Schicksal war, aber was würde ihr Schicksal sein, wenn er nicht mehr da war? Wenn er so starb, wie ihre Visionen es voraussagten, war Erich dann der Mann, der die Scherben von Annas gebrochenem Herzen aufsammeln und sie flicken würde? Es war ein trauriger Trost zu wissen, dass ein gutherziger Mann an seiner Stelle da sein würde, um sie zu lieben und zu umsorgen.

Ashton tauchte neben ihm auf. Das Gesicht seines Schwagers war hart wie Stein, aber in seinen Augen lag ein Hauch von Mitleid, als er das tanzende Paar betrachtete.

»Ich nehme an, du weißt, wer ihr Tanzpartner ist?«, fragte Ashton.

Aiden nickte.

»Er ist ein guter Mann«, sagte Ashton. »Er würde sie lieben und sie gut behandeln. Solltest du sie gehen lassen. Er würde ihr das Leben geben, das eine Prinzessin braucht.«

Aiden traten Tränen in die Augen, und er blinzelte überrascht. Er hatte nicht mehr geweint, seit er ein kleiner Junge gewesen war, und er wagte auch jetzt nicht zu weinen.

»Willst du mir sagen, ich soll sie gehen lassen?«, fragte Aiden.

Ashton runzelte die Stirn, als Anna in einem Wirbel aus roter und cremefarbener Seide vorbeizog. Das Kerzenlicht glitzerte auf den Juwelen an ihrem Diadem, und die Perlen schimmerten wie gefrorene Tautropfen.

»Ich möchte dich lediglich daran erinnern, dass Liebe oft ein Opfer bedeutet. Wenn du jemanden mit deinem ganzen Körper und deiner Seele liebst, bedeutet das, dass er an erster Stelle steht, *immer*. Wenn du sie so liebst, wie ich vermute, dann sei bereit, das zu tun, was für sie am besten ist. Das könnte bedeuten, sie den Mann heiraten zu lassen, der in der

Lage ist, die Rolle des Prinzen an ihrer Seite zu spielen. Denk daran, dass sie von königlichem Blut ist und ihr Land und ihr Volk an erster Stelle stehen müssen, auch wenn das bedeutet, dass sie durch Heirat die richtigen politischen Allianzen eingehen muss. Preußen ist ein starker Verbündeter und kann Ruritanien schützen, sobald Yuri entmachtet ist. Du bist nur ein Mann, der keine Armee im Rücken hat.«

Ashtons Worte waren freundlich gemeint, aber die brutale Wahrheit war wie ein Messer in Aidens Herz. Er war nur ein Mann ... ein Schotte, der keine Armee im Rücken hatte. Er würde nie ein Prinz sein, würde sich auf den Bällen, Paraden oder königlichen Veranstaltungen, die von ihm als Ehemann einer Prinzessin erwartet würden, nie gut machen. Aiden war ein Mann, der Trost in der Einsamkeit der Felsen und Bäume suchte, mit den Rufen der Vögel und dem Wind in seinen Ohren. Ein Leben außerhalb von Castle Kincade würde sich für ihn wie ein Käfig anfühlen. Er könnte diesen Teil von sich selbst opfern, aber was, wenn das nicht genug wäre? Was, wenn sie Dinge brauchte, die er ihr nicht geben konnte?

»Wenn die Zeit gekommen ist, wirst du wissen, was zu tun ist. Für den Moment solltest du dir selbst treu bleiben und stark an ihrer Seite sein. Ich fürchte, es gibt Gefahren, die wir noch nicht kennen.« Ashton nickte ihm zu, und im großen Saal wurde es still, als der König von England seinen Auftritt hatte.

»Sie wird um eine Audienz bitten, und wir müssen sie begleiten«, murmelte Ashton, so dass nur Aiden es hören konnte. Gemeinsam sammelten sie Godric ein, der ein Günstling des Königs war und einen zusätzlichen Einfluss ausüben würde, und bahnten sich ihren Weg durch die Menge, als Anna um eine Audienz bat und der König sie gewährte.

Sie folgten Anna, und er bemerkte ihren erleichterten Gesichtsausdruck, als sie ihn endlich sah. Als sie alle in einem privaten Raum versammelt waren, setzten sich Anna und der König auf zwei Stühle, die einander gegenüber an einem Lesetisch standen.

»Ah, Essex, Lennox, schön, dass Sie beide gekommen sind. Und wer ist das?«, erkundigte sich König George, während er Aiden kritisch musterte.

»Er ist ein Leibwächter, den ich während meines Aufenthalts in den Highlands gewonnen habe, nachdem mein Schiff vor der Küste Schiffbruch erlitten hat. Sein Name ist Aiden Kincade.«

»Ah, ein Schotte. Eine ausgezeichnete Wahl, Prinzessin Anna. Sie mögen ein bisschen wild sein, aber die Schotten sind sehr loyal. Ich nehme an, Sie möchten mit mir über die unglückliche Situation sprechen, in der sich Ruritanien befindet.«

Anna strich ihre Röcke glatt und saß so sittsam, wie es nur eine Prinzessin konnte. »Eure Majestät, ich bin hier, um Euch um militärische Unterstützung zu bitten. Mein Onkel ...«

»Ja, Ihr Onkel hat mir einen privaten Gesandten geschickt, der vor fast einem Monat angekommen ist«, unterbrach der König. »Ich habe vom tragischen Tod Ihrer Eltern durch die Rebellen gehört. Es sieht so aus, als ob Ihr Onkel die Regierungsgeschäfte übernehmen wird, und ich habe ihm versprochen, ihn bei der Niederschlagung künftiger Rebellionen zu unterstützen.«

Annas Gesicht verlor an Farbe. Niemand hatte gewusst, dass die Boten ihres Onkels so schnell hier eintreffen würden. Es bedeutete, dass er die Nachricht von der Ermordung ihrer Eltern fast an dem Tag geschickt hatte, an dem sie brutal ermordet worden waren ... Yuri hatte seinen Staatsstreich offensichtlich bis ins kleinste Detail geplant, einschließlich die Möglichkeit, wie er Handelspartner wie England darüber informieren wollte, was geschehen war -

und zwar so, dass sie glaubten, was er wollte, dass sie es glaubten.

Hab Mut und bleib ruhig, Mädchen, dachte Aiden.

Anna hob ihren Blick. »Eure Majestät, es schmerzt mich, Ihnen sagen zu müssen, dass Sie getäuscht worden sind. Ich war dabei, als das Schloss brannte. Mein Onkel ist derjenige, der den Palast angegriffen hat. Er ist derjenige, der für den Mord an meinen Eltern verantwortlich ist. Mein Bruder Alexei lebt noch und kämpft im Geheimen gegen meinen Onkel. Sie müssen uns helfen.«

Der König lehnte sich zurück und machte große Augen. Mit dieser Aussage hatte er nicht gerechnet.

»Und selbst wenn seine Geschichte wahr wäre, hätte Yuri keinen rechtmäßigen Anspruch auf den Thron, Majestät«, fuhr Anna fort. »Er ist der Halbbruder meines Vaters. Sein Vater war ein russischer Adliger, den meine Großmutter nach dem Tod meines Großvaters heiratete, als sie noch sehr jung waren. Der Thron in meinem Land muss auf einen männlichen Erben aus der männlichen Linie übergehen. Nach unseren Gesetzen ist Alexei der nächste in der Thronfolge, und jedes männliche Kind, das er zeugt, hat den nächsten rechtmäßigen Anspruch auf den Thron. Wenn er keine Erben hat, fällt es an die Söhne, die ich gebären könnte. Yuri ist ein Verräter und ein Mörder. Er hat kein Recht zu herrschen.«

Für eine Sekunde wurde Aiden etwas klar, das ihm bisher nicht aufgefallen war. Er und Anna hatten mehrmals miteinander geschlafen - sie könnte in diesem Moment mit seinem Kind schwanger sein, mit einem Kind, das das Potenzial hätte, Ruritanien zu regieren, sollte Alexei getötet werden. Aidens Herz hörte für einen schmerzhaften Moment auf zu schlagen. Ihr Kind ... Der Gedanke erfüllte ihn mit einem Anflug von Freude, aber er musste ihn verdrängen und sich auf das konzentrieren, was vor ihnen lag.

König George schwieg einen langen Moment. »Sind Sie

sich absolut sicher, dass das die Wahrheit dessen ist, was passiert ist? Der Gesandte Ihres Onkels sagte, dass Ihr Bruder zu den Rebellen gehörte und dass Alexei sich mit seinem Vater zerstritten hatte, was dazu führte, dass er sich beim Angriff auf die Seite der Rebellen stellte.«

Anna hielt dem Blick des Königs ohne Angst stand. »Alexei ist mein Zwilling, Eure Majestät. Unser Band ist unzerbrechlich. Ich kenne ihn so gut, wie ich mich selbst kenne. Er hätte unsere Eltern niemals verletzt oder Anspruch auf den Thron erhoben, bevor unser Vater sterben würde. Ich war dabei, als der Palast brannte. Ich sah die Tränen in den Augen meines Bruders, als er mir vom Tod unserer Eltern erzählte und wer dafür verantwortlich war. Ich sah die Leichen unschuldiger Bürger, die in den Gängen meines Hauses abgeschlachtet worden waren. Sie sagten, Sie kennen meine Mutter. Ich bin ihr Kind, und das Kind von König Alfred und Königin Isadora. Ich würde Sie nicht anlügen, und ich bin auch nicht so dumm, die Lügen anderer zu glauben und sie Ihnen als Wahrheiten zu verkaufen.« Sie holte tief Luft und stand auf. »Wollen Sie zulassen, dass eine friedliche Nation in der Dunkelheit eines ungerechten Krieges versinkt? Oder werden Sie Ruritanien in unserer Stunde der Not helfen? Ich muss Sie warnen, dass Nationen, die die Ausbreitung der Tyrannei nicht bekämpfen, ihr oft zum Opfer fallen. Stehen Sie jetzt an unserer Seite, und wir können den Kontinent noch vor der Gier meines Onkels retten.«

Im Raum herrschte eine quälend lange Stille, und Aiden hielt den Atem an, aus Angst vor dem, was der König tun könnte. König George erhob sich langsam von seinem Stuhl und sprach, ohne den Blick von Anna abzuwenden.

»Als ich die ersten Berichte über den Tod Ihrer Eltern erhielt, unterstützte ich Yuri, da ich offensichtlich die Wahrheit nicht kannte. Wenn ich jetzt gegen diese Entscheidung verstoße, würde das alle künftigen Handelsbeziehungen zunichte machen.«

Annas Herz schlug bis zum Hals.

»Aber«, sagte König George mit ernster Stimme zu ihr, »ich glaube nicht daran, dass ein Königsmörder einen Thron stehlen darf. Es gibt Möglichkeiten, Hilfe zu leisten, ohne den Anschein zu erwecken, dass ich mich einmische und Truppen in einen Krieg entsende.« George wandte sich nun Ashton und Godric zu, mit einem listigen Schimmer in den Augen. »Lord Essex und Lord Lennox, ich glaube, Sie beide sind in der Lage, diese Angelegenheit im Namen der Krone in aller Ruhe zu regeln?«

Ashton trat vor und verbeugte sich vor dem König. »Jawohl, Eure Majestät.«

Der König nickte Ashton zu. »Gut.« Dann sah er wieder zu ihr. »Prinzessin Anna, Sie haben Ihre geheime Armee.«

$$\text{❧ } 14 \text{ ❧}$$

Anna hatte eine Armee.

Sie war so erleichtert, dass sie den König fast umarmt hätte, aber im letzten Moment hielt sie sich zurück. So viel Zeit mit Aiden und seinen Brüdern zu verbringen, hatte ihre höfische Ausbildung, unter allen Umständen elegant und zurückhaltend zu bleiben, zunichte gemacht.

»Jetzt, wo all diese Unannehmlichkeiten vorbei sind, möchte ich den Ball genießen.« König George streckte ihr einladend den Arm entgegen. »Ich glaube, Sie schulden mir einen Tanz, Prinzessin Anna. Lassen wir die Klatschbasen etwas zum tratschen haben, ja?«, scherzte er, als sie seinen Arm annahm und sie in den Ballsaal zurückkehrten. Sie warf einen Blick zurück auf Aiden und die anderen und fragte sich, ob sie vorhatten, ihr zu folgen.

»Gehen Sie nur, Eure Hoheit. Wir müssen noch ein paar Dinge besprechen, bevor wir uns wieder zu Ihnen gesellen«, beruhigte Ashton sie. Aiden nickte leicht, und sie versuchte, ihre Enttäuschung darüber zu verbergen, dass er nicht sofort mitkam.

Anna und der König gesellten sich wieder zu den

Feiernden im Ballsaal. Lady Eugenia stand in der Nähe des Eingangs und wartete auf sie.

»Lady Eugenia, ich habe Prinzessin Anna gebeten, mit mir zu tanzen. Einen Walzer, wenn ich bitten darf«, sagte König George. Lady Eugenia eilte zum Orchester hinüber, um die entsprechenden Anweisungen zu geben.

Anna entdeckte Erich in der ersten Reihe der Schaulustigen und schenkte ihm ein sanftes Lächeln, als sie und der König ihre Plätze für einen Tanz einnahmen. Die Musik setzte ein, und sie begannen einen schönen Walzer.

»Ich bedaure Ihre Lage, Prinzessin Anna«, murmelte König George, als sie weit genug von den anderen Tänzern entfernt waren.

»Das tue ich auch«, antwortete sie.

»Sie verstehen, warum ich nicht öffentlich Stellung beziehen kann. Wir haben gerade erst einen Krieg mit Frankreich beendet, und England möchte sich für eine Weile aus Kriegen heraushalten. Wir können es uns nicht leisten, dass wir einem anderen Land offen helfen.«

»Ich verstehe«, sagte sie, aber in Wahrheit konnte sie nicht glauben, wie blind der König war.

Sie wusste, dass das Heilige Römische Reich während der Napoleonischen Kriege aufgelöst worden war und die gesamte Region im Chaos versank. Ihr Onkel war die Art von Mann, die das ausnutzen würde. Ruritanien verfügte zwar nicht über beeindruckende militärische Kräfte, aber sie konnte sich durchaus vorstellen, dass Yuri versuchen würde, sich Unterstützung von anderen Ländern in der Nähe zu kaufen. Er hat immer davon gesprochen, die Kontrolle über ihre Grenzen hinaus auszudehnen, und es wäre nicht abwegig, dass er dazu die Armee eines anderen Landes einsetzte. Aber sie verstand König Georges Zögern. Die Entsendung von Truppen durch Frankreich, selbst wenn sie nach Ruritanien gehen sollten, könnte neue Kämpfe auslösen und auch den jungen Deutschen Bund, zu dem der größte Teil Preußens gehörte, aus dem Gleichgewicht bringen.

Am Ende des Tanzes klatschte der König mit den anderen Tänzern und verbeugte sich leicht vor ihr.

»Ich bitte um Entschuldigung, dass ich heute Abend nicht länger bleiben kann. Viel Glück, Prinzessin Anna.«

»Vielen Dank, Majestät.« Sie stand in der Mitte des Ballsaals und fühlte sich so allein, als König George von ihr wegging. Sein kleines Gefolge folgte ihm die Treppe hinauf.

Rosalind kam an ihre Seite. »Sie sehen aus, als müssten Sie ein bisschen gerettet werden«, sagte sie, um sie zu beruhigen.

»Das tue ich. Können wir uns irgendwo für ein paar Minuten zurückziehen? Ich würde mich gerne hinsetzen, ohne dass mich alle anstarren.«

Jetzt, wo sie einen großen Auftritt und eine Privataudienz beim König gehabt hatte, nahm sie wieder das ewige Flüstern wahr. Von königlichem Blut zu sein, löste immer derartiges aus. Sie hatte an vielen Hofveranstaltungen in ihrem und anderen Ländern teilgenommen, aber die Aufmerksamkeit störte sie jetzt viel mehr als früher. Vielleicht lag es an dem relativ ruhigen und wunderbar abgeschiedenen Monat, den sie mit Aiden in Schottland verbracht hatte, wo sie sie selbst hatte sein dürfen und nicht eine Prinzessin gewesen war. Wieder ihre königliche Rolle zu spielen, fühlte sich erdrückend an, verglichen mit der Freiheit, die sie mit Aiden in den Highlands genossen hatte.

»Kommen Sie mit mir.« Rosalind winkte einigen Damen mit ihrem Fächer zur Begrüßung zu, während sie Anna aus dem Ballsaal führte. Ein Lakai stand vor der Tür, und Rosalind fragte ihn, wo sich der nächste Ruheraum befände.

Als sie drinnen in Sicherheit waren, ließ sich Anna dankbar in einen Ohrensessel sinken. Ein paar andere Damen im Raum beäugten sie neugierig. Ihre Fächer flatterten, während sie miteinander murmelten und ihre Blicke zwischen

Anna und Rosalind hin und her wanderten. Eine Frau mit einem Turban voller Straußenfedern schien von Annas Anwesenheit so erregt zu sein, dass die Federn auf ihrem Kopf zitterten.

Rosalind ging zu der Gruppe von Damen hinüber. »Prinzessin Anna braucht ein paar Minuten der Ruhe. Würden Sie ihr bitte das Zimmer überlassen? Sie wäre sehr dankbar dafür.«

Die Frauen nickten eilig und verließen den Raum mit einem strahlenden Lächeln.

»Das war einfacher als gedacht.« Rosalind kicherte, während sie ein paar Kissen auf dem Sofa gegenüber von Anna aufschüttelte und sich dann setzte. »Ich nehme an, niemand will eine Prinzessin verärgern.«

»Das ist eines der wenigen Dinge, die an der Rolle schön sind«, gab Anna zu, aber sie hätte das gerne für die lange Liste von Freiheiten aufgegeben, die sie gewinnen würde, wenn sie nicht mehr königlich gewesen wäre.

»Also ... sind die Dinge so gelaufen, wie Sie es sich gewünscht haben?« Rosalind hielt ihren Tonfall leicht und fragte nicht speziell danach, wie Anna den König davon überzeugen konnte, ihr eine Armee zu geben.

»Ja, besser als ich befürchtet hatte, aber nicht so gut, wie ich gehofft hatte.«

Zu wissen, dass ihr Onkel den König von England zuerst erreicht hatte, war ein entmutigender Schlag. Das machte ihr mehr als bewusst, dass die anderen Länder, die Ruritaniens Handelspartner und nahe Verbündete waren, wahrscheinlich ebenfalls von Yuris Gesandten kontaktiert worden waren, die ihnen falsche Geschichten erzählt hatten. Der politische Schaden, den sie und Alexei würden reparieren müssen, nachdem sie ihren Onkel aufgehalten hatten, dürfte gewaltig sein.

Sie ließ ihren Kopf gegen die Lehne fallen und seufzte. Sie

war bereit, nach Hause zu gehen, neben ihrem Mann ins Bett zu kriechen und die harte Wärme seines Körpers zu spüren, während er neben ihr lag. Sie hatte zu viel Zeit ihres Lebens auf Bällen und offiziellen Veranstaltungen verbracht. Jetzt, wo sie mit Aiden die Freiheit genossen hatte, wünschte sie sich nichts sehnlicher, als nach Schottland zurückzukehren, aber sie konnte nicht eher ruhen, als bis sie ihren Onkel aufgehalten hatte.

»Das sind doch gute Nachrichten, oder?«, sagte Rosalind, während sie sich tiefer in das Sofa sinken ließ.

»Meinen Sie, wir könnten die anderen fragen, ob wir jetzt nach Hause gehen können?«, fragte Anna.

»Ich glaube schon. Wir können uns bei Lady Eugenia verabschieden und in aller Ruhe wegfahren. Immerhin haben wir unser Ziel erreicht.« Rosalind stand auf und ging zur Tür. Sie öffnete die Tür, doch anstatt den Raum zu verlassen, blieb sie abrupt stehen und wich einen Schritt zurück. Die seltsame Bewegung erregte Annas Aufmerksamkeit.

»Rosalind?«

Aidens Schwester wich noch ein paar Schritte zurück, als ein Mann den Ruheraum betrat. Er hielt eine Pistole auf Rosalinds Brust gerichtet, deren Lauf bedrohlich im Kerzenlicht schimmerte. Anna wagte nicht zu atmen, während sie versuchte zu überlegen, was sie tun sollte.

»Da bist du ja, Prinzessin«, sagte der Mann auf Dänisch mit einem deutlichen Akzent. Ein Schauer lief ihr den Rücken hinauf. Er war Ruritanier. Anna erhob sich langsam, jeder Muskel in ihrem Körper war angespannt. Wenn sie eine Chance sähe, würde sie kämpfen. Sie war in ihrer Kindheit jahrelang in Selbstverteidigung unterrichtet worden. Mit einem einzelnen Mann konnte sie fertig werden.

»Anna, sei vorsichtig«, hauchte Rosalind in einer Mischung aus Angst und Wut.

»Komm mit mir, Prinzessin, oder ich werde diesen

hübschen Vogel erschießen.« Diesmal waren seine Worte auf Englisch, zweifellos weil er wollte, dass Rosalind wusste, dass ihr Leben in Gefahr war. Aber auf eine Sache hatte der Mann nicht gewettet. Rosalind war keine Engländerin. Sie war Schottin und hatte als solche ein schottisches Temperament.

»Hübscher Vogel, was?« Rosalind knurrte und schlug den Arm des Mannes weg. Die Pistole flog dem verblüfften Mann aus der Hand und klapperte zu Boden. Er fluchte und verpasste Rosalind so schnell eine Ohrfeige, dass sie aufschrie und von ihm wegstolperte. Anna nutzte die Ablenkung und stürzte sich auf die Pistole, aber sie war zu nah an ihrem Besitzer.

Er bückte sich, um sie zu ergreifen, und Anna änderte blitzschnell ihre Angriffsstrategie. Sie hob ihre Röcke und trat dem Mann hart in die Seite seines Knies. Mit einem Schmerzensschrei prallte er gegen die Wand, schaffte es aber, seine Finger um die Waffe zu legen und sie auf Rosalind zu richten.

»Ich habe dich gewarnt.«

Anna trat vor Rosalind und hob abwehrend die Hände. Die braunen Augen des Mannes waren kalt und rachsüchtig. Ein Grinsen verzog sein Gesicht.

»Mein einziger Befehl lautete, dich *lebendig* zurückzubringen.«

Sie verstand seine Drohung. *Lebendig* war nicht dasselbe wie *unversehrt*.

»Zu Ihrem Pech lässt sich die Pistole nicht abfeuern.«

»Was ...?« Er blickte gerade lange genug auf die Waffe hinunter, damit sie seinen Fehler ausnutzen konnte. Sie wirbelte herum und versetzte ihm einen Tritt in den Unterleib. Obwohl ihre Röcke etwas hinderlich waren, gelang es ihr dennoch, einen guten Schlag zu landen. Die Luft entwich ihm zischend aus den Lungen, als er auf den Rücken fiel.

»Rosalind, geh! Hol Hilfe!« Sie schob Rosalind zur Tür,

doch ihre Freundin wurde zurückgeworfen, als mehrere bewaffnete Männer in den Raum stürmten. Zwei von ihnen packten Rosalind an ihren Armen. Dem am Boden liegenden Mann wurde von einem anderen Mann auf die Füße geholfen, der dabei fluchte.

»Fain warnte uns, dass sie Unterricht in Selbstverteidigung hatte. Ich habe doch gesagt, dass wir mehr Männer brauchen«, sagte der Mann, den sie zu Boden gestoßen hatte, zu den anderen.

Der Mann, der als nächstes sprach, schien der zu sein, der das Kommando hatte. »Nimm die Prinzessin, töte die andere.« Er winkte den Männern, die Anna umringten, mit seiner Waffe zu.

»Warte, nein!«, rief Anna aus. »Halt!«, sagte sie dem Anführer der Männer. »Ich komme freiwillig mit euch, aber nur, wenn ihr meine Freundin unversehrt lasst. Wenn du sie tötest, schwöre ich, dass du auch mich töten musst.«

»Nein, Anna!«, schrie Rosalind auf.

Einer der Männer schlug Rosalind mit dem Kolben seiner Pistole gegen die Schläfe, woraufhin sie zu Boden stürzte.

»Fesselt die Prinzessin, aber bedeckt ihre Hände mit einem Mantel«, sagte der Anführer, und während seine Männer seinen Anweisungen folgten, steckte er seine Pistole weg. »Einer meiner Männer wird bei deiner Freundin zurückbleiben. Wenn wir aus irgendeinem Grund angehalten werden, bevor wir das Gebäude verlassen haben, wird sie sterben. Hast du das verstanden?«

Anna nickte, ihr Blick war auf den seinen gerichtet, aber sie sagte nichts.

Der Anführer blickte zu einem der Männer. »Bleib hier. Wenn du einen Alarm hörst oder hier drin erwischt wirst, schneidest du ihr die Kehle durch und verschwindest. Wenn nicht, machst du dich in zehn Minuten auf den Weg zu den Docks.« Dann wandte er seine Aufmerksamkeit wieder Anna zu und machte eine leichte Verbeugung. »Wenn Ihr uns folgen wollt, Eure Hoheit.«

AIDEN VERLIESS DEN PRIVATRAUM, WÄHREND ASHTON UND Godric ihm folgten. Sie hatten einen soliden Plan ausgearbeitet, um Truppen in ganz London zu sammeln, indem sie ein Netzwerk von Verbindungen durch den Earl of Morrey, einen Freund von Ashton, nutzten. Bei dem Treffen mit König Georg war klar geworden, dass er seine eigenen Truppen nicht öffentlich einsetzen konnte, aber es gab genügend Männer, deren Abstellung für einen Kampf gegen Yuris Truppen er im Stillen befürwortete, entweder wegen ihrer Ehre, weil sie eine Prinzessin verteidigten, oder weil Ashton und Godric ihnen ein Honorar zahlen konnten. Innerhalb einer Woche würden sie die Segel setzen und gemeinsam mit Anna nach Ruritanien aufbrechen können. Morrey hatte ihnen versichert, dass er zwar hier in England viele Männer zusammentrommeln könne, aber ebenso viele jenseits des Kanals, um ihnen zu helfen.

Der Ball war immer noch in vollem Gange, und Tanzpaare bevölkerten einen Großteil der Tanzfläche.

»Verdammte Bälle«, murmelte Godric verärgert.

Aiden konnte das nachempfinden. Viel lieber tanzte er im Wald mit Anna im Arm und der Musik der Singvögel im Ohr.

Godrics Frau Emily kam auf ihn zu und klopfte ihm mit ihrem zusammengefalteten Fächer auf den Arm. »Oh, sei still, Godric. Du weißt, dass du gerne tanzt.«

»Mit dir tanzen, ja«, brummte Godric. »Bälle sind verdammter Blödsinn, voller Wichtigtuer und sozialer Plagegeister. Ich veranstalte viel lieber unsere eigenen Treffen, an denen nur die Leute teilnehmen, mit denen ich gerne Zeit verbringe.

Emilys Augen funkelten vor Vergnügen. »Damit meinst du deine Freunde und niemanden sonst.«

»*Und* deine Freunde«, argumentierte Godric diplomatisch.

Emily sah Aiden mit einem gespielten Blick des ehelichen Leidens an. »Immer noch der Charmeur nach all der gemeinsamen Zeit.«

Aiden gluckste. »Wo ist Anna?« Er hätte sie im Ballsaal gesehen, trotz des Gedränges der Menge. Sie stach wie ein Stern am dunklen Himmel hervor.

Emily legte ihren Kopf schief. »Sie und Rosalind gingen für ein paar Minuten in einen Rückzugsraum, um sich auszuruhen. Sie sah aus, als müsste sie sich nach dem Tanz mit dem König hinsetzen. Aber ich hätte gedacht, dass sie inzwischen zurück sind.« Ihre violetten Augen verdunkelten sich vor Sorge. »Vielleicht sollten wir nachsehen, ob es ihnen gut geht.«

Aidens Herz begann plötzlich schnell zu schlagen. Irgendetwas fühlte sich nicht richtig an. Er hatte jeden Raum dieses Hauses durchsucht, aber in der Zeit, die er mit dem König in diesem privaten Raum verbracht hatte, war es möglich, dass die Sicherheit von Lady Eugenias Haus verletzt worden war. »Wo?«

Emily wies mit ihrem Fächer den Weg. »Ich werde sie holen.«

»Wir kommen mit«, sagte Ashton.

Godric stellte sich diskret und schützend vor sie. »Bleib hinter mir, Liebling. Aiden scheint zu glauben, dass es Grund zur Besorgnis gibt.«

»Oh je, ich hoffe nicht ...« Emilys Gesicht verlor an Farbe. »Ich hätte nie gedacht, dass etwas passieren könnte, wenn sie in eine Damentoilette gehen ...«

Aiden, Godric und Ashton betraten den Korridor, und Aiden bemerkte, dass keine Diener anwesend waren. Es war weder ein Mann noch eine Frau zu sehen.

»Wo sind die Lakaien?«, fragte er Ashton. »Es waren mindestens vier in diesem Gang, als wir vor einer Stunde hier durchkamen.«

Ashtons Augen verengten sich. »Sie könnten zu einem Notfall gerufen worden sein. Aber Lady Eugenia würde diesen Korridor nicht völlig unbeaufsichtigt lassen.« Sie eilten zu der Tür am Ende des Flurs, von der Aiden wusste, dass sie zum Aufenthaltsraum führte, da er das Haus vor Annas Ankunft an diesem Abend genau inspiziert hatte.

Aiden schlich zur Tür, die leicht angelehnt war. Ein Lichtstrahl aus den Aufenthaltsraum warf einen schmalen Streifen in den dunklen Flur. Er spähte hinein und bemühte sich, von niemandem gesehen zu werden, der sich hinter dieser Tür aufhalten könnte. Zuerst dachte er, der Raum sei leer, bis er eine weibliche Hand erblickte, die auf dem Boden des Raumes lag. Nur wenige Zentimeter von ihren Fingerspitzen entfernt lag das Diamant- und Perlendiadem, das Anna getragen hatte. Der Rest des Körpers der Frau verschwand hinter einem Sofa aus dem Blickfeld. Ein Fenster, das in die Gärten führte, war aufgedrückt worden, und die Vorhänge wehten mit einem kalten Luftzug in den Raum.

Ohne zu überlegen, stürmte Aiden in den Raum, weil er befürchtete, Anna verletzt oder gar tot vorzufinden. Die Frau, die auf dem Boden lag, bewegte sich nicht. Aber der Körper auf dem Boden gehörte seiner Schwester, nicht seiner Frau.

»Rose!« Ashton schob sich an Aiden vorbei und fiel neben Rosalinds schlaffem Körper auf die Knie. Er drehte sie auf den Rücken und untersuchte sie genau. »Sie atmet«, erklärte Ash, dessen Schultern vor Erleichterung nachgaben. Er nahm Rosalinds Kopf in seine Hände und strich ihr das zerzauste Haar aus dem Gesicht, so dass ein dunkler Bluterguss an ihrer Schläfe zum Vorschein kam.

»Jemand hat meine Frau angegriffen«, knurrte er.

Rosalind stöhnte, als ob sie Schmerzen hätte. Ashton hob

sie vorsichtig in seine Arme und setzte sich auf das Sofa. Aiden bückte sich und hob das Diadem vom Boden auf. Er spürte, wie sein Herz in tausend Stücke zerbrach. Er sah Godric in der Tür stehen, sein Gesicht von Wut überschattet.

»Godric? Was ist lo...?« Emily erschien in der Tür, und als sie Rosalind in Ashtons Schoß und dann das Diadem in Aidens zitternder Hand sah, hielt sie inne und erschrak.

»Em, Darling.« Godric nahm sie in seine Arme und versuchte, sie zu trösten. »Es wird alles gut. Wir werden ...« Aber er hatte nicht die Worte, um sie zu belügen.

»Sie haben sie mitgenommen«, keuchte Emily. »Sie haben sie entführt ...« Sie wiederholte es noch einmal, als ob das diesem schrecklichen Wahnsinn einen Sinn geben würde. Sie begegnete Aidens Blick, und er sah, dass die junge Herzogin den Kummer, die Angst und die Wut verstand, die in ihm brodelten und ihn erdrückten.

Aiden krallte seine Finger um das Diadem, bis sich die Juwelen in seine Haut bohrten. Er wollte seinen Kopf zurückwerfen und vor Wut und Angst brüllen. Aber er hielt diese beiden gefährlichen Gefühle zurück, wie er es sein ganzes Leben lang getan hatte.

»Ash, wo würden sie sie hinbringen?«, fragte Aiden mit leiser Stimme.

Ashton sah auf, während er seine Frau zärtlich in den Armen hielt, und sein sonst so klarer Verstand wurde von Sorgen getrübt. »Ich ... Ich weiß es nicht.«

Godric schaute sich im Zimmer um und blickte zum Fenster. »Es müssen mindestens zwei Männer gewesen sein. Aiden und ich untersuchten heute Abend den Garten, und ich bin überzeugt, dass die Mauer nur von einem einzelnen Mann überwunden werden kann, aber nicht von jemandem, der einen zweiten Körper trägt. Das bedeutet, dass jemand die Prinzessin auf einem anderen Weg hinausgebracht hat, während dieser hier mit Rosalind zurückgeblieben und dann aus dem Fenster gestiegen ist, um uns abzulenken«, sagte er.

Godrics Theorien regten Ashtons Verstand zum Handeln an. Er blickte zum offenen Fenster, dann in den Raum und bemerkte die Unordnung. »Mehr als zwei, würde ich sagen. Dem Zustand der umgestürzten Möbel nach zu urteilen, gab es einen Kampf, und ich sehe schmutzige Stiefelabdrücke von mindestens drei verschiedenen Größen auf dem Boden. Das Fenster ist in der Tat zu klein, als dass Anna in ihrem Hofkleid hätte hindurchpassen können, und wir sehen, dass kein Kleid in der Nähe zurückgelassen wurde. Es hat sie also niemand ausgezogen. Höchstwahrscheinlich sind sie durch eine Seitentür gegangen, einen Dienstboteneingang, würde ich vermuten. Derjenige, der mit Rosalind als Geisel zurückblieb, könnte dies getan haben, um sicherzustellen, dass Anna keinen Alarm schlug, bevor sie entkamen. Sie werden sie zum nächstgelegenen Hafen bringen, um nach Ruritanien zurückzusegeln. Das würde ich an ihrer Stelle auch tun.«

Rosalind stöhnte auf, und ihre dunklen Wimpern flatterten. »Ash ...« Sie blickte auf und sah in das blasse und besorgte Gesicht ihres Mannes.

»Was ist passiert, Rose?«, fragte Ashton mit einer Sanftheit, die er nur seiner Frau gegenüber zeigte.

»Anna und ich ... Wir waren allein, als die Männer kamen. Wir haben versucht, sie zu bekämpfen, aber es waren so viele ...« Sie zuckte zusammen, als sie versuchte, sich in Ashtons Armen aufzusetzen.

Ashton strich mit den Fingerspitzen über ihre Wange. »Haben sie gesagt, wo sie hinwollen?«

Rosalind schüttelte den Kopf und stellte fest, dass sie nicht allein waren. Sie blickte zu Aiden, und er sah ihr Mitleid und ihr tiefes Bedauern.

»Es tut mir leid, Aiden. Ich konnte sie nicht beschützen. Sie haben mich gegen sie benutzt.« Tränen rollten über das

Gesicht seiner Schwester, die leise zu weinen begann. Ashton legte einen Arm um sie und drückte sie an seine Brust, um sie zu beruhigen.

Aiden konnte seiner Schwester kaum etwas sagen, außer: »Ist schon gut, Rosalind - wir werden sie finden.« Die Worte schmeckten auf seinen Lippen wie bittere Lügen. Seine Frau war entführt worden und befand sich wahrscheinlich auf dem Weg in ihr Heimatland, wo ihr Onkel sie hinrichten wollte.

»Wir werden sofort Männer in den Hafen schicken und alle Schiffe durchsuchen. Sie können nicht mehr als fünfzehn Minuten vor uns sein. Wenn noch keine Schiffe den Hafen verlassen haben, können wir den Hafen abriegeln ... aber wenn sie bereits aufgebrochen sind ...«, begann Ashton.

»Wir brauchen das schnellste Schiff und die beste Besatzung und müssen herausfinden, ob sie nach Calais wollen oder die Nordsee überqueren«, sagte Aiden leise, aber seine Worte wurden von einem so lauten Schweigen beantwortet, dass es ihn überwältigte.

»Aiden. Wir brauchen mindestens eine Woche, um unsere Kräfte zu sammeln«, warnte ihn Ashton. »Wenn die Männer, die Anna entführt haben, vor dir Ruritanien erreichen, bekommst du es nicht nur mit einem Schiff zu tun, sondern mit einer ganzen Armee.«

»Sie haben *meine Frau*. Ich brauche keine Armee, um die Bastarde zu töten.« Wenn Ashton eine Ahnung von der Wut gehabt hätte, die durch seine Adern floss, würde er verstehen, dass Aiden jeden Mann töten würde, der sich ihm in den Weg stellte, notfalls auch hundert.

Godric tauschte einen Blick mit Ashton und seufzte schwer. »Nun, dann komme ich wohl besser mit dir mit.« Er drückte Emily einen Kuss auf die Stirn. »Em, du musst hier bleiben und helfen, den Transport der Männer zu organisieren, die Lord Morrey auftreiben kann.«

»Nein, Godric, du baust die Armee mit Morrey auf und

folgst uns. Ich begleite Aiden«, warf Ashton ein. »Wenn es uns nicht gelingt, sie auf See abzufangen, werden wir sie an Land jagen. Ich kenne das Land. Ich werde Aiden schneller zum Winterpalast bringen. Ich nehme Cedric und Charles mit. Du behältst Lucien und Jonathan bei dir.«

»Solltest du sie nicht mitnehmen?«

Ashton schüttelte den Kopf. »Zwei Männer mehr werden keinen Unterschied machen, wenn eine Armee im Spiel ist. Jeder Plan, den wir uns ausdenken, wird auf List und Täuschung beruhen müssen. Aber ich denke, dass sämtliche Informationen, die wir zusammentragen, uns erst bei eurer Ankunft helfen werden.«

»Nun gut«, räumte Godric ein. »Ich werde heute Abend aufbrechen, um mich mit Morrey zu treffen.« Godric und Emily verabschiedeten sich eilig.

»Aiden, ich muss Rosalind erst nach Hause bringen. Dann werden wir den Hafen ansteuern.«

»Ich sollte mit dir gehen«, begann Rosalind, aber Ashton schüttelte den Kopf und nahm Rosalinds Gesicht in seine Hände.

»Ich brauche dich hier, mein Schatz. Ich muss wissen, dass du *in Sicherheit* bist. Ich weiß, du hasst mich dafür, dass ich dich darum bitte, aber bitte ...«

Etwas Sanftes und Intimes spielte sich zwischen ihnen ab, und als Aiden sie beobachtete, tat ihm das Herz weh. Seine eigene Frau befand sich in den Händen ihres Feindes, und er war machtlos, ihr zu helfen. Es erinnerte ihn zu sehr an seine Träume, in denen seine Hand durch das Wasser glitt und er versuchte, Annas Hand zu ergreifen, ohne sie jemals ganz retten zu können.

Er verließ den Ruheraum und stellte sich auf den Korridor, um sich zu beruhigen, während eine Welle der Panik seine Brust zerdrückte, als wäre ein mächtiger Stein von einem Berg der Highlands herabgestürzt. Er stützte eine

Handfläche gegen die Wand und rang nach Atem. In der anderen Hand hielt er immer noch Annas Diadem. Er erinnerte sich an das letzte Mal, als er diese juwelenbesetzte Krone in der Hand gehalten hatte. In jenem Moment, als er ihr den Reif auf den Scheitel gedrückt und sich gleichzeitig einen langen Kuss gestohlen hatte, bevor er mit den anderen losgezogen war, um früher als alle anderen bei Lady Eugenia zu sein. Er hatte alles getan, was er konnte, um das zu verhindern, und trotzdem war sie entführt worden. Alles, was ihm von seiner Prinzessin geblieben war, war die Krone, die sie zurückgelassen hatte ...

Brocks Stimme durchbrach das Getöse seiner unberechenbaren und verängstigten Gedanken. »Aiden?«

Seine Brüder standen ein paar Meter entfernt, die fröhlichen Lichter des Ballsaals beleuchteten ihre besorgten Gesichter.

»Es ist Anna«, röchelte er. »Sie ist entführt worden.«

Brock und Brodie eilten zu ihm und stützten ihn, als er nach vorn kippte. So eine Verzweiflung hatte er noch nie empfunden, nicht einmal als er seine Mutter verloren hatte.

»Wann gehst du los, um sie zu suchen?«, fragte Brodie.

»Heute Abend, mit Ashton und seinen Freunden.«

»Dann kommen wir mit euch«, sagten sie gleichzeitig.

»Wir kommen vielleicht nicht zurück«, warnte er sie. Sie hatten Ehefrauen, die sich um sie sorgen würden, und er konnte ihnen diese Entscheidung nicht leichtfertig abverlangen. Er würde es ihnen nicht verübeln, wenn sie bleiben wollten.

»Aye, das wissen wir, aber wir sind deine Brüder, Kleiner«, sagte Brock. »Wir würden dich mit dieser Sache nie im Stich lassen ... *niemals*«, wiederholte er leiser. Das Blut, das Aiden mit seinen Brüdern teilte, hatte sie schon immer zusammengeschweißt, aber jetzt spürte er mehr denn je, wie stark seine Verwandtschaft mit ihnen wirklich war.

»Außerdem«, fügte Brodie hinzu, »sind wir schwer zu töten. Wenn Vater es nicht geschafft hat, dann bezweifle ich, dass es jemand anderes kann.« Brodies Augen leuchteten bei der Aussicht auf einen Kampf.

»Mach dir keine Sorgen, Junge. Wir werden deine hübsche Braut retten«, versprach Brock.

Aiden schloss die Augen, als die Worte der Romani-Frau in seinem Kopf widerhallten. *»Du wirst für sie sterben ...«* Höchstwahrscheinlich würde er das tun. Aber er würde gerne sterben, um Anna zu retten, denn in einer Welt ohne sie zu leben, war überhaupt kein Leben.

ANNA ERWACHTE MIT EINEM BITTEREN GESCHMACK IM Mund und dem Geräusch von Wasser, das gegen Holz klatschte. Sie blinzelte, ihre Augen gewöhnten sich an die Dunkelheit. Sie lag auf einer winzigen Koje mit hohen Wänden, die ihr signalisierten, dass sie sich auf einem Schiff befand. Das Letzte, woran sie sich erinnerte, war, dass sie in eine Kutsche gestoßen wurde, und erst dann versuchte sie, sich zu wehren, als sie dachte, dass es Rosalinds Leben nicht länger gefährden würde. Aber irgendetwas hatte sie hart am Kopf getroffen, und sie war ohnmächtig geworden.

Ihre Hand- und Fußgelenke waren mit Seilen gefesselt, und ihr cremefarbenes Abendkleid war zerknittert und zerrissen, was darauf hindeutete, dass man sie kurzerhand auf das Bett geworfen hatte. Ihr Kopf schmerzte von dem Schlag in der Kutsche. Anna hatte Mühe, sich aufzusetzen, aber als sie es schaffte, drehte sich der kleine, schmuddelige Raum um sie herum. Sie schloss die Augen, lauschte dem Wasser, das gegen den Rumpf schwappte, und spürte die schaukelnde Bewegung. Das half nicht gegen ihre Übelkeit. Sie waren bereits auf See. Wie lange war sie bewusstlos gewesen?

Die Tür der Kajüte öffnete sich, und ein Mann hob eine Laterne und starrte sie an. Sie fragte sich, ob er das häufig tat, um zu sehen, wann sie aufwachte.

»Endlich wach, Prinzessin«, sagte der Mann mit einem dunklen Kichern.

Anna starrte ihn an. Sie war sich sicher, dass sie ihn schon einmal gesehen hatte. Er könnte einer der ehemaligen Palastwächter ihres Vaters gewesen sein.

»Wir sind auf dem Weg nach Ruritanien?« Ihre Stimme war rau und ihr Mund trocken.

»Ja. Dein Onkel ist sehr darauf bedacht, dich sicher zurückkehren zu sehen.«

Anna wusste, dass er sie ködern wollte, also ignorierte sie die Bemerkung.

»Wäre es möglich, meine Fesseln zu entfernen? Ich muss den Nachttopf benutzen.« Sie nickte dem Topf zu, der in der Ecke der Kajüte gegenüber dem Bett stand.

Der Mann schien ihre Bitte sorgfältig abzuwägen. »Wenn du auch nur die Hand gegen mich erhebst, werde ich dich ans Bett fesseln und du kannst da hinpinkeln, wo du liegst«, warnte er. »Es gibt kein Entkommen. Wir sind Stunden von England entfernt, und du würdest im Meer ertrinken, wenn du versuchst, über Bord zu springen.«

Anna wusste, dass er Recht hatte, und sie war nicht dumm. Sie würde sich von ihnen nach Ruritanien zurückbringen lassen und den richtigen Moment abwarten, um zu fliehen oder anzugreifen, je nachdem, was sie eher befreien würde. Der Mann stellte die Laterne neben der Tür ab und kam auf sie zu, einen kleinen Dolch in einer Hand. Er kniete neben dem Bett und schnitt die Seile an ihren Knöcheln und Handgelenken durch.

»Danke«, sagte sie. Wenn er über ihre Worte überrascht war, gab er kein Zeichen.

»Ich erinnere mich an dich, Prinzessin«, sagte er leise und

in einem gefährlichen Ton. »Zu schön und zu unantastbar für Leute wie mich.« Er griff nach einer Haarsträhne von ihr und wickelte sie um einen Finger, während sein Lächeln in der Dunkelheit raubtierhaft wurde. »Aber du bist jetzt nicht mehr geschützt. Vergiss das nicht.« Dann ließ er sie allein in dem Zimmer zurück.

Sie zitterte so sehr vor Wut, dass ihre ersten Schritte zum Nachttopf unsicher waren. Sie kniete vor dem Topf und erbrach sich dann heftig darin. Es gab nichts, was diese Männer davon abhielt, ihr wehzutun, und gegen sie zu kämpfen, würde ihr nichts nützen, nicht bevor sie an Land war.

Sie wischte sich den Mund mit dem Handrücken ab, saß eine ganze Weile auf dem Boden und lauschte dem Rauschen der Wellen. Jedes Streicheln des Wassers am Rumpf klang wie Aidens sanfter, leiser Ton, wenn er mit seinen Tieren sprach. Es beruhigte sie mehr, als sie erwartet hatte, und es ließ sie ihn mit einer Verzweiflung vermissen, die sich wie ein physischer Schmerz in ihrer Brust anfühlte.

Denk an deine Flucht, nicht an deinen Mann …

Wenn der Wind mitspielte, könnten sie in weniger als zwei Wochen die Küste Ruritaniens erreichen. Wenn der Wind gegen das Schiff stand, würde es einen Monat dauern, wie damals, als sie nach dem Überfall nach England gesegelt war. Alles, was sie tun musste, war, bis dahin am Leben zu bleiben. Die Männer an Bord des Schiffes wussten, dass sie sie nicht absichtlich töten würden, aber wenn sie sie misshandeln würden, könnte sie auch dabei den Tod finden. Sie würde einen Weg finden müssen, um sie in Schach zu halten.

15

Der Wind erwies sich als günstig für Yuris Männer. Das Schiff brachte sie in nur zwei Wochen nach Ruritanien. Doch die Tage, die Anna auf dem Schiff verbrachte, waren geprägt von der ständigen Angst, gefoltert oder vergewaltigt zu werden.

Gustav, der Mann, von dem sie erfahren hatte, dass er der Anführer der Männer war, die für ihre Entführung verantwortlich waren, hatte kaum Kontrolle über die anderen Männer auf dem Schiff. Es war ein schockierender Anblick. Sie erkannte viele dieser Männer, von denen einige seit ihrer Kindheit als Wächter gedient hatten. Einst hatte sie ihnen ihr Leben anvertraut, und jetzt fürchtete sie um dieses Leben.

Leider war kein anderer als Kapitän Fain der Grund dafür, dass sich die Männer in Schach halten ließen. Schon bald nach ihrer Ankunft auf dem Schiff hatte sie die geflüsterten Erzählungen der Soldaten über seine Brutalität gehört, wenn sie sich beim Abendessen oder beim Kartenspiel unterhielten, und es ließ sie nachts kalt und zitternd zurück. Auch wenn sie weit von Fain entfernt auf See waren, fürchteten die Männer jegliche Konsequenzen, wenn sie ihr etwas antun würden, einfach wegen des Zorns, den Fain über sie bringen würde. Sie war davon ausgegangen, dass eine öffentliche Hinrichtung für sie geplant war, aber ihr Onkel hatte offenbar andere Pläne. Das war der Grund, warum ihr an Bord des Schiffes nichts zustoßen durfte. Gustav hatte die anderen Soldaten gewarnt, dass Kapitän Fain nicht wolle, dass seine neue Braut besudelt werde.

In den wenigen Momenten, in denen sie ihre Kajüte verlassen durfte, um über die Decks zu gehen oder ihren Nachttopf zu leeren, hatte sie mehr Informationen erhalten, als sie erwartet hatte. Sie hatte gehört, wie die Männer darüber sprachen, dass ihr Onkel sie Fain als Braut versprochen hatte, der früher der Hauptmann der Wachen ihres Vaters gewesen war. Und dass dies einer der Gründe dafür war, dass er sich der Sache ihres Onkels angeschlossen hatte und bereit gewesen war, ihre Eltern zu verraten und zu ermorden. Fain war derjenige gewesen, der sie getötet hatte, aber während der das Schwert geführt hatte, war es ihr Onkel gewesen, der Fain die Befehle erteilt hatte.

WÄHREND DER GESAMTEN REISE NACH RURITANIEN SAHEN die Soldaten sie an, als ob sie genau das bekäme, was sie verdiente, und sie wusste beim besten Willen nicht, warum sie das Gefühl haben sollten, von ihrer Familie benachteiligt worden zu sein. Mit welchen Worten hatte Yuri sie vergiftet? Hatte er sie davon überzeugt, dass alle ihre Probleme, egal welcher Art, die Schuld der Monarchie gewesen waren? Dass Yuri allein alles in Ordnung bringen könnte?

Sie erinnerte sich daran, wie Yuri ihrem Vater, seinem Halbbruder, oft davon vorgeschwärmt hatte, Ruritanien zu einem Ruhm zu verhelfen, der nur in den Fabeln machthungriger Männer existierte, und wie er König Alfred als schwach bezeichnet hatte, als der sich weigerte, auf Yuris Eroberungsträume zu hören. Im Nachhinein war es nicht schwer, die Gefahr zu erkennen, die von diesem Mann ausgegangen war. Aber damals hatte sie ihn für dumm und wahnhaft gehalten, ja sogar auf eine gestörte Art amüsant. Genau so, wie auch ihr Vater ihn gesehen hatte.

Wenn sie nur gewusst hätten ...

Sie fragte sich, wie sehr sich ihr Heimatland verändert haben mochte, obwohl noch keine zwei Monate vergangen waren, seit Yuri ihre Familie ermordet hatte.

Als das Schiff endlich anlegte und die Matrosen eilig die Leinen an die Männer auf den Stegen verteilten, stand Anna an Deck und beobachtete die Szene in aller Ruhe. Sie trug ein einfaches dunkelblaues Baumwollkleid, das ihr in der Woche zuvor zur Verfügung gestellt worden war.

Einer ihrer Entführer hatte ihr ein paar Kleider für den Rest der Reise eingepackt. Das schöne Hofkleid, das Rosalinds Modistin entworfen hatte, war nicht mehr zu retten, und Anna wollte keine Erinnerungen mehr an diese Nacht. Sie hatte das Kleid zusammengefaltet und unter dem Bett verstaut, um es nicht mehr ansehen zu müssen.

Anna krümmte ihre Finger um das Geländer der Terrasse. Mit einem Seil waren ihre Handgelenke vor ihr zusammengebunden. Es war eine von Gustavs Anforderungen, wenn sie an Deck durfte. Zum Glück glaubte keiner von ihnen, dass sie schwimmen konnte. Sie konnte es, und zwar sogar mit gefesselten Händen. Aber leider sah sie keinen Vorteil darin, ins Meer zu springen, selbst jetzt, wo ihr Schiff im Hafen lag. Es gab zu viele Männer, die jeden ihrer Schritte beobachteten, um dies unbemerkt zu tun.

Sie befanden sich am selben Hafen, über den sie vor fast zwei Monaten geflohen war, aber die Welt hier hatte sich drastisch verändert. Der einst lebhafte Hafen war nur noch eine Hülle seines früheren Selbst. Die Docks waren fast leer. Nur eine Handvoll Fischereifahrzeuge lagen noch vor Anker.

Sie sah, wie ein Kind aus dem Fenster eines der Häuser im Hafendorf spähte, aber die Mutter kam und schlug den Fensterladen fast genauso schnell wieder zu.

Das war es, was der Krieg ihr Zuhause gekostet hatte. Tränen brannten in ihren Augen, aber sie konnte sie zurückhalten. Sie durfte jetzt keine Schwäche zeigen.

Zwischen dem Schiff und dem Dock wurde ein Steg heruntergelassen, damit die Seeleute Vorräte ausladen konnten. Gustav kam mit finsterer Miene zu ihr. Er hatte die Kleidung, die er getragen hatte, um sich unter die Engländer zu mischen, abgelegt und trug nun eine rot-schwarze Uniform. Die Uniformen ihrer Familie waren weiß, gold und blau gewesen. Die Farben Rot und Schwarz hatte ihr Onkel wohl für seine neuen Wachen gewählt. Anna drehte sich der Magen um, als sie daran dachte, dass ihr Onkel jetzt ihr Land regierte.

»Zeit zu gehen, *Prinzessin*.« Er spuckte das Wort aus, als sei es ein Fluch.

Sie folgte ihm, schweigend wie ein Lamm, das zur Schlachtbank geführt wird, aber hinter ihrer demütigen Haltung spielte sie alle möglichen Szenarien durch. Als die Männer geglaubt hatten, dass sie schliefe, hatte sie erfahren, dass sie nicht nur gefangen genommen worden war, um Fains Loyalität zu bewahren, sondern auch, weil ihr Onkel glaubte, Alexei damit aus seinem Versteck zu locken. Sie wusste mit erschreckender Sicherheit, dass die Nachricht von ihrer Gefangennahme ihren Bruder herauslocken würde. Sie musste fliehen, sonst würden ihr Zwilling und ihr Land für immer in die Hände des Feindes fallen.

Anna folgte Gustav, und seine Männer flankierten sie, als sie das Schiff verließen und in Richtung der Gebäudegruppe gingen, die die kleine Hafenstadt bildete. Pferde warteten auf sie, und Gustav schob Anna grob in die Arme eines angeheuerten Stallknechts, der ihr in den Sattel half. Sie war von ihrem Glück überrascht. Sie hatte bessere Chancen, zu Pferd zu entkommen, als wenn man sie wieder in eine Kutsche gesteckt hätte.

»Es tut mir leid, Eure Hoheit«, flüsterte der Knecht entschuldigend und senkte den Kopf, während er die Steigbügel für ihre Füße einstellte.

»Binde ihre Hände an den Knauf«, sagte Gustav zu dem Knecht. Der arme Mann warf ihr einen rotgesichtigen Blick zu, bevor er den Befehlen seines Anführers Folge leistete. Anna drückte ihre Handgelenke zusammen, tat aber ihr Bestes, sie etwas auseinander zu halten, um sich selbst etwas Bewegungsfreiheit zu geben. Wenn sie sich anstrengte, konnte sie vielleicht später ihre Hände von dem Seil befreien.

Der Pferdeknecht zögerte nur eine Sekunde, als er bemerkte, dass sie versuchte, die Fesseln nicht zu straff sitzen zu lassen, aber er sagte Gustav nichts davon. Ein Flackern der Hoffnung regte sich in ihrer Brust. Ihr Volk wehrte sich gegen die Herrschaft ihres Onkels, wenn auch nur im Kleinen. Gustav gab seinen Männern das Zeichen zum Aufbruch. Anna hatte keine andere Wahl, als ihnen zu folgen, als sie sie einkreisten.

Sie ritten in den Dunkelwald, und Anna hatte bald das unheimliche Gefühl, beobachtet zu werden. Es hieß, dass der Wald eine alte Magie in sich trug, aber es war eine Magie, die sie respektierte und der sie sich nicht widersetzen wollte. Dies war der Wald ihrer Träume, der Ort, dem sie immer wieder zu entkommen versuchte, der Ort, an dem Aiden zu ihr kam und versuchte, sie durch den verzauberten Wunschbrunnen zu retten.

Die Soldaten wurden unruhig, als sie tiefer in den Wald hineinritten, und verstummten. Sie waren so sehr auf das konzentriert, was auf sie zukommen könnte, dass sie ihr wenig Beachtung schenkten und ihr erlaubten, im Geheimen an ihren Seilen zu arbeiten.

Irgendwo krächzte ein Rabe, und mehrere Männer zuckten zusammen, ihre Pferde schreckten auf. Anna witterte ihre Chance, löste sich aus der Gruppe der Männer und trat mit den Absätzen ihrer Stiefel in die Flanken ihres Pferdes. Das Tier galoppierte wie wild in die Wälder, weg von den Soldaten. Sie beugte sich tief über den Hals des Pferdes und klammerte sich an ihr bisschen Leben.

Der plötzliche Knall einer Pistole und ein stechender Schmerz in ihrem rechten Arm entlockten ihr einen Schrei, der sie fast aus dem Sattel warf. Sie kämpfte darum, oben zu bleiben, als das Pferd noch schneller vor den Soldaten davonlief, als ob es die Bedrohung spürte, die sie darstellten. Ein zweiter Schuss hallte durch den Wald, und der Schrei fliehender Raben mischte sich mit den Schreien ihres Pferdes. Das Tier stürzte weiter, und Annas Hände wurden durch die ruckartige Bewegung frei.

Einen Moment später wurde sie vom Pferd geschleudert und landete auf dem Rücken, wobei ihr die Luft aus den Lungen wich. Sie versuchte zu atmen und starrte auf das dunkle Blätterdach über ihr. Der Schrei ihres Pferdes wurde durch einen dritten Schuss zum Schweigen gebracht. Tränen trübten ihre Sicht, sowohl wegen des Schmerzes in ihrem Körper als auch wegen des Verlustes eines unschuldigen Pferdes durch ein solches Übel. Sie hatten das schöne Pferd getötet, weil es versucht hatte zu fliehen.

Der Boden bebte, als die Pferde der Soldaten auf sie zu donnerten und sie umzingelten. Sie umklammerte ihren Arm, der Schmerz der Wunde war so heftig, dass es ihr schwer fiel zu atmen und noch schwerer zu denken.

»Besser eine verwundete Braut als gar keine Braut«, sagte Gustav. »Schade, dass du so auf dem Kopf gelandet bist, aber ich bin mir sicher, dass es dir wieder gut geht, wenn wir das Schloss erreichen.« Seine Lippen verzogen sich zu einem finsteren Grinsen.

Er nickte einem seiner Männer zu, als sie sagte: »Aber ich bin nicht auf meinen ...«, als ein Schlag sie auf den Hinterkopf traf und sie ohnmächtig wurde.

ANNA REGTE SICH IM SCHLAF UND GRIFF NACH AIDEN. DER Schmerz schoss ihr in den Arm und durch den Kopf und ließ sie aufstöhnen. Ihre Augen flatterten auf, und sie starrte verwirrt auf ihre Umgebung.

Dies war nicht Castle Kincade. Sie lag in einem Bett, das sie wiedererkannte, aber es war nicht das Bett, in dem sie liegen sollte. Es war ihr Bett in ... im Winterpalast. Yuris Hochburg.

Als Anna sich aufsetzen wollte, durchzuckte ein Schmerz ihren Oberarm. Sie zog das Bettlaken weg und sah, dass ihr Arm stark bandagiert war.

Die Erinnerungen an ihre Flucht durch den Dunkelwald kamen ihr wieder in den Sinn. Gustav oder einer seiner Männer hatte auf sie geschossen, und als das nicht ausreichte, um sie aufzuhalten, hatte er ihr das Pferd unter den Füßen weggeschossen. Eine Welle der Übelkeit schwoll in ihrem Magen an, als sie sich mühsam aufrichtete. Der Instinkt zu fliehen war so übermächtig, dass sie einen Moment lang nicht rational denken konnte. Das Schlafgemach war leer, aber durch die blau-goldenen Brokatvorhänge, die das Fenster halb verdeckten, drang Sonnenlicht.

Ihre nackten Füße berührten die kalte Steinplatte, als sie aufstand. Sie trug nur ein Nachthemd. Ihr drehte sich der Magen um, als sie darüber nachdachte, wer sie aus ihrem Kleid geschält haben könnte. Ein Morgenmantel war über die Bettkante drapiert. Eilig schob sie ihre Arme durch die Ärmel und schnallte den Gürtel um ihren Körper, froh über die zusätzliche Wärme und die Verhüllung. Sie stützte sich an der Wand ab, als sie zur Schlafzimmertür schlich.

Sie war sich nicht sicher, was sie auf der anderen Seite finden würde. Wahrscheinlich einen Wächter. Der Griff drehte sich unter ihrer Handfläche, und sie atmete erleichtert auf, weil sie nicht eingeschlossen war. Doch als sie die Tür öffnete, versperrten *zwei* Wachen ihr den Weg, ein Mann auf jeder Seite der Tür.

Die Männer drehten sich zu ihr um, aber Anna wagte nicht, Angst zu zeigen. Wenn es eine Sache gab, die sie von Aiden über Tiere gelernt hatte und die sie in dieser Situation nutzen konnte, dann war es, einem Raubtier niemals Angst zu zeigen.

»Sag Yuri, dass die Prinzessin wach ist«, sagte der eine Wächter zum anderen. Der Untergebene salutierte, drehte sich um und ging, sodass Anna mit dem verbliebenen Wachmann allein war.

»Wie lange bin ich schon hier?«, sagte sie in ihrem gebieterischen Ton.

Der Soldat reagierte auf die natürliche Autorität in ihrer Stimme. »Einen Tag. Sie haben einen Arzt geholt, der sich Ihren Arm und Ihren Kopf angesehen hat.«

Sie hatte einen ganzen Tag verloren ...

»Ein Diener soll mir Essen und Wasser bringen.«

Daraufhin schnaubte der Wachmann. »Sie geben hier gebt keine Befehle mehr, Prinzessin.«

»Da irrst du dich. Soweit ich weiß, soll ich die Frau von Captain Fain, Ihrem Kommandanten, werden. Wenn du seine zukünftige Braut aushungerst, wirst du wahrscheinlich eine hässliche Strafe bekommen«, bluffte Anna.

Die Augen des Mannes verengten sich, als er über ihre Drohung nachdachte. »Sie bekommen etwas zu essen, sobald Ihr Onkel mit Ihnen gesprochen hat.«

»Dann bring mich zu ihm«, schnappte sie.

»Sie sind wohl kaum für ein Publikum gekleidet«, spottete er, und sein Blick kam ihr deutlich zu anzüglich vor.

Anna starrte ihn an, als ob es ihr nichts ausmachte, dass sie nur ein Nachthemd und einen Morgenmantel trug.

»Bring mich zu ihm, *jetzt*. Oder du wirst es bereuen, mir nicht gehorcht zu haben.«

»Das ist nicht nötig.« Eine Stimme ertönte vom Korridor her. Der zweite Wachmann kehrte mit ihrem Onkel Yuri und Captain Fain zurück.

Ihr Onkel winkte dem Wachmann mit der Hand zu, woraufhin dieser zurücktrat. Da sie nirgendwo sonst hin konnte, zog sich Anna in ihr Schlafgemach zurück. Ihr Onkel packte ihren unverletzten Arm und zog sie tiefer in den Raum. Wut flammte in ihr auf, und sie riss sich mit einem Ruck los, stolperte ein wenig und hielt sich an einem der Bettpfosten fest, um sich abzustützen. Sie stand den beiden Männern gegenüber, die für den Verlust ihrer Eltern, ihrer Heimat und ihres Landes verantwortlich waren, und klammerte sich an einen Bettpfosten, ihr Körper schwach vor Schmerz, Erschöpfung und Angst.

»Yuri«, sagte sie mit kalter Wut.

»Meine liebe Nichte, du warst *äußerst* lästig.« Sein Tonfall war voller Langeweile.

Kapitän Fain beobachtete sie mit einem Blick, der ihr Gänsehaut bereitete. Sie erkannte ihn als einen der Hauptmänner der königlichen Garde ihres Vaters, aber sie hatte bisher nur wenig Kontakt mit ihm gehabt. Sie erschauderte bei dem Gedanken, dass er sie die ganze Zeit beobachtet und sie begehrt hatte, wie ein Drache Gold begehrt.

Anna konzentrierte sich auf ihren Onkel. »Was sind deine Absichten mir gegenüber?«

Yuri war ein hochgewachsener Mann, wie ihr Vater, aber sonst hatte er wenig mit seinem Halbbruder gemeinsam. Er hatte blondes Haar mit einem Hauch von Silber an den Schläfen, und kalte graue Augen. Er war kräftig, und sie wusste, dass er gut mit Klinge, Bogen und Pistole umgehen konnte. Früher hatte sie ihn für einen eingebildeten Narren gehalten, aber er war gefährlich, war *immer* gefährlich gewesen. Erst jetzt wurde ihr klar, wie sehr.

Meine Familie war so blind, dachte sie in stiller Verzweiflung. Die letzten Worte von Alexei kamen ihr wieder in den Sinn. *»Die Teufel waren innerhalb der Mauern.«* Ihr Vater hatte zu sehr auf das gemeinsame Blut vertraut, um die Viper im Gras zu sehen.

»Du wirst morgen früh im Morgengrauen zur Hinrichtung geschickt. Das wird Alexei natürlich aus der Reserve locken. Sobald ich ihn habe, wirst du begnadigt und heiratest den Hauptmann meiner Garde.« Yuri gestikulierte zu Fain, der sie mit einem kalten, fast reptilienhaften Blick anstarrte.

Sein Plan war so einfach, und doch würde er das, was von ihrem Land noch übrig war, mit einem einzigen Tod und einer einzigen Heirat zerstören. In Annas Kopf spielten sich tausend Szenarien ab, aber sie konnte nur gewinnen, wenn sie so tat, als würde sie sich fügen. Aber sie würden es nicht glauben, wenn sie nicht so wirken konnte, von der Ausweglosigkeit der Situation überzeugt zu sein.

»Also erwartest du von mir, dass ich kooperiere, während du mir ins Gesicht sagst, dass du meinen Bruder töten wirst?«

»Du hast nicht wirklich eine Wahl, Anna«, sagte ihr Onkel. »Dein Bruder ist tot, ob morgen bei einer Hinrichtung oder in einem Monat, gejagt und erschossen in den Wäldern. Doch je länger er auf freiem Fuß bleibt, desto mehr wird er Ruritanien und seinem Volk schaden. Umso mehr Menschen werden im Kampf für eine hoffnungslose Sache sterben. Schon so viele haben in diesem sinnlosen Kampf gelitten. Wenn dir wirklich etwas an den Menschen in diesem Land liegt, wäre es das Beste, wenn du mir erlaubst, das zu tun, was getan werden muss, und diesen

Konflikt zu beenden, damit diese Nation wieder gesund werden kann.«

Sie wollte ihn ohrfeigen, weil er so tat, als sei nicht *er* die Ursache für all das Leid, das er angeblich beenden wollte.

Sie sah auf ihre Füße hinunter, als würde sie es demütig akzeptieren. Sie konnte sich seinen Worten nicht anschließen, denn er würde es nicht glauben, aber sie konnte ihm auch nicht widersprechen. Er musste sehen, dass ihr Widerstand gebrochen war. Je mehr sie ihn davon überzeugte, dass sie keine Bedrohung darstellte, desto laxer würden er und seine Leute mit ihr umgehen. Aber diese Nachlässigkeit würde Zeit brauchen, um sich zu entwickeln, und sie hatte nur einen Tag Zeit, um einen Weg zu finden, die Gefangennahme ihres Bruders zu verhindern.

»Siehst du? Sie versteht es jetzt. Es hat keinen Sinn, sich dem zu widersetzen, was sein muss. Kümmert euch um sie«, sagte Yuri dem Kapitän, bevor er die beiden allein ließ.

Die Tatsache, dass sie mit Fain allein war, bot Anna eine neue Gelegenheit, zu testen, wo sie bei ihm stand und was sie sich erlauben konnte. »Wenn ich dich morgen heiraten soll, dann solltest du mir ein ordentliches Kleid machen lassen. Ich werde keine Braut in Lumpen sein, und ich werde es auch nicht mit leerem Magen tun.«

Der Hauptmann der Wache kam zu ihr herüber und strich ihr eine Haarsträhne aus dem Gesicht. Es kostete Anna jedes Quäntchen Willenskraft, bei seiner Berührung nicht zusammenzuzucken.

»Wenn wir verheiratet sind, wirst du mich nicht mehr so herumkommandieren. Du wirst tun, was ich sage, und nur dann wirst du gut behandelt werden. Denk daran, *Anna*,« sagte er und streichelte ihren Namen, »ich hätte *jede* Frau der Welt nehmen können, als dein Onkel um meine Treue bat, und ich habe dich gewählt.«

Fain ging und schloss ihre Zimmertür. Anna starrte lange

auf die Tür, dann schlich sie sich zum Fenster ihrer Kammer, von dem aus sie auf den Innenhof blickte. Sie schob die Vorhänge zurück und sah das Podium, auf dem ein Hackklotz auf sie wartete. Was auch immer als Nächstes kommen mochte, sie hatte nur einen Gedanken, der ihr ein wenig Frieden gab. Aiden war nicht hier, um zu sterben. Ihre Visionen aus den Feenteichen würden nicht in Erfüllung gehen.

ALEXEI UND WILLIAM SCHLICHEN SICH EINIGE STUNDEN vor Sonnenaufgang aus ihrem versteckten Lager und ritten nach Süden zum Winterpalast. Am Abend zuvor hatte ihn die Nachricht erreicht, dass seine Schwester Yuris Gefangene war und im Morgengrauen hingerichtet werden sollte, zusammen mit den Bedingungen, die ihr Leben retten würden.

Er und William hätten sich in der vergangenen Nacht fast geprügelt, aber schließlich wusste Alexei, was er zu tun hatte. Er muss sich Yuri ergeben. William wies darauf hin, dass es aussichtslos sei, dass Anna trotzdem an seiner Seite hingerichtet werden würde, aber er müsse das Risiko eingehen, sie zu retten.

Als er und William zum Palast ritten, überschwemmten Hunderte von Dorfbewohnern und Städtern aus der ganzen Umgebung die Straße zum Palast und den Hof. Sie waren gekommen, um Annas Hinrichtung mitzuerleben, aber kein einziges Gesicht zeigte Freude über diese Tatsache. Sie sahen niedergeschlagen aus, ihre hageren Gesichter waren vom Elend gezeichnet. Vielleicht kamen sie, weil sie auf ein Wunder hofften, genau wie er.

Alexei ließ die Kapuze seines Umhangs sein Gesicht beschatten, als er abstieg, und William folgte seinem Beispiel.

Sie drängten sich durch die Menschenmassen und betraten die Festung durch das Haupttor.

Als sie den Innenhof erreichten, sahen sie, wie Anna mit auf dem Rücken gefesselten Händen aus dem Schloss geführt wurde. Auf dem Holzpodest, das in der Mitte des Hofes errichtet worden war, stand ein Hinrichtungsblock. Beim Anblick der Prinzessin, die ein einfaches Gewand trug, die Hände auf dem Rücken gefesselt und ihr langes Haar frei über die Schultern fallend, wurde es still unter den Dorfbewohnern.

Der Anblick seiner geliebten Zwillingsschwester im Angesicht des Todes versetzte Alexei einen Schlag in den Magen. Es war eine Falle für ihn, aber was konnte er tun? Entweder würde sie sterben, oder er würde sich ergeben und beten, dass sein Onkel sie verschonte. Yuri sah keinen Wert in ihr, und solange sie kein Kind zur Welt brachte, hatte sie keine Möglichkeit, den Thron von einem Usurpator zu übernehmen.

Alexei warf William einen Blick zu. Sein Freund schüttelte ganz leicht den Kopf, um ihn davon abzubringen, aber Alexei war fest entschlossen. Anna würde nicht mit ihrem Leben für seins bezahlen.

Eine Hand ergriff seinen Arm und hielt ihn auf, als Alexei versuchte, sich vorwärts zu bewegen. Williams Augen waren dunkel vor Kummer. »Ohne dich ist Ruritanien verloren.«

Alexei lächelte traurig. »Ohne meine Schwester bin *ich* verloren.« Er konnte nie jemandem richtig erklären, wie sehr er mit Anna verbunden war. Es war eine Verbindung, die im Mutterleib geschmiedet worden war. Diese Verbindung konnte nie gebrochen werden. »Leb wohl, Will.«

Williams Augen leuchteten sehr hell. Er blinzelte, und seine Hand fiel von Alexeis Arm herunter.

Ein Mann mit einer schwarzen Scharfrichterhaube ging auf Anna zu, die auf der Plattform kniete, und drückte ihren Hals gegen den Hackklotz. Der Rohling mit der schwarzen Kapuze packte seine Axt fester und hob sie dann hoch.

»Halt!«, brüllte Alexei. Seine Stimme schallte über den Hof. Alle drehten sich um und starrten ihn an. Der Scharfrichter blickte mit erhobener Klinge zwischen Alexei und Yuri hin und her, der von einem nahe gelegenen Balkon aus zusah. »Ich ergebe mich!«

»Mein lieber Neffe.« Yuris Stimme übertönte das Aufkeuchen der Menschen im Innenhof. »Komm hier herauf, und wir besprechen die Bedingungen für deine Kapitulation.« Yuri gab dann dem Henker ein Zeichen, der seine Waffe senkte und Anna auf die Füße zerrte.

Alexei spürte die Augen seiner Leute auf sich gerichtet, als sie auseinandertraten, um ihn passieren zu lassen. Hände berührten seine Schultern und Arme, leises Flüstern von »*Lang lebe der König ...*« gaben ihm die Kraft, weiterzugehen. Sein Volk glaubte immer noch an ihn, und doch ergab er sich dem Mann, der sie verletzt hatte und weiterhin verletzen würde. Er hatte sein Volk im Stich gelassen. Er konnte nur beten, dass William und die anderen nach seinem Tod weiterkämpfen würden.

Er erreichte das Podium in dem Moment, als Anna die Treppe hinuntergeführt wurde, und sie traten nebeneinander. Sie sah ihn an, und er sah sie an. Diese stille Art der Kommunikation allein durch Blicke ging zwischen ihnen hin und her. Sie hatte gewusst, dass er sie holen würde, und er wusste, dass sie gehofft hatte, er würde es nicht tun. Aber all das spielte jetzt keine Rolle mehr. Was geschehen war, war geschehen. Wenigstens waren sie noch eine Weile zusammen, bevor ... es zu Ende war.

Yuri wartete im Schloss auf sie, sein Lächeln war kalt wie der Winter.

»Endlich habe ich euch beide. Bringt den Prinzen in den

Kerker«, sagte Yuri zu den Wachen, die hinter ihm auftauchten. Alexei wehrte sich nicht, als er von ihnen gefesselt wurde.

»Du wirst meine Schwester verschonen?«, fragte er seinen Onkel.

Yuri schaute Anna an. »Sie wird von der Hinrichtung verschont. Jetzt hat sie andere Verpflichtungen zu erfüllen.«

»Welche Verpflichtungen?«, knurrte Alexei.

Yuri lachte, sichtlich erfreut über diese Wendung der Ereignisse. »Sie wird den Hauptmann meiner Garde heiraten, den Mann, der deinen geliebten Eltern die Kehle durchgeschnitten hat. Und er wird dasselbe mit ihr tun, wenn sie sich ihm nicht als angenehme Braut erweist.« Sein Onkel griff mit einer Hand in Annas Haar und riss ihren Kopf zurück, um ihren Hals freizulegen. »So ein hübscher Hals ... Ich kann mir vorstellen, dass sie alles tun wird, um ihn zu behalten.« Yuri ließ Anna los und ging lachend davon. Es lag ein Hauch von Wahnsinn in dem Geräusch.

»Anna!« rief Alexei, doch der Wachmann, der Anna festhielt, schleppte sie zur Treppe, die zu den oberen Räumen führte, während er in den Kerker gebracht wurde.

Dort wurde er in eine Zelle gesteckt. Die drei Wachen, die ihn in den Kerker gebracht hatten, lächelten finster, als sie auf ihn zukamen. Er wusste, was kommen würde, und hob die Fäuste. Den ersten Mann, der sich auf Alexei stürzte, erwischte er mit der Faust am Kinn, sodass der Kerl zurückstolperte, aber die beiden anderen stürzten sich auf Alexei. Er rammte dem einen Mann sein Knie in den Magen, doch der andere packte ihn von hinten im Würgegriff. Alexei trat aus, aber er bekam keine Luft mehr, und seine Sicht verschwamm, als die beiden anderen Männer auf ihn zukamen. Als sie nach langen Minuten mit ihm fertig waren, konnte Alexei immer noch auf seinen eigenen Füßen stehen, aber er stemmte sich gegen die Wand seiner Zelle und spuckte Blut in das Heu zu seinen Füßen. Seine Rippen schmerzten, und er vermutete, dass einige geprellt, aber hoffentlich nicht gebrochen waren. Es tat weh zu atmen, aber es war nicht unmöglich.

Die Wachen knallten die Tür zu und verriegelten sie. Alexei wartete, bis sie weg waren, bevor er auf den mit Stroh bedeckten Boden sank. Alles an ihm schmerzte wie der Teufel, und doch versuchte er, es zu ignorieren und sich auf seine Schwester zu konzentrieren und sich einen Weg zu überlegen, ihr zu helfen, bevor ... bevor sein Onkel bekam, was er wollte.

Ein Teil von ihm hatte sich vorgestellt, dass sich für ihn und seine Schwester eine großartige Gelegenheit zur Flucht ergeben würde, aber das war ein dummer Traum gewesen. Die letzte seiner Hoffnungen starb in der Dunkelheit dieser Zelle. William hatte Recht. Ruritanien war verloren.

16

Aiden legte eine Hand auf den Griff des Messers in seinem Gürtel, während er sich auf dem Rücken seines Pferdes niederließ. Der Dunkelwald war gespenstisch still. Hinter ihm ritten seine Begleiter, Ashton, Brock, Brodie, Charles und Cedric, zusammen mit einer Handvoll Männer, die noch in der Nacht von Lady Eugenias Ball angeworben worden waren und England sofort hatten verlassen können.

Es war erst zwei Wochen her, dass seine Frau entführt worden war, aber es kam ihm vor, als sei er um tausend Jahre gealtert. Die *Lady Fair*, Ashtons schnellstes Schiff, hatte den Horizont gejagt, aber von dem Schiff, das Anna entführt hatte, war nichts zu sehen gewesen. Dabei hatte er so gehofft, dass sie es hätten entern können, bevor es den Hafen erreichte.

Einmal, vor einem Sturm, hatten sie geglaubt, das andere Schiff gesichtet zu haben, aber dann nahm der Wind zu und der Himmel verdunkelte sich, und sie mussten die Segel einholen, um den Sturm zu überstehen. Als sich der Himmel klärte, war jede Spur des anderen Schiffes verschwunden gewesen.

Sie erreichten die Küste Ruritaniens und segelten nachts an der Küste entlang, während nur ein Fetzen des Mondes den Himmel zierte. Es war zu gefährlich, in einem von Yuri kontrollierten Hafen anzulegen. Nach der Landung fanden sie ein Bauerndorf, und dank Ashtons fließendem Dänisch gelang es ihnen, mit dem Proviant, den sie vom Schiff mitgebracht hatten, Pferde zu besorgen. Nachdem sie sich vorbereitet hatten, sattelten sie auf und ritten direkt in den Wald.

Aiden studierte die Bäume. Viele waren knorrig, mit fast schwarzer Rinde und tückischen Wurzeln, die über die Wege zu kriechen schienen und jeden zu Fall brachten, der sich unvorsichtig bewegte. Das waren die Wälder, von denen er und Anna schon als Kinder geträumt hatten. Sie waren riesig und voller Gefahren und Tod. Aiden übernahm die Führung, aber schon bald lief ein Pferd neben ihm her. Aiden sah Ashtons Gesicht in dem schwachen Licht.

»Wir haben einen zweistündigen Ritt vor uns, bevor wir den Winterpalast erreichen«, sagte Ashton. Er sprach leise, als würden die Bäume selbst zuhören.

»Und dann?«, fragte Aiden.

»Der einzige Zugang ist durch das Haupttor. Wenn die Torflügel offen sind, müssen wir so hineingelangen, dass wir von den Wachen nicht bemerkt werden.«

Aiden dachte darüber nach, während er die Zügel seines Pferdes fester nahm. »Wir sollten einige Wachen auf Patrouille finden und ihre Uniformen an uns nehmen, wenn wir sicher sein können, dass niemand sie vermissen wird. Es wird nicht einfach sein, jemanden zu täuschen, aber es könnte uns hineinbringen.« Er hielt inne und räusperte sich dann. »Das wird wahrscheinlich ein Irrweg sein. Ich sollte allein weitergehen.«

Ashton seufzte schwer. »Aiden, wir sind alle Dummköpfe,

wenn es um die Liebe geht, und erst recht, wenn wir solche dreisten Erklärungen abgeben. Keiner von uns hier wird dich allein weitergehen lassen. Du warst *noch nie* allein damit«, sagte Ashton.

Früher hätte Aiden diese Worte abgestritten und darauf bestanden, dass er zu oft allein gewesen sei. Während ihrer Reise waren ihm die Augen geöffnet worden, als er erkannte, dass die Männer, die ihm in den Schlund der Hölle gefolgt waren, dies aus Loyalität und Liebe zu ihm und seiner Sippe getan hatten.

»Danke, Ashton«, sagte er. »Du warst wie ein Bruder für mich.«

»Werd nur jetzt nicht sentimental, Schotte. Ich brauche dich in deiner blutrünstigsten Form.«

Aiden lächelte, aber es war mehr ein Grinsen. »Oh ja, ich bin sehr durstig.« In den vergangenen zwei Wochen hatte er an nichts anderes gedacht als daran, was er Annas Onkel antun würde, wenn er die Gelegenheit dazu bekäme.

Sie ritten durch den Wald und dann über das Ackerland im Süden. Als sie das Dorf erreichten, das an die Festung grenzte, ließen sie ihre Pferde langsam auseinander treiben, so dass es nicht den Anschein hatte, dass sie gemeinsam geritten waren. Aiden suchte unter den Dorfbewohner nach Gardisten. Ein paar Männer in roten Uniformen gingen auf eine Taverne zu. *Perfekt.* Aiden fing Charles' Blick auf, und die beiden stiegen ab, banden ihre Pferde an und folgten den Männern ins Gasthaus. Ashton und die anderen zogen auf ihren Pferden an ihnen vorbei und stiegen weiter unten an der Straße ab.

Als Aiden und Charles die Taverne betraten, fanden sie sie leer vor, abgesehen von einem Schankmädchen und den beiden Wachen, denen sie gefolgt waren. Die Wachen schienen das Mädchen zu bedrängen, um kostenlose Getränke zu erhalten.

Da ein Großteil des Gesprächs auf Dänisch geführt wurde, konnte Aiden dank des Dänischunterrichts, den Anna ihm vor ihrer Abreise nach London gegeben hatte, einiges davon mitverfolgen. Er näherte sich den beiden Männern, und Charles trat auf die andere Seite.

»Belästigen sie dich?«, fragte Aiden das Schankmädchen auf Dänisch.

»N-nein ...« Die Augen des Mädchens weiteten sich, und sie wich zurück. Sie wusste, dass es Ärger geben würde, und sie wollte nichts damit zu tun haben.

»Wer seid ihr?« Eine Wache wirbelte herum, um sich Aiden zu stellen, aber er kam nicht dazu, seine Klinge zu ziehen. Aidens Faust schlug zu, und der Wachmann fiel wie ein Stein. Sein Begleiter wollte gerade um Hilfe rufen, doch Charles schlug den Kopf des Mannes gegen das Geländer der Bar, woraufhin er zu Boden stürzte.

Das Schankmädchen starrte Aiden und Charles entsetzt an und brachte so viel Abstand zwischen sich und die beiden, wie sie konnte. Charles legte einen Finger an die Lippen, als er dem verängstigten Mädchen in die Augen sah, und zwinkerte.

»Aiden, frag sie doch mal, ob sie ein gutes, starkes Seil hat, das wir benutzen können.« Charles schaute sich in der kleinen Taverne um.

Aiden stellte dem Mädchen die Frage, und sie nickte und schluckte, während sie sich eilig auf den Weg zu einem Ablageschrank im hinteren Teil des Schankraums machte. Sie reichte Aiden eine Spule mit einem Seil.

Aiden bedankte sich bei ihr, und dann schleppten er und Charles die Körper der Wachen durch die Tür an der Rückseite der Taverne in die Gasse, wo sie den Männern die Uniformen auszogen und sie mit Seilen fesselten und knebelten. So wie es in der engen Gasse aussah, schätzte Aiden, dass nur wenige Leute diesen Weg jemals nahmen, also würde es eine Weile dauern, bis diese Männer entdeckt wurden. Er nahm den Wachen die roten Militärmäntel ab und reichte Charles einen davon.

»Dieser Bastard ist zu klein«, beschwerte sich Charles, als er den Mantel anprobierte. »Tausch mit mir.« Aiden warf ihm den Mantel zu, den er gerade anziehen wollte. Charles war nicht so groß, aber seine Schultern waren breiter als die von Aiden.

Sobald sie angezogen waren, gingen sie zurück in die Taverne, sehr zum Leidwesen des armen Schankmädchens. Dann verließen sie die Taverne und gingen zurück auf die Straße. Ashton und Cedric hatten sich inzwischen ähnliche Uniformen der Militärwache zugelegt. Aiden sah keine Spur von den angeheuerten Männern, die sie begleitet hatten. Er vermutete, dass Ashton ihnen Befehle gegeben hatte, und sein Plan, so wie er war, war bereits in vollem Gange.

Aiden steuerte direkt auf das Schloss zu, und er und Charles konnten es mit einem kurzen Nicken zu den Wachen am Eingang passieren. Anscheinend hatte Yuri Männer rekrutiert, die in Bezug auf die Sicherheit nachlässiger waren als die Wachen, die wahrscheinlich Annas Bruder während des ersten Kampfes im Sommerpalast begleitet hatten. Es war also möglich, dass Yuris Streitkräfte überlastet waren und er seine besser ausgebildeten Soldaten aufs Land geschickt hatte, um eventuelle Aufstände niederzuschlagen, während er einheimische Männer rekrutierte, die an Orten Wache schieben sollten, an denen es weniger wahrscheinlich war, dass die Rebellen angreifen würden.

Der Hof war leer, abgesehen von einigen Wachen und ein paar Dienern, die dort herumliefen. Aiden atmete ruhig, als er sich einer großen Tür näherte, die in den Hauptteil des Schlosses zu führen schien. Yuri war eindeutig der Meinung, dass es hier keine Bedrohung durch Rebellen gab, und Aiden fragte sich, warum Annas Onkel so zuversichtlich sein konnte.

Aiden und Charles bewegten sich schnell durch die Gänge des Schlosses, versuchten aber, sich ihre Eile nicht anmerken zu lassen. Er belauschte einige der Gespräche der Männer um ihn herum. Ein paar Wachen am Ende eines Ganges lachten. Soweit Aiden verstehen konnte, verspotteten sie Prinz Alexei. Er riskierte es, ging auf sie zu und sprach auf Dänisch.

»Ich bin vom Land rekrutiert worden. Wisst ihr, wo ich mich melden soll?«

Eine der Wachen musterte ihn neugierig, wobei ihm sicher sein merkwürdiger Akzent und sein starres Sprachverständnis auffielen. »Aus welchem Teil des Landes?«

»In der Nähe von Nalia.« Das war das Dorf, in dem sie die Pferde gekauft hatten, als sie angekommen waren, und es hatte eine gemischte Bevölkerung aus vielen anderen Ländern, weil es nahe der Grenze lag. Wenn er von einem solchen Ort käme, würde Aiden seinen seltsamen Akzent erklären können.

»Du solltest dich bei Leutnant Lewig melden, aber ich würde sagen, warte noch einen Tag - Kapitän Fain heiratet gerade die Prinzessin.«

Der andere Wachmann fing wieder an zu lachen.

»Was ist so lustig?«, fragte Aiden und täuschte ein Lächeln vor.

Der erste Wachmann sprach. »Der Prinz hat sich vor zwei Tagen ergeben, und die Rebellion ist in Auflösung begriffen. Morgen soll es eine Hochzeit und eine Hinrichtung geben. Kapitän Fain hat versprochen, morgen so viel Wein und Bier aus den Vorräten des Palastes zu holen, wie wir haben wollen.«

Aiden, der immer noch ein Lächeln vortäuschte, klopfte dem nächstbesten Wachmann auf die Schulter. »Das sind in der Tat gute Nachrichten.« Er wusste nicht, wer dieser Captain Fain war, aber er hatte vor, den Mann zu töten.

Als er und Charles sich auf den Weg zu den Kerkern machten, fragte Charles ihn, was die Wachen so gut gelaunt gemacht habe.

»Der Prinz hat sich vor ein paar Tagen ergeben, und die Rebellion ist am Zusammenbrechen. Er ist in den Kerkern. Ich vermute, dass es zum Kerker hier entlang geht, wenn ich etwas über Burgen weiß. Sie planen, Alexei morgen zu töten ... und Anna wird einen Mann namens Captain Fain heiraten.«

»Oh ...« Charles' Augen verengten sich. »Diese Rüpel waren nicht sehr intelligent, nicht wahr? Ich frage mich, warum Annas Onkel solche Idioten angeheuert hat?«

Aiden zuckte mit den Schultern. »Oft braucht rohe Kraft keine Intelligenz. Solange ein Mann über eine Armee hässlicher Männer verfügt, müssen sie nicht klug sein, solange sie kämpfen können. Ich bezweifle, dass es sich bei diesen Männern um echte Soldaten handelt. Das dürften Einheimische sein, die für die Garde rekrutiert wurden. Ich kann mir vorstellen, dass einige dieser Männer verzweifelt genug waren, sich anzuschließen, um ihre Familien zu ernähren, und die anderen wollen einfach nur Ärger machen.«

»Ah.« Charles nickte. »Natürlich würde Yuri seine erfahrenen Soldaten in den Wald schicken, um Prinz Alexei zu jagen.«

Nachdem sie das Schloss wie beiläufig durchsucht hatten, fanden sie hinter einem großen, verblichenen Wandteppich die Treppe, die in die Kerker führte. Sie schlüpften hinter den Stoff und schlichen dann die Treppe hinunter. Aidens Atem ging schneller, als er sich auf die Dutzenden von Wachen vorbereitete, die den Prinzen bewachen dürften. Sie müssten sich zweifellos den Weg nach draußen erkämpfen.

Aber es gab keine Wachen. Die Zellenreihe war leer, bis auf eine ganz am Ende. Ein junger Mann saß mit dem Rücken zur Wand auf dem Boden. Fackellicht erhellte sein Gesicht, als er sie ansah. Als er ihre Militäruniformen sah, richtete er sich auf, um ihnen gegenüberzutreten, und hob stolz sein Kinn. Aidens Herz stotterte, als er die Zelle erreichte und sah, dass Prinz Alexei Anna in seinen Gesichtszügen so ähnlich war, dass sich Aidens Brust vor neuem Herzschmerz zusammenzog.

»Prinz Alexei?« Aiden flüsterte den Namen vorsichtig.

Der Blick des jungen Mannes war wachsam. »Was willst du?«, knurrte er, weil er eindeutig glaubte, dass es Yuris Männer waren.

»Mein Name ist Aiden Kincade. Anna schickt mich.«

Alexei sah immer noch misstrauisch aus. »Anna? Woher kennst du meine Schwester?«

Aiden wechselte ins Englische und ließ dabei seinen schottischen Akzent spielen. »Ihr Schiff erlitt Schiffbruch und wurde an der schottischen Küste angespült. Ich war derjenige, der sie gefunden hat. Meine Freunde und ich sind gekommen, um euch beide zu retten.«

»Du musst Anna retten, nicht mich. Geh, bevor sie dich hier unten finden«, warnte Alexei.

»Nicht ohne dich.« Aiden näherte sich der Zelle und untersuchte sie nach einer Möglichkeit, die Tür zu öffnen. »Wer hat die Schlüssel?«

Eine kalte Stimme ertönte am Ende des Flurs. »Ich fürchte, ich habe sie.«

»Fain, du Mistkerl!« Alexei fluchte zu dem Mann, der am Fuß der Treppe stand, die aus dem Kerker führte. Der Mann hielt eine Pistole in der Hand, und hinter ihm bewegte sich ein Dutzend Wachen, um Charles und Aiden den Weg nach draußen zu versperren.

»Wer sind deine Freunde, Alexei?«, fragte der Mann namens Fain auf Englisch. Er hatte Aidens Worte eindeutig mitgehört.

»Das sind keine Freunde. Nur betrunkene Narren, die

einen Prinzen hinter Gittern sehen wollten. Bring sie weg und wirf sie aus dem Schloss«, knurrte Alexei.

Fains Lachen war noch kälter als seine Stimme, als er und seine Wachen nun den Gang zwischen den Zellen füllten und Charles und Aiden gegen das Ende des Ganges drängten.

»Nun, in diesem Fall können sie ja morgen deine Begegnung mit der Axt mit dir teilen.« Fain gestikulierte einem seiner Wächter, der den Schlüssel nahm, den Fain ihm hinhielt, und die Zellentür gegenüber dem Prinzen aufschloss.

»Geh rein«, befahl Fain. »Oder ich erschieße dich auf der Stelle, und der Prinz kann den Rest des Tages zusehen, wie du verblutest.«

Charles warf Aiden einen Blick zu und stellte eine stumme Frage: *Kämpfen wir?*

Aiden schüttelte stumm den Kopf und antwortete: *Noch nicht.* Es waren zu viele von ihnen und so wenig Spielraum, dass es keine Hoffnung gab, sie alle zu bekämpfen.

Aiden betrat die offene Zelle, gefolgt von Charles. Die Tür klappte zu, und ein Wächter schloss sie ein. Erst als sie sicher hinter Gittern waren, kam Fain neugierig auf sie zu.

»Du bist kein Ruritanier ...«

»Oh, der ist aber schlau«, schnaubte Charles.

Fains Augen blickten ihn mit tödlicher Wut an. »Engländer ... Wie interessant. Ich frage mich, wie ihr hierher gekommen seid?«

»Wir sind in Kopenhagen falsch abgebogen«, sagte Charles.

Fain war nicht amüsiert. »Vielleicht wird die Folter deine Zunge lockern.«

Charles grinste wie ein Schakal. »Ich bin in *Eton* zur Schule gegangen. Wenn du glaubst zu wissen, was Folter ist, hast du nicht die geringste Ahnung.«

Fain ignorierte ihn und wandte seine Aufmerksamkeit Aiden zu. »Du allerdings ... Du bist kein Engländer.«

Aiden krümmte seine Finger um die Gitterstäbe. »Ich bin viel schlimmer. Ich bin ein Schotte.« Während er sprach, ließ er einen Teil der Wut, die er in sich vergraben hatte, heraus. Die Eisenstäbe quietschten bedrohlich unter seinem kräftigen Griff.

»Weißt du, was die Engländer über Schotten sagen?«, fügte Charles hinzu, wobei seine Worte von tiefem Humor durchdrungen waren. »Man kann sie nicht töten, man kann sie nur ein wenig aufhalten.«

Aiden hielt seinen Blick auf Fain gerichtet und bemerkte das kleinste Zucken im Gesicht des Mannes.

»Ich denke, es wird ein Leichtes sein, euch beide morgen zusammen mit dem Prinzen zu töten.« Fains Gesichtsausdruck war selbstgefällig.

»Es wird *so viel* Spaß machen, dich zu enttäuschen, alter Junge«, sagte Charles.

»Ich werde das Vergnügen haben, dich selbst zu töten«, versprach Fain.

»Nicht, wenn ich zuerst das Vergnügen habe«, sagte Aiden. »Schlafen Sie gut, Captain. Es wird dein letzter Schlummer sein. Wenn du morgen in der Hölle ankommst, kannst du dem Teufel selbst sagen, dass ich dich geschickt habe.«

Fain starrte Aiden einen langen Moment an, bevor er sich umdrehte und wegging, seine Wachen folgten ihm.

Charles sah Aiden mit neuem Respekt an. »Du sollst doch der nette Kincade-Bruder sein ...«

»Es gibt keinen netten Kincade-Bruder - ich bin nur der *stille*.«

»Ah«, murmelte Charles. »Es heißt, dass man sich vor allem vor den stillen Leuten in Acht nehmen muss. Aber trotzdem scheinst du die Dinge sehr persönlich zu nehmen. Ich meine, abgesehen von der ganzen ‚gefangen genommen und morgen hingerichtet werden'-Sache.«

»Es *ist* persönlich. Dieser Mann ist der Bastard, der meine Frau heiraten will.«

»Wie bitte?«, unterbrach Alexei sie. »Ehefrau? Du meinst *meine* Schwester?«

»Aye.« Aiden drückte immer noch auf die Gitterstäbe und hörte mit Genugtuung, wie das Eisen ächzte.

»*Du* hast meine Schwester geheiratet?«

Aiden sah Alexei an und nickte nach einer langen Minute.

»Wie ist das passiert? Sie war mit Fürst Erich von Preußen verlobt ...«

»Das ist eine lange Geschichte«, warnte Aiden.

Alexei schaute sich in seiner Zelle um. »Wir scheinen keine anderen dringenden Verpflichtungen zu haben.«

»Aye.« Aiden setzte sich und machte es sich bequem. »In Ordnung.«

»Ich liebe gute Geschichten«, sagte Charles mit einem Blick kindlicher Freude, obwohl er die Geschichte schon kannte.

ASHTON LIEẞ DEN KÖRPER DES WACHMANNS SCHLAFF ZU seinen Füßen fallen. Cedric packte die Beine des Wächters und zerrte ihn außer Sichtweite. Ashton nahm das Leben eines Menschen ernst, aber er hielt sich nicht zurück, wenn die Männer, die er bekämpfte, in böse Taten verwickelt waren. Als er und die anderen durch das Dorf außerhalb der Festung gezogen waren, hatte er Gerüchte über die Ermordung ganzer Dörfer und die Verbrennung von Frauen und Kindern bei lebendigem Leib gehört.

Während ein Großteil der Burg von Einheimischen aus dem Dorf bewacht wurde, die entweder verzweifelt nach Arbeit gesucht oder Angst vor Konsequenzen hatten, wenn sie sich weigerten, blieben einige der gefährlichen ehemaligen königlichen Wachen übrig. Sie waren diejenigen, von denen Ashton wusste, dass sie sich vor ihnen in Acht nehmen mussten. Diejenigen, um die man sich zuerst kümmern musste. Sobald die Kämpfe begannen, war es wahrscheinlich, dass sich die Neuverpflichteten zerstreuten oder sich bei einer größeren Gewaltanwendung ergaben.

Ashton wusste, dass er ein eiskalter Bastard sein konnte, aber der Gedanke, dass jemand Frauen und Kinder tötete, entfachte in ihm eine brennende Wut. Das ließ keine Gnade für die Wachen zu, die Yuri bei diesem Blutvergießen geholfen hatten.

»Wie viele können wir wohl noch entfernen, ohne entdeckt zu werden?«, fragte Cedric. »Sie scheinen nicht so genau zu wissen, wie viele Wachen sie überhaupt in der Festung haben. Ich habe noch nie in meinem Leben einen so unorganisierten Haufen Männer gesehen. Ich bin ziemlich überrascht, dass Yuri an der Macht geblieben ist.«

Ashton hatte das auch bemerkt, dieses scheinbar planlose Verhalten der Wachen. Es schien, als hätte Yuri es geschafft, die schlechtesten Männer zu rekrutieren, sowohl von der Intelligenz als auch vom Temperament her. Das würde Ashton die Arbeit erleichtern, aber es machte ihm auch Sorgen wegen der Unberechenbarkeit der Patrouillen.

»Ich möchte, dass möglichst viele der erfahrenen Wächter sofort überwältigt werden«, sagte Ashton. »Der Rest wird wahrscheinlich fliehen oder die Seite wechseln, wenn unsere Männer die Oberhand gewinnen, sobald der Kampf beginnt. Einige dieser neuen Wachen sind Dorfbewohner, die meisten von ihnen sind einfach nur Männer, die versuchen zu überleben, und ich will kein unschuldiges Blut an unseren Händen haben. Wir müssen morgen die Kontrolle über das Schloss haben. Wir müssen diese Hochzeit und auch die Hinrichtung verhindern.«

»Was ist mit Aiden und Charles?«, fragte Cedric.

Sie hatten gehört, wie die Wachen von zwei Engländern sprachen, die mit dem Prinzen im Kerker eingesperrt waren, aber Ashton wusste, dass sie ihre Freunde im Moment nicht retten konnten. Sie mussten die Nacht überstehen.

»Das werden wir morgen auch noch erledigen. Ich will nicht, dass Yuri merkt, dass etwas nicht stimmt. Im Moment müssen wir ein Auge auf den Hauptmann der Wache haben. Wir werden uns unter die Dienerschaft mischen und ihr Vertrauen gewinnen. Ich möchte Yuri und den Kapitän im Auge behalten, und die Diener werden uns dabei helfen.«

»Richtig ...« Cedric trat den gestiefelten Fuß des Wächters tiefer in den Schrank, in den sie ihn gesetzt hatten. Den Spinnweben im Inneren nach zu urteilen, schien der Schrank selten geöffnet zu werden, was bedeutet, dass die Leiche zumindest eine Weile nicht zu sehen sein würde.

Yuri war eindeutig ein Mann, der sich nicht um das gemeine Volk kümmerte, und zweifellos fürchteten die Palastbediensteten um ihr Leben. Ashton hatte die feste Absicht, sie für das Kommende zu gewinnen.

Sie konnten auf ein Signal hin wichtige Türen verriegeln und die königlichen Wachen damit zwingen, die von Ashton gewünschten Wege zu gehen, oder sie konnten Ablenkungen schaffen. Er wollte das Leben der Diener nicht riskieren, er wusste, dass sie keine Kämpfer waren, aber sie konnten auf andere Weise einen Beitrag leisten.

»Wir haben zu tun«, sagte Ashton, bevor die beiden durch einen dunklen Korridor verschwanden und mit den Schatten verschmolzen.

Anna zuckte zusammen, als jemand an ihre Schlafzimmertür klopfte.

»Wer ist es?«

»Dein zukünftiger Ehemann. Ich bin gekommen, um dich zum Abendessen zu begleiten«, sagte Fain.

Anna wollte eine Vase gegen die geschlossene Tür schleudern, aber so gut sich das im Moment auch anfühlen mochte, es würde ihrer Situation nicht helfen. Fain war nicht ihr Ehemann. Ihr Mann war in England. Anna hätte in diesem Moment alles dafür gegeben, in London zu sein, im Bett mit Aiden, seine starken Arme um sie geschlungen, während er ihr Geschichten erzählte und mit ihr Liebe machte. Sie hätte ihre Seele für einen weiteren Kuss gegeben ... aber selbst das war für sie unerreichbar.

Sie ging zur Zimmertür und öffnete sie zögernd. Seit sie im Winterpalast angekommen war, wurde sie nicht mehr eingeschlossen, sondern immer von mindestens zwei Wachen begleitet.

Fain stand im Korridor und trug einen schwarzen Abendmantel und eine schwarze Hose. Sie war so sehr daran gewöhnt, ihn in Uniform zu sehen, dass es sie erschreckte, ihn als Adligen gekleidet zu sehen. Er hatte sich sogar die Mühe gemacht, sein gewelltes schwarzes Haar zu kämmen, und der Duft von Eau de Cologne wehte ihr entgegen und brannte ihr in der Nase.

Sein Blick schweifte über sie und bewunderte das dunkelgrüne Samtkleid, das sie trug. Es war eines ihrer älteren Kleider, das sie wahrscheinlich in einer Truhe auf dem Dachboden gefunden hatten, aber sie war dankbar für die langen Ärmel und den weiten Rock, die sie in ihrem Zimmer warm hielten, denn die Dienerschaft durfte in ihrer Kammer weder ein Feuer anzünden, noch durfte sie irgendwelche Kerzen haben. Jeder schien davon auszugehen, dass sie aus Rache den Palast in Brand setzen könnte. Ehrlich gesagt, der Gedanke war ihr durch den Kopf gegangen.

»Du siehst gut aus«, sagte Fain in einem ritterlichen Tonfall.

Anna starrte ihn an. Erwartete er wirklich, dass sie bei seinen Komplimenten weich werden würde, wenn er der Mann war, der ihre Eltern ermordet hatte?

»Wenn ich dir ein Kompliment mache, Anna, ist es in deinem Interesse, mir zu danken.« Sein Tonfall enthielt eine Warnung, aber sie war nicht in der Stimmung, ihn zu beschwichtigen.

»Kapitän, Sie scheinen zu vergessen, dass ich kein dressierter Spaniel bin, der auf Kommando gehorcht. Ich bin die Tochter eines Königs, des Königs, den *Sie* ermordet haben. In meinem Körper schlägt das Herz einer Königin. Ich bin keine Kreatur, die man brechen kann. Wenn Sie eine Frau haben wollen, die sich jedem Ihrer Befehle beugt und vor Angst wimmert, wenn Sie sie nur finster ansehen, dann haben Sie eine schlechte Wahl getroffen.«

Sie schob sich an ihm vorbei und ging auf die Treppe zu, die zum Esszimmer führte. Einen Moment lang glaubte sie nicht, dass er ihr folgen würde, aber seine Stiefelabsätze klapperten auf dem Steinboden, bevor er ihren Arm ergriff. Er schleuderte sie gegen die nächstgelegene Wand, hielt sie dort fest und riss ihr den Arm schmerzhaft nach hinten.

»Wenn ich mich noch einen Zentimeter weiterdrehe, *Prinzessin*, wird dein Arm brechen. Und ein gebrochener Arm wird mich nicht davon abhalten, deinen Körper nach unserer Hochzeit zu nehmen.«

Anna drehte sich in die Richtung, die den Schmerz in ihrem Arm linderte, und befreite sich aus der Fesselung, die er ihr auferlegt hatte, doch dadurch stand sie ihm direkt gegenüber. Seine Augen weiteten sich leicht vor Erstaunen darüber, dass es ihr gelungen war, sich aus einem Griff zu befreien, denn vermutlich hatte er nicht damit gerechnet, dass das möglich wäre.

»Vielleicht lebe ich nicht mehr so lange«, sagte sie und schubste ihn. Sie zielte auf seine Schulter, was ihn leichter aus dem Gleichgewicht brachte, als ihn direkt in die Brust zu treffen. »Und jetzt lassen Sie mich in Ruhe, damit ich mein Abendessen genießen kann.« Wieder einmal ließ sie den Captain stehen, und der starrte sie fassungslos an.

Die wenigen Sekunden, die er brauchte, um sich zu fangen, gaben ihr gerade genug Zeit, den Dolch, den sie ihm gerade gestohlen hatte, in ihrem Rock zu verstecken. Er hatte mehrere Klingen an seinem Körper, und sie betete, dass er das Fehlen dieser einen gar nicht merken würde. Jetzt musste sie nur noch das Abendessen überleben, ohne dass er bemerkte, dass sie eine Waffe gestohlen hatte.

Zum Glück hatte das schwere Samtkleid eine versteckte Tasche, die tief in die Falten eingenäht war. Das war bei fast allen ihren Kleidern der Fall. Sie waren ausdrücklich zu dem Zweck eingenäht worden, eine Pistole oder einen Dolch zu verstecken. Ihr Vater hatte ihre Sicherheit sehr ernst genommen.

Anna lächelte, als sie das Esszimmer erreichte. Als sie ihren Onkel sah, wischte sie sich jeden Anflug von Triumph aus dem Gesicht und sah stattdessen niedergeschlagen aus. Wenn sie mit Teufeln speisen wollte, musste sie sie mit ihren eigenen Waffen schlagen.

❦ 17 ❧

Annas Hände zitterten, als sie vor einem hohen
Spiegel stillhielt, während ein Dienstmädchen das
blassblaue Satin-Hochzeitskleid, das sie trug, im
Rücken schnürte. Das Kleid stammte von einer der kleineren
Adelsfamilien, die eine Tochter in ihrem Alter hatte. Die
meisten von Annas Hofkleidern waren im Sommerpalast
verbrannt, und als sie in der Hoffnung, die Hochzeit hinaus-
zuzögern, auf ein schickes Kleid bestanden hatte, hatte ihr
Onkel offenbar das Gewünschte von jemand anderem
genommen.

Ihr Onkel hatte ihr beim Abendessen mit Freude erzählt,
wie er die adligen Familien auf Linie gebracht hatte, indem er
»ein paar« der ältesten Söhne der mächtigsten Männer des
Landes hatte hinrichten lassen. Angesichts der Bedrohung
des Lebens ihrer verbliebenen Kinder und Ehefrauen hatten
die Adligen Yuris Thronübernahme zugestimmt. Nach dem
Abendessen war sie allein in ihrem Zimmer und weinte um
diese jungen Männer, die mit ihrem Bruder befreundet
gewesen waren. Männer, die gut und freundlich gewesen
waren, Männer, die ihrem Bruder bis ans Ende der Welt

gefolgt wären. Sie hatten ihre Loyalität zu Alexei mit ihrem Leben bezahlt. Dann, als ihre Tränen getrocknet waren, spürte Anna eine Wut, wie sie in ihrem Leben noch nie dagewesen war, die hell wie ein neugeborener Stern am Himmel leuchtete. Sie würde sich an ihrem Onkel, Fain und all den anderen Männern rächen, die dazu beigetragen hatten, ihre Familie zu töten und ihrem Volk zu schaden.

Jetzt, im Licht des neuen Tages, verspürte Anna immer noch den brennenden Wunsch, sich zu rächen, aber sie dachte klarer als in der Nacht zuvor. Anna holte tief Luft, betrachtete ihr Spiegelbild und sah eine Fremde zurückblicken. In einer Stunde würde sie Captain Fain gehören, und heute Abend würde ihr Bruder tot sein. Wenn es jemals eine Hölle auf der Ebene der Sterblichen gegeben hatte, dann war es sicherlich diese. Aber sie würde sich diesem Schicksal nicht kampflos ergeben, wie es sich für eine Königin von Ruritanien gehörte.

»Ich bin fertig, Hoheit«, sagte das Dienstmädchen, und ihre braunen Augen quollen über vor Tränen. »Sie sehen wunderschön aus, aber ...« Die junge Frau fuhr nicht fort. Anna verstand, was sie nicht zu sagen wagte. Sie sollte Captain Fain nicht heiraten. »Geben Sie die Hoffnung nicht auf, Hoheit«, flüsterte die Frau so leise, dass Anna fast glaubte, sie hätte es sich eingebildet. »Es gibt Menschen, die Ihnen helfen würden ... wenn die Zeit zum Kämpfen gekommen ist.«

Anna ergriff die Hände der Frau und hielt sie fest, ihre Augen trafen sich, als sie der Frau zu verstehen gab, dass sie sie verstanden hatte.

»Na ja, wenigstens siehst du vorzeigbar aus.« Die Stimme ihres Onkels in der Tür ließ sie und das Dienstmädchen zusammenzucken. Sie sah wunderschön aus, aber sie wusste, dass er ihr niemals ein Kompliment machen würde. Yuris Freude am Leben war die Grausamkeit. Er war schon immer gemein gewesen, aber jetzt, wo er über Ruritanien herrschte, schien sich das noch zu verstärken.

»Dein Verlobter wartet in der großen Halle auf dich«, sagte Yuri mit viel zu viel Freude. »Es ist Zeit für deine Hochzeit.«

Anna bedankte sich leise bei dem Dienstmädchen und folgte ihrem Onkel aus dem Schlafgemach. Sie nahm die Treppe vorsichtig, nicht wegen ihres Aussehens oder ihres Kleides, sondern weil Fains kleiner Dolch im Strumpfband über ihren Strümpfen am rechten Oberschenkel steckte und sie nicht wollte, dass er sich löste. Sie hatte sich damit abgefunden, dass sie Fain heute töten würde, oder sie würde bei dem Versuch umkommen. Sie war überrascht, dass er nicht bemerkt hatte, dass seine Waffe fehlte. Vielleicht hatte er es sogar bemerkt, aber er war nicht darauf gekommen, dass sie diejenige war, die ihm das Ding gestohlen hatte. Hoffentlich würde er sie weiterhin unterschätzen.

Als sie die unterste Stufe erreicht hatte und auf den großen Saal zuging, öffneten zwei Wachen die Türen für Yuri, und sie folgte ihm und sah Scharen von Adelsfamilien, die den Saal füllten. Sie waren zweifellos verpflichtet worden, an ihrer Hochzeit teilzunehmen. Die weiß-blau-goldenen Banner, die von der gewölbten Decke des Saals gehangen hatten, waren abgerissen und durch die rot-schwarzen Banner ersetzt worden, die die Herrschaft ihres Onkels repräsentierten.

Fain wartete vor ihr, und direkt hinter ihm stand ein einzelner Thron. Der Thron ihrer Mutter war weg. Der Anblick des fehlenden Stuhles traf Anna irgendwie tiefer als jede der anderen Schändungen, die Yuri in der großen Halle begangen hatte. Yuri glaubte an sich selbst und an niemanden sonst. Eine Königin würde er wahrscheinlich nicht nehmen, zumindest keine willige. Vielleicht würde seine Herrschaft ohne Erben enden, und die Welt würde wieder in Ordnung kommen. Dieser Gedanke gab ihr ein kleines bisschen Hoffnung.

Hoch erhobenen Hauptes schritt sie allein durch die Mitte der großen Halle ihrem Schicksal entgegen. Da war kein Schwert über ihr, kein dunkler Wald, kein Tod des Mannes, den sie liebte. Nur der Tod ihrer Seele drohte in der Zukunft.

Als sie den vorderen Teil des Saals erreichte, stand sie ihrem Onkel gegenüber, der es sich bereits auf dem rotgoldenen Thron bequem gemacht hatte. Fain lächelte eisig, als sie ein paar Meter von ihm entfernt stehen blieb. Ein nervöser Priester stand dabei, und der arme Mann schluckte hörbar, während er eine Bibel in den Händen hielt und an seinem Kragen zerrte.

»Sie können gleich fortfahren, Vater. Die Braut muss zuerst unsere geschätzten Gäste sehen.« Yuri winkte den Wachen im hinteren Teil des Saals zu. Sie drehte sich um, und ihr Herz hämmerte, als drei Männer den Mittelgang hinuntergeführt und neben ihr auf dem Steinboden in die Knie gezwungen wurden. Sie hatte erwartet, ihren Bruder zu sehen, aber die beiden anderen Männer konnten unmöglich hier sein …

Charles, der Earl of Lonsdale, und … Aiden … starrten geradeaus und nahmen keinen Blickkontakt mit ihr auf. Ihre hartnäckige Abwendung von ihr brachte sie nicht aus der Fassung, sondern ließ sie ruhig und klar denken. Zweifellos wollten sie nicht, dass ihrem Onkel bestätigt wurde, dass sie einander kannten. Auch sie musste mitspielen, wenn es eine Chance geben sollte, sie zu befreien.

»Ich finde es sehr merkwürdig, dass zwei Engländer in meinem Kerker versuchen, deinen Bruder zu befreien, Prinzessin«, sagte Yuri in diesem ärgerlich gelangweilten Ton. Er sprach mit ihnen Englisch, da die meisten der Adligen in der Menge diese Sprache fließend beherrschten.

»Ich bin kein Engländer«, knurrte Aiden. »Ich bin Schotte.«

»Das spielt ja wohl keine Rolle«, sagte Yuri. »Du wirst bald tot sein und in ein unmarkiertes Grab geworfen werden. Ist das also alles, was dir dein Treffen mit dem König gebracht hat?«, fragte Yuri Anna. »Zwei Narren, die den Helden spielen?« Yuri sah dann zu Fain. »Ich habe dir gesagt, dass George nicht den Mumm haben würde, sich einzumischen.«

Anna wollte um das Leben der beiden Männer flehen, aber das würde ihren Onkel nur noch mehr dazu bringen, sie zu töten.

»Fangen wir an.« Yuri klatschte in die Hände und zeigte mit dem Finger auf den zitternden Priester. Der Priester begann mit seiner Predigt, doch nach einer Minute unterbrach ihn Fain.

»Gehen Sie zu den *relevanten* Teilen über, Vater.«

Der Priester fummelte kurz und fragte dann, ob Fain damit einverstanden sei, Anna zu seiner Frau zu nehmen. Fain sagte ja. Dann wurde Anna lediglich gebeten, Fain zu ehren und ihm zu gehorchen, nicht aber, ob sie tatsächlich *damit einverstanden war*, seine Frau zu werden. Anna sprach ein einfaches Ja, aber natürlich war es eine Lüge. Sie war bereits die Frau eines anderen Mannes. Die Gelübde bei den Feenteichen waren für sie bindend. Fain mochte ihren Körper beanspruchen, aber der Rest von ihr war frei von ihm, und es gab nichts, was er tun konnte, um das zu ändern.

»Hat jemand Ei... Ei... Einwände gegen die Heirat dieser beiden?«, stotterte der Priester.

»Natürlich habe ich die!« Charles meldete sich zu Wort. »Das ist Blödsinn und Unsinn.«

Anna drehte sich fassungslos zu dem englischen Grafen um. Er zwinkerte ihr zu, aber einer der Wachmänner schlug ihm hart auf den Hinterkopf. Er stöhnte, aber ertrug den

Schlag mit Leichtigkeit, während die meisten Männer sich vor Schmerzen gekrümmt hätten.

»Bitte beachten Sie auch meinen Einwand, Vater«, fügte Aiden hinzu. »Die Prinzessin *hat* bereits einen Ehemann.«

»Das tut sie?«, wagte der arme Mann zu fragen. »Wen?«

»Mich«, sagte Aiden, als er sich umdrehte und nicht Anna, sondern Fain ansah. Anna sah die Herausforderung in seinen Augen. Der freundliche, mitfühlende Mann, den sie liebte, war in diesem Moment unter maßlosem Zorn begraben.

Fain zog sein Schwert aus der Scheide, und sein Blick fiel auf Anna. »Ist das wahr?«

Annas Lippen öffneten sich, und ihr Zögern besiegelte Aidens Schicksal.

»Dann werde ich eine Witwe heiraten. Bringt den da in den Innenhof. Ich werde mich gleich um ihn kümmern.« Zwei der in der Nähe stehenden Wachen zerrten Aiden weg.

»Wenn Sie Ihre Besucher so behandeln, werde ich meinen nächsten Besuch in Ruritanien wohl absagen«, murmelte Charles laut. Ein paar Leute in der Menge wagten zu lachen, bevor sie zum Schweigen gebracht wurden. Yuri stand auf und ging die Treppe hinunter, um vor Charles und Alexei stehenzubleiben.

»Ich denke, es ist an der Zeit, dass wir unsere Hinrichtung durchführen. Fain, du kannst jetzt deine Braut nehmen. Ich bin mir sicher, dass du deine Ehe vollziehen willst.«

Fain griff nach Annas Arm, und der Schmerz an der Stelle, an der Gustavs Kugel sie einige Tage zuvor gestreift hatte, ließ sie aufschreien.

»Anna!« brüllte Aiden. Er kämpfte gegen die Männer, die ihn bereits wegschleppten.

»Nein ...« Sie sprach das Wort zu ihm und nur zu ihm. »*Nein*, Aiden«, wiederholte sie. Sie wollte ihn dazu bringen, seine Kräfte zu sparen, um ihr Zeit zu geben, einen Weg zu finden, ihn zu retten.

»Kapitän, verschonen Sie diesen Mann und den Engländer. Er ist nicht wirklich mein Ehemann. Er ist nur ein liebeskranker Narr, der glaubt, eine Zuneigungserklärung sei verbindlich. Das ist sie aber nicht. Wir beide wissen, dass ich eine Ehe mit einem starken Mann mit Macht brauche. Das ist es, was eine Prinzessin verdient.« Sie machte ihre Stimme leiser und senkte den Blick, nicht um sich zu fügen, sondern um die Wut zu verbergen, von der sie wusste, dass sie ihm nicht entgehen würde.

Fain hob eine Hand, um die Männer aufzuhalten, die versuchten, Aiden wegzuziehen.

»Siehst du *jetzt* den Vorteil, mich zu heiraten?«, fragte Fain mit ebenso weicher Stimme.

»Ja«, sagte sie, während sie ihre Wut unterdrückte und ihr Gesicht hob, um den Kapitän unter ihren Wimpern hervor anzuschauen.

»Was soll ich mit diesen Männern machen? Vor allem mit demjenigen, der behauptet, dein Ehemann zu sein?«

»Setzt sie auf ein Schiff, das nach England fährt. Schickt sie weg. Sie würden es nicht wagen, zurückzukommen. Und da er nicht mein Ehemann ist, hat er auch keinen Rechtsanspruch auf mich.« Anna spürte Aidens Blick auf sich, und sie wusste, dass er verstand, dass ihre Worte leer waren. Die Gelübde am Feenteich hatten sich so tief in ihr Herz eingebrannt, dass sie nie wieder rückgängig gemacht werden konnten. Aber Fain würde das nie erfahren.

Fain schien kurz darüber nachzudenken, dann kicherte er düster und sah Yuri an. »Sie ist eine überzeugende Lügnerin. Ich hätte ihr fast geglaubt.«

»Ich habe dich gewarnt, Frauen sind doppelzüngige Geschöpfe«, sagte Yuri. »Nimm deine Braut, Fain, und mach mit ihr, was du willst. Ich werde diese drei Männer innerhalb einer Stunde tot sehen. Du hast zwei Tage Zeit, das Mädchen zu genießen, dann musst du dich wieder hier zum Dienst melden.« Yuri entließ Fain und Anna mit einer Handbewegung.

Anna wurde vom Podium weggezogen, obwohl der Priester darauf bestand, dass die Zeremonie noch nicht beendet sei. Fain zerrte sie aus dem Saal und auf den Hof, wo eine Kutsche auf sie wartete. Fain riss die Tür auf und schob sie hinein, bevor er ihr hinterherkam.

»Ich werde dich genießen, wie es mir gefällt, Prinzessin, und es ist in deinem besten Interesse, mir zu gefallen.«

Fain rief dem Kutscher zu, sich zu bewegen. Die Pferde scheuten, und Anna stürzte rückwärts auf die Bank. Der Dolch war immer noch an ihren Oberschenkel geschnallt, außer Sichtweite. Sie musste nur noch den richtigen Moment abwarten, um zuzuschlagen.

AIDEN UND CHARLES WURDEN AUF DER Hinrichtungsplattform in die Knie gezwungen.

»So habe ich mir mein eigenes Sterben irgendwie nicht vorgestellt«, murmelte Charles. »Ich dachte immer, ich würde in einem Duell oder vielleicht in einer edlen Schlacht gegen die Franzosen sterben. Das ist wirklich eine Schande.«

Annas Bruder stand bereits vor dem Hackklotz, sein Gesicht war emotionslos. Aiden wusste, worüber der junge Mann nachdenken dürfte.

Anna befand sich in den Händen des Mannes, der ihre Eltern ermordet hatte. Keiner von ihnen wollte an die Schrecken denken, die ihr bevorstanden, sobald Fain sie ganz für sich allein hatte. Aiden versuchte, sich zu beruhigen und vernünftig zu denken, aber sein Blut rauschte in seinen Ohren. Alles, was er wollte, war, seiner Frau zu folgen und sie zu retten.

Die versammelte Menge war ruhig, die Adligen waren

gezwungen worden, nach draußen zu gehen und zuzusehen. Alexeis Hände waren hinter seinem Rücken gefesselt. Der Henker überragte ihn, als er die Schneide seines Schwertes mit einer Fingerspitze prüfte.

»Das ist verdammt mittelalterlich. Sogar die Franzosen benutzen eine Guillotine«, sagte Charles verächtlich, aber außer Aiden schien ihn niemand zu hören. Nicht, dass Aiden wirklich zugehört hätte. Er konzentrierte sich auf Yuri, der auf dem Podium stand und in die Menge blickte.

»Heute werdet ihr alle Zeuge des Endes der alten Wege, die uns zurückgehalten haben. Morgen wird Ruritanien eine Nation sein, die andere fürchten und respektieren werden. Wir werden unsere Macht zeigen, indem wir unsere Armee vergrößern. Unsere Grenzen erweitern. Das ist die Zukunft Ruritaniens«, erklärte Yuri stolz und wandte sich dann an den Scharfrichter.

»Du kannst anfangen.«

Der Scharfrichter drückte Alexeis Hals auf den Block und beugte sich dicht vor, als wolle er ihm etwas sagen. Alexeis Kiefer spannte sich an, und das Seil, das seine Hände fesselte, knarrte, als er gegen seine Fesseln ankämpfte.

Aidens Herz pochte gegen seine Rippen, als er an dem Seil um seine eigenen Handgelenke zog. Das Seil begann sich zu straffen, als er daran zog. Der Henker trat ein paar Schritte zurück und übte seinen Schwung. Sein Gesicht war unter einer Maske verborgen, die ihn zu einer Zielscheibe für Aidens blinde Wut machte. Aiden hatte nur einen Augenblick Zeit, um zu bemerken, dass die Stiefel des Henkers glänzten und ... teuer aussahen? Nicht die Art von Stiefeln, die ein Henker in einem solchen Land haben würde.

Der Henker hob seine Klinge hoch in die Luft. Aidens Wut brach wie eine Flutwelle aus ihm heraus, schlug gegen die Felsen und ließ eine Wasserwand in die Luft steigen. Das alte Blut in ihm, das Blut der Wikinger, die Schottland vor

Jahrhunderten besiedelt hatten, verlieh ihm die Kraft eines Berserkers. Früher hatte er sich immer zurückgehalten, aber heute nicht. An seinen Händen würde das Blut seiner Feinde kleben, bevor der Tag zu Ende war.

Die Seile an seinen Handgelenken rissen durch den plötzlichen Druck, den er auf sie ausübte, und er richtete sich mit einem mächtigen Brüllen auf. Aber er ging nicht auf den Henker los, sondern stürzte sich auf Annas Onkel.

Aiden schlug den Möchtegern-König hart, so dass beide von der Plattform flogen. Er gab Yuri keine Chance, sich zu wehren. Er schlug mit der Faust zu und traf den Mann. Blut spritzte aus Yuris zerschmetterter Nase. Aiden hob seine Faust, um erneut zuzuschlagen.

»Aiden! Schnapp dir Anna!«, rief jemand.

Aiden blickte auf die Plattform hoch. Alexei war auf den Beinen, und der Henker stand neben ihm. Der Mann hatte seine Maske heruntergerissen, um zu zeigen, dass es Godric war, der ihn angeschrien hatte.

»Los, Mann! Wir haben die Kontrolle über die Burg. Rette die Prinzessin!«, rief Godric erneut. Während er dies brüllte, warfen die Männer in der Menge ihre Bauernmäntel zurück und enthüllten die weiß-blauen Uniformen von Alexeis treuen Wachen.

Aiden entdeckte seine Brüder unter den Männern, die sich in der Menge versteckt hatten. Sie nickten ihm kurz zu, dass er gehen solle, und stürzten sich dann mit dem Kriegsgeschrei ihres Hochlandblutes ins Getümmel. Der Kampf entbrannte zwischen den Wachen, die zu Yuri hielten, und den Männern von Alexei. Erleichtert atmete Aiden auf und wusste, dass er gehen und Anna suchen konnte.

Aiden ließ Yuri auf dem Boden liegen. Der Mann brüllte nach seiner Garde, aber keiner kam ihm zu Hilfe.

Ein Bauer in der Menge ergriff Aidens Arm. »Du, Engländer!« Aiden machte sich nicht die Mühe, ihn zu korrigieren.

»Ich habe ein gutes Pferd, ein schnelles Pferd. Reite! Rette unsere Prinzessin.« Der Mann zog Aiden mit sich aus dem Innenhof. Aiden blickte einmal zurück und sah, dass Alexei von der Plattform gesprungen war und nun ein Schwert schwang. Während er auf seinen Onkel losging, schlossen die Menschen von Ruritanien zu ihnen auf.

»Hier, hier entlang.« Der Bauer führte Aiden zu einem kleinen Stall außerhalb des Burghofs und holte schnell ein Pferd heraus. Das Tier trug nur ein Zaumzeug mit Zügeln, keinen Sattel.

»Ich sattle ihn für Sie«, sagte der Mann in gebrochenem Englisch.

»Keine Zeit.« Aiden schnalzte mit der Zunge, und das Pferd blieb stehen, sodass er sich auf dessen Rücken schwingen konnte, indem er den Ansatz der Pferdemähne ergriff. Aiden nickte dem verblüfften Bauern zu und grub dann seine Stiefel in die Seiten des Pferdes, als es sich aufbäumte. Er betete, dass das Pferd so schnell war, wie der Mann behauptete. Er donnerte die Straße hinunter und betete, dass er die Spur der Kutsche auf dem Weg nicht verlieren würde.

»Wohin fahren wir?«, fragte Anna. Die Kutsche fuhr gerade an den Feldern jenseits des Schlosses vorbei. Sie wusste, dass sie nach Norden zum Sommerpalast unterwegs waren, aber das konnte nicht ihr Ziel sein.

Fain knöpfte seinen Militärmantel auf und warf ihn zur Seite. »Ich habe ein kleines Haus, das auf uns wartet. Wir werden zwei Nächte dort verbringen, bevor ich zum Schloss zurückkehren muss.«

Sie starrte auf den Mantel, den er ausgezogen hatte. Dann nahm er sein Schwert vom Gürtel und legte es ebenfalls auf den Sitz gegenüber von ihnen. »Was machst du da?«, fragte sie, obwohl sie bereits ahnte, dass sie die Antwort kannte.

»Ich werde kein Risiko eingehen. Du wirst lernen, wer dein Herr ist, und ich werde dich wie jedes gute Pferd zähmen, bis du kampflos geritten werden kannst.«

Er griff nach ihr, und sie krümmte sich, würgte und spuckte. Sie hatte nichts im Magen, das sie hätte hochbringen können, aber er wich immer noch voller Abscheu zurück. Er öffnete das Kutschenfenster und rief dem Fahrer zu, er solle anhalten.

In dem Moment, in dem das Fahrzeug zum Stillstand kam, öffnete Anna die Tür und stolperte nach draußen, immer noch mit einem Würgereiz, aber das war alles nur ein Trick. Der Wagen hatte angehalten. Jetzt musste sie nur noch auf den richtigen Moment warten. Sie tat weiterhin so, als sei ihr übel, während sie an ihren Röcken herumfummelte, als sei sie von der Übelkeit überhitzt, und dabei befreite sie den Dolch, der an ihrem Oberschenkel befestigt war.

»Das ist genug.« Fain war an ihr dran und packte ihren linken Arm. Sie wirbelte herum und stieß den Dolch in ihn hinein. Doch der Schmerz ihrer Schusswunde schwächte ihren Schlag, und es gelang ihm, ihre Hand beiseite zu schlagen, bevor sie die Klinge in sein Herz stoßen konnte. Stattdessen bohrte sich ihr Dolch nur wenige Zentimeter tief in seine Schulter und färbte sein weißes Hemd blutrot.

»Das soll es also sein«, knurrte Fain, während er ihr Handgelenk packte und zudrückte, bis sie den Dolch fallenließ.

Sie war schockiert, wie wenig er sich von der Wunde, die sie ihm zugefügt hatte, beeindrucken ließ.

»Du enttäuschst mich, Anna. Es ist klar, dass du keine Ahnung hast, wann ein Kampf verloren ist.« Fain starrte sie mit kalter Gewalt in seinen Augen an. In seinem Blick sah sie die Leichen ihrer Eltern, das Blut ihres Volkes und das Feuer in ihrem Zuhause.

»Ich habe nicht verloren«, sagte sie. »Selbst mein Tod wird ein Sieg über dich sein.« Sie warf ihren Kopf nach vorne und traf ihn genau an der richtigen Stelle. Er stöhnte bei dem unerwarteten Aufprall und ließ ihr Handgelenk los. Sie rannte. Es war die einzige Möglichkeit, die sie noch hatte. Er war zu groß und zu stark im Vergleich zu ihr, und mit einem verletzten Arm konnte sie keine der Selbstverteidigungstaktiken anwenden, die sie von ihrem Bruder und William gelernt hatte.

Geradeaus vor ihr war ein Wald ... Der Dunkelwald ihrer Albträume. Zu spät erkannte sie, dass die Visionen, die sie an den Feenteichen gesehen hatte, doch noch wahr werden könnten. Sie raffte ihre Röcke, um schneller zu laufen.

Fain stürmte durch das Gestrüpp und rief ihren Namen. Das Geräusch hallte um sie herum, dröhnte von den Bäumen und verwirrte sie, weil sie nicht wusste, wo er war. Sie blieb zweimal stehen und hörte sich sein Wutgeheul an, bevor sie in die Richtung weiterging, von der sie hoffte, dass es der sicherste Weg von ihm weg war. Die Bäume schienen alle gleich auszusehen, und sie verlor sich schnell in dem dichten Laubwerk. Sie blieb erneut stehen, um Luft zu holen, und lehnte sich gegen einen knorrigen alten Baum. In der Ferne sah sie eine Silhouette, die sie mit Furcht erfüllte. Ein Wunschbrunnen. *Der* Wunschbrunnen ...

»Das kann nicht sein ...« Sie wirbelte herum, um in die entgegengesetzte Richtung zu rennen, aber Fain brach vor ihr durch die Bäume, und in seiner Hand hielt er sein Schwert. Fain musste wohl zurück in die Kutsche gegangen sein, um sein Schwert zu holen. Das Schicksal hatte sie anscheinend eingeholt, aber sie würde es Fain nicht leicht machen, sie zu töten.

»Gib auf, Prinzessin!«, rief Fain, als er sie entdeckte. Sie löste sich von dem Baum, hinter dem sie sich versteckt hatte, und rannte auf den Brunnen zu. Sie hatte keine andere Wahl, als daran vorbeizulaufen, aber sie würde es nicht wagen, dort stehen zu bleiben.

Eine Hand packte sie an den Haaren, und sie schrie auf, als Fain an ihr zerrte und sie zu Boden warf. Sie landete auf dem Bauch, der dunkle, schwere Boden war wie schwarzer Staub unter ihren Fingern, als sie sich gegen den Sturz stemmte. Die Visionen aus ihren Träumen und das, was sie in den Feenteichen gesehen hatte, vermischten sich mit der Realität dessen, was sie wusste, dass es ihre letzten Momente sein würden.

»Auf die Knie, Prinzessin.« Fain zwang sie auf die Knie, indem er sie erneut an den Haaren packte. »Wenn du dich nicht fügst, kannst du dich dem Rest deiner Familie anschließen.« Gerade als er die Klinge in die Luft hob, ertönte eine Stimme, die den Wald um sie herum erfüllte.

»Anna!« Es war Aiden!

Fain wirbelte herum, als Aiden auf einem Pferd auf die Lichtung durchbrach. Er ließ sich vom Pferderücken fallen und stürzte sich mit einem Kurzschwert in der Hand auf Fain.

»Aiden ... Nein!« Sie rappelte sich auf und stürzte sich auf Fain, der sein Schwert hob, um nach Aiden zu schlagen.

Fain schlug Anna mit dem Handrücken ins Gesicht, und sie fiel wie ein Stein. Sie wurde zwar nicht ohnmächtig, aber der Schmerz war so heftig, dass ihr Kopf sich anfühlte, als wäre er gespalten worden. Sie keuchte und blinzelte angestrengt, als sie versuchte, die schwarzen Punkte, die ihre Sicht trübten, zu vertreiben.

Aiden und Fain rangen miteinander, ihre Schwerter lagen verlassen auf dem Boden. Anna kroch darauf zu, ihre Finger gruben sich in die Erde, um sich schneller vorwärts zu bewegen. Jede Sekunde war eine Qual. Sie konnte das Schwert nicht hochheben, aber sie konnte es wegziehen, es verstecken, damit Aiden eine gerechte Chance hatte. In dem Moment, als sich ihre Finger um den harten, ledergebundenen Griff krümmten, hörte sie einen Triumphschrei.

Sie drehte sich um und sah, dass Fain Aiden gegen die Wand des Brunnens gepresst hatte. Der Griff einer Klinge ragte aus Aidens Bauch heraus. Fain grinste, als er zurücktrat und den Dolch herauszog. Es war der Dolch, den sie gestohlen hatte, der Dolch, mit dem sie versucht hatte, Fain zu töten. Der Schrecken begann sie zu ersticken. Sie konnte nicht atmen. Aiden war von der Klinge verletzt worden, die *sie* gestohlen hatte. Sie hatte versucht, das Schicksal zu verleugnen, und das Schicksal bewies ihr, dass es sich nicht verleugnen ließ.

»Aiden!«, keuchte sie mit versagender Stimme.

Fain grinste sie an, dann Aiden. »Das ist also der Mann, den du gewählt hast ...« Fain lächelte Aiden kalt an. »Sie wird niemals dir gehören.« Er schlug Aiden auf den Kiefer, und Aiden stolperte zurück. Alles schien sich zu verlangsamen, als Anna eine Warnung schrie, aber es war zu spät.

Aiden stürzte rückwärts über den Rand des Brunnens und verschwand in der Dunkelheit dieser schrecklichen Leere.

Annas Welt schloss sich um sie herum und schrumpfte von einem weiten Leben mit endlosen Freuden und Möglichkeiten zu einem kleinen, dunklen Raum, der ihr kaum Platz zum Atmen ließ. Sie hatte den Verlust ihrer Eltern und ihres Zuhauses überlebt, war von ihrem Bruder getrennt worden und hatte alles hinter sich gelassen, sogar ihre eigenen Erinnerungen.

Aber Aiden ... Aiden war das Einzige, was sie nicht verlieren konnte, das Einzige, das sie eifersüchtig als ihr Geschenk des Himmels gehütet hatte. Aber sie hatte geglaubt, sie könne das Schicksal verleugnen, und jetzt hatte es sie alles gekostet.

»Du wirst ihn töten«, sagte eine Frauenstimme in ihrem Kopf. *»Aber der Tod ist vielleicht nicht das Ende ...«*

Anna hob ihr Gesicht an, als Fain auf sie zukam. Ihre Hände lagen noch immer auf der Klinge. Sie versuchte aufzustehen, versuchte erfolglos, das Schwert zu schwingen, aber die Schmerzen in ihrem Kopf und Arm waren zu stark, und sie verlor das Gleichgewicht. Er riss ihr die Waffe aus den Händen. Sie brach zusammen, ihre Knie waren zu schwach, um noch zu kämpfen. Fain hob die Klinge, und das sterbende Licht der untergehenden Sonne ließ den Stahl des Schwertes in einem kräftigen Rotgold aufblitzen.

Ihr Blick fiel auf den Brunnen. Wenn das Schicksal Gnade walten ließ, betete sie, dass ihre Seele sich Aidens Seele anschließen würde, in jenem stillen, dunklen Geheimnis, das über den Tod hinausging.

$$\text{⁂} \quad 18 \quad \text{⁂}$$

Aiden versank in der Dunkelheit. Das kalte schwarze Brunnenwasser wirbelte über seinen Kopf, als er sich an diesem Ort zwischen den Lebenden und den Toten verlor. Jeder Moment seines Lebens, ob groß oder klein, gut oder schlecht, spielte sich in leuchtenden Farben in seinem Kopf ab, als ob er auf der Suche nach einem letzten Sinn wäre.

Er spürte jeden Peitschenhieb seines Vaters, das kühle Wasser der Feenteiche, das seine Seele wieder zusammenfügte, das Lächeln auf den Gesichtern seiner Brüder, wenn sie zu dritt in den seltenen Momenten, in denen sie Frieden kannten, frei in den Hügeln herumliefen. Das Gefühl von frischem Heidekraut in seinen Händen, als er seiner Mutter einen Blumenstrauß überreichte. Die Art, wie sie lächelte, als ob diese einfache Handlung jeden Kummer von ihr genommen hätte, wenn auch nur für ein paar Stunden.

Er erinnerte sich an die Nacht, in der Rosalind in die Dunkelheit geflohen war, und an den Brief, den er einen Monat später erhalten hatte, in dem stand, dass sie einen Engländer geheiratet hatte und nicht mehr nach Hause kommen würde. Er erinnerte sich an das Sterbebett seines Vaters, sah zu, wie der Mann seinen letzten Atemzug tat und eine Flamme an einer zu schwach brennenden Kerze in der Nähe zitterte.

Es schien, als hätte es in seinem Leben immer nur Dunkelheit gegeben, aber dann sah er das Licht, die Liebe, die immer für ihn da war. Seine Freunde und Geschwister hatten ihn nie wirklich verlassen. Er war es, der die Welt verlassen hatte ... bis Anna gekommen war. Sie hatte ihn zurück ins Licht gejagt. Sie hatte ihm sein Leben zurückgegeben, und jetzt hatte er sie im Stich gelassen ...

»Der Tod ist vielleicht nicht das Ende ...« Die Stimme der Romani-Frau hallte in seinem Kopf wider. Sie hatte diese Worte nie zu ihm gesagt, in jener Nacht, in der sie ihn gewarnt hatte, als er noch ein kleiner Junge gewesen war, und doch hörte er ihre Stimme jetzt so klar wie eine Glocke, als ob sie in sein Ohr sprechen würde. *»Geh durch das Wasser und rette sie ...«*

Er verdrängte die eindringende Dunkelheit und die Müdigkeit des Todes, die sich in seine Glieder stahl. Seine Hände spreizten sich und griffen nach den rauen Steinen der Brunnenwand, und er zog sich hoch, wobei er die Wasseroberfläche durchbrach, als würde er die Barriere zwischen den Welten durchbrechen. Er keuchte und zog Luft in seine Lungen. Diese süße, herrliche Luft gab ihm wieder Kraft in Arme und Beine. Er kletterte, griff mit den Fingern in die Ritzen und Spalten und kämpfte gegen den Schmerz in seinem Unterleib, wo der Dolch ihn durchbohrt hatte. Sein Körper zitterte heftig vor Schmerz und Schwäche, während er versuchte, sich die steilen Steine hinaufzuarbeiten. Die Öffnung des Brunnens schien so weit entfernt zu sein, und er war so müde, aber die Stimme der Romani-Frau trieb ihn immer weiter an.

»Rette sie.«

Er erreichte den Aufbau des Brunnens. Die letzte Prinzessin Ruritaniens lag auf den Knien, ihre Hände gruben sich in den Boden, während Fain ein Breitschwert hoch über ihrem Kopf schwang. Der kleine Dolch schimmerte noch immer rot von Aidens Blut und lag auf dem Boden am Fuße des Brunnens. Aiden kletterte über den Brunnenrand, fiel auf die Knie und hielt den Dolch in der Hand. Dann zog er seinen Arm zurück und beschwor die Kraft aller Kincade-Vorfahren in diesem einen Wurf.

Die Klinge segelte in die richtige Richtung und bohrte sich tief in den Rücken von Fain. Einen Moment lang befürchtete Aiden, die Klinge sei nicht tief genug eingedrungen. Doch dann rutschte das Breitschwert aus Fains Händen, und er stolperte ein paar Schritte, bevor er zu Boden ging.

Aiden lehnte sich mit dem Rücken an den Brunnen und atmete schwer, da der Schmerz in seinem Bauch zu groß wurde, als dass er ihn ignorieren konnte. Er bedeckte die Wunde mit seiner Hand und versuchte, Druck auf sie auszuüben. Er glaubte nicht, dass die Klinge so tief eingedrungen war, da der Dolch klein war, aber er würde sich nicht sicher sein, bis er einen Arzt gesehen hatte.

»Anna ... Es ist alles in Ordnung, Mädchen«, keuchte er.

Sie öffnete die Augen und starrte ihn schockiert an. »Bin ich tot? Sind wir ...?« Sie blinzelte, während ihr die Tränen über die Wangen liefen.

»Nein, Mädchen. Du bist nicht tot.« Er hielt ihr seine freie Hand hin. »Vertraust du mir?«

Ihre braunen Augen lösten sich lange genug von seinem Gesicht, um seine ausgestreckte Hand zu sehen. Dann war sie auf den Beinen, rannte auf ihn zu, warf sich auf ihn und schlang ihre Arme um seinen Hals.

»Uff!« Er zuckte zusammen, als seine Frau sich an ihn schmiegte und ihr Gesicht in seinem Nacken vergrub. Er strich ihr die losen Strähnen ihres rostroten Haares aus dem Gesicht und küsste sie auf die Wange.

»Du bist zurückgekommen«, flüsterte sie immer wieder. Er schlang einen Arm fest um sie.

»Ich habe versprochen, dass ich dich nie verlassen werde.« Er nahm den Duft ihres Haares, des Bodens und der Bäume in sich auf. Der einst furchterregende Wald schien um sie herum weicher geworden zu sein und glich nun eher einem friedlichen Urwald. Von Norden her wehte eine sanfte Brise, die nach Meer und Träumen von fernen Hügeln und Feenteichen roch. Zum ersten Mal in seinem Leben gab es keinen Raum für Trauer. Kein Platz für die Dämonen der Vergangenheit, die ihn heimsuchten. Es gab nur Raum für Liebe und Hoffnung für die Zukunft.

Er war sich nicht sicher, wie lange er und Anna an dem alten Steinbrunnen saßen, aber nach einer Weile wischte sie sich über die Augen und küsste ihn dann zärtlich auf die Stirn, dann auf die geschlossenen Augenlider, dann auf die Wangen und schließlich auf die Lippen.

»Du bist für mich gestorben.«

»Nur ein bisschen«, neckte er, aber sie lachte nicht.

»Ich habe versucht, dich davon abzuhalten, hierher zu kommen ...«, schniefte sie.

»Ich würde tausendmal für dich sterben, Mädchen«, schwor er. »Es ist alles in Ordnung, Anna. Wir haben überlebt. Jetzt werden wir keine Träume mehr zu fürchten haben.«

»Glaubst du das nicht?« Sie schien immer noch unsicher zu sein. Das war verständlich. Diesen Albtraum hatten sie beide im Laufe der Jahre schon unzählige Male gehabt.

»Ich glaube, diese Träume waren ein Weg, uns auf das vorzubereiten, was passieren würde«, sagte er. »Ich glaube, es sollte uns auf die Probe stellen, uns auf den Tag vorbereiten, an dem wir um unser Zusammensein kämpfen müssen. Jetzt ist es vorbei.«

Annas Augen weiteten sich plötzlich. »Aber es ist noch nicht vorbei, oder? Aiden, wir müssen zurückgehen. Alexei ...«

»Es geht ihm gut, mein Herz. Als ich ihn verließ, war er frei. Meine Brüder, Godric und seine Freunde haben gegen die Wachen gekämpft.«

Sie atmete tief durch, während ihre Augen feucht wurden. »Ich bin den Tod und das Kämpfen so leid. Ich hoffe, es ist wirklich vorbei.« Sie stand auf und schüttelte Schmutz und Blätter von ihrem Rock.

»Das ist es«, versprach Aiden.

Mit letzter Kraft drückte er sich gegen den Brunnen und stützte sich mit einer Hand darauf ab. Langsam drehte er sich um und schaute dann ins Wasser hinunter. Es war schwarz und unergründlich gewesen, als er sich unter seiner Oberfläche befand, aber jetzt spiegelte es den purpurnen Himmel darüber wider. Anna stellte sich zu ihm an den Rand und schaute mit ihm in den Brunnen hinunter.

»Es ist alles so seltsam«, sagte sie in einem sanften, etwas wehmütigen Ton. »All die Jahre wollten wir diesen Moment vermeiden, aber in Wahrheit sind wir auf ihn zugerannt.«

»Aufeinander zugerannt«, sagte Aiden. »Und ich würde es immer wieder tun, wenn wir dann zusammen sein könnten.« Das war das Leben. Jeder Schmerz, jede Qual, jede einsame Nacht und jeder Morgen des Herzschmerzes waren dazu da, um für die einzigartigen Momente zu kämpfen, in denen das Leiden endete und es nur noch Freude und Liebe gab. Jetzt wurde ihm klar, dass das Glück nie wirklich so weit weg war.

Er erinnerte sich an etwas, das seine Mutter einmal gesagt hatte. »Wir kämpfen weiter für den Anbruch neuer Tage und die Hoffnung auf den Segen, den diese Tage bringen werden.«

Er war ein gesegneter Mann, und das war er immer gewesen. Er hatte eine Familie, Freunde und jetzt die Liebe einer Frau, die er nicht verdient hatte, aber er würde versuchen, sich ihre Liebe jeden Tag bis zu seinem Tod zu verdienen.

Anna verschränkte ihren Arm mit seinem und drückte ihre Wange an seine Schulter, während sie mit dem verzauberten Brunnen sprach. »Danke, dass du meinen Wunsch erfüllt hast.«

Fast hätte Aiden sie gefragt, was sie sich gewünscht hatte, aber er war müde, und sein Magen schmerzte. Er brauchte einen Arzt, und der Weg zum Winterpalast würde viel zu lang sein.

»Kannst du mir helfen, diese Wunde zu verbinden?«, fragte er.

Anna untersuchte die Wunde mit ängstlichen Augen, aber ihre Hände waren ruhig, als sie einen langen Stoffstreifen aus ihrem Unterrock riss und damit seine Taille umwickelte. Dann schnürte sie den Verband fest zusammen, um die Blutung zu stillen.

»Ich denke, das wird reichen, bis wir den Palast erreichen können. Wir könnten versuchen, die Kutsche zu finden, die Fain auf der Straße zurückgelassen hat ... Oh, schau!« Anna zeigte auf etwas, ihr Gesicht war voller Überraschung und Freude. Er sah auf der anderen Seite der Lichtung, dass das Pferd, das er hierher geritten hatte, zufrieden graste und sie vorsichtig beäugte.

Aiden schnalzte mit der Zunge, woraufhin das Pferd schnaubte und den Kopf hob, bevor es zu ihnen trabte.

»Guter Junge«, lobte er und gab dem Pferd einen Klaps auf den Hals, dann schnalzte er noch einmal mit der Zunge, und das Pferd wieherte leise. Aiden half Anna auf, bevor er hinter ihr aufstieg. Dann kehrten sie zurück zur Straße, die sie zum Winterpalast führen würde.

Anna hielt den Atem an, als sie das Dorf erreichten. Die Straße war voller Menschen, und viele weinten, aber sie bemerkte, dass es zwischen den Tränen auch Lächeln, Umarmungen und Lachen gab.

Mein Volk ist frei.

Sie wusste, dass viele der Männer ihres Onkels über das Land verstreut waren, aber sie würden sicher bald gefasst und erledigt werden. Sobald ihr Bruder und William die Oberhand hätten, könnten sie diese Männer zusammentreiben oder sie aus Ruritanien vertreiben.

»Prinzessin! Gott sei Dank, du lebst!« Williams freudiger Ausruf erregte ihre Aufmerksamkeit, als der liebe Freund ihres Bruders neben ihrem Pferd erschien, als sie in den Innenhof einritten.

»Hallo, Will.« Er packte sie bei der Taille und half ihr herunter. »Wo ist mein Bruder?«

Grinsend zeigte William auf Alexei, der mit Mitgliedern der Liga aus London zusammen stand. »Dort.«

Ashton und seine Freunde hatten einen Kreis gebildet und standen mit verschränkten Armen da, während sie zuhörten, was Alexei sagte. Mit einem bittersüßen Gefühl sah sie, dass sich ihr Zwilling in den letzten zwei Monaten verändert hatte. Er wirkte eher wie ein König und trug nun die Last der Bedürfnisse ihres Landes auf seinen Schultern.

Aber die Herrschaft über Ruritanien war kein Recht, das einem in die Wiege gelegt wurde, ganz gleich, was andere denken mochten. Es war eine Ehre, die nur einem Mann zuteil wurde, der die Bedürfnisse aller anderen über seine eigenen stellte. Yuri hatte das nie verstanden, aber Alexei schon.

Der Blick ihres Bruders schweifte ab, und als er sie erblickte, unterbrach er sein Gespräch.

»Anna!« Er stürzte auf sie zu und schloss sie in seine Arme. Sie vergrub ihr Gesicht an seiner Brust und weinte vor Erleichterung. Als sie zu ihrem Bruder aufschaute, sah sie, dass auch er weinte.

»Geht es dir gut?«, fragte er.

Sie brachte ein Nicken zustande. Alexei blickte an ihr vorbei zu Aiden, der Abstand gehalten hatte.

»Danke, dass Sie meine Schwester gerettet haben, Mr. Kincade.«

»Es war mir eine Ehre, Eure Majestät«, antwortete Aiden.

Annas Kehle schnürte sich zu, denn in ihr kämpften starke Gefühle.

»Anna, wir müssen reden«, sagte Alexei.

Sie blickte zu Aiden, doch der winkte ab. »Geh schon, Mädchen, ich muss mich um das hier kümmern.« Er hielt eine Hand auf seinen Unterleib, der immer noch blutete. Sie wollte ihn nicht zurücklassen, aber der sture Gesichtsausdruck ihres Mannes verriet ihr, dass er nicht wollte, dass sie sah, was ein Chirurg wahrscheinlich mit ihm machen musste. Nicht, dass ein sturer Schotte sie von irgendetwas hätte abhalten können, aber sie musste auch mit Alexei sprechen.

»Ich will dich nicht verlassen. Du bist verletzt ...«, begann sie.

»Geh, Mädchen. Ich schaffe das schon.« Er schenkte ihr ein sanftes, beruhigendes Lächeln, bevor er auf Ashton und seine Brüder zuging. Anna folgte ihrem Bruder widerstrebend ins Schloss. Sie würde schnell mit Alexei sprechen und dann zu ihrem Mann gehen, um sicher sein zu können, dass es ihm gut ging.

»Wo ist Yuri?«

»Tot.«

»Hast du ...«

Alexei nickte knapp. »Nachdem du mit Fain verschwunden bist, stellte sich heraus, dass der Henker ein Freund von dir war - Godric. Offensichtlich hatten der Kerl und seine Freunde die Schlossbediensteten für sich gewonnen, und sie halfen in der Schlacht, zusammen mit William und meinen Wachen, die sich unerkannt in den Hof geschlichen hatten. Wir haben ziemlich heftig gekämpft. Yuri floh ins Schloss, und ich verfolgte ihn. Wir haben gekämpft, und ich habe gewonnen. Der Mann ist tot.« Alexei schien nicht mehr sagen zu wollen, und Anna spürte die Trauer ihres Zwillings darüber, einem Menschen das Leben genommen zu haben. Er war und blieb ein freundlicher und mitfühlender Mensch, der zwar mutig war, aber nicht gerne tötete.

Sie lehnte sich an ihn, schlang ihre Arme um den Hals ihres Bruders und hielt ihn einen langen Moment lang fest. Alexei stieß einen leisen Seufzer aus, als sie sich trennten.

»Ich bin so froh, dass du zurückgekommen bist, Anna. Ich bin so verdammt froh«, gestand er. »Ohne dich hätte ich das nicht überlebt.« Sie gingen schweigend weiter, bis sie die große Halle erreichten.

Die Halle war jetzt leer, aber es fühlte sich an, als sei sie voll von Geistern. Alexei setzte sich an einen der langen Tische, die für Annas unglückliche Hochzeit mit Fain an die Wand geschoben worden waren, und Anna setzte sich neben ihn. Alexei nahm ihre Hände in die seinen und hielt sie fest, während er sie betrachtete.

»Ich plane eine Änderung der königlichen Charta und die Einführung einer konstitutionellen Monarchie. Ich würde mich freuen, wenn du bleibst und unser Volk in den nächsten Tagen mit mir begleitest.«

Anna hielt den Atem an, denn sie wusste, dass sie bald vor einer unangenehmen Entscheidung stehen würde.

»Ich werde bleiben«, versicherte sie ihm, aber in ihrem Herzen machte sie sich Sorgen um Aiden. Sie wusste, dass er bei ihr bleiben würde, aber dieses Leben, das Leben eines Prinzgemahls, würde ihm das Herz brechen. Weg von seinen Brüdern, weg von seinen wilden schottischen Bergen und Tälern zu sein, das würde sich für ihn so anfühlen, als würde man ihm seine Seele wegnehmen.

»Kincade hat mir alles erzählt, was dir seit unserer Trennung widerfahren ist.« Ihr Bruder wechselte das Thema und überraschte sie damit. Aiden hatte ihrem Bruder alles erzählt, was passiert war, das Gute und das Schlechte?

Annas Augen brannten. »Hat er?«

»Wir haben eine *lange* Nacht im Kerker miteinander verbracht.«

»Hat er erwähnt, dass wir verheiratet sind?«

»Das hat er. Aber, Anna, er hat gesagt, dass er dich nicht an das Gelübde binden wird, wenn du dich entscheidest, einen anderen zu heiraten, wie Lord Erich. Er sagte, er habe dich mit Erich in London tanzen sehen und dass, nun ja … Ihr beide würdet durch Heirat ein starkes Bündnis zwischen Ruritanien und Preußen schließen. Ich glaube nicht, dass er dir bei der Erfüllung deiner Pflicht im Wege stehen will. Es ist deine Entscheidung. Er wird nicht verlangen, dass du mit ihm nach Schottland zurückkehrst.«

Meine Pflicht … Diese beiden Worte lasteten auf ihren Schultern, seit sie und Alexei geboren worden waren. Im Gegensatz zu ihrem Bruder war sie nicht dazu bestimmt, Königin zu werden, aber wenn Alexei ohne einen Erben starb, würden ihre Söhne die nächsten in der Thronfolge sein. Selbst wenn sie nach Schottland zurückkehren würde, bliebe das Wissen, dass ihre Kinder eines Tages über Ruritanien herrschen könnten. Aber das war keine Antwort auf die Frage, die Alexei ihr gestellt hatte. Sollte sie das Richtige für ihr Land tun und Erich heiraten, oder sollte sie das Richtige für sich selbst tun und ihr Gelübde gegenüber Aiden einhalten? Und wenn sie es täte … Sollten sie gehen oder bleiben?

Annas Schultern sanken leicht herunter. »Was würdest du an meiner Stelle tun?«, fragte sie ihren Zwilling.

Alexeis Lächeln war reumütig. »Was *ich* tun würde und was *du* tun würdest, sind vielleicht zum ersten Mal in unserem Leben als Zwillinge sehr unterschiedliche Antworten. Ich habe meine Rolle als König in dem Moment angenommen, als ich zum ersten Mal gegen Yuri kämpfte, an dem Tag, als der Sommerpalast brannte. Das bedeutet, dass ich dieses Land immer an die erste Stelle setzen muss. Aber du ... Du musst das nicht. Denk einfach darüber nach. Es müssen keine Entscheidungen getroffen werden, bevor wir nicht die Frage der Zukunft Ruritaniens geklärt haben.« Alexei drückte ihre Hände und lächelte traurig, bevor er den Gang hinunter auf den unbesetzten Thron und den leeren Platz blickte, wo ein zweiter stehen sollte. »Ohne sie wird es nie mehr dasselbe sein, oder?« Er klang fast wie ein verlorenes Kind, aber die Verletzlichkeit, die er nur ihr gegenüber zeigte, wurde schnell unter einer königlichen Gelassenheit begraben.

»Nein, das wird es nicht. Manchmal denke ich, dass vielleicht alles nur ein böser Traum ist und dass ich morgen aufwache und alles wieder so ist, wie es einmal war.« Eine Träne kullerte ihr über die Wange und tropfte von ihrem Kinn auf ihr besudeltes Hochzeitskleid. »Aber wir können nicht in solchen Fantasien leben.« Sie hatte nie wirklich verstanden, was es bedeuten würde, vor einer solchen Entscheidung zwischen Pflicht und Wunschdenken zu stehen, und dass das Gewicht dieser Entscheidung so viele Leben beeinflussen würde.

»Ich denke, wir sollten zurückgehen. Es gibt viel zu tun«, sagte Alexei.

Anna stand zusammen mit ihrem Bruder auf und hatte das seltsame Gefühl, dass sie nicht allein waren. Als ob die Geister der Vergangenheit bei ihnen wären und sie beobachten würden. Warten würden. Sie begannen, wieder von dem einzigen Thron am Ende des Raumes wegzugehen, und sie spürte den Verlust ihrer Eltern in diesem Moment so tief, dass sie nicht mehr atmen konnte. Sie warf einen Blick über die Schulter auf den leeren goldenen Stuhl und kämpfte gegen die Tränen an, die ihre Seele um die Vergangenheit weinte. Dann drehte sie sich um und blickte in die Zukunft.

»Nun, du wirst es überleben«, erklärte Ashton, als er Aidens Wunde untersuchte. »Ihr Schotten habt das Glück des Teufels.«

Aiden lag auf einem Tisch in einer Hütte, die einem der Kaufleute des Dorfes gehörte. Neben Ashton öffnete ein Arzt eine schwarze medizinische Tasche und nickte zustimmend. »Lord Lennox hat Recht«, sagte der Mann in stark akzentuiertem Englisch. »Die Klinge hat Ihre Organe nur mit viel Glück verfehlt. Das kann passieren, wenn der Einstich an der richtigen Stelle erfolgt. Ihre Muskeln sind dick da unten, und das Hemd, das Sie trugen, hat die Klinge ein wenig verlangsamt. Die Mongolen trugen zu diesem Zweck Seide in ihren Schlachten.«

»Doktor ...« Ashton unterbrach sanft den Beginn des historischen Vortrags des Doktors.

»Richtig, ich entschuldige mich. Wie ich schon sagte, war es für die Klinge auf diese Weise schwieriger, lebenswichtige Organe zu treffen.«

»Das ist eine Erleichterung.« Aiden legte seinen Kopf wieder auf den Tisch.

»Sie müssen trotzdem genäht werden«, warnte der Arzt. »Und Sie sollten auf das Fieber achten.«

»Nähen Sie nur los, Doktor. Geben Sie mir nur vorher etwas Whisky.«

Ashton lachte. »Jemand bringe dem Mann einen Drink«, rief er der Menge von Ashtons Freunden zu, die um ihn herumstanden.

»Gleich hier.« Charles zog einen silbernen Flachmann aus seinem Mantel und reichte ihn Aiden, der einen langen Zug nahm, bevor er sich seufzend wieder auf den Tisch legte. Brock und Brodie standen auf beiden Seiten seiner Schultern und sahen besorgt zu, als der Arzt begann, die Wunde zu nähen. Trotz der Schmerzen gab Aiden nur ein paar leise Laute des Unbehagens von sich. Das war nichts im Vergleich zu den Dingen, die sein Vater einst getan hatte …

»Ashton …« Aiden stöhnte und versuchte, den Stich der Nadel zu ignorieren. »Wie ist Godric in der Uniform des Henkers gelandet? Ich hätte nicht gedacht, dass er und die anderen uns rechtzeitig erreichen würden.«

»Nachdem wir London verlassen hatten, sagte Lord Morrey, er würde uns mit Verstärkungstruppen folgen. Er sagte Godric und den anderen aus unserer Gruppe, dass sie in derselben Nacht wie wir abreisen würden. Godric und die Hälfte seiner Männer trafen nur einen halben Tag nach uns ein und begegneten Alexeis Stellvertreter, einen Mann namens William. William hatte die Rebellenarmee des Prinzen versammelt und plante, die Burg zu stürmen, um die Hinrichtung zu verhindern. Cedric und ich schafften es, uns im Palast als Diener auszugeben und ihr Vertrauen zu gewinnen, um bei der Schlacht zu helfen. Wir erfuhren, dass du mit Charles im Kerker warst, also trafen wir uns mit den anderen und heckten einen Plan aus, um die Hinrichtung zu verhindern und Yuris Männer zu bekämpfen. Nachdem du dich auf den Weg gemacht hast, um Anna zu retten, tauchten Williams Truppen im Hof auf und bekämpften die noch im Palast verbliebenen Wachen. Mit Hilfe der Dienerschaft gelang es uns, die Wachen in einem Teil des Schlosses in eine Falle zu locken. Dann standen sie vor der Situation »Kapitulation oder Tod«. Natürlich haben sie kapituliert«, sagte Ashton nicht ohne Stolz.

»Und Yuri?«, fragte Aiden. Das Letzte, was er mitbekommen hatte, war gewesen, wie die Dorfbewohner und Alexei sich dem Mann näherten.

»Alexei jagte seinen Onkel in die große Halle der Burg, und sie duellierten sich mit Schwertern. Yuri ist bei dem Kampf umgekommen.«

Ein Teil der Anspannung verließ Aidens Körper. Die Bedrohung für Anna war endlich vorbei.

»Morreys Truppen werden jeden Tag hier sein, und wenn sie da sind, werden wir dafür sorgen, dass sie den Rest von Yuris Männern auf dem Land zusammentreiben und für Ordnung sorgen können. Dörfer müssen wieder aufgebaut werden, und die Männer und Frauen in Ruritanien brauchen Nahrung und Arbeit. Morreys Männer werden ihnen helfen, das wieder aufzubauen, was Yuri zerstört hat«, fügte Ashton hinzu.

»Wir werden alle bald nach Hause gehen, Bruder.« Brock drückte Aidens Schulter.

Nicht alle von uns, dachte Aiden. Das war es, wovor Aiden Angst hatte. Es bedeutete, entweder hier bei Anna zu bleiben und von dem Land, das er liebte, und seiner Familie getrennt zu werden, oder Anna musste die Liebe ihrem Land vorziehen. Auf jeden Fall würden nicht alle von ihnen nach Hause gehen.

Aber in Wahrheit hatte er ja keine Wahl. Wenn Anna sich entschied, mit ihm verheiratet zu bleiben, würde er hier mit ihr leben. Egal, wie sehr er sein Zuhause, seine Tiere, seine Freunde und seine Geschwister vermissen würde, er würde ihre Bedürfnisse immer vor seine eigenen stellen. Die Liebe war ein Opfer ... aber sie war auch ein kostbares Geschenk, und er würde alles tun, um dieses Geschenks würdig zu sein.

»Es ist schade, dass wir nie einen anständigen Kampf hatten«, brummte Charles. »Wir haben Yuris Männer so schnell erledigt, dass es ziemlich langweilig war, nicht wahr?«

Ashton verdrehte die Augen.

»Ich denke, die Erstürmung einer Burg mit Rebellen ist eine gute Geschichte«, sagte Godric. »Außerdem ist es kein richtiges Abenteuer, wenn Charles nicht fast der Kopf abgehackt wird.«

Charles warf Godric einen finsteren Blick zu und erschauderte heftig. »Das ist nicht im Geringsten amüsant. Mir gefällt mein Kopf, wo er ist, vielen Dank.«

Aiden schloss die Augen, und ein leichtes Lächeln umspielte seine Lippen, als er hörte, wie sich seine Brüder mit gutmütigen Beleidigungen darüber, wo Charles' Kopf sein sollte, in das Gespräch einschalteten. Er würde sie alle sehr vermissen, aber Anna war seine Zukunft, und wenn sie ihn haben wollte, bedeutete das, die Vergangenheit loszulassen. Aber das setzte voraus, dass sie sich für ihn und nicht für Erich entschied. Er würde ihre Entscheidung respektieren, selbst wenn sie ihm das Herz brechen würde.

❧ 19 ❧

V ier Wochen später

ANNA STAND EIN PAAR SCHRITTE HINTER ALEXEI IN DER großen Halle, als dieser vor einem Priester kniete und die Königskrone von Ruritanien erhielt. Die Menge, die der Krönung beiwohnte, jubelte. Anna beobachtete das spätherbstliche Sonnenlicht, das durch die Buntglasfenster fiel und die Steinwände mit in allen Farben des Regenbogens färbte, und sie warf einen Blick auf Aiden in der Menge, der sie mit sanften Augen beobachtete, die ihre Haut erröten ließen. Sie zwang sich, sich wieder auf die Krönung ihres Bruders zu konzentrieren.

»Erhebt Euch, König Alexei der Dritte von Ruritanien«, verkündete der Priester. Alexei stand auf und wandte sich der Menge zu, wobei sein roter Mantel mit weißem Fell hinter ihm wirbelte. Er sah sich im Raum um. Unter dem Mantel trug er die königlich-ruritanische Militärtracht in Weiß und

Blau mit dem goldenen Löwenwappen der Familie auf der Brust. Er sah großartig aus und war ihrem Vater so ähnlich, dass es Anna das Herz weh tat.

Vier Wochen waren seit dem Tod des »Prätendenten«, wie die Einheimischen Yuri nun nannten, vergangen. Sie schienen entschlossen, dem Mann jeden Platz in ihrer Geschichte zu verweigern. In dieser Zeit war Alexei täglich mit Adligen und Bürgern aus allen größeren Dörfern zusammengetroffen, um die Zukunft des Landes zu besprechen.

Die königliche Charta war überarbeitet worden, um die Regierung Ruritaniens in eine konstitutionelle Monarchie umzuwandeln. Die adligen Familien waren bereit, zusammen mit den Bürgerlichen die Aktion zu unterstützen. Es schien, als hätten die Menschen in Ruritanien nie den Glauben an den rebellischen Prinzen verloren. Anna klatschte zusammen mit der Menge, als ihr Bruder quer durch das Kirchenschiff schritt und dann weiter auf den Schlosshof hinausging.

Anna blieb in der Halle zurück und hörte zu, wie der Jubel draußen weiterging. Sie ging zum Thron hinüber und berührte die geschnitzte Krone am oberen Ende des Stuhls. Sie spürte, wie dieselben Geister wieder auf sie herabschauten. In der Tasche ihres Kleides hielt sie einen Brief, den sie vor der Zeremonie erhalten hatte. Jetzt, wo sie allein war, holte sie ihn aus ihrer Tasche und brach endlich das Siegel, um ihn zu lesen.

MEINE LIEBSTE ANNA,

Ich komme zu Ihnen nach Ruritanien, um meinen Antrag zu erneuern. Obwohl unsere Eltern bereits unseren Verlobungsvertrag unterschrieben haben, bin ich der Meinung, dass es nur dann ein verbindliches Versprechen sein sollte, wenn Sie selbst es bestätigen. Aber ich frage mich, ob Sie vielleicht nicht da sein werden, wenn ich komme. Denn ich habe in London etwas gesehen, das mich nachdenk-

lich gemacht hat. Ich habe gesehen, wie Sie einen anderen Mann so angesehen haben, wie ich Sie angesehen habe. Mein Herz spürt, dass vielleicht ein anderer Sie in seinen Armen hält, während ich dies schreibe, und dass Sie vielleicht in seinen Armen liegen und dort wirklich hingehören.

Wenn dem so ist, sollten Sie wissen, dass ich es für gut halte, dass Sie Ihrem Herzen gefolgt sind. Es gab einmal einen Sommer, als ich Sie besuchte, und Ihre Mutter sprach mit mir unter vier Augen. Ihre Worte sind mir immer im Hinterkopf geblieben. Sie sagte, Alexei sei geboren, um in Ruritanien zu leben, aber vor Ihnen läge ein Schicksal, das Sie weit weg an einen Ort ohne Kronen führen würde, wo Sie frei wären, andere Träume zu verfolgen.

Sie sah so traurig aus, als sie mir das sagte, als hätte sie immer gewusst, dass Sie eines Tages Ruritanien verlassen würden. Aber wenn ich eines gelernt habe, dann ist es, dass wir weder verleugnen sollten, wer wir sind, noch unsere Berufung verleugnen sollten, ganz gleich, welche Form sie annimmt. Sollte ich Sie bei meiner Ankunft nicht mehr vorfinden, werde ich Ihre Antwort kennen. Ich werde traurig sein, aber gleichzeitig werde ich Frieden in mir tragen, weil ich weiß, dass Sie Ihren Weg frei gewählt haben.

Immer der Ihre,
Erich

SIE DRÜCKTE DEN BRIEF AN IHRE BRUST. DER LETZTE REST von Schuldgefühlen, den sie bei dem Gedanken an die Abreise empfand, war verschwunden.

»Du wusstest immer, dass ich gehen würde, nicht wahr?«, flüsterte sie in die Luft, und einen Moment lang glaubte sie, eine Liebkosung auf ihrer Wange zu spüren. »Aber ich werde nicht für immer weg sein«, versprach sie. »Ich komme wieder«, sagte sie.

»Anna?« Die Stimme ihres Bruders am anderen Ende des Flurs ließ sie herumfahren.

Alexei kam auf sie zu. Die schwere Krone war nicht mehr auf seinem Kopf, und der Mantel bedeckte nicht mehr seine Schultern. Er war einfach wieder ihr Bruder, aber auch ein König. Eines Tages würde es schwer sein, sich an die Tage zu erinnern, als sie noch jung gewesen waren. Sie würde so vieles aus dem Leben ihres Bruders verpassen, wenn sie Ruritanien verließ, und sie würde nicht mehr hier sein, um Alexeis heimliche Ratgeberin zu sein. Zuvor hatten sie fast alles in ihrem Leben miteinander geteilt, aber das ging nun zu Ende, wie alles irgendwann einmal zu Ende gehen musste.

»Anna«, sagte er wieder, als sie sich in der Mitte der großen Halle trafen.

»Ich ... ich habe meine Entscheidung getroffen«, sagte sie. Die Worte verursachten einen körperlichen Schmerz in ihr. Sie hatte Abschiednehmen noch nie besonders gut verkraftet.

»Du hast dich entschieden, zu gehen, nicht wahr?« Er legte seine Hände auf ihre Schultern, seine Augen spiegelten ihren eigenen Kummer wider.

Sie nickte. »Ich werde abreisen, sobald ein Schiff bereitsteht.«

»Nach Schottland?«, fragte er, aber es war mehr eine Feststellung als eine Frage.

Sie nickte erneut, und die Freude über den Gedanken an ihr neues Zuhause entlockte ihr ein Lächeln.

»Wie ist es dort?«, fragte er neugierig. »Vielleicht werde ich dich eines Tages besuchen, wenn es hier wieder friedlich ist.«

»Das hoffe ich doch«, sagte sie. »Ich glaube, es würde dir gefallen. Das Land ist wild und ungezähmt, aber es heißt einen Menschen mit seinem endlosen Himmel und seinen lila Heidekrautfeldern willkommen. In den alten Wäldern und Feenteichen gibt es noch Magie. Das ist jetzt mein Zuhause.« Sie hoffte, dass ihr Bruder eines Tages verstehen würde, was es bedeutete, den Ruf der Heimat zu spüren, wie sie es tat.

»Und Kincade? Bleibst du mit ihm verheiratet?«

»Ja, aber ich möchte unser Eheversprechen vor seiner Familie und unseren Freunden erneuern. Es gibt eine alte Kirche auf einem Hügel, die seiner Familie viel bedeutet. Ich würde dort gerne eine zweite Hochzeit haben. Es ist ja nicht so, dass wir dich nicht wenigstens einmal im Jahr besuchen würden, aber wir können nicht hier bleiben.« Anna wischte sich eine Träne weg. Sie wünschte sich, sie hätte auch hier mit ihren Eltern feiern können, aber das war für immer unerreichbar.

»Du wirst mit ihm glücklich sein? Es wird dir nichts ausmachen, das Leben am Hof aufzugeben?«, fragte Alexei.

Anna streckte die Hand aus, um seine Wange zu streicheln, die unsichtbare Verbindung zu ihm war so stark wie immer.

»Ich habe nie wirklich über Glück nachgedacht, nicht über wahres Glück, bis Aiden mich an jenem Tag am Ufer fand. Es war, als ob jemand alles, was in mir fehlte, plötzlich gefunden hatte. Ich fühlte mich nicht allein oder fehl am Platz. Ich fühlte mich zugehörig, nicht nur zu ihm oder dem Land, sondern zu mir selbst. Ergibt das einen Sinn?«

Ihr Bruder lächelte. »Liebe ergibt *immer* einen Sinn.«

Anna erkannte an den Augen ihres Bruders, dass er sie bitten wollte, für immer hier zu bleiben, Aiden dazu zu bringen, hier bei ihr zu bleiben, aber das wäre weder für Aiden noch für sie richtig. Ihr Leben spielte sich in Schottland ab.

»Er und ich ... Wir sind einander so ähnlich, weißt du. Ich könnte mir nicht vorstellen, noch länger am Hof zu bleiben und mir mein Leben von den Regeln anderer diktieren zu lassen. Das würde mich nicht glücklich machen.«

Alexei beugte sich vor und küsste sie auf die Stirn. »Ich werde dich unbeschreiblich vermissen«, sagte er, und seine Lippen zuckten, als er versuchte zu lächeln, aber es schien ihm nicht zu gelingen.

»Ich glaube, das ist das Beste und das Schlimmste daran, jemanden zu lieben. Irgendwann muss man sich voneinander trennen, und der Gedanke ist schmerzhaft, aber nicht jeder Abschied ist für immer. Wir werden wiederkommen, Alexei, jedes Jahr, das verspreche ich.«

»Ich weiß, dass du das wirst.« Er umarmte sie fest, und Anna hielt den Atem an, weil sie dummerweise glaubte, das würde ihr das Brechen des Herzens leichter machen.

»Du solltest deinem Schotten die gute Nachricht besser schnell überbringen. In den letzten vier Wochen war er viel zu ruhig. Ich glaube, er hat Angst, dich zu verlieren.«

Obwohl sie und Aiden sich ein Schlafgemach teilten, hatten sie sich im letzten Monat überraschend wenig gesehen, da sie Alexei geholfen und Aiden Lord Morreys Männern beim Wiederaufbau der Dörfer zur Seite gestanden hatte. Oft verpassten sie ganze Tage miteinander, und der eine oder andere von ihnen kam zurück und fand den anderen wie tot schlafend im Bett. Es bestätigte ihre Theorie, dass sie, wenn sie blieb, kaum genug Zeit mit Aiden verbringen würde, um ein richtiges Leben mit ihm zu genießen. Die Rückkehr nach Schottland war das, was sie beide brauchten.

»Du hast Recht.« Sie seufzte, und sie ließen einander los. Sie lächelte trotz ihrer Tränen, als sie ihren Zwillingsbruder ansah. »Lang lebe der König.«

Seine Augen leuchteten vor Bewunderung. »Lang lebe die *Prinzessin*.«

AIDEN RITT AUF SEINEM GELIEHENEN PFERD ZUM Winterpalast hinunter und zügelte das Tier, als er in der Ferne die Menschenmenge sah, die noch immer die Straßen füllte. Die Krönung war vor zwei Stunden zu Ende gegangen, aber die Menschen, die von weit her gekommen waren, um dabei zu sein, schienen immer noch zu feiern. Er konnte es ihnen nicht verübeln. Ihr Land war durch Krieg und gierigen Ehrgeiz zerrissen worden. Jetzt war eine Zeit des Friedens, eine Zeit der Rückkehr zur Normalität, und doch hatte sich auch einiges verändert. Annas Bruder hatte ein Parlament gegründet, und obwohl es noch in den Kinderschuhen steckte, glaubte sie, dass es mit der Zeit eine gute Stimme für ihr Volk werden würde.

Während der Zeremonie, während alle anderen Alexei angeschaut hatten, hatte Aiden nur Augen für Anna gehabt. Sie hatte ein rot-cremefarbenes Kleid getragen, ähnlich dem, das sie in London auf dem Ball von Lady Eugenia getragen hatte. Überall auf ihren Röcken schimmerten Perlen, und noch mehr Perlen waren durch die verschlungenen Strähnen ihrer Frisur gefädelt. Sie sah aus wie die strahlende Prinzessin, die sie wirklich war. Ihm war dabei klar geworden, dass er über vieles nachdenken musste, sowohl über seine Zukunft als auch über die von Anna. In den letzten Wochen war Anna mit den neuen Regierungsverhältnissen und den Vorbereitungen für die Krönung beschäftigt gewesen. Aiden hatte Lord Morreys Streitkräften geholfen, sich an ihre Aufgabe zu gewöhnen, Dörfer wieder aufzubauen und Yuris Gardisten zu jagen, die immer noch im Land umherstreiften. Das hatte ihn ausreichend beschäftigt gehalten.

Ashton und seine Freunde waren nach Yuris Tod noch etwa eine Woche geblieben, um den stabilen Übergang der von Morrey entsandten Männer zu gewährleisten, und dann hatten sie ein Schiff in Richtung Heimat bestiegen. Aidens Brüder waren mit ihnen gegangen, und die Erinnerung an diese Trennung war noch immer eine schmerzende Wunde in Aidens Brust. Sie hatten sich verabschiedet, zwar nicht für immer, denn er hatte vor, sie in einem Jahr zu besuchen, aber Brock und Brodie hatten verstanden, dass er nicht wieder bei ihnen zu Hause wohnen würde. Er hatte seine Wahl getroffen.

Er würde einen Weg finden, mehr wie Erich zu sein, schneidig und gesellig zu werden und die Rolle eines Prinzgemahls zu spielen, damit seine Frau ihre Pflichten als Prinzessin von Ruritanien erfüllen konnte. Selbst wenn er dafür sein Zuhause und seine Familie verlassen müsste ... Für Anna würde er das tun.

Aiden ritt in den Hof des Palastes ein und stieg von seinem Pferd. Einer von Alexeis Wächtern entdeckte ihn und kam zu ihm.

»Mr. Kincade, die Prinzessin hat nach Ihnen gesucht.«

Aiden nickte. »Wo ist sie?«

»Ich glaube, sie hat sich für den Abend bereits in ihre Gemächer zurückgezogen, Sir.«

Aiden bedankte sich bei der Wache und ging ins Schloss. Die Korridore waren voller emsiger Diener, und die zusätzlichen Mitarbeiter arbeiteten hart daran, den Palast wieder in seinem alten Glanz erstrahlen zu lassen. Er stieg die Treppe hinauf, die zu Annas Schlafzimmer führte, und fand ihre Tür offen. Anna stand am Fenster, ihre Silhouette zeichnete sich gegen die untergehende Sonne ab.

»Lassie?« Er sprach das Wort unsicher aus.

Sie hatte eine Hand auf der Glasscheibe, die Finger gespreizt, während sie die Landschaft betrachtete. Als sie sich umdrehte, fing ihre schlanke goldene Krone das Licht ein und funkelte wie das Aufblitzen einer Sternschnuppe am Nachthimmel.

Aidens Herz setzte aus, und alle Zweifel, die er jemals gehabt hatte, sein Zuhause und seine Familie zu verlassen, verschwanden. Er *liebte* diese Frau, liebte sie mehr als sein eigenes Leben, und er würde alles tun, was er tun musste, um sie glücklich zu machen.

»Du bist ohne mich ausgeritten«, sagte sie.

Aiden fragte sich, ob sie ihn necken wollte oder ob sie von

seinem Verhalten verletzt war. Er konnte es nicht sagen. »Ich musste über ein paar Dinge nachdenken«, sagte er.

»Genau wie ich auch.« Sie verschränkte die Arme vor sich, als ob ihr kalt wäre. »Können wir uns hinsetzen und reden?« Sie nickte in Richtung der Bank am Fußende ihres Bettes. Er setzte sich mit ihr zusammen. Er bemerkte, dass sie irgendwie seinen Schottenkaro-Umhang in einem seiner Reisekoffer gefunden hatte und den Stoff auf dem Sofa wie eine Decke ausgebreitet hatte. Einen Moment lang sprach keiner von ihnen.

»Aiden, ich ...«

»Wir sollten ...«

Sie lachten nervös. »Du zuerst«, beharrte sie, die Hände im Schoß verschränkt.

Aiden bemerkte, dass sie ihre Finger umeinander wickelte, und er umschloss ihre Finger mit seinen, damit sie stillhielt. »Du gehörst hierher. Du gehörst zu deinem Bruder und deinem Volk. Ich würde nie von dir verlangen oder erwarten, dass du all das für mich zurücklässt. Also habe ich beschlossen, der Mann zu sein, den du brauchst.«

Annas Augen wurden dunkel und leuchtend. Sie holte einen Brief aus der Tasche ihres Kleides und hielt ihn ihm hin.

»Bitte, lies das.« Sie drückte ihm den Brief in die Hand, und er entfaltete ihn und las die Worte, die sein Herz erschütterten. Er schluckte heftig und gab ihn ihr zurück.

»Was willst du mir damit sagen, Mädchen, dass du dich für Erich entschieden hast?«

Anna hob die Hand und strich ihm mit zarten Fingern die Haare aus den Augen, dann lächelte sie ihn an.

»Törichter Mann. Ich werde Erich nicht wählen. Ich wähle *dich*.« Sie las die Worte ihrer Mutter, den Teil, auf den sie sich nicht konzentrieren konnte, nachdem sie gesehen hatte, dass Erich kommen wollte, um seinen Antrag zu erneuern. Sie betonte den Teil, in dem es darum ging, dass sie schon immer dazu bestimmt gewesen sei, dieses Land hinter sich zu lassen.

»Ich bleibe nicht hier in Ruritanien, Aiden. Ich will nach Hause, in *unser* Zuhause. Ich vermisse Lydia, Joanna und Rosalind. Ich vermisse die Igel, Baummarder und Eulen. Ich vermisse Bob und Thundir. Ich vermisse den kleinen Cameron, und am meisten vermisse ich *unser Leben* dort.«

Einen Moment lang fiel es ihm schwer, zu sprechen. »Willst du nicht hier bleiben und deinem Bruder beim Wiederaufbau deines Landes helfen?«

Sie schüttelte den Kopf. »Alexei und ich werden immer miteinander verbunden sein, aber mein und sein Schicksal haben sich auseinanderentwickelt. Ich gehöre an einen Ort, an dem ich frei bin, ich selbst zu sein. Frei, den Rest meines Lebens mit dir zu teilen. Außerdem denke ich, dass es für England gut wäre, mich als offizielle Gesandte für Ruritanien zu haben, wenn es nötig ist. König George mag mich immerhin.« Sie zwinkerte ihm spitzbübisch zu.

»Aye, das tut er, Lassie, das tut er.« Aiden stimmte schnell zu. An Bewunderern in England und Schottland würde es Anna nie mangeln, wenn sie sich entschließen sollte, ihren politischen Einfluss dort geltend zu machen.

»Beruhigt dich das, Ehemann?«, fragte sie ihn mit einer weichen, heiseren Stimme, die ihm den Atem stocken ließ.

»Das tut es ... aber ein Kuss würde nicht schaden, um diese Sicherheit zu verstärken.« Seine eigene Stimme war tief und rau.

Sie beugte sich vor und küsste ihn, und Aiden vergaß zu atmen. Er hatte nicht gewusst, dass Küsse einem Mann seine Zukunft zeigen konnten, aber Annas Kuss tat es. Er konnte sehen, wie sie nach Schloss Kincade zurückkehrten, ihr erstes Kind willkommen hießen und dann mehrere weitere. Er sah sie in ihren späteren Lebensjahren, wie sie an den Feenteichen saßen und die Wolken über ihren Köpfen treiben sahen. Er sah das wunderbare Leben, das Annas Kuss versprach. Ein Leben, von dem er nicht mehr geglaubt hatte, dass er es haben würde.

Er umfasste Annas Gesicht, küsste sie fester, hungriger, und bald kroch sie auf seinen Schoß und wickelte das Plaid um sie beide, um sie warm zu halten, während die Sonne hinter dem Horizont verschwand. Nach einer langen Weile ließ er das Plaid herabsinken, nahm seine Frau in die Arme und trug sie ins Bett. Er setzte sie auf der Kante des Federbetts ab, umfasste erneut ihr Gesicht und küsste sie dieses Mal fester. Dann ließ er los, trat zurück und bewunderte die Prinzessin, die vor ihm saß. *Seine Prinzessin.*

»Willst du mich dir nehmen, oh teuflischer Highlander?«, stichelte sie mit einem seidenen Lachen. »Oder einfach da stehen und mich anstarren?«

»Willst du genommen werden, Mädel?«, knurrte er verspielt.

»Von dir? Jederzeit ...« Sie griff nach oben, nahm den goldenen Reifen von ihrer Stirn und legte ihn vorsichtig auf den Tisch neben dem Bett. Dann begann sie, die Nadeln aus ihrem Haar zu entfernen, bis es ihr in wilden rostroten Wellen über die Schultern fiel. Es erinnerte ihn daran, wie er sie zum ersten Mal getroffen hatte, als sie wie eine Selkieprinzessin an die Küste Schottlands gespült worden war.

Dann kniete er sich zu ihren Füßen und zog ihr die feinen, mit Juwelen besetzten Pantoffeln aus, die sie trug. Sie hob ihre Röcke bis zu den Knien an, damit er ihre Strümpfe herunterrollen konnte. Er küsste jeden Zentimeter von ihr und ließ sich dabei so viel Zeit, wie er es vorher noch nie tun konnte. Bis jetzt hatte sich jede Minute mit ihr so angefühlt, als wäre es ihre letzte. Zum ersten Mal, seit er Anna kennengelernt hatte, konnte er sie genießen, mit dem Wissen, dass dies erst der Anfang war.

Als es an der Zeit war, ihr das Kleid auszuziehen, rollte sie sich auf den Bauch, und er kroch über sie und spreizte vorsichtig seine Knie auf beiden Seiten ihrer Hüften, während er mit seinen Fingern die Knöpfe und Haken an ihrem Rücken bearbeitete. Dann streifte er ihr das Kleid von den Schultern und beugte sich vor, um ihren Nacken zu küssen. Er zeichnete ihre Wirbelsäule mit seinen Lippen nach, bis sie erschauerte und ihm zuflüsterte, er solle sich beeilen. Das brachte ihn nur zu einem Lächeln, als er sie zum Schweigen brachte.

»Wenn ich dich nehmen soll, werde ich mir Zeit lassen, Frau.« Seine Schelte brachte sie zum Kichern, und sie vergrub ihr Gesicht in der Armbeuge. Der süße, mädchenhafte Klang ließ seine Brust schmerzen. Sie ließ ihre Angst vor der Zukunft, ihre Sorgen los, und das ließ seinen ganzen Körper mit einer Freude summen, die er nie für möglich gehalten hatte.

Anna hob ihre Hüften an, damit er ihr das voluminöse Kleid vom Körper schieben konnte, so dass nur noch ihr Mieder, das Hemd und die Unterröcke übrig blieben. Er war schnell dabei, die Korsetts und Unterröcke zu entfernen, aber als er zu dem hauchdünnen Hemd kam, riss er es einfach am Rücken herunter und hob sie in seine Arme, als der Stoff herunterfiel.

»Du kannst das nicht mit jedem Hemd machen, weißt du«, warnte sie mit einem schelmischen Grinsen, als sie sich in seinen Armen drehte und ihn küsste.

Ihre Brüste berührten seine Brust, und er knurrte vor Vergnügen. Er machte sich nicht die Mühe, ihr zu sagen, dass er ihr manchmal gerne die Kleider vom Leib riss. Vielleicht war es der alte keltische Krieger in ihm, der seine Frau manchmal so hart anpacken wollte. Aber jetzt, jetzt war es Zeit für Süße, für lange, quälende Genüsse, und er würde jede Minute davon genießen.

Er umfasste ihren Hinterkopf und küsste sie tief, seine Zunge ahmte nach, was sein Körper bald mit ihrem tun würde.

»Bitte, Aiden, du trägst viel zu viel Stoff an dir, um mich so zu küssen«, stöhnte sie, und ihre Hände zerrten verzweifelt an seinem Hemd, um es aus seiner Hose zu ziehen.

Er legte sie sanft auf das Bett zurück, zog sein Hemd und dann seine Stiefel aus. Er fiel fast vom Bett, als er versuchte, sich seiner Hose und Strümpfe zu entledigen, und dann war er wieder über ihr und lachte mit ihr, als er auf ihr landete. Ihre Beine spreizten sich, und er versank in der einladenden Wärme ihres Körpers, als hätte sich der Himmel selbst für ihn geöffnet.

»Ich liebe dich«, flüsterte er, während er sich in ihr zu bewegen begann. »Ich liebe dich so sehr, dass es weh tut.«

Ihre inneren Muskeln umklammerten ihn, und sie warf ihren Kopf mit einem Schrei der Lust zurück. Als sie sich von ihrem Höhepunkt erholt zu haben schien, vergrub sie ihre Hände in seinen Haaren und sah ihn an, wobei ihre Augen vor Liebe glänzten.

»Ich liebe dich auch, Aiden. So sehr, dass es weh tut. Aber es ist die schönste Art von Schmerz, nicht wahr?«

Er wusste genau, was sie meinte. Wenn sein Herz so voll war wie in diesem Moment, tat es tatsächlich weh, und der Schmerz war für ihn etwas Schönes, so wie sie es war. Er liebte sie, ließ sich Zeit und ließ sie noch zweimal kommen, bevor sie ihn anflehte, sie ausruhen zu lassen. Er erlaubte es mit einem sinnlichen, grollenden Lachen. Nur einen Moment später schlief sie ein, und er blieb einfach wach und beobachtete sie. Dann, in den Stunden vor der Morgendämmerung, weckte er sie noch einmal sanft auf.

Als sie ihre Schenkel spreizte und er in sie eindrang, stießen sie beide einen leisen Atemzug aus, als sie in diesen frühen Morgenstunden eins wurden. Anna gab sich ihren

Leidenschaften mit neuer Inbrunst hin, und Aiden zog ihre Lust in die Länge, bis sie vor Verzweiflung weinte, weil er sie befriedigen sollte. Während der Schweiß auf ihren Körpern perlte, knabberte er an ihrem Hals und küsste ihr Ohr.

»Ich hoffe, dass wir gerade ein Leben zwischen uns geschaffen haben«, flüsterte er.

»Ich auch.« Sie strich mit ihrer Hand durch sein dunkles Haar, und er war froh, dass seine Freudentränen von der hereinbrechenden Nacht verdeckt wurden.

»Ich sagte meinem Bruder, dass wir nach Schottland segeln würden, sobald ein Schiff bereitsteht«, sagte sie.

»Willst du wirklich so bald aufbrechen?« Er war froh, dass sie nach Hause gehen würden, aber er wollte nicht, dass sie ihren Abschied seinetwegen überstürzte.

»Ja. Deine Brüder und die anderen sind schon vor Wochen abgereist, und ich sehne mich danach, bei ihnen zu sein, bei dir zu sein. Ich habe Alexei gesagt, dass wir nächstes Jahr wiederkommen und ihn besuchen werden.«

Er küsste sie. »Wir werden ihn sicher so oft besuchen, wie du es wünschst, Mädchen.«

»Gut.« Sie lächelte ihn schläfrig an. »Dann brechen wir morgen auf. Nach Hause.«

»*Nach Hause,*« stimmte er zu.

Sie kuschelte sich näher an ihn und legte eine Hand auf seine Brust. »Versprichst du mir, meine bösen Träume zu vertreiben, wenn ich welche habe?«

»Lassie, von nun an wirst du nur noch gute Träume haben, und wir werden ihnen gemeinsam nachjagen.«

EPILOG

D *ezember 1821*
Schottland

Eines winterlichen Morgens hielt eine Kutsche vor dem Schloss Kincade an. Brock entdeckte sie vom Fenster seines Schlafzimmers aus, als er sich für den Tag anzog. Er fragte sich, wer sie in einer so kalten Jahreszeit besuchen würde.

Die Fahrt über die abgelegenen Straßen zur Burg war nicht gerade angenehm. Derjenige, der gerade angekommen war, war, gelinde gesagt, entschlossen. Brock ließ seinen Kammerdiener seine Krawatte zurechtrücken, verließ dann sein Schlafgemach und rief nach seiner Frau.

»Joanna! Wer ist an der Tür?« Er hatte sich daran gewöhnt, nach seiner Frau zu rufen, weil sie immer irgendwo tief im Schloss war. Es war ein riesiger Ort mit Dutzenden von Zimmern, und er konnte sie ohne ein oder zwei Rufe nie ganz finden. Er genoss es so sehr, wenn seine ach so korrekt erzogene englische Frau wie jede gute Schottin zurückbrüllte, ihre Wangen sich röteten und ihre Augen leuchteten vor Schalk. Wenn er sie fand, und wenn sie allein war, nahm er sich oft Zeit, sie daran zu erinnern, warum sie zugestimmt hatte, ihn zu heiraten. Gestohlene Küsse in Bibliotheken waren immer noch eine seiner Lieblingsbeschäftigungen.

Er war erst seit etwa einem Monat von seinem Abenteuer in Ruritanien zurück, und Joanna wünschte sich, dass er nicht so bald wieder abreisen würde. Er vermutete, dass sie schwanger war, es ihm aber nicht sagen wollte, bevor sie sich nicht sicher war.

Sowohl Joanna als auch Lydia waren vor Sorge außer sich gewesen, als die Kincade-Brüder aufgebrochen waren, um Anna zu retten. Er hatte Verständnis für ihre Ängste gehabt, aber weder er noch sein Bruder konnten Aiden den Gefahren in Übersee allein begegnen lassen. Joanna hatte jeden Tag befürchtet, dass er nicht zurückkommen würde, und keine Nachricht über ihre Sicherheit hatte London erreicht, bis er und Brodie wieder in einen englischen Hafen segelten und ihre Frauen in Ashtons Stadthaus begrüßen konnten.

Brock hatte ihr schwören müssen, Schottland oder England für lange Zeit nicht mehr zu verlassen. Doch mit diesem Versprechen kam auch der Kummer. Denn das bedeutete, dass er seinen Bruder verloren hatte, genau wie die alte Romani-Frau es ihm vorausgesagt hatte. Natürlich hatte er geglaubt, dass *verloren* gleichbedeutend sein würde mit *tot*. Aiden war nicht tot, aber er war weit weg, und es würde lange dauern, bis Brock ihn wiedersehen würde. Er hatte versprochen, Schottland zu besuchen, aber da er mit einer Prinzessin verheiratet war, würde Aiden mit den königlichen Pflichten beschäftigt sein, und es würde nicht so einfach sein, häufig nach Hause zu kommen.

Es fühlte sich nicht richtig an, dass sein jüngster Bruder nicht hier war. Die Tiere, die Aiden gehörten, schienen unruhig zu sein, als wüssten sie, dass ihr sanftmütiger Herr nie wieder zurückkehren würde. Aber das war der Preis der Liebe. Es bedeutete, Dinge aufzugeben, um eine Partnerschaft mit demjenigen einzugehen, den man liebte. Aiden hatte sich für eine Prinzessin entschieden, und er hatte das Richtige getan, indem er bei ihr blieb, als sie ihre königlichen Pflichten zu erfüllen hatte.

»Brock! Komm schnell!« In Joannas Stimme schwang Überraschung und Aufregung mit, sodass er zur Treppe rannte. Er kam schleudernd zum Stehen, als er sah, dass durch die offene Haustür bereits Schnee hereinwehte. Eine Frau, die unter einem schweren blauen Mantel verborgen war, umarmte Joanna und Lydia. Brodie stand neben ihnen und grinste, als wäre Weihnachten vorgezogen worden. Die junge Frau schob die Kapuze ihres Umhangs zurück, und Brock sah, dass Anna ihn anlächelte.

»Anna?« Wenn die Prinzessin hier war, bedeutete das, dass sein Bruder ...

Eine weitere Gestalt fegte ins Schloss, und der Butler der Kincades schloss hastig die Tür, um zu verhindern, dass noch mehr Schnee hereinkam. Er nahm seinen Hut ab und schüttelte seinen großen Mantel vom Schnee frei, bevor er ihn ablegte und ihn dem Butler übergab. Brocks Herz krampfte sich so sehr zusammen, dass er nicht mehr atmen konnte.

Aiden war nach Hause gekommen.

»Du kommst gerade rechtzeitig für die Feiertage«, verkündete Lydia.

»Das ist richtig«, lachte Anna. »Ich hoffe, das ist in Ordnung?«

»Natürlich ist es das, Schwester.« Brodie war an der Reihe, Anna zu umarmen, während Brock die Treppe hinuntereilte, um sich der fröhlichen Runde anzuschließen. Er konnte seine Freude kaum zügeln.

»Wie ...?« Er räusperte sich, während er zwischen Aiden und der Prinzessin hin und her schaute, und versuchte, sich keine Hoffnungen zu machen. »Wie lange bleibt ihr?«

Annas erwiderndes Lächeln hätte die Sonne selbst in den Schatten stellen können. »Für immer, wenn wir dürfen.«

»Für immer?«, erwiderte Brock.

Aiden trat auf ihn zu und streckte eine Hand aus. »Für immer, und vielleicht noch ein bisschen länger«, sagte Aiden mit einem warmen Lächeln.

Brock sah keinen Schatten oder Kummer in Aidens Augen. Der Schmerz und die Einsamkeit, die er so lange mit sich herumgetragen hatte, waren völlig verschwunden.

Brock zog seinen jüngsten Bruder in eine Umarmung und dann auch Anna und umarmte sie beide, während Tränen seine Augen füllten. Anna würde nie ganz begreifen, was sie für ihn getan hatte, indem sie Aiden gerettet hatte, aber er würde für immer in ihrer Schuld stehen.

»Ach! Wir kriegen keine Luft mehr, Bruder«, stöhnte Aiden gutmütig.

Brock ließ sie los, und Aiden zog den Kopf ein, als wäre ihm die Zuneigung peinlich.

»Früher warst du nicht so wild nach Umarmungen«, sagte Aiden.

»Das bin ich jetzt. Ich habe viel, wofür ich dankbar sein kann.« Brock sah, wie Joanna eine Handfläche gegen ihren noch flachen Bauch drückte, aber ihr breites Lächeln deutete darauf hin, dass es noch mehr Grund zur Dankbarkeit geben würde.

Brodie räusperte sich und versuchte, schroff zu klingen. »Nun, es wird Zeit, dass du zurückkommst. Deine kleinen Biester waren ohne dich geradezu unerträglich. Ich habe in der letzten Woche die Glucke für die kleine Prissy gespielt.«

Er öffnete seine Westentasche und reichte Aiden einen sehr aufgeregten, zappelnden Igel. Kichernd drückte Aiden Prissy in seine Armbeuge.

Der Schrei eines Jungen hallte durch den Flur. »Aiden! Du bist zurück!« Der Junge stürzte heran und klammerte sich an Aidens Taille.

»Cameron, Junge«, grüßte er und zerzauste dann mit einer Hand das Haar des Jungen. »Wie ist es dir ergangen?«

»Großartig! Ich habe dir so viel zu zeigen! Ich habe alles über die Pferde gelernt, und jetzt lerne ich lesen und schreiben ...«

Aiden grinste. »*Alles* über die Pferde? Das bezweifle ich. Ich glaube, ich kann dir immer noch das eine oder andere beibringen.«

Camerons Augen wurden rund, als er Anna ansah. »Ist es wahr, Fräulein Anna, dass Sie eine Prinzessin sind? Das hat Joanna jedenfalls gesagt ...« Der Junge senkte den Kopf und berührte dann schüchtern die Spitzen seiner Schuhe aneinander.

Anna beugte sich vor und zwinkerte Cameron zu, bevor sie einen Finger an die Lippen legte, als ob es ein Geheimnis wäre.

»Das bin ich, aber sag es niemandem. Jetzt bin ich eine Schottin, genau wie du.«

»Das sind Sie?« Er strahlte sie an. »Oh Mann, warten Sie nur, bis ich das Bob erzähle. Sie hat Sie richtig vermisst.«

»Hat sie das?« Anna lachte. »Oh, komm und erzähl mir alles, während wir uns mit etwas Tee aufwärmen.«

»Das ist eine schöne Idee. Cameron wird uns mit seinen Erzählungen erfreuen.« Joanna, Lydia und Anna ließen die drei Brüder in der Halle zurück.

Als sie allein waren, legte Brock seine Hände auf Aidens Schultern.

»Ihr wollt wirklich bleiben? Was ist mit dem Königshof und all dem?«

»Ich sagte ihr, dass ich alles tun würde, um sie glücklich zu machen, und sie sagte, dass sie am liebsten nach Hause kommen würde. Sie soll Botschafterin Ruritaniens bei König George werden. Wir werden Alexei mindestens einmal im Jahr besuchen, aber sie will ihr Leben *hier* leben. Sie sagte, dies sei der Ort, an dem sie sich frei fühlt, sie selbst zu sein. Ich kann es immer noch nicht glauben, aber wir sind hier.«

Brock schluckte schwer. »Wir dachten, wir hätten euch verloren ...«

Aiden lächelte. »Ich war lange Zeit verloren, aber Anna hat mich gefunden.« Zum ersten Mal wurde Brock klar, dass die Worte der Romani-Frau eine zweite Bedeutung hatten. Dieser *Verlust* bedeutete vielleicht nicht Aidens Tod oder dass er nie wieder nach Schottland zurückkehren würde, sondern vielmehr, dass ein Teil von ihm, der Teil, der so verwundet, so verletzt worden war ... dass dieser Teil von ihm nicht mehr existierte. Vielleicht war der dunkle Teil in ihm, der verloren war, schon immer eine gute Sache gewesen, und er hatte ihn nur bis jetzt nicht gesehen.

»Gott sei Dank gibt es schiffbrüchige Prinzessinnen«, sagte Brodie, und alle drei Brüder lachten.

»Gott sei Dank, in der Tat«, antwortete Aiden.

»Wir müssen an Ash und Rosalind schreiben!«, verkündete Brock. »Sie werden wissen wollen, dass ihr wieder da seid.«

»Wir haben sie bereits gesehen. Wir landeten zunächst in London und verbrachten ein paar Tage bei Ashton und Rosalind. Wir wollten ihnen noch einmal für alles danken, was sie getan haben. Dann machten wir einen kurzen Halt in North Berwick, um Dr. MacDonald und seine frischgebackene Gemahlin zu besuchen.«

»Gemahlin?« Brock kam nicht mehr richtig hinterher. »Dr. MacDonald hat geheiratet?«

Aiden gluckste. »Aye. Weißt du noch, wie er eine Frau von Annas Schiff gefunden hat und dem Mädchen half, sich zu erholen?«

»Aye, die Frau, die er in seinem Brief erwähnt hat.« Brock nickte, damit er fortfuhr.

»Nun, diese Frau war Annas Zofe, Pilar. Während wir unterwegs waren, um Ruritanien zu retten, haben Pilar und Dr. MacDonald sich ineinander verliebt. Sie haben vor zwei Wochen geheiratet. Es scheint also, dass Anna ein Stück Ruritanien hier in Schottland bei sich hat.«

»Wir sollten sie zu Weihnachten hierher einladen«, schlug Brodie vor.

»Aye«, sagte Brock. »Wir sollten auch Rosalind und Ash einladen, wenn sie nicht zu beschäftigt sind.«

»Sie könnten es sein«, sagte Aiden. »Ich glaube, Emily St. Laurent ist auf Brautschau für Charles, und das könnte alle in London ein wenig beschäftigen.«

»Charles und Heiraten!« Brodie schnaubte. »Die Frau, die ihn zum Ehemann nimmt, muss eine Heilige sein.«

»Vielleicht ist es besser, wenn wir uns von London fernhalten, wenn das so ist«, fügte Brock hinzu. »Warum setzen wir uns nicht zu den Frauen und trinken einen Tee?«

Brodie warf Aiden einen brüderlichen, schelmischen Blick zu. »Nur wenn wir ein bisschen Whisky in unsere Tassen kippen.«

»Das sehe ich genauso«, sagte Aiden lachend.

WEIHNACHTSMORGEN

ANNA LEGTE IHR KINN AUF AIDENS NACKTE BRUST UND zeichnete Muster auf seine Haut, während er schlief. Die

Morgensonne spiegelte sich auf dem Schnee draußen, und Sonnenlicht durchflutete ihr Schlafgemach. Aidens zahmer Baummarder lag zusammengerollt auf dem Sessel. Er streckte sich und gähnte, bevor er sich wieder zum Schlafen zusammenrollte und den Schwanz um seinen Körper wickelte. Anna lächelte, denn sie fühlte genau dasselbe. Sie wollte dieses warme Bett mindestens noch ein paar Stunden lang nicht verlassen.

»Worüber denkst du nach?«, sagte Aiden.

Sie kicherte. »Ich wusste nicht, dass du wach bist.«

Er strich mit einer Hand durch ihr offenes Haar.

»Ich bin aufgewacht, als du aufgewacht bist, Mädchen.«

»Frohe Weihnachten«, sagte sie, kaum in der Lage, ihre Freude zu zügeln. Sie hatte lange an einem Geheimnis festgehalten, einen ganzen Monat lang, um genau zu sein, aber jetzt konnte sie nicht mehr warten.

»Willst du dein Geschenk?«, fragte sie verführerisch.

»Mein Geschenk?« Er schien von dieser Idee fasziniert zu sein.

»Ja ...« Sie schob sich ein wenig an seinen Körper heran, so dass sie auf gleicher Höhe mit ihm lag und ihre Gesichter dicht nebeneinander auf seinem Kissen lagen. Dann nahm sie seine Hand, schob sie unter die warme Decke und legte sie auf ihren Bauch. Sie erwartete, dass er über ihre Andeutung überrascht sein würde, aber stattdessen lächelte er verspielt.

»Ich habe mich schon gefragt, wann du es mir sagen wirst.«

»Du hast das gewusst?«

»Du warst sehr leidenschaftlich im Bett, mehr als sonst, und deine Brüste sind größer und empfindlicher geworden. Ich kann die Veränderungen in dir spüren.«

»Oh ...« Sie war ein wenig enttäuscht, dass es für ihn keine Überraschung war.

»Seit mir klar geworden ist, dass du schwanger bist, wollte ich unbedingt, dass du es mir sagst.«

Anna schmiegte ihre Nase an seine, bevor sie ihn küsste. »Wahrhaftig?«

»Wahrlich.« Er umfasste ihr Gesicht, vertiefte den Kuss und ließ seine Zunge zwischen ihre Lippen gleiten.

»Nun, ich musste sicher sein, bevor ich es dir sage.«

»Ich dachte, das könnte der Grund sein. Ich wollte dich nicht verärgern, indem ich dich dazu dränge.« Er schwieg einen Moment, dann schärfte sich sein Blick auf ihr Gesicht. »Anna, darf ich dich etwas fragen?«

Sie nickte, neugierig darauf, was er wohl auf dem Herzen hatte.

»An jenem Tag am Wunschbrunnen hast du gesagt, der Brunnen habe dir deinen Wunsch erfüllt. Was hattest du dir gewünscht?«

Ihr Blick wurde feierlich, als sie sich an diese schrecklichen Momente erinnerte. »Jedes Mal, wenn ich von dir im Brunnen träumte, wünschte ich mir, dass du einen Weg finden würdest, mich zu retten, das Wasser zu durchbrechen und zu mir zu kommen. Und genau das hast du getan. Du hast mich an diesem Tag gerettet, so wie ich es immer gehofft hatte. Und damit meine ich nicht nur, dass du mich vor einer Gefahr bewahrt hast. Du hast mich vor einem Leben bewahrt, das niemals mein eigenes gewesen wäre. Du hast mir Liebe und Glück geschenkt, und ein Leben, das immer mir gehören wird.«

»Vielleicht hat der Brunnen deinen Wunsch erfüllt, weil ich mir das auch gewünscht habe. Ich wollte dich unbedingt retten, durch das Wasser brechen, dich in diesen Träumen an die Hand nehmen, und dich nicht nur retten, sondern lieben … und wie es sich anfühlte, nach dem Sturz endlich aus dem Brunnen aufzutauchen und irgendwie nicht zu sterben. Ein

Wunsch wurde an diesem Tag erfüllt. Ein sehr mächtiger Wunsch.«

»Das sehe ich auch so«, erwiderte sie, bevor sie ihn küsste.

Als sie sich schließlich voneinander trennten, fuhr Anna mit einer Fingerspitze über seine Lippen. »Ich bin froh, dass ich mich in Schottland verloren habe.« Sie strich mit den Fingern über seine Nase, und Aidens Augen waren frei von den Stürmen, die sie einst heimgesucht hatten. Sie gluckste. »Verloren mit einem Schotten ... Das klingt nach einem wunderbaren Abenteuer, nicht wahr?«

Aiden streichelte ihr Haar, seine Augen suchten die ihren. »Es war ein wunderbares Abenteuer, dich zu finden, und du wirst dich nie wieder verlieren, solange ich an deiner Seite bin«, versprach er.

Sie küsste ihn erneut. Diesmal war sie mit ihrem Schotten auf die beste Weise verloren.

MASILDA, EINE ALTE FRAU UND DIE MATRIARCHIN IHRES Clans von Reisenden, saß am warmen Feuer, eingehüllt in einen farbenfrohen Mantel, den ihre schönen Töchter mit Sorgfalt als Geschenk genäht hatten. Sie hatten ihr Lager am Waldrand aufgeschlagen, damit ihnen der Winterwind vor der Küste Cornwalls nicht zu sehr in den Knochen steckte. Ihre Wagen waren gut gebaut, aber Masilda hatte viele Jahre gelebt und wusste, dass der Winter hart für das Holz war. Sie wollte ihre Wagen so lange wie möglich erhalten, bevor sie an Reparaturen denken mussten.

Sie sah die Flammen tanzen, während ihr Volk fröhliche Lieder sang, warme Getränke trank und die Wintersonnenwende feierte. Die Welt verblasste, und Masilda konnte nur noch die Flammen sehen, und sie hörte die Botschaften, die ihr durch die Risse und Knackgeräusche des Feuers zugeflüstert wurden.

»Der Tod war also doch nicht das Ende für dich.« Sie lächelte, als sie sah, wie der kleine schottische Junge, den sie vor all den Jahren gewarnt hatte, seine Prinzessin umarmte, und beide nun in Sicherheit waren. Er hatte seine Frau geliebt, obwohl er wusste, was das kosten könnte, und das Schicksal hatte ihm für diese Treue zur Liebe sein Leben zurückgegeben.

Das Geräusch eines sich nähernden Pferdes brachte die ausgelassene Stimmung ihrer Leute zum Verstummen, und sie blickte zu dem dunkelhaarigen und dunkeläugigen *Gadjo* auf, der in der Nähe ihres Lagers anhielt. Sein großer Umhang wirbelte, als er vom Pferd stieg und sich dem Feuer näherte. Er war mit einem Aussehen gesegnet, das selbst den Teufel vor Neid erblassen ließe.

Masilda hob die Stimme, als sie aufstand und sich ihm zuwandte. »Suchen Sie etwas, Sir?«

Der Fremde schaute sich im Lager und bei den Menschen um.

»Ich suche einen Ort, an dem ich mich aufwärmen kann, bevor ich in mein Haus zurückkehre. Ich wohne *dort*.« Er zeigte auf das entfernte Herrenhaus, das dem Herrn über die Ländereien gehörte, durch die sie gerade fuhren.

Masilda winkte ihm zu, sich neben das Feuer zu setzen. »Dann kommen Sie, wärmen Sie sich auf.« Der Mann ließ sich neben ihr auf der Bank nieder und starrte in die Flammen. Masilda schenkte ihm eine Tasse heißen Tee ein, und er trank ihn mit einem gemurmelten Dank.

»Wir werden nicht lange auf Ihrem Land bleiben«, versprach sie.

Die Augen des Mannes funkelten amüsiert. »Bleiben Sie, so lange Sie wollen. Meine Mutter gehörte zu Ihrem Volk. Ich heiße Sie jederzeit auf meinem Land willkommen.«

Masilda gluckste. »Ich dachte mir schon, dass Sie diesen Geist in sich haben. Sie haben auch Ärger und Unfug in Ihren Augen. Ich glaube, Sie sind nie zufrieden.«

»Sie wissen viel, alte Mutter.«

Die Art und Weise, wie er *alte Mutter* sagte, zeigte, dass er etwas von der Kenntnis ihres Volkes hatte.

»Das tue ich.« Masilda wandte ihren Blick von ihm ab und richtete ihre Aufmerksamkeit wieder auf das Feuer. Die Prophezeiungen flüsterten ihr immer noch zwischen dem Knacken und Knistern der Holzscheite zu.

»Was sehen Sie für mich?«, fragte der Mann, als ob er wüsste, dass sie der Zukunft lauschte.

»Ich sehe, wie Sie vor der Sache weglaufen, nach der Sie sich am meisten sehnen«, sagte sie.

Er legte den Kopf schief, nippte an seinem Tee und musterte sie neugierig. »Und was ist das?«

»Eine Frau.«

Der gutaussehende Fremde lachte laut. »Ich bin noch nie in meinem Leben vor einer Frau weggelaufen.«

»Und doch werden Sie das, sobald Sie merken, dass Sie sie lieben«, sagte Masilda.

Sie konnte den Mann im Feuer sehen, der mit einer schönen Frau in seinen Armen Walzer tanzte. Eine Frau, die er zu einem Traum geformt hatte, den alle anderen Männer begehrten, als hätte er sie aus Ton geformt. Aber insgeheim wollte er die Frau, bevor sie sich in die von ihm geschaffene Kreatur verwandelt hatte.

»Ich war noch nie verliebt und werde es auch nie sein. Frauen sind zu langweilig und vorhersehbar.«

Masilda richtete ihren Blick gen Himmel, als sie die Herausforderung hörte, die der Mann gerade an das Schicksal gerichtet hatte. »Nur weil Sie diesen Frauen nie die Chance geben, das zu sein, was sie wollen, und nicht das, was Sie von ihnen erwarten.«

Der Mann trank seinen Tee aus und stellte die Tasse ab. »Danke für den Tee und das warme Feuer.« Er stand auf und schaute sich im Lager um, bevor er sich zum Gehen wandte.

»Wie ist Ihr Name, Mylord?«, rief Masilda.

Er hielt am Rande des Lagers inne und schenkte ihr ein düster-charmantes Lächeln.

»Trystan Cartwright, der Earl of Zennor.« Dann bestieg er sein Pferd und ritt davon, bis die Nacht ihn verschluckte.

HISTORISCHE ANMERKUNG

Der Gefangene von Zenda ...

Haben Sie schon von diesem Roman gehört? Wenn Sie das nicht getan haben, ist das nicht überraschend. Er wurde vor mehr als hundertdreißig Jahren, 1884, von einem Mann namens Anthony Hope veröffentlicht und war so beliebt, dass er 1896 von der Firma Parker Brothers in ein Brettspiel verwandelt wurde! Ich wette, jetzt fragen Sie sich, was ein so altes Buch, von dem Sie wahrscheinlich noch nie gehört haben, mit Aidens und Annas sexy schottischer Romanze zu tun hat.

Nun, da fängt der Spaß an. Wenn Sie wie ich Bücher lieben, vor allem alte Bücher, oder sich für die Geschichte der Literatur interessieren, werden Sie von dem, was ich Ihnen jetzt erzähle, fasziniert sein. Wie Sie sich erinnern werden, heißt das Land, aus dem meine Heldin Anna Zelensky stammt, Ruritanien. Ich habe diesen Namen aus einem bestimmten Grund gewählt. Ruritanien hat in der Welt der Literatur bereits existiert. Es war das feudale germanische Land, das die Kulisse für Anthony Hopes *Der Gefangene von Zenda* bildete. Es ist wichtig zu erwähnen, dass mein Ruritanien und das von Hope in vielerlei Hinsicht sehr verschieden sind. Mein Ruritanien wurde jedoch als Hommage an Hopes fiktives Land ausgewählt, und hier ist der Grund dafür ...

In den letzten hundert Jahren wurden die Leser mit Geschichten über meist königliche Figuren aus fiktiven fremden Ländern unterhalten. Heute ist es fast schon ein Klischee. Bücher wie *The Princess Diaries* von Meg Cabot (das bereits zweimal verfilmt wurde) und sogar die weihnachtlichen Hallmark-Filme über fiktive ausländische Prinzen und Prinzessinnen gelten alle als »ruritanische Romanzen«, auch wenn sie den Namen Ruritanien nicht verwenden.

Was genau sind also ruritanische Romanzen? Es handelt sich dabei um jede fiktive Geschichte, sei es ein Roman, ein Theaterstück oder ein Drehbuch, in dem ein fremdes Land mit einem fiktiven Namen als Schauplatz verwendet wird, und die Geschichten beinhalten oft eine königliche Figur entweder als romantisches Interesse oder in der Hauptrolle, und die Geschichten müssen Abenteuer, Gefahr und Liebe beinhalten. Mit anderen Worten: Ruritanische Liebesromane sind in gewisser Weise die ursprünglichen Liebesromane, nur dass die Geschichten wie meine, die es heute gibt und die eindeutig durch das Genre des Liebesromans definiert werden, ein Happy End haben. Ruritanische Romanzen hatten nicht immer ein Happy End.

Mit *Der Gefangene von Zenda* schuf Hope eine völlig neue Art von Roman. Vor seinem Buch wurden »Romane« in der Welt der Belletristik nur als gotisch oder sentimental angesehen. Ich könnte eine ganz neue historische Notiz über diese Art von Geschichten schreiben, aber es genügt zu sagen, dass es bis zur Geburt von *Zenda* nichts gab, was mit einem rasanten und modernen Abenteuerroman vergleichbar gewesen wäre.

Zwar gab es Romane wie *Die drei Musketiere* von Alexandre Dumas, Abenteuergeschichten mit Leidenschaft und Romantik, doch waren sie weder in der Sprache des modernen Sprechers noch in dem rasanten Stil geschrieben, der die spätviktorianischen Groschenromane prägen sollte. Schriftsteller wie Edgar Rice Burroughs, der *Tarzan der Affe* schuf, würden feststellen, dass ein bodenständigerer Stil, der nicht weniger lyrisch oder poetisch, aber zugänglicher und moderner in der Wortwahl ist, die Masse der Menschen ansprechen würde, die sich nicht immer zum Lesen hinsetzen würden. Stellen Sie es sich etwa so vor: Als *Fifty Shades of Grey* veröffentlicht wurde, setzten sich viele Menschen, die nicht so oft Bücher lesen, hin und lasen *Fifty Shades of Grey*, um zu sehen, was es mit dem ganzen Trubel auf sich hat. Das Buch hat (unabhängig davon, was man persönlich davon hält) viele Menschen angesprochen, sei es durch tatsächliches Interesse oder bloße Neugierde.

Hopes Roman *Der Gefangene von Zenda* war im späten viktorianischen Zeitalter das populäre Äquivalent zu *Fifty Shades of Grey*. Aber was hat *Zenda* so faszinierend gemacht, außer dass der Schreibstil für eine größere Anzahl von Lesern aus verschiedenen Klassenstufen zugänglicher war?

Zerlegen wir das Buch mal in seine Grundelemente. Der Held ist ein reiselustiger und abenteuerlustiger Engländer. Er reist durch Europa und stößt auf ein kleines »Taschenkönigreich« namens Ruritanien, und er erinnert sich, dass er gehört hat, dass seine Familie dort entfernte Verwandte hat. Schließlich verliebt er sich in eine Prinzessin, die den derzeitigen König von Ruritanien heiraten soll, und er ähnelt diesem König so sehr, dass er aus Sicherheitsgründen als Doppelgänger des Königs rekrutiert wird. Was folgt, ist eine Reihe verrückter Abenteuer, bei denen der hübsche junge Engländer in die Rolle des Königs schlüpft, sich in eine Prinzessin verliebt und einen heimtückischen Schurken besiegt.

Die Handlung kommt Ihnen bekannt vor, nicht wahr? Sie erkennen gerade, dass Sie schon eine Million solcher

Geschichten von verschiedenen Autoren gelesen oder viele Filme mit diesen Handlungen gesehen haben. Nun, Sie haben Recht. Aber *Der Gefangene von Zenda* war die allererste Geschichte, die eine Handlung und Themen wie diese hatte. Was ich am interessantesten finde, ist nicht nur, dass Zenda die Geburtsstunde des modernen Abenteuerromans war - es war auch eine Möglichkeit für Autoren, die aktuelle politische Situation in der Welt durch die Linse eines »Taschenreichs« zu betrachten.

Taschenkönigreiche sind kleine fiktive Königreiche, die oft feudalen Charakter haben und in denen ein König über ein relativ mittelalterliches Königreich herrscht. Dieses Land kann mit einem Bürgerkrieg, einem tyrannischen Herrscher, einem Usurpator, einer mangels Erben gefährdeten Dynastie, einem Hof voller verräterischer Adliger oder einem Krieg mit einem Nachbarland konfrontiert sein. Wenn Autoren diese Taschenkönigreiche als literarisches Mittel einsetzen, können sie rhetorische, philosophische oder politische Fragen auf eine Weise stellen, die es dem Leser ermöglicht, sich eine weniger voreingenommene Meinung zu bilden.

Wenn zum Beispiel ein Leser, der mit dem Regierungsstil in seinem eigenen Land nicht einverstanden ist, über ein fiktives Taschenkönigreich mit einer ähnlichen Regierung liest, nimmt er die Ähnlichkeiten nicht sofort oder zumindest nicht bewusst wahr. Aber sie nehmen die Geschichte und die aufgeworfenen Fragen auf, als ob es sich um ein völlig anderes Land handeln würde, und das erweitert ihre Perspektive, anstatt sie einzuschränken. Das ist einer der vielen Gründe, warum Fiktion eine so starke Ausdrucksform ist. Sie lesen vielleicht eine unterhaltsame, sexy Romanze, aber tief in Ihrem Inneren verarbeiten Sie auch größere Konzepte und erweitern Ihren Geist und Ihre Gedanken. Deshalb ist die Literatur ein wunderbares Geschenk. Aus diesem Grund wollte ich meine Geschichte zu einer Hommage an Hope und

Der Gefangene von Zenda, seinen unglaublichen Roman, machen. Aiden spielt in vielerlei Hinsicht die Rolle des englischen Helden Rupert, während Anna die Rolle der Prinzessin Flavia, Ruperts verbotene Liebe, spielt. Auch wenn sich die Geschichten auf der Seite sehr unterschiedlich darstellen, ist *Verloren mit einem Schotten* meine Hommage und mein Beitrag zur fortgesetzten literarischen Tradition der ruritanischen Romane. Ich hoffe, dass Ihnen der Roman und diese historische Anmerkung gefallen haben.

Wenn Sie tiefer in das Thema eintauchen möchten, das ich in dieser Anmerkung kurz angesprochen habe, könnten Sie von Nicholas Daly *Ruritania: A Cultural History, from the Prisoner of Zenda to the Princess Diaries* lesen.

Vielen Dank, dass Sie dieses Buch gelesen haben, und vergessen Sie bitte nicht, eine Rezension zu hinterlassen! Schon ein einziger Satz, in dem Sie sagen, was Ihnen an dem Buch gefallen hat oder wie Sie sich dabei gefühlt haben, macht für Autoren einen großen Unterschied.

Lauren Smith
November 2022

Vielen Dank, dass Sie Verloren mit einem Schotten gelesen haben! Blättern Sie um und lesen Sie das erste Kapitel des nächsten Buches der Liga der Schurken-Serie, Der Earl von Zennor, in dem Sie mehr über den geheimnisvollen Helden Trystan Cartwright erfahren werden.

DER EARL VON ZENNOR

Penzance, England, April 1822

»Weißt du, was mit dir nicht stimmt, Trystan?«

Trystan Cartwright, der Earl of Zennor, wölbte eine dunkle Augenbraue zu einem der beiden Männer, die ihm am Tisch in der schmutzigen kleinen Taverne gegenüber saßen.

Graham Humphrey, ein blondhaariger Gentleman mit grauen Augen, in denen ein gefährlicher Schalk lag, grinste Trystan an. Sein Begleiter war Phillip, der Earl of Kent, ein ernsthafter Mann mit einem so ehrlichen Wesen, dass er Trystans und Grahams schurkisches Verhalten wettmachte. Graham und Phillip waren zwei seiner vertrautesten Freunde, die einzigen, die ihn im Zaum halten konnten, wenn seine Rücksichtslosigkeit aus dem Ruder lief.

»Was?«, fragte Trystan in einem lakonischen Ton, während er sein Glas hob und den Scotch darin hinunterstürzte.

»Du bist gelangweilt. Du wirst gereizt, wenn du nichts zu tun hast«, bemerkte Graham.

»Er hat nicht Unrecht«, fügte Phillip hinzu. »Und oft sind die Dinge, mit denen du dich unterhältst, keine, die ich empfehlen würde.« Er zögerte, bevor er in einem vorsichtigeren Ton fortfuhr. »Was du brauchst, ist eine Frau.«

Trystan schnaubte. »Nein, noch nicht. Vielleicht niemals. Ehefrauen können nützlich sein, aber sie sind kaum unterhaltsam. Sie sind Fesseln, die die Männer an frühe Gräber binden.«

»Ehefrauen können Türen öffnen, die Männer nicht öffnen können«, sagte Phillip weise. »Nimm dir eine Frau, die so erzogen wurde, dass sie mit den Gepflogenheiten der Gesellschaft vertraut ist, Frauen wie Audrey St. Laurent oder Lady Lennox, die über Kenntnisse in Wirtschaft und Politik verfügen. Sie haben viel Macht und Einfluss, nicht nur in weiblichen Kreisen.«

»Aber was soll ich denn mit Macht und Einfluss anfangen? Ich habe selbst schon genug davon«, antwortete Trystan. »Außerdem kann man jede Frau in ein Gesellschaftswesen verwandeln. Füttere sie mit dem richtigen Text, stecke sie in die richtigen Klamotten, und sie passt wie eine Gans zu einer Gänseschar.«

»Machst du Witze? Man kann nicht einfach irgendeine nehmen und sie in eine Lady verwandeln. Ladys werden von Geburt an dazu erzogen, auf eine bestimmte Weise zu denken und sich zu verhalten«, argumentierte Graham.

»Vielleicht ist das das Problem. Vielleicht unterhalte ich mich lieber mit einem Straßenjungen als mit einer langweiligen Lady der gehobenen Gesellschaft. Sie langweilen mich alle.«

Graham gluckste. »Du brauchst eine *Geliebte*, keine Ehefrau, offensichtlich«, sagte er und nahm einen Schluck von seinem Bier. »Mätressen sind amüsant, aber man braucht Geld, um sie bei Laune zu halten. Meine letzte Mätresse hat mich ein Stadthaus und die Hälfte der Juwelen Londons gekostet, um sie bei Laune zu halten.« Graham runzelte die Stirn, als hätte er bis zu diesem Moment nicht wirklich an die

Kosten gedacht. Das war zu erwarten gewesen. Graham dachte die Dinge selten richtig durch. Er tat einfach, wozu er Lust hatte, ohne Rücksicht auf die Konsequenzen. Das war der Grund, warum er und Trystan so gut miteinander auskamen.

Trystan seufzte. »Ich fürchte, selbst Mätressen langweilen mich.« Sein Blick wanderte durch die schäbige kleine Taverne. Die schmuddelige Tapete blätterte an einigen Stellen ab, die Tische mussten mehr als nur gründlich geschrubbt werden, und der Mann, den sie für die Getränke bezahlt hatten, sah aus, als hätte er ein paar Runden in einem Faustkampf hinter sich.

Trystan bevorzugte ihren üblichen Club, Boodle's, aber sie waren weit weg von London und auf dem Weg zu seinem Zuhause in Zennor, was bedeutete, dass die Zahl der seriösen Gasthäuser schrumpfte, je weiter sie sich von der Zivilisation entfernten. Zennor war trotz seiner ländlichen Lage gar nicht so schlecht, so viel konnte Trystan zugeben. Das Haus seiner Vorfahren lag an der Küste von Cornwall, und er mochte es, wie der Wind vom Meer herüberwehte und wie das tiefblaue Wasser in weißen Schaum zerbarst, wenn es gegen die felsigen Klippen prallte, die das Meer säumten.

So sehr er auch die Vergnügungen einer Stadt wie London genoss, fühlte er sich doch unbestreitbar zu seinem Zuhause hingezogen, und die vielen Räume des weitläufigen Herrenhauses waren voller Erinnerungen an eine abenteuerliche, wenn auch manchmal einsame Jugendzeit. Nachdem seine Mutter gestorben war, als er gerade mal ein Junge von zehn Jahren gewesen war, waren er und sein Vater sich sehr nahe gekommen. Er hatte gelernt, das Land und das Haus zu schätzen, das erst vor wenigen Jahren sein Eigentum geworden war, als sein Vater einen Schlaganfall erlitten hatte und seiner Mutter gefolgt war.

Nach dem Tod seines Vaters hatte sich Trystan mit relativer Leichtigkeit in das Leben eines Grafen eingefügt. Er verschwendete das Vermögen seiner Familie nicht mit Alkohol, Glücksspiel oder anderen Lastern. Seine Rücksichtslosigkeit äußerte sich in dem, was ihn unterhielt ... normalerweise etwas, das Phillip dazu veranlasste, die Stirn zu runzeln und ihm einen Vortrag über Verantwortung zu halten. Seine beiden alten Schulfreunde waren der sprichwörtliche Engel und der Teufel auf seinen Schultern, die ihm abwechselnd Versuchung und Mäßigung einzutrichtern versuchten, was auf seine eigene Art und Weise ein Vergnügen war.

Trystan ließ seinen Blick erneut durch die Taverne schweifen, diesmal mit Blick auf die Anwesenden. Jeder hier kam direkt aus einem entbehrungsreichen Leben. Die meisten sahen aus wie Hafenarbeiter oder Seeleute. Es war möglich, dass sogar noch einige Piraten das Dorf am Meer ansteuerten.

Als Aristokraten hoben sich Trystan, Graham und Phillip von der Masse ab und ernteten deshalb mehr als nur ein paar neugierige Blicke von den brutaleren Männern, die sich am Kamin auf der gegenüberliegenden Seite des Raumes versammelt hatten. Die spekulativen Blicke, die diese Männer in seine Richtung warfen, könnten zu Problemen führen, was Trystan nur zum Lächeln brachte.

Vielleicht würden diese Männer sie angreifen, in der Hoffnung auf ein paar Münzen. Wäre das nicht eine schöne Abwechslung? Er könnte eine gute Schlägerei gebrauchen. Er hatte jahrelang in Jacksons Salon mit den besten Boxern Londons trainiert und hatte es sogar geschafft, dem legendären Earl of Lonsdale ein paar gute Schläge zu verpassen.

Graham winkte den Barkeeper herbei, um ihnen mehr Bier zu bringen. »Was du brauchst, mein Freund, ist eine Herausforderung.«

»Das tue ich, aber mir fällt nichts ein, was mein Interesse wecken könnte.« Er strich sanft mit einer Fingerspitze über den glatten Rand seines Bechers.

»Wie wär's mit einer Wette?«, sagte Graham.

Phillip verdrehte die Augen. »Ihr zwei und eure verdammten Wetten. Hast du denn gar nichts gelernt, als du das letzte Mal den Bären in der Hundekampfarena befreit hast?«

Trystan lachte. »Ich habe noch nie so viele Männer gesehen, die wie Kinder schreiend davonliefen, als das arme Tier freikam«, sagte er. »Du musst aber zugeben, dass wir etwas Gutes getan haben, Phillip. Dieser Bär hätte niemals in Ketten gehalten und gezwungen werden dürfen, so zu kämpfen.«

Phillip schloss seine Augen und rieb sie mit Daumen und Zeigefinger. »So sehr es mich schmerzt, es zuzugeben, ja, aber der einzige Grund, warum niemand zu Tode gebissen wurde, war dieser schottische Kerl, der dort war, um die Lage zu beruhigen. Wenn er nicht so gut mit Tieren umgehen könnte, hätte man euch beide töten können und die Bestie auch.«

Trystan erinnerte sich nur zu gut an jenen Abend und an die Welle der Macht, die er verspürt hatte, als er das Tier befreite und zusah, wie es die Männer verfolgte, die es gequält hatten. Aber Phillip hatte recht, der Bär hätte irgendwann jemanden getötet, wenn Aiden Kincade nicht da gewesen wäre, um die Kreatur zu beruhigen und sie in einer Kutsche vor dem Lagerhaus einzufangen, wo das Tier festgehalten wurde.

»Ende gut, alles gut. Der Bär ist jetzt in Schottland, und wir sind immer noch hier, um wieder einmal auf etwas Lächerliches zu wetten.« Er war jedoch alles andere als überzeugt, dass es etwas Neues gab, auf das er wetten konnte und das ihn lange unterhalten würde.

Ein Servierjunge brachte ihnen noch mehr Bier und knallte die Krüge so heftig auf den Tisch, dass das Bier aus den Bechern schwappte.

»He, da! Pass doch auf, Junge!«, schnauzte Trystan den Jungen an.

»Passen Sie auf sich selbst auf, Mylord!«, konterte der Junge scharf und schlenderte zurück zur Bar.

»Unverschämter Bursche«, bemerkte Graham. »Wie ich schon sagte ...«

In der Nähe der Bar gab es einen lauten Knall. Der Junge war gestolpert, und ein Tablett mit Bechern lag nun zerbrochen auf dem Boden.

»Dummkopf!« Der Wirt schwang eine Hand und schlug dem Jungen hart ins Gesicht. Der Junge sackte mit einem spitzen Schmerzensschrei auf dem Boden zusammen.

Trystan, Graham und Phillip spannten sich an.

»Er war unverschämt, aber das hat er nicht verdient«, sagte Graham.

»Mach das noch mal und ich verkaufe dich an den Puff!«, brüllte der Wirt. Er trat dem Jungen in die Rippen, als dieser auf Händen und Knien die Scherben einsammelte. Er fiel auf den Rücken, und seine Mütze löste sich, so dass sein langes dunkles Haar in einem unordentlichen, öligen Knäuel zu Boden fiel.

»Verdammte Scheiße ... Das ist ja ein Mädchen«, murmelte Trystan zu seinen Freunden, während sie alle verblüfft auf die Kreatur am Boden starrten. Sie war klein, hatte schmutzige Wangen, war nicht im Geringsten attraktiv und hatte eine bissige Zunge, aber sie war trotzdem ein Mädchen und hätte nicht so geschlagen werden dürfen.

»Wenn du versuchst, mich zu verkaufen, schneide ich dir dein verdammtes Herz heraus und verkaufe es an den Schlachter, du Bastard!«, schleuderte das Mädchen dem Wirt entgegen. Trotz seiner besten Absichten musste Trystan über den Mut des Mädchens lächeln.

»Das ist ein Mädchen mit Feuer im Bauch«, sagte Graham. »Das ist ein Weibchen, das niemals zu einer ruhigen, fügsamen Lady der Gesellschaft gezähmt werden würde.« Er lachte, aber Trystan lachte nicht.

Er starrte das Mädchen an, als sie ein Stück eines zerbrochenen Bechers aufhob und es dem Wirt entgegenschleuderte. Die Tonscherbe zerschellte an der Wand neben dem kahlen Kopf des Mannes. Dann rannte sie nach draußen, bevor das brüllende Schwein sie einholen konnte.

Eine Sekunde lang war es still im Schankraum. Dann ging alles wieder seinen gewohnten Gang, es wurde gelacht, gejohlt und getrunken. Das kleine Teufelsweib war weg, und niemanden schien es zu kümmern.

»Das ist ja toll. Ein Drink *und* eine Show«, sagte Graham.

Trystans Lippen zuckten, als er auf die Tür starrte, durch die das Mädchen einen Moment zuvor verschwunden war.

»Mein Gott, er hat schon wieder diesen Blick«, murmelte Phillip.

Graham war weniger besorgt und sah Trystan hoffnungsvoll an. »Was ist denn? Was hast du vor?« Er kannte seinen Freund zu gut.

Trystan lehnte sich in seinem Stuhl zurück, ein selbstgefälliges Lächeln breitete sich auf seinem Gesicht aus, und er griff nach seinem Becher mit Bier.

»Ich wette, ich kann aus diesem Welpen in einem Monat eine richtige Lady machen.«

»*Die da*? Die Höllenkatze, die gedroht hat, einem Mann das Herz herauszuschneiden? Ich habe nur gesagt, dass man aus so einem Mädchen unmöglich eine Lady machen kann«, kicherte Graham. »Du solltest aufpassen, dass sie dir das deine nicht rausschneidet.«

»Ja, *die da*.« Trystan lächelte verrucht bei dem Gedanken an eine solche Herausforderung.

»Wenn du es schaffst, aus ihr eine richtige Lady zu machen, eine, die es mit einer Herzogin wie Emily St. Laurent aufnehmen könnte, dann zahle ich dir zweihundert

Pfund.« Graham bot die große Summe Geld an, als ob sie kaum eine Rolle spielen würde.

»Leg noch den schwarz-roten Zweispänner und dein schnellstes Wallachpaar dazu, und ich nehme die Wette an«, bot Trystan an.

Graham sah ihn nachdenklich an. »Wie wäre es, wenn wir es interessanter machen? Der Ball von Lady Tremaine ist in einem Monat. Wenn du das Mädchen zum Ball mitbringst und sie alle täuschen kann, hast du gewonnen. Aber wenn *irgendjemand* ihre Verkleidung durchschaut und du versagst, schuldest du mir ...« Graham zog seine nächsten Worte mit boshafter Freude in die Länge. »Die Besitzurkunde für dein Jagdhaus in Schottland. Das stelle ich mir ziemlich gut vor.«

»Es steht viel auf dem Spiel, genau wie ich es mag.« Trystan gluckste. Dass er so viel zu verlieren hatte, steigerte nur die Spannung der Wette, und seine Freunde wussten das.

»Jetzt aber Moment mal«, warf Phillip ein. »Dies ist eine *Frau*, wenn auch eine grobe und ungehobelte. Wir müssen ein paar Regeln aufstellen, um den Anstand zu wahren.«

»Regeln?« Graham spottete im selben Moment, als Trystan antwortete: »Anstand?«

»Ja«, sagte Phillip nachdrücklich. »Wenn ihr beide tut, was ihr vorhabt, wird diese Frau unter deiner Kontrolle sein, Trystan. Du wirst für sie verantwortlich sein. Das bedeutet, dass du sie nicht zur Geliebten machen oder sie ausnutzen darfst. Du musst auch an ihre Zukunft denken. Welchen Grund hätte sie, deine Bedingungen zu akzeptieren, und was wirst du tun, wenn die Wette vorbei ist? Sie in diese Bar zurückschicken und ihr sagen, sie soll weitermachen wie bisher?«

Trystan lachte. »Glaubst du wirklich, dass ich diese *Kreatur* ausnutzen würde? Himmel nochmal, Phillip, ich habe Ansprüche. Ich dachte, sie sei ein verdammter Junge, um Himmels willen. Der kleine Wildfang hat von mir nichts zu befürchten. Ich werde sie nicht anfassen. Nicht einmal, wenn sie mich anfleht, und nicht, wenn ich nicht selbst meinen Verstand verliere.« Er kicherte immer noch bei dem Gedanken. Er konnte sich die Frauen aussuchen, mit denen er sein Bett teilte, und er würde sich ganz sicher nicht für eine blutrünstige Rinnsteinpflanze wie die Kreatur entscheiden, die er gerade gesehen hatte.

»Gut.« Phillip entspannte sich. »Ihr müsst *beide* mit diesem Mädchen mit einem gewissen Sinn für Anstand und Ritterlichkeit umgehen.«

Trystan schnaubte, und Graham lachte nur in seinen Bierkrug.

»Genug geredet«, sagte Graham. »Mach dich an die Arbeit, Trystan. Hol dir das Mädchen, und dann machen wir uns auf den Weg.«

Trystan stand auf, nahm sich Zeit, seine Weste abzustauben, und ging dann zum Wirt hinüber. Er stützte sich mit den Armen auf die Theke und beugte sich vor, um mit ihm zu sprechen.

»Gehört dieser Wildfang dir?«, fragte er den Mann.

»Wildfang?« Der Wirt schien von dem Wort verwirrt zu sein.

»Ja, das Mädchen, das du wie einen verhungerten Hund getreten hast.«

Der schwergewichtige grauhaarige Mann kratzte sich am Kinn und musterte Trystan misstrauisch mit zusammengekniffenen Augen. »Und wenn sie mir gehört?«

»Dann möchte ich sie dir abkaufen.« Trystan erwartete, dass der Mann sich zumindest ein wenig für die Behandlung des Mädchens interessierte oder zumindest so tun würde, als würde er sich dafür interessieren, was Trystan mit ihr machen würde, aber er fragte nicht einmal nach Trystans Absichten.

»Wie viel sind Sie bereit zu zahlen?«

Trystan starrte den Mann an, bevor er nach seinem Geldbeutel griff und fünfzig Guineen auf den Tisch warf.

»Das sind fünfzig«, sagte Trystan.

Der Mann schmatzte mit den Lippen und beschloss, sein Glück zu versuchen. »Ich könnte das Doppelte mit ihr verdienen, wenn ich sie an den Puff verkaufe, und dazu noch Beteiligung an dem, was sie einbringt.«

»Keine Madame in einem Bordell würde ihren Gewinn mit dir teilen. Sie würde das Mädchen kaufen, und damit wäre die Sache erledigt. Das wissen wir beide. Und sie würde dir sicher keine fünfzig Guineen für das Mädchen zahlen.«

»Dann legen Sie noch fünf drauf. Sie ist schließlich meine Stieftochter, und ich liebe sie sehr.«

Trystan stieß einen verärgerten Seufzer aus. »Da bin ich mir sicher, alter Knabe.« Er legte weitere fünf Guineen daneben. Dann kehrte er zu seinen Freunden am Tisch zurück und trank seinen Becher Bier aus.

»Wie viel hat sie dich gekostet?«, fragte Graham und versuchte, sein verschlagenes Grinsen zu verbergen.

»Fünfundfünfzig Guineen.« Er würde keine einzige Münze davon vermissen, nicht in Anbetracht der Aufregung um seine Wette.

Graham pfiff. »Teures Mädchen.«

Phillip blickte in den Himmel und erschauderte. »Ihr zwei seid absolute Barbaren.«

»Vielleicht sind wir das, aber es wird eine große Herausforderung sein.« Trystan lächelte genüsslich. »Ich nehme an, du kommst mit uns, um auf das Mädchen aufzupassen und ihr Kindermädchen zu spielen?«

Sein Freund stieß einen müden Seufzer aus, aber in seinen Augen lag ein Hauch von Humor. »Das sollte ich wohl besser tun. Obwohl, ich würde sagen, ihr zwei seid diejenigen, die ein Kindermädchen brauchen.«

Trystan ignorierte Phillips Bemerkung und sah sich im Schankraum um. »Nun, um die kleine Höllenkatze zu finden ...« Er ging zur Tür, und seine beiden Freunde folgten ihm. Er war etwas betrunkener, als er gedacht hatte, aber er freute sich auf das Abenteuer, diese Höllenkatze in eine feine Dame zu verwandeln.

Bridget Ringgold kauerte an der Seite der Taverne, in Schatten gehüllt, während sie ihre Wunden versorgte. Der Schlag ihres Stiefvaters hatte ihre Lippe aufplatzen lassen, und ihre Rippen schmerzten. Sie hätte verdammtes Glück gehabt, wenn da nichts gebrochen war. Nach dem Tritt, den sie bekommen hatte, würde ihre Brust in ein paar Stunden lila sein. Das Blut füllte ihren Mund mit einem üblen Geschmack, und es brannte jedes Mal, wenn sie mit der Zunge über ihre Lippe fuhr.

Sie zitterte im frischen Herbstwind, der vom Meer herüberwehte. Sie wünschte sich verzweifelt, sie könnte sich zurück in die Küche schleichen und sich aufwärmen, aber die Wahrscheinlichkeit, dass ihr Stiefvater sie wieder finden und schlagen würde, war zu groß. Das bedeutete, dass sie heute Nacht in den Ställen schlafen würde.

Bridget musste einen Weg aus dieser Stadt heraus und in ein neues Leben finden, eines, das sie nicht auf dem Rücken liegend in einem Bordell verbringen musste. Sie war alt genug, um auf sich allein gestellt zu sein - sie war neunzehn -, aber sie hatte nur wenige Möglichkeiten. Sie konnte ein wenig kochen und putzen, aber beides nicht gut genug, um ihren Lebensunterhalt zu verdienen. Es hatte viele Männer gegeben, die ihr einen Heiratsantrag gemacht hatten, aber keiner von ihnen war gut oder anständig. Einer war mit ziemlicher Sicherheit ein Pirat gewesen. Wäre doch nur ihre Mutter noch hier gewesen, um ihr einen Rat zu geben, ihr zu helfen, ihren Weg im Leben zu finden, entweder durch einen Rat oder indem sie ihr helfen würde, jemanden zu finden, mit dem sie ihr Leben teilen könnte.

Ihre Mutter war vor zehn Jahren gestorben, und Bridget hatte einen Stiefvater, der ein Biest war. Sie war zu jung gewesen, um von ihrer Mutter die Fähigkeiten zu erlernen, die eine Frau lernen sollte, und war zu sehr damit beschäftigt, die Gefahren des Lebens mit einem Mann wie ihrem Stiefvater zu überstehen.

Sie stieß sich von der Seite der Taverne ab, überquerte den kopfsteingepflasterten Hof und lief in die Ställe. Auf dem Dachboden darüber war es ruhig, und niemand kam jemals dort hinauf, abgesehen von dem gelegentlichen Stallburschen, der das Heu für die Pferde nach unten warf. Bridget kletterte die Leiter hinauf und kroch durch die Heuhaufen, bis sie das Nest aus Decken fand, das ihr Bett bildete. Im letzten Jahr hatte sie die Decken hier und da von betrunkenen Reisenden geklaut, die sich nicht um die Sachen in ihrer Kutsche kümmerten, während sie in die Taverne gingen, um etwas zu trinken.

Sie suchte nach dem Stoffbeutel, in dem sich ihre wenigen Schätze befanden, etwas, das sie jeden Abend aus Gewohnheit tat, bevor sie sich schlafen legte. Der Kamm und der Spiegel stammten von ihrer Mutter, zusammen mit einigen Münzen mit Abbildern von Tieren, die sie selbst aus Holz geschnitzt hatte.

Die Leute, die durch Penzance kamen, scheinen ihre Figuren zu mögen. In den letzten Jahren war es ihr gelungen, jede Woche drei oder vier von ihnen zu verkaufen oder zu tauschen, was ihr ein wenig Geld einbrachte, um sich zusätzliche Lebensmittel und Kleidung zu leisten, als sie älter wurde. Sie trug nie Kleider. Abgesehen von den Kosten für die Anfertigung von Kleidern war es einfacher und sicherer, Männerhosen zu tragen. Die Einheimischen wussten, dass sie eine Frau war, aber mit ihrem schmutzigen Gesicht und den unter eine Mütze gestopften Haaren gelang es ihr, das Interesse der meisten Männer, die durch die Taverne gingen, zu vermeiden, während sie Getränke servierte.

Selbst die schicken Gentlemen heute Abend hatten es nicht bemerkt, als sie ihnen die Drinks serviert hatte. Sie hatte die Männer aus den Augenwinkeln beobachtet und war ziemlich nervös gewesen, als ihr Stiefvater ihr befohlen hatte, ihnen mehr Bier zu bringen. Aber sie hatte getan, was sie immer tat, wenn sie nervös wurde - sich selbstbewusster zu geben, als sie sich fühlte. Sie konnte es sich nicht leisten, eine zerbrechliche Blume zu sein; sie durfte ihre Stärke oder ihr Selbstvertrauen nicht nur vortäuschen.

Aber das war ein Fehler gewesen. Die drei Männer hatten ihr wegen ihrer Unverschämtheit mehr Aufmerksamkeit geschenkt, als sie es beabsichtigt hatte. Sie waren ein stattlicher Haufen mit ihren fein bestickten Westen und polierten Stiefeln, die im Lampenlicht schimmerten. Sogar derjenige, der schwer auf einen Stock gestützt hereingekommen war, war ein hübscher Kerl. Männer sollten nicht *so* attraktiv sein, dachte Bridget mit einem Stirnrunzeln. Besonders der mit dem dunklen Haar und den honigbraunen Augen. Er hatte eine Intensität an sich, die ihr überhaupt nicht gefiel, als ob er die Gedanken anderer lesen könnte, indem er sie einfach nur ansah. Der Kerl war gefährlich.

»Aber ich bin hier draußen, und sie sind da drinnen«, murmelte sie vor sich hin. Niemand hatte sie jemals auf dem Dachboden gestört, weil niemand daran dachte, in den Heuhaufen zu schauen.

Sie war damit beschäftigt, den Rest ihres Besitzes zu betrachten, darunter auch ein kleines Tranchiermesser, das hinten in der Tasche verstaut war. Als sie sich vergewissert hatte, dass ihre Schätze in Sicherheit waren, legte sie sich zum Schlafen nieder und zog ihre Decken über sich. Sie hörte, wie die Pferde unten leise wieherten, während sie

Hafer und Heu fraßen. Das Krabbeln von Mäusen irgendwo auf den Dachsparren erschreckte sie nicht, sondern sagte ihr nur, dass sie in Sicherheit war. Mäuse waren immer dann unterwegs, wenn niemand anderes in der Nähe war.

Sie hatte die Augen geschlossen und begann zu träumen, als die Mäuse aufhörten zu wuseln und es im Stall still wurde. Einen Moment später flüsterten sich leise Stimmen unter ihr etwas zu.

»Sie muss hier drin sein. Ich sah sie über den Hof gehen, als wir herauskamen«, sagte ein Mann. Seine kultivierte Stimme erkannte sie wieder, sie gehörte zu einem der feinen Herren. Seine Stimme war sanft wie warmer Brandy, und sie erinnerte sich, dass seine Augen die gleiche Farbe hatten. Bridget schlüpfte unter ihren Decken heraus und bewegte sich lautlos auf dem Boden des Dachbodens, um über den Rand zu schauen. Drei Männer standen in der Mitte der Ställe und sahen sich um.

Bridget duckte sich so weit wie möglich, um nicht von ihnen gesehen zu werden.

»Trystan, es ist niemand hier«, sagte einer der anderen Männer.

»Sie ist hier«, sagte der erste Mann mit einem leisen Kichern. »Nicht wahr, du kleine Höllenkatze? Komm raus, Kind! Ich habe dich von diesem Ungeheuer gekauft, der behauptet, dein Stiefvater zu sein, und ich bin hier, um mit dir über deine Zukunft zu sprechen.«

»Trys, du wirst sie erschrecken. Sag doch dem Mädchen erst, was du mit ihr vorhast, sonst denkt sie, dass du ihr Schaden zufügen willst«, argumentierte einer der Männer.

Der Dachboden vibrierte, als der Mann begann, die Stufen der Leiter heraufzusteigen. Bridget hätte die Leiter wegschubsen und den Mann hinunterwerfen können, aber das hätte ihr keinen einfachen Fluchtweg gelassen. Wenn sie versuchen würde, sich fallen zu lassen, würde sie sich höchstwahrscheinlich einen Knöchel oder das Genick brechen, und sie war schon verletzt genug.

Schnell kramte sie in ihrer Tasche, bis sie ihr Schnitzmesser fand. Es war eine kleine Klinge, aber sie konnte sie trotzdem schneiden, wenn sie etwas versuchten. Aber ihre beste Chance war, überhaupt nicht gesehen zu werden.

Der Mann erreichte den Dachboden und suchte die schummrige, mit Heu bedeckte Plattform ab. In den Ställen war es gerade so dunkel, dass er sie vielleicht übersehen könnte.

Bitte lass ihn mich nicht sehen, bitte.

Sie hielt den Atem an, und das Blut rauschte so laut in ihren Ohren, dass sie kaum etwas anderes hören konnte.

»Hab ich dich!« Mit den Füßen immer noch auf der obersten Sprosse der Leiter stehend, stürzte sich der Mann auf sie. Bridget wich zurück, aber eine seiner Hände packte ihren Knöchel und zog sie zu ihm. Sie trat mit dem Fuß nach ihm und erwischte sein Kinn. Er stöhnte vor Schmerz, ließ aber nicht los. Stattdessen schien ihr Kampf ein neues Feuer in ihm zu entfachen. Er kletterte ganz nach oben auf den Dachboden und versuchte, sie zu packen. Bridget hob das Messer gerade, als er auf ihr landete, und sie spürte, wie die Klinge über seinen Arm schrammte.

»Mein Gott, sie hat ein Messer!« Der Mann brüllte, als er sie flach auf den Boden drückte.

Er ergriff ihr Handgelenk, hielt die Hand, die das Messer hielt, fest und drückte sie hart auf den Boden neben ihrem Kopf.

»Lass es los, du Wildfang!«

»Nein!«, spuckte sie.

»Lass los!« Sein Griff wurde so fest, dass der Schmerz allein sie zwang, das Messer fallen zu lassen. Sein Griff lockerte sich augenblicklich, und der Schmerz ließ nach.

»Äh ... hör mal, Trystan. Wir müssen uns beeilen«, sagte

einer der Freunde des Mannes. »Es sieht so aus, als ob wir das Mädchen entführen würden, obwohl das nicht der Fall ist. Ich möchte nicht lange hier bleiben, damit wir nicht in Schwierigkeiten geraten. Unser Wagen steht bereit.«

Trystan starrte auf sie herab, sein hartes Gesicht war zu perfekt für jeden Mann, besonders für einen, der so böse war wie der Teufel selbst.

»Hör zu, kleine Katze«, knurrte er. »Ich habe dich heute Abend von diesem Schwein gekauft, das behauptet, dein Stiefvater zu sein. Ich habe nicht vor, dir etwas anzutun, außer dir den Hintern zu versohlen, wenn du es noch einmal wagst, auf mich einzustechen.«

»Ich bin keine Hure!« Bridget spuckte wütend aus. »Wage es nicht, mich anzufassen!«

»Dessen bin ich mir sehr bewusst«, antwortete er. »Und deshalb habe ich dich nicht gekauft. Komm mit mir runter, und meine Freunde und ich werden dir erklären, was ich mit dir vorhabe.«

Bridget wollte nirgendwo mit einem Mann hingehen, den sie nicht kannte, geschweige denn mit *dreien*.

»Fahr zur Hölle«, schnauzte sie, aber sie war sich nur allzu bewusst, dass er auf ihr war und mit ihr machen konnte, was er wollte, wenn er wollte. Sein Gewicht erdrückte sie nicht, aber sie wurde von seinem Körper vollständig auf den Boden gepresst. In ihrem Unterleib flatterte etwas Wildes, das ihr ein seltsames Gefühl gab.

»Graham, such mal ein Stück Seil, bitte. Die kleine Katze weigert sich, ihre Krallen zurückzuziehen«, rief Trystan über seine Schulter einem der beiden Männer zu, die unten warteten.

»Miss ...«, rief die Stimme des dritten Mannes sanft. »Wir wollen Ihnen wirklich nichts Böses.«

Bridget spuckte aus: »Du versuchst, mich verdammt noch mal zu rammeln. Daran ist nichts Unschuldiges.« Ihr Protest verstummte, als Trystan die Augen verdrehte und ihr ein zusammengeknülltes Taschentuch in den Mund steckte.

»So, das ist schon besser.« Er packte ihre beiden Handgelenke mit einer Hand und zerrte sie zur Leiter. Sie wehrte sich tapfer, und er schien bald zu erkennen, dass er sie nicht die Leiter hinunterzwingen konnte. Er spähte über den Rand des Dachbodens, und bevor sie ihn aufhalten konnte, hob er sie hoch und warf sie einfach nach unten.

Sie kreischte und landete eine Sekunde später in einem Wagen mit Heu direkt unter ihr. Trystan kletterte die Leiter hinunter und zog sie aus dem Heu.

»Das Seil, Graham.« Trystan streckte seine Hand aus.

Derjenige, der sich nicht auf einen Stock stützte, reichte Trystan eine Seilrolle, mit der ihr Entführer ihre Handgelenke fest zusammenband. Dann hielt er sie fest, wobei eine starke Hand ihren Arm umfasste. Sie war gefesselt wie ein Schaf zum Schlachten.

»Wir müssen sie in die Kutsche bringen. Ich will nicht, dass der Wirt doch noch seine Meinung ändert. Sie hat zu viel Temperament, um in einem Bordell zu landen«, verkündete Trystan.

Von seinen Worten verwirrt, stolperte sie, als Trystan sie schob, um seinen beiden Begleitern in die wartende Kutsche zu folgen. Sie geriet in Panik und versuchte, den Knebel auszuspucken. Ihre Tasche, ihre Sachen ... alles, was sie auf der Welt hatte, war noch im Stall. Tränen liefen ihr über das Gesicht, was einer der Männer bemerkte.

»Wir werden dir nichts tun«, sagte derjenige, der sich auf seinen Stock stützte. Seine Augen waren sanft, als er sie ansah. »Bitte weinen Sie nicht, Miss. Alles wird gut werden. Und jetzt bitte nicht schreien. Ich gebe Ihnen mein Wort, dass Ihnen niemand etwas antun wird.« Er nahm ihr das Taschentuch aus dem Mund, als sich die beiden anderen Männer setzten. Der dunkelhaarige Teufel namens Trystan wählte den Platz direkt neben ihr, und plötzlich wurde ihr durch die Wärme seines Körpers warm.

»Bitte, bitte, Mylord. Mein Beutel ... Da ist alles drin, was ich besitze.«

Trystan hob ihren Stoffbeutel hoch. »Meinst du den hier?«

Sie seufzte erleichtert auf. »Ja, das ist er.«

»Ich bin versucht, ihn nach Waffen zu durchsuchen«, überlegte er, als er begann, den Sack zu öffnen.

»Trystan, also wirklich. Lass doch das Mädchen in Frieden, ja?«, sagte der freundliche Mann. Dann drehte er sie zu sich um. »Mein Name ist Phillip Wilkes. Ich bin der Earl of Kent.«

»Ein Earl ...?« sagte Bridget und entspannte sich ein wenig. Einerseits schien es unvorstellbar, dass ein Mann von hoher Geburt ihr etwas antun würde. Andererseits bedeutete dies auch, dass niemand etwas tun konnte, um sie aufzuhalten, wenn sie es doch tun wollten.

»Das ist richtig. Der Mann neben dir ist Trystan Cartwright, der Earl of Zennor.«

»Zwei Grafen? Verteilen sie heutzutage einfach Titel an jeden?«

Kent schmunzelte und nickte dem dritten Mann zu. »Und das ist Graham Humphrey.«

»Nicht so schick wie deine Freunde. Kein Titel zum Herumfuchteln?«, spöttelte sie. Grahams graue Augen verengten sich auf sie.

»Manche von uns *brauchen* keinen Titel, mit dem sie herumfuchteln können. Manche von uns sind auch ohne sie unartig genug«, warnte Graham sie. Aber irgendetwas an ihm machte ihr nicht so viel Angst, wie es hätte sein sollen. Er schien ein Mann zu sein, der eine Frau eher necken und zum Lachen bringen würde, als sie zu bedrohen.

Trystan brach in Gelächter aus. »Herr, das wird ein Spaß!«

»Spaß? Was haben Sie mit mir vor?«, wollte Bridget wissen.

»Ich werde dein Bett nicht teilen, wenn das ...«

»Um Himmels willen, nein! Da sind wir uns einig«, tönte Trystan, bevor er dramatisch erschauderte. »Nein, nein, meine kleine Höllenkatze. Graham und ich haben eine Wette abgeschlossen, über *dich*.«

Das gefiel Bridget gar nicht. Wetten wurden entweder von gelangweilten oder verzweifelten Männern abgeschlossen, und mit beiden wollte sie nichts zu tun haben.

»Ich habe einen Monat Zeit, um aus dir eine anständige Dame zu machen, Miss ... Herr, ich weiß nicht einmal deinen Namen.«

»Mein Name ist Bridget. Bridget Ringgold. Und was meinst du mit einer richtigen *Lady*?«, wiederholte Bridget und sprach das Wort betont langsam aus. »Warum sollten Sie das tun?«

»Weil ich mich langweile«, sagte Trystan.

Ein gelangweilter Gentleman. Es war, wie sie befürchtet hatte.

»Ich bin keeene Puppe, die man anziehen und mit ihr spielen kann«, argumentierte sie.

»Es heißt *keine*, und ja, du bist meine Puppe, Mädchen. Ich *habe dich gekauft*. Im nächsten Monat werde ich dich anziehen und dir Dinge beibringen, die du tun sollst. In einem Monat wirst du gehen, reden und aussehen wie eine Herzogin, bei Gott. Am Ende wirst du wahrscheinlich in der Lage sein, einen Mann vor einen Priester zu zerren, und du wirst ein viel besseres Leben haben als das, welches du gerade führst. Du wirst ein Loblied auf mich singen, anstatt zu versuchen, mich in ein Nadelkissen zu verwandeln.«

Sie hatte ganz vergessen, dass sie ihn mit ihrer Klinge gestochen hatte, aber er schien nicht verletzt zu sein.

»Du bist ja gar nicht verletzt, Mylord. Wenn du das wärst, würdest du alles vollbluten«, sagte sie säuerlich und wünschte sich insgeheim, sie hätte besser gezielt und ihm ins Herz gestochen.

»Ich *bin* verletzt, aber ich werde mich später darum kümmern.« Er nickte in Richtung seines Ärmels, und sie erkannte, dass sie seinen Mantel bis hinunter zu seinem Fleisch durchgeschnitten hatte. Selbst im schummrigen Licht der Kutsche konnte sie jetzt sehen, dass er blutete. Welcher Mann könnte einen solchen Schmerz verbergen, wenn er verletzt war? Bridget verfiel in ein besorgtes Schweigen.

»Trystan hat Recht«, sagte Kent. »In einem Monat werden Sie über ganz neue Fähigkeiten verfügen. Ich gehe davon aus, dass Sie einen Mann finden werden, der Ihnen einen Heirats-antrag macht und Ihnen ein schönes Leben mit schicken Kleidern, einer Kutsche, die Ihnen zur Verfügung steht, und einem Leben ohne Sorgen bieten kann. Wäre das nicht schön?«

Sie warf Kent einen säuerlichen Blick zu. »Und wer sagt, dass ich einen Mann brauche?«, schoss sie zurück.

Diesmal war Graham derjenige, der lachte. »Mein Gott, du hast recht, Trystan. Das wird ein Spaß.«

Für sie war das vielleicht lustig, aber Bridget wollte mit dieser albernen Wette nichts zu tun haben. Sie würde den Vorteil eines Daches über dem Kopf und etwas Gutem zu essen nutzen, während sie ihren nächsten Schritt plante. Viel-leicht würde sie ein wenig von dem feinen Tafelsilber klauen, das der Snob zweifellos besaß, und mit dem Geld, das ihr das Silber einbringen würde, ein neues Leben beginnen. Dann würde *sie* diejenige sein, die lachte.

www.ingramcontent.com/pod-product-compliance
Lightning Source LLC
Chambersburg PA
CBHW021758190726
48290CB00005B/1308